Harper
Collins

Zum Buch:

Vor vielen Jahren hat Lukas sich geschworen, sich nie wieder zu verlieben. Zu tief waren die Wunden, die er letztes Mal davongetragen hat. Doch in dem Moment, als ihm das kleine schwarze Schnauzermädchen mit seiner kalten Nase gegen das Kinn stupst, ist es um ihn geschehen. Aber wenn schon ein kleiner Hund sich so schnell in sein Herz schleichen kann, was wird erst Viola, diese wunderschöne, einfühlsame Frau, mit seinen Gefühlen anrichten? Ist Lukas stark genug, um seinen Grundsätzen treu zu bleiben, oder wird sie viel zu schnell seine Mauern einreißen und ihn schutzlos zurücklassen?

Zur Autorin:

Seit Petra Schier 2003 ihr Fernstudium in Geschichte und Literatur abschloss, arbeitet sie als freie Autorin. Neben ihren zauberhaften Liebesromanen mit Hund schreibt sie auch historische Romane. Sie lebt heute mit ihrem Mann und einem Deutschen Schäferhund in einem kleinen Ort in der Eifel.

Lieferbare Titel:

Stille Nacht, flauschige Nacht
Vier Pfoten für ein Weihnachtswunder
Die Liebe gibt Pfötchen
Strandkörbchen und Wellenfunkeln

Petra Schier

Körbchen unterm Mistelzweig

Roman

HarperCollins

HarperCollins®

FSC
MIX
Papier
FSC® C014496

1. Auflage: September 2020
Originalausgabe

Umschlaggestaltung: Nele Schütz Design, München
Umschlagabbildung: Olga Pilnik, LilKar, Maria Arts / shutterstock
Lektorat: Susann Harring
Satz: GGP Media GmbH, Pößneck
Printed in Germany
Dieses Buch wurde auf FSC®-zertifiziertem Papier gedruckt.
ISBN 978-3-95967-535-2

www.harpercollins.de

Werden Sie Fan von HarperCollins Germany auf Facebook!

1. Kapitel

»Komm schon, komm schon, komm schon!« Zum wiederholten Mal drehte Viola den Zündschlüssel ihres rosafarbenen Fiat Panda, woraufhin der betagte Motor ein stotterndes Husten von sich gab. Das winzige Auto rüttelte und schüttelte sich. »Bitte, bitte, spring an!«

Das Rütteln hörte auf, das Husten erstarb.

»Sch…! Nein, nein, nicht heute!« Verzweifelt blickte Viola auf die Uhr. Es war bereits Viertel vor acht. Punkt acht Uhr wurde sie im Sternbach-Resort zum Freitagsmeeting der Belegschaft erwartet. Sie holte tief Luft und versuchte es noch einmal, erntete aber wieder nur ein Stottern, das diesmal deutlich gequälter ausfiel und schon nach wenigen Sekunden abbrach. »Das kann doch nicht wahr sein. Ich habe dir doch gerade erst eine neue Batterie spendiert. Und der TÜV hat vor einem Monat gesagt, du hältst noch zwei weitere Jahre. Also lass dich nicht so bitten. Ich habe es eilig.«

Beim nächsten Versuch brachte der Motor überhaupt keinen Mucks mehr hervor.

Seufzend betätigte Viola den Hebel der Motorhaube, stieg aus und zog prompt den Kopf ein, weil es regnete und ein eisiger Novemberwind durch den Birkenweg blies. Sehnsüchtig warf Viola einen Blick über die Schulter auf das Mehrfamilienhaus, in dem sich ganz oben unter dem Dach ihre gemütliche, warme Mansardenwohnung befand. Am liebsten hätte sie sich wieder in ihr Bett verkrochen. Sie war zwar nicht abergläubisch, aber der heutige Freitag, der

Dreizehnte, schien es in sich zu haben. Erst hatte sie verschlafen, weil sie am vergangenen Abend vergessen hatte, die Batterie ihres Weckers zu tauschen. Dann hatte sie entdeckt, dass ihr Duschgel nicht ganz verschlossen gewesen und in der Dusche ausgelaufen war. In der Hektik hatte sie sich danach noch die Unterlippe an ihrem viel zu heißen Kaffee verbrannt, das Glas mit dem Orangensaft umgeworfen, sich noch einmal umziehen müssen, weil Saftflecken auf Jeans und Bluse nicht gerade kleidsam waren ... und jetzt das streikende Auto. Konnte es noch schlimmer werden?

Entschlossen, sich nicht unterkriegen zu lassen, hob sie die Motorhaube und warf einen zumindest halbwegs fachfraulichen Blick in den Motorraum. Sie konnte sehen, dass Kühl- und Scheibenwaschwasser noch ausreichend vorhanden waren. Der Ölstand war auch im grünen Bereich. Und die Anschlüsse der Batterie genau so, wie sie sein sollten.

»Was in aller Welt stimmt denn heute nicht mit dir? Gestern war doch noch alles okay. Und getankt habe ich auch erst vorgestern.« Ratlos wackelte Viola an ein paar Kabeln, lugte in alle möglichen Zwischenräume, doch der Motor verriet ihr nicht, was ihm fehlte.

Obwohl sie nicht glaubte, dass es etwas brachte, setzte sie sich erneut hinters Steuer und drehte den Zündschlüssel. Der Fiat gab daraufhin ein Geräusch von sich, als habe er Schluckauf, und verstummte sofort wieder.

»Mist.« Erneut warf sie einen Blick auf die Uhr. Wenn sie jetzt zu Fuß losging, würde sie eine halbe Stunde zu spät kommen. Es sei denn, sie rannte, aber auf einen Dreikilometersprint war sie nicht vorbereitet. Also zog sie ihr Handy aus der Hosentasche, um einen ihrer Brüder oder ihre Schwester zu überreden, sie abzuholen. Sie hatte gerade Ricardas Nummer angewählt, als das Handy einen Piepton von sich gab – und ihr anzeigte, dass der Akku leer war. Dann schaltete es sich ab.

»Neeeein! Verdammt noch mal!« Beinahe hätte Viola das Handy vor Zorn aus der Tür geworfen. »Das gibt es doch wohl nicht!« Sie lehnte für einen Moment ihren Kopf gegen die Kopfstütze und blickte zum Autodach hinauf. »Was mache ich denn jetzt?« Wütend griff sie hinter sich, hob ihre Arbeitstasche vom Rücksitz und stieg erneut aus. »Zu Fuß gehen, was sonst?«, murmelte sie bei sich und knallte die Fahrertür ins Schloss.

Sie wandte sich gerade der Motorhaube zu, um sie ebenfalls zu schließen, als ein dunkelgrauer Transporter den Birkenweg heraufgefahren kam. Auf den Seiten war der Schriftzug *Wohnen in Holz* zu lesen. Darunter prangte das Logo der Holzhausbaufirma ihres Bruders – ein Holzwurm mit Bauhelm – und die Internetadresse sowie Telefonnummer des Unternehmens. Erleichtert atmete sie auf. Patrick würde sie ganz bestimmt mitnehmen, denn das Resort lag auf dem Weg zu seinem Firmensitz.

Als der Transporter neben ihr hielt, zuckte sie jedoch zusammen, denn nicht etwa ihr Bruder saß hinter dem Steuer, sondern Lukas Sahrmüller, der seit einigen Monaten Anteile an der Baufirma hielt und dort als Schreinermeister arbeitete. Er hatte seine Firma hierher verlegt und mit der von Patrick verschmolzen, nachdem Patrick Lukas' Schwester Angelique geheiratet hatte. Nun fertigte Lukas nicht mehr nur seine exquisiten Holzmöbel, sondern unterstützte Patrick auch beim Bau der Holzhäuser.

»Guten Morgen, Viola.« Lukas lächelte ihr zu, während er sie aus seinen silbervioletten Augen, die denen seiner Schwester verblüffend ähnelten, fragend musterte. »Streikt dein Auto?« Während er sprach, stieg er bereits aus.

»Ja, leider.« Sie hob die Schultern und versuchte, ihn nicht so entsetzlich attraktiv zu finden – oder es sich zumindest nicht anmerken zu lassen. Er war fast einen Kopf größer als Viola, was allerdings kein Kunststück darstellte, da sie im Gegensatz zu ihren Geschwistern nicht mit Körperlänge punkten konnte. Bei eins achtundsechzig hatte sie aufgehört zu wachsen. Sein Haar war rabenschwarz – ebenfalls wie das seiner Schwester – und kurz geschnitten, sein Gesicht nicht klassisch schön, aber dennoch höchst attraktiv mit ausgeprägter Knochenstruktur und energischen Zügen, die weicher wurden, wenn er lächelte oder lachte.

Schon bei ihrem ersten Zusammentreffen auf einem Familienbacktag vor fast einem Jahr, zu dem Angelique ihn einfach mitgebracht hatte, hatte er Viola auf Anhieb die Sprache verschlagen. Seither hielt der Zustand an, obwohl sie sich größte Mühe gab, in seiner Gegenwart gelassen zu bleiben. Was brachte es auch, ihn anzuschmachten? Er war nicht nur gut aussehend, sondern auch sehr selbstsicher und, soweit sie wusste, eingefleischter Junggeselle mit null Interesse an festen Bindungen. Alles in allem kein Mann für sie. Oder zumindest keiner, dem zu nähern sie sich jemals trauen würde. Deshalb deutete sie jetzt nur sehr vage in Richtung der noch immer geöffneten Motorhaube. »Gestern lief er noch einwandfrei und heute früh springt er plötzlich nicht mehr an.«

»Ist vielleicht die Batterie leer?« Lukas trat an das Auto heran und warf einen Blick in den Motorraum.

»Ich habe erst vor einer Woche eine neue einbauen lassen und auch kein Licht oder so brennen lassen.« Ihre Stimme klang leicht defensiv, was sie ärgerte. Aber sie wollte sich nicht nachsagen lassen, dass angebliche weibliche Dummheit Grund für das Streiken ihres Autos sein könnte.

Lukas schien ihren aufwallenden Ärger bemerkt zu haben, denn er lächelte wieder, diesmal begütigend. »Entschuldige, ich wollte dir nicht zu nahe treten. Mir ist nur neulich genau das passiert: Ich habe versehentlich das Licht an meinem Wagen brennen lassen, während ich in der Firma war, und abends war die Batterie leer und ich stand blöd da.« Er ruckelte ebenfalls an ein paar Kabeln, winkte dann aber ab. »Leider kann ich dir hierbei nicht weiterhelfen. Zu behaupten, ich würde mich mit Automotoren auskennen, wäre eine dreiste Lüge. Aber wenn du willst, fahre ich dich zum Resort. Ich nehme doch an, dass du dorthin wolltest, oder?«

»Ja.« Sie nickte, gleichzeitig dankbar und konsterniert, weil sie sich fast ein wenig davor fürchtete, zu ihm in den Transporter zu steigen. Was sollte sie auf dem Weg nur mit ihm reden? Aber das war jetzt wohl gleichgültig. Sie musste zur Arbeit. »Ich bin schon ziemlich spät dran, weil ich verschlafen habe.« Sie stockte und hätte sich am liebsten selbst gegen das Schienbein getreten. Wenn sie ihm jetzt noch verriet, dass sie vergessen hatte, ihren Wecker mit neuen Batterien zu versorgen, würde er sie garantiert für ein dummes Schusselchen halten.

»Na, dann spring mal rein.« Er schloss die Motorhaube und deutete auf die Beifahrerseite des Transporters. »Soll ich deine Tasche hinten reinpacken?«

»Nein.« Sie hatte die Beifahrertür bereits geöffnet. »Das geht schon.« Sie hob die prall gefüllte Tasche in den Fußraum und kletterte auf den Sitz.

Lukas klemmte sich hinters Steuer. »Was hast du denn da alles drin? Folterwerkzeuge?« Er lachte leise, was die Härchen in ihrem Nacken und auf ihren Armen dazu bewog, sich aufzurichten. »Als Physiotherapeutin benutzt du doch sicher manchmal solche Gerätschaften …«

»Nein.« Sie hüstelte, musste dann aber doch schmunzeln. »Das heißt, doch, manchmal schon. Aber hier sind nur jede Menge Klamotten drin. Ich hatte gestern Waschtag und brauche in der Praxis immer mal Sachen zum Wechseln. Außerdem habe ich auch meinen eigenen Sportdress dabei, weil ich ja mehrmals in der Woche Kurse gebe. Yoga, Pilates und so weiter.«

»Von dem Pilateskurs schwärmt Angelique dauernd.« Lukas startete den Transporter und lenkte ihn an dem Fiat vorbei. Das ruhige Brummen des Motors klang ein wenig höhnisch in Violas Ohren. »Sie behauptet, sich noch nie so gelenkig gefühlt zu haben wie seit dem Beginn des Kurses und dass du sogar fähig wärst, dich regelrecht zu verknoten.« Wieder lachte er. »Ist das nicht eher eine Sache beim Yoga? Das Verknoten meine ich.«

Viola musste nun ebenfalls lachen – und entspannte sich zumindest etwas. »Ich mache auch viel Yoga. Verknoten kann ich mich trotzdem nicht. Die anderen Frauen im Kurs sind nur noch nicht so gelenkig wie ich, was ganz normal ist. Wir üben ja auch erst seit ein paar Wochen.«

»Wenn du es sagst.« Er grinste, blickte dabei aber auf die Straße. »Demnach trainierst du schon länger regelmäßig.«

»Ja, mehrmals die Woche. Ausdauer und Krafttraining, Yoga, Pilates – immer im Wechsel. Das brauche ich sowohl zum Ausgleich als auch, um meinen Job überhaupt vernünftig ausüben zu können.«

»Kann ich mir vorstellen. Ein schmales Persönchen wie du.« Er warf ihr einen kurzen Blick zu. »Nichts für ungut, aber wenn ich mir vorstelle, du hast da einen Patienten, der doppelt so schwer ist wie du oder noch mehr und sich kaum bewegen kann … Da braucht es bestimmt ganz schön viel Kraft.«

»Ja.« Sie überlegte fieberhaft, was sie noch hinzufügen könnte, doch ihr fiel nichts ein.

»Ich habe gehört, dass deine Massagen himmlisch sein sollen. Die Worte deiner Schwester.« Erneut traf sie sein Blick. »Vielleicht sollte ich das mal ausprobieren. In meinem Job kämpft man dauernd mit irgendwelchen Verspannungen oder weiß der Himmel was.«

»Ja, äh …« Nein! Bloß nicht! Sie verschluckte sich fast vor Schreck bei der Vorstellung, Lukas eine Massage geben zu müssen.

»Verdammter Mist! Was ist das denn?« Lukas trat so abrupt auf die Bremse, dass Viola in den Sicherheitsgurt gedrückt wurde und sich reflexartig am Armaturenbrett festhielt.

»Was ist denn los?« Verwundert sah sie ihn an, doch er war bereits dabei, seinen Gurt zu lösen und die Fahrertür zu öffnen.

»Da vorne!« Er deutete auf den Rand der Parkbucht, in die er den Transporter gelenkt hatte. »Da hat jemand … Das gibt es doch wohl nicht! Wenn ich denjenigen erwische, kann er was erleben.«

»Was …?« Sie blickte in die angegebene Richtung und stieß einen erschrockenen Laut aus. »Das ist ja ein Hund!« Eilig befreite auch sie sich von ihrem Gurt und sprang aus dem Wagen. Mit wenigen Schritten hatte sie Lukas eingeholt, der jedoch jetzt stehen geblieben war und sie am Arm festhielt.

»Warte, nicht so hastig, sonst erschrecken wir ihn. Verdammt noch mal, der ist ja noch ganz jung.«

»Jemand hat ihn an der Leitplanke angebunden.« Viola schluckte heftig, als sie das erbarmungswürdig dreinblickende schwarze Fellbündel näher betrachtete. Der kleine

Hund, es handelte sich augenscheinlich um einen Schnauzer, war vollkommen durchnässt und wedelte aufgeregt mit der Rute, als sie sich nun sehr langsam und vorsichtig näherten. Als Lukas die Hand ausstreckte, bellte er und wich ängstlich zurück, stieß dabei jedoch gegen die Leitplanke und winselte erschrocken.

Hilfe, Hilfe, ein großer, böser Mann! Geh weg, weg, weg! Ich beiße, wenn du mir zu nahe kommst. Glaube ich zumindest. Oder vielleicht auch nicht, aber du bist mir unheimlich. Ich bin so schrecklich allein und habe Angst. Mein Herrchen hat mich einfach hierhergebracht und festgebunden, ganz früh heute Morgen. Und gesagt, ich soll jemand anderem lästig fallen. Was auch immer das bedeuten mag. Dabei hab ich doch gar nichts gemacht und war ganz lieb. Und alle meine Geschwister sind auch schon längst weg, von irgendwelchen Menschen mitgenommen. Und meine Mama habe ich auch schon seit Wochen nicht mehr gesehen. Ich bin so traurig! Aber du bist so groß und auch ein Mann wie mein Herrchen. Dir traue ich nicht. Knurr!

»Mist, er hat Angst vor mir.« Lukas zog sich ein wenig zurück. »Versuch du es mal. Wir müssen ihn von hier wegbringen.«

Wegbringen? Wohin denn? Ich hab solche Angst. Moment mal, wer ist das? Eine Frau? Frauen sind nicht so gemein wie Männer. Jedenfalls bin ich noch keiner bösen Frau begegnet. Ich kenne aber auch nur die, die meine Geschwister mitgenommen haben. Die waren alle nett.

»Okay.« Viola näherte sich dem Hündchen sehr, sehr langsam. »Alles okay, Kleiner. Wir tun dir nichts. Ganz ruhig.«

Ruhig? Du bist gut. Ich kenne dich doch gar nicht!

»Vor mir hat er auch Angst.« Zweifelnd blickte Viola über die Schulter zu Lukas.

»Aber nicht so viel wie vor mir. Wer weiß, was für schlechte Erfahrungen er gemacht hat. Bei dir knurrt er nicht und versucht auch nicht wegzulaufen. Schau mal, ob du die Leine von der Leitplanke losbekommst.«

Zögernd wandte Viola sich wieder dem Hundekind zu und hielt ihm, weil sie jetzt nah genug war, vorsichtig die Hand zum Beschnüffeln hin. »Guck mal, ich will dir gar nichts Böses, Kleiner. Nur dir helfen.«

Helfen? Wirklich? Bist du ein lieber Mensch? Mir ist so schrecklich kalt und ich bin entsetzlich einsam hier ganz allein an der Straße, wo die vielen riesigen und lauten Autos vorbeirasen.

Viola lächelte unwillkürlich, als der kleine Hund zögerlich an ihren Fingern schnüffelte und dann wieder mit der Rute zu wedeln begann. »Siehst du, es ist alles okay. Kein Grund zur Furcht.« Sie blickte noch einmal zu Lukas. »Hast du vielleicht irgendwelche Leckerchen oder so was dabei?«

»Nein.« Er runzelte die Stirn. »Wozu auch? Oder … Warte mal, vielleicht hat Patrick irgendwas im Handschuhfach. Er lässt ja manchmal Oskar mitfahren, wenn er den Transporter benutzt.« Rasch ging er zum Wagen, kehrte aber nur Augenblicke später wieder zurück. »Fehlanzeige. Das hier ist das Einzige, was ich gefunden habe.« Er hob die rechte Hand, in der er einen geknoteten Textilball von der Größe einer Männerfaust hielt.

»Das geht vielleicht auch. Gib mal her.« Sie streckte die Hand aus, während sie weiter den Welpen beobachtete. »Du bist ja ganz nass, du Ärmster. Und du zitterst. Bestimmt nicht nur vor Angst, was? Kunststück, es ist ja auch höchstens ein Grad über null. Sie haben für morgen sogar den ersten Schnee gemeldet. Eine Gemeinheit, dich bei so einem Wetter einfach hier auszusetzen.«

O ja, da gebe ich dir recht. Das ist so was von gemein. Und jetzt bin ich todunglücklich. Aber Angst habe ich komischerweise nicht mehr so viel. Zumindest nicht vor dir, weil du so nett und freundlich mit mir redest.

»Das ist zu jeder Jahreszeit und bei jedem Wetter eine Gemeinheit.« Lukas drückte Viola den Ball in die Hand.

Prompt wich der Kleine wieder verschreckt zurück. *Aber vor dem großen Mann mit der dunklen Stimme habe ich ganz viel Angst. Geh weg. Ich will keine gemeinen Männer mehr!*

»Du machst ihm anscheinend wirklich Angst.« Viola sprach, ohne Lukas anzusehen. Dabei wurde ihr auf eigentümliche Weise bewusst, dass es ihr mit Lukas manchmal genauso ging. Wenn auch aus anderen Gründen. Doch im Augenblick hatte sie keine Zeit, weiter über ihn oder ihre Gefühle in seiner Gegenwart nachzudenken. Das kleine, klatschnasse Lebewesen war viel wichtiger. »Hey, Süßer, alles ist gut. Siehst du, der große böse Mann ist ein paar Schritte weggegangen.«

»Ich bin kein großer böser Mann!«

»Doch, bist du wohl.« Sie schluckte erschrocken. Normalerweise traute sie sich nicht, so mit ihm zu reden.

»Na danke.«

Sie ging nicht weiter darauf ein, sondern zeigte dem Hündchen den rot-blauen Ball, der schon ein wenig angenagt aussah. »Guck mal, Kleiner.«

Was hast du denn da? Neugierig hob der Welpe die Nase.

»Magst du Bällchen?«

Bällchen? Was ist das denn? Sieht rund aus und irgendwie lustig und riecht nach Hund.

»Schau mal, damit kann man spielen.« Vorsichtig ging Viola in die Hocke und ließ den Ball auf den Welpen zukullern.

Spielen? Sieht spaßig aus. Das muss ich mir mal näher ansehen. Mit noch skeptischem, gleichwohl aber neugierigem Blick beäugte der Welpe den Ball, schnüffelte daran und berührte ihn schließlich ganz vorsichtig mit der Pfote. Sogleich geriet der Ball ins Rollen. *Was …? Wuff? Das Ding haut ja ab! Warte, ich komme mit. Wo willst du denn hin? Huch, aua, ich kann nicht weiter. Das Ding, wie heißt es noch mal? Bällchen? Ich will das haben und gucken, was das genau ist. Aber ich komme hier nicht weg. Mach mich doch los, bitte, bitte!*

»Och, nicht winseln! Moment, ich helfe dir, ja? Ich mache die blöde Leine von der Leitplanke los und dann kannst du mit dem Bällchen spielen.« Viola schob dem Welpen den Ball wieder vor die Schnauze und beeilte sich, als dieser damit zu spielen begann, die Leine loszubinden.

Oh, danke! Das ist ja ein lustiges Spielzeug. Damit kann man toll herumtoben!

Begeistert sprang der kleine Hund um das Bällchen herum und kugelte sich bald regelrecht auf dem nassen Boden. Viola lachte über den Anblick und versuchte zu vermeiden, dass der Kleine sich in der Leine verhedderte. »Na, du bist ja ein ulkiges Kerlchen. Und ganz so viel Angst hast du anscheinend doch nicht, was?«

Angst? Nö, keine Zeit. Das Bällchen macht viel zu viel Spaß!

»Das ist wohl eher ein ulkiges Mädel.« Lukas war vorsichtig wieder etwas näher gekommen und deutete auf die Unterseite des Welpen, als dieser sich erneut kugelte.

Viola sah, was er meinte. »Eine Hündin. Und noch ganz jung. Was machen wir denn jetzt mit ihr? Zur Polizei bringen?«

Lukas hielt sich sicherheitshalber weiter im Hintergrund. »Ich würde eher sagen, ins Tierheim.«

»Wir könnten sie zu Fiona Sahler in die Tierarztpraxis fahren. Wenn die Kleine gechippt ist, kann man den Besitzer vielleicht ausfindig machen.«

»Glaubst du, der will sie zurück?« Skeptisch verzog Lukas die Lippen. »Dem würde ich lieber den Hals umdrehen.«

»Ich auch. Aber die Kleine ist ganz nass und friert. Wir müssen sie irgendwohin bringen, wo es warm und trocken ist.«

»Also zur Tierärztin. Weißt du, wo die Praxis ist?«

»Ja, ich habe für Lizzy und Oskar schon mal Wurmkur und Hundekekse geholt. Das sind ganz besondere, die Fiona selbst herstellt. Sie ist sehr nett.«

»Na, dann mal los. Ich habe, glaube ich, noch eine zweite Jacke hinten im Transporter. Darin können wir die Kleine einwickeln. Kannst du sie auf den Schoß nehmen? Ist nicht ideal, aber eine Transportbox oder so was habe ich nicht.«

»Das geht schon irgendwie.« Viola ging erneut in die Hocke. »Nicht wahr, Kleine, wir machen es dir jetzt erst mal kuschelig warm und dann fahren wir zu Fiona, damit sie dich untersucht und dem Tierheim Bescheid gibt.«

Was? Das Hundemädchen hob fragend den Kopf. *Habe ich da was von warm gehört? Das wäre schön. Aber was eine Fiona ist, weiß ich nicht, und ein Tierheim kenne ich auch nicht. Ist es da schön kuschelig und sind alle da so lieb wie du?*

»Sie sieht mich an, als wolle sie mit mir reden.« Viola beobachtete, wie Lukas mit einer grauen Daunenjacke auf sie zukam. Ihr Herz holperte ein wenig, doch sie ignorierte es tapfer.

»Wahrscheinlich will sie dir Danke sagen.« Er reichte ihr die Jacke.

»Meinst du?« Sie legte die Jacke auf den Boden. »Komm,

Süße, setz dich mal hier drauf, dann kann ich dich schön warm einpacken.«

Hä? Wie, da drauf? Auf das graue Ding da?

»Soll ich dir helfen? Nicht, dass sie dir versehentlich entwischt.« Langsam und vorsichtig näherte Lukas sich, kniete sich neben Viola und nahm ihr die Leine aus der Hand. »Versuch mal, sie auf die Jacke zu heben. Aber pass auf, dass sie dich nicht beißt.«

Beißen? Warum sollte ich das tun? Ich beiße überhaupt nicht. Oder … nur wenn man mir wehtut. Aber jetzt ist dieser große dunkle Mann schon wieder da. Er scheint aber gar nicht sooo schlimm zu sein. Zumindest redet er jetzt auch sehr ruhig und nett. Und er hat das graue Ding gebracht, das sehr kuschelig aussieht.

»Komm, komm«, lockte Viola mit sanfter Stimme. »Hier auf die Jacke. Darf ich dich hochheben?« Sie fasste den Welpen sanft an, und als er sich nicht wehrte, hob sie ihn auf die Jacke. Zusammen mit Lukas wickelte sie die Jacke so um die kleine Hündin, dass am Ende nur noch ihr Kopf hervorsah. Dabei berührten sich mehrmals ihre Hände, was ein eigentümliches Kribbeln in ihr auslöste. Ihr Herzschlag holperte erneut, doch sie blieb äußerlich ganz ruhig. Lukas sollte nichts davon mitkriegen. Das wäre zu peinlich. Schließlich war sie alles andere als seine Kragenweite. Stattdessen konzentrierte sie sich wieder voll und ganz auf den kleinen Findelhund. »Siehst du, so ist es gut. Gleich wird dir wärmer, versprochen. Sie hob das Jacke-Hund-Bündel auf den Arm und ging zur Beifahrertür des Transporters, blieb dann aber etwas hilflos stehen. »So kann ich nicht einsteigen.«

»Ich halte sie kurz.« Lukas tauchte hinter ihr auf, blickte aber nur auf den Welpen. »Natürlich nur, wenn du mich lässt, Kleine.«

Was soll ich dich lassen? Huch! Hilfe! Was passiert denn jetzt? Warum gibst du mich denn dem großen Mann? Das Hundemädchen fiepte und zappelte.

»He, he, ganz ruhig. Ich tue dir doch gar nichts. Guck, wir müssen Viola erst einsteigen lassen, dann kannst du sofort wieder zurück auf ihren Schoß.« Beruhigend redete Lukas auf den Welpen ein.

Wirklich? Oh, ähm, also gut. Und … Na ja, auf deinem Arm ist es jetzt auch nicht so übel. Du riechst irgendwie interessant. Das Hundekind reckte die Nase und schnüffelte an Lukas' Kinn, bis er leise lachte.

»Das kitzelt!«

Viola beeilte sich, auf den Beifahrersitz zu klettern, und streckte die Arme nach dem Bündel aus. »Alles klar, ich kann sie wieder nehmen.« Sie kicherte unwillkürlich, als sie sah, wie der winzige Hund mit der Nase mehrmals gegen Lukas' Kinn stieß und schließlich sogar darüberleckte. »Jetzt mag sie dich auch.«

Ja, ich glaube auch. Ihr seid beide liebe Menschen. So ein Glück!

»Da bin ich aber erleichtert.« Er reichte Viola das Bündel und schloss die Tür, dann klemmte er sich wieder hinters Steuer und startete den Motor.

Wuff, wuff! Was ist denn jetzt los? Was passiert hier? Erschrocken und zugleich neugierig reckte das Hundemädchen den Kopf und blickte erst zu Lukas, dann drehte es sich und warf einen Blick durch das Seitenfenster. *Fahren wir Auto? Das ist irgendwie unheimlich. Aber hier auf dem Schoß – von … wie heißt du noch mal? Viola? – ist es total schön und mir wird langsam warm. Und wau, jetzt bewegen wir uns ja. Das ist aber interessant!* Die Kleine stellte die Öhrchen auf und blickte fasziniert durch die Frontscheibe.

Dann versuchte sie, zu Lukas hinüberzuklettern. *Sieht das von dir aus genauso aus wie von hier? Und was ist das für ein rundes Ding, das du da festhältst und drehst?*

»Halt, hiergeblieben!« Viola kicherte und hielt den Welpen fest. »Hier, nimm lieber noch mal das Bällchen!«

Bällchen? Nö, später vielleicht. Autofahren ist so viel spannender! Die Kleine beruhigte sich wieder etwas, himmelte jetzt aber abwechselnd Lukas an und blickte nach vorne. Dabei kuschelte sie sich in Violas Schoß. *Ich finde es großartig hier!*

Viola kicherte erneut, dann lachte sie schallend. »Ich glaube, ich habe einen Namen für die Kleine gefunden.«

Lukas sah sie kurz von der Seite an. »Einen Namen?«

»Ja.« Sie gluckste. »Sie fährt anscheinend gerne Auto. Und du bist ihr Chauffeur.«

»Chauffeur?« Irritiert runzelte er die Stirn, dann grinste er plötzlich breit. »Miss Daisy!«

2. Kapitel

»Jaja, schon gut, ich komme ja schon!« Außer Atem, weil er so gerannt war, hielt Santa Claus, auch als Weihnachtsmann bekannt, vor dem Gefühlsradar in der hinteren Ecke seines Arbeitszimmers an und regelte den schrillen Piepton rasch so weit herunter, dass er nicht mehr in den Ohren wehtat. »Du meine Güte, was ist denn schon wieder los? Ich habe doch noch gar keine großen Wunscherfüllungen in Arbeit, die einen solchen Aufruhr rechtfertigen könnten.« Kaum hatte er die Worte ausgesprochen, als auch schon ein neuer, etwas tieferer Signalton bimmelte, diesmal kam er von Santas Computer.

Erschrocken fuhr er herum. »Na, na, was ist denn? Heute ist ja was los. Nur weil wir Freitag, den Dreizehnten, haben, muss hier doch nicht so ein Lärm herrschen.« Er setzte sich auf seinen Drehstuhl und betätigte die Maus, um den Bildschirmschoner zu deaktivieren. »Was ist denn überhaupt passiert?« Stirnrunzelnd blickte er auf die Meldung, die auf dem Bildschirm aufgeploppt war. Es war eine automatische Nachricht, die von seiner Weihnachtswunsch-Erinnerungsfunktion hervorgerufen worden war.

»Hm.« Nachdenklich rieb der Weihnachtsmann sich übers Kinn und stellte gleichzeitig das nervige Pling-Pling ab, das die Nachricht produzierte. »Das ist interessant.«

»Hey, Santa, was war denn hier eben los?« Elfe-Sieben, seine Assistentin, kam mit einem Stapel Wunschzettel herein, die sie gerade aus dem Briefkasten geholt hatte. »Das war ja ein geradezu infernalischer Lärm. Spielt das Gefühlsradar wieder mal verrückt? Wir haben doch noch gar keine großen Wünsche in der Überwachung. Soll Elf-Zwanzig sich das mal ansehen? Er hat das Radar ja damals installiert. Vielleicht kann er herausfinden, was damit nicht stimmt.«

»Hm«, wiederholte Santa Claus und wandte sich dem Gefühlsradar zu, drehte an ein paar Schaltern, justierte es. Das Schrillen wurde wieder lauter. Rasch wandte er sich wieder dem Bildschirm zu und tippte etwas auf seiner Tastatur ein. »Das Radar spinnt diesmal nicht.«

»Nicht?« Rasch legte Elfe-Sieben die Briefe in die dafür vorgesehene Ablage und trat neben den Weihnachtsmann. »Was denn dann?«

»Es scheint auf einen Weihnachtswunsch reagiert zu haben, der sich vor ein paar Monaten über Gedanken manifestiert hat. Du weißt doch, dass solche Gedankenwünsche in einer speziellen Datei gespeichert werden. Dieser hier ist sogar, wenn ich das recht sehe, nicht nur ein Gedanke gewesen, sondern wurde laut ausgesprochen. Sobald sich eine Gelegenheit zur Erfüllung ergibt, meldet das Programm eine Erinnerung.«

»Ja klar. Um welchen Wunsch geht es denn? Der muss ja ganz wichtig sein, wenn hier alle Geräte auf einmal verrücktspielen.«

Santa Claus drehte den Bildschirm etwas, damit Elfe-Sieben besser darauf blicken konnte. »Hier, schau dir das an.«

Elfe-Sieben studierte die kurze Videosequenz, die der Weihnachtswunsch-Empfänger im vergangenen Juli aufgefangen hatte. Verblüfft blickte sie den Weihnachtsmann von der Seite an. »Ist das nicht Viola Sternbach? Und was in aller Welt haben sie und die anderen Frauen da mitten im Hochsommer gemacht? Weihnachtsfilme geguckt?«

»Weihnachtsromanzen.« Santa Claus schmunzelte. »Sie haben es, Moment mal …«, er rief die Transkription der Gespräche auf, die das Programm automatisch angelegt hatte, »… *Christmas in July*-Filmabend genannt. Ich finde das recht charmant, dass sie sogar mitten im Hochsommer in Weihnachtsstimmung waren. Und seit es Netflix und diese ganzen anderen Streamingdienste auf der Erde gibt, finden sich von Jahr zu Jahr mehr romantische Filme mit Weihnachtsthema. Ich finde das sehr schön, denn es unterstützt das Christkind und mich in unserem Bestreben, den wahren Geist der Weihnacht wieder mehr unter den Menschen zu verbreiten.«

Elfe-Sieben kicherte. »Bei Viola ist das, glaube ich, nicht nötig. Sie ist doch, soweit ich mich erinnern kann, sowieso ein Weihnachtsfan. Ganz im Gegensatz zu ihrer älteren Schwester Ricarda. Guck mal, wie sie immer wieder das Gesicht verzieht, so als leide sie ganz fürchterlich.«

Auch Santa Claus lachte. »Ach was, sie tut nur so. In ihrem Herzen ist sie ebenfalls eine Romantikerin. Aber um sie geht es ja gerade nicht. Der Empfänger hat eindeutig Violas Wunsch aufgeschnappt.«

Die kleine Elfe grinste. »Dieser Wunsch wurde aber in ganz schön weinseligem Zustand ausgesprochen. Oder sollte ich lieber sagen in proseccoseligem? Ich glaube kaum, dass sie sich überhaupt noch daran erinnern kann. Und falls doch, wäre es ihr bestimmt sehr peinlich. Guck mal, was sie laut gesagt und an wen sie dabei insgeheim gedacht hat. Ich glaube nicht, dass sie wollen würde, dass ihre Freundinnen davon etwas wissen.«

Santa Claus studierte die Sequenz und die Transkription erneut. »Da magst du vielleicht recht haben, Elfe-Sieben, aber im Wein – oder im Prosecco – liegt die Wahrheit, wie du weißt, und das macht den Wunsch jetzt natürlich noch deutlich konkreter. Sie hat sich ihre große Liebe unter dem Weihnachtsbaum gewünscht.« Er rieb sich nachdenklich übers Kinn. »Das kann doch eigentlich nicht so schwierig werden, oder?«

»Nicht, wenn derjenige, an den sie gedacht hat, ebenfalls Gefühle für sie hat«, stimmte die Elfe zu. »Und das herauszufinden sollte schnell gehen. Soll ich Elfe-Acht und Elf-Zwei gleich mal losschicken, damit sie das auskundschaften?«

»Ja, tu das. Ich überlege mir inzwischen einen Plan B.«

»Warum das denn?« Verblüfft wandte sich Elfe-Sieben, die bereits zur Tür gestürmt war, noch einmal um.

»Na, zur Sicherheit. Du weißt doch, in den vergangenen Jahren haben uns Komplikationen immer wieder fast einen Strich durch die Rechnung gemacht. Diesmal lasse ich mir gleich einen Ausweichplan einfallen, damit wir auf der sicheren Seite sind.«

»Aber wie soll dieser Notfallplan denn aussehen? Viola ist doch nun mal nur in diesen einen Mann verliebt. Und wenn er ihre Gefühle nicht erwidert, können wir den Wunsch dieses Jahr nicht erfüllen. Dann müssen wir das leider verschieben.«

Nachdenklich zupfte Santa Claus an seinem Bart herum. »Hoffen wir, dass Plan A ausreicht. Ich schiebe die Erfüllung von Wünschen ungern auf die lange Bank.«

3. Kapitel

»Und ihr seid euch ganz sicher, dass ihr niemanden gesehen habt?« Während sie sprach, fuhr Fiona Sahler mit einem Scanner rechts und links an der kleinen Hündin entlang, um zu prüfen, ob diese gechippt war. »Nichts, das hätte mich auch gewundert.«

»Als wir zu der Parkbucht kamen, war dort weit und breit niemand zu sehen«, sagte Viola. »Die arme Miss Daisy muss schon eine ganze Weile dort gesessen haben.«

Lukas nickte grimmig. »Und niemand sonst, der dort vorbeigefahren ist, hat sie beachtet.« Er kochte noch immer innerlich vor Wut auf den verantwortungslosen Halter oder Züchter, der das Hundekind ausgesetzt hatte. Menschen, die hilflose Kreaturen quälten oder, wie in Miss Daisys Fall, einfach im Stich ließen, gingen ihm gehörig gegen den Strich. »Vor uns scheint niemand auf die Idee gekommen zu sein, ihr zu helfen.«

»Vielleicht haben sie sie auch einfach übersehen.« Viola trat etwas zur Seite, als Fiona begann, das Hundekind zu untersuchen. »Die Sonne ist erst gegen halb acht aufgegangen, und wenn sie im Dunkeln ausgesetzt wurde, haben die vorbeifahrenden Autofahrer sie vielleicht nicht sehen können. Sie hatte sich ja ganz klein gemacht. Man hätte sie im Dunkeln oder im Zwielicht leicht für einen Stein oder einen Erdhaufen halten können.

Ich ein Erdhaufen? Wie unschmeichelhaft. Aber davon abgesehen hast du recht. Diese vielen schnellen riesigen Au-

tos haben mir Angst gemacht und ich habe mich ganz fest zusammengerollt. Außerdem hat es ja so arg geregnet und ich war so nass und mir war kalt. Hatschi übrigens.

»Na, na, du wirst dich doch nicht erkältet haben.« Nachdem Fiona Miss Daisy abgetastet hatte, horchte sie nun mit dem Stethoskop ihren Herzschlag ab.

Erkältet? Was ist das?

»Gesund und kräftig.« Lächelnd tätschelte Fiona den schwarzen, immer noch feuchten Kopf des Welpen. »Du bist ungefähr vier bis fünf Monate alt, würde ich sagen. Zeig mal deine Zähnchen.«

Was? Wie? Hä? Erstaunt ließ Miss Daisy sich die Schnauze öffnen.

»Das sind noch Milchzähnchen, obwohl hier vorne bereits zwei neue nachgewachsen sind. Also eher fünf als vier Monate.«

Ja, das kommt hin. Und das kannst du an meinen Zähnen sehen? Wie eigenartig. Wuff.

Fiona lachte, als das Hundemädchen leise bellte. »Stimmst du mir zu?« Sie wandte sich wieder Viola und Lukas zu. »Da ich nicht weiß, wie es ihr bisher ergangen ist, werde ich sie wohl oder übel durchimpfen müssen und am besten auch eine Aufbauspritze geben, damit sie keine Erkältung bekommt. Das ist auch die Voraussetzung, um sie später im Tierheim abzugeben.« Sie seufzte. »Dabei haben sie dort schon so wahnsinnig viele Tiere, und die Weihnachtszeit kommt erst noch.«

»Die Weihnachtszeit?« Fragend hob Viola den Blick von Miss Daisy, dann verzog sie betroffen die Lippen. »Meinst du, weil dann noch mehr Tiere ausgesetzt werden?«

»Ja.« Fiona hob die Schultern. »Hier in der Gegend hält es sich normalerweise in Grenzen. Die Kleine hier ist, soweit ich weiß, das erste Tier seit Jahren, aber unser Tierheim übernimmt überzählige Tiere aus ganz Deutschland und natürlich immer auch welche aus Auffangstationen in Ungarn oder Rumänien. Weihnachten oder vielmehr die zwei Monate danach sind die Hauptsaison für ausgesetzte Haustiere aller Art, und vor den Oster- oder Sommerferien ist es ebenfalls noch mal schlimm.«

»Einfach unverantwortlich, Tiere zu Weihnachten zu verschenken, ohne sich Gedanken zu machen, was aus ihnen wird, wenn der Alltag einkehrt.« Lukas' Miene hatte sich verfinstert. »Aber diese Kleine hier hatte offenbar ein etwas anderes Schicksal.«

»Anscheinend, aber genau werden wir es wohl nie erfahren.« Während sie sprach, hatte Fiona Miss Daisy fertig untersucht und sogar schon geimpft. Die kleine Hündin ließ alles heldenhaft tapfer über sich ergehen. »Das ist so eine Süße!«, schwärmte sie. »Ich würde sie ja am liebsten selbst behalten, aber wir haben inzwischen zwei Hunde. Lucy und die kleine Kinga aus Rumänien und zwei Papageien. Mehr geht leider nicht.«

»Kinga aus Rumänien, Kinga aus Rumänien!«, ertönte prompt die Stimme des stolzen Ara-Männchens aus der riesigen Voliere, die sich im Wartezimmer befand.

»Ja genau, Friedhelm.« Fiona warf lachend einen Blick über die Schulter durch die geöffnete Tür des Behandlungszimmers. »Friedhelm ist ein Plappermaul«, erklärte sie Viola und Lukas. »Luise, seine Partnerin, ist etwas stiller, und wenn sie doch mal den Schnabel öffnet, flucht sie gerne. Wir haben die beiden von Michaels Großonkel geerbt. Sie sind schon so um die dreißig Jahre alt und unzertrennlich. Und sie fahren gerne Auto. Ich bringe sie jeden Morgen mit hierher und nehme sie abends wieder mit nach Hause. Michael hat ihnen bei uns ein ganzes Zimmer hergerichtet und einen

Durchbruch in die Wohnzimmerwand mit Gitterfenstern und Schleuse gemacht, sodass sie ihr eigenes Reich haben, aber an unserem Familienleben trotzdem teilnehmen können. Im kommenden Sommer sollen sie dann auch noch einen eigenen kleinen Wintergarten bekommen.«

»Wow, wie toll!« Viola lächelte dieses entzückende Lächeln, das Lukas schon seit seiner ersten Begegnung mit ihr auf besorgniserregende Weise auf den Magen schlug. »Das ist ja ein Papageienparadies.«

»So große Vögel brauchen eben einiges an Platz.«

»Liebe, süße Luise, verdammt noch mal!«, kam es aus dem Wartezimmer.

»Ja, genau, und viel Zuwendung, da hast du recht, du liebe, süße Luise.« Kichernd wandte Fiona sich wieder der Hündin zu. »Was habe ich gesagt? Sie flucht gerne.« Sie nickte Lukas zu. »Halt Miss Daisy mal fest, bis ich ihren Impfpass ausgestellt habe. Sie muss noch gechippt werden und die Tollwutimpfung bekommen, das mache ich allerdings ein andermal, und dann erhält sie noch einen anderen, einen internationalen Impfpass. Wir wollen es heute mal nicht übertreiben. Die Kleine sieht recht erschöpft aus.«

Bin ich auch. Und müde. Miss Daisy gähnte. *Gerettet zu werden ist ganz schön anstrengend.*

»Was passiert jetzt mit ihr?« Viola nagte an ihrer Unterlippe. »Sollen wir sie zum Tierheim bringen oder machst du das?«

»Ich lasse sie abholen. Vermutlich aber erst morgen. Im Tierheim sind sie ständig unterbesetzt, da dauert es manchmal ein bisschen, bis jemand sich kümmern kann. So lange kann die Kleine gerne hierbleiben.«

»Na ja, weil …« Wieder knabberte Viola an ihrer Unterlippe.

Lukas räusperte sich.

»Ich glaube, ich würde sie gerne behalten.« – »Sie könnte auch bei mir bleiben.«

Verblüfft starrte Lukas Viola an. Ihre Miene verriet ebenfalls Überraschung. Sie hatten gleichzeitig dieselbe Idee ausgesprochen.

Fiona schmunzelte. »Tja, da müsst ihr euch jetzt wohl einig werden. Eins ist aber sicher. Wenn sie bei einem von euch bleiben kann, wird das Tierheim sich im wahrsten Sinne des Wortes tierisch freuen. Jeder vermittelte Hund entlastet sie dort sehr. Und soweit ich es beurteilen kann, dürftet ihr beide gute Hundeeltern sein.«

»Tja, aber …« Violas Wangen hatten sich gerötet und sie blickte zwar in Lukas' Richtung, ihm jedoch nicht direkt in die Augen. »Was jetzt?«

»Gute Frage.« Er rieb sich etwas ratlos über den Nacken. Er wollte es eigentlich nicht so direkt zugeben, aber er hatte sich inzwischen schon unsterblich in das kleine Hundekind verguckt. Als er sah, wie Viola jetzt Miss Daisy nervös über den Kopf streichelte, dämmerte ihm, dass es ihr ähnlich zu gehen schien. »Sollen wir Streichhölzchen ziehen?« Er grinste schief. »Sorry, blöder Scherz.«

»Vielleicht überlegt ihr euch die Sache und beredet sie mal in Ruhe bis heute Abend«, schlug Fiona vor. »So lange kann Miss Daisy bei mir bleiben. Ich kümmere mich gut um sie, versprochen. Ihr müsst doch bestimmt auch zur Arbeit – und jeder für sich überlegen, ob ein Hund überhaupt in euer Leben passt.«

»Stimmt auffallend.« Lukas warf einen Blick auf seine Armbanduhr. »Ich habe gleich ein Kundengespräch.«

»Um Himmels willen!« Viola war blass geworden. »Vor lauter Aufregung habe ich vergessen, im Resort anzurufen.

Dort warten sie doch schon auf mich.« Auch sie blickte auf ihre Armbanduhr und wurde noch blasser. »Wenn ich nicht schnell dort Bescheid gebe, werden sie eine Vermisstenmeldung ausgeben. Aber mein Handyakku ist leer. Kann ich dein Telefon benutzen, Fiona?«

»Aber klar doch …«

»Hier, nimm mein Handy.« Lukas hielt ihr sein Smartphone hin. »Und gib bei der Gelegenheit doch auch gleich deine Nummer ein. Denn heute Abend müssen wir wohl oder übel zusammen entscheiden, bei wem Miss Daisy zukünftig leben soll.«

***

Nervös ging Viola in ihrem kleinen Büro auf und ab und nagte an ihrem Daumennagel. Als sie es bemerkte, verdrehte sie die Augen und schob ihre Hände in die Taschen ihrer Jeans. Das fehlte noch, dass sie sich solche Unarten wieder angewöhnte. Als Kind hatte sie häufig Fingernägel gekaut, doch inzwischen war sie darüber hinweg. Hatte sie gedacht.

Lukas hatte ihr vorgeschlagen, sich gegen Abend bei ihr zu melden, um die Sache mit Miss Daisy zu besprechen. Was sie dabei ganz vergessen hatte, war der Pilateskurs, den sie später noch geben würde. Sie hatte also gar keine Zeit. Oder erst ziemlich spät. Aber Miss Daisy ging ihr einfach nicht mehr aus dem Kopf. Die Kleine war so unglaublich süß und zutraulich.

Ein wenig hatte Viola sich gewundert, dass Lukas das Hundekind ebenfalls adoptieren wollte. So hatte sie ihn gar nicht eingeschätzt. So … liebevoll und … fürsorglich.

Allerdings war ihr eigener Entschluss nicht wirklich durchdacht gewesen. Doch dass Miss Daisy ins Tierheim kommen sollte, kam nicht infrage. In der Mittagspause hatte Viola bereits online in diversen Shops gestöbert und sich informiert, was man alles an Erstausstattung für einen Welpen benötigte. Natürlich war ihre freie Zeit begrenzt und ein so junger Hund brauchte neben Zuwendung auch viel Erziehung, und da sie über ein kaum nennenswertes Privatleben verfügte, war Miss Daisy vielleicht genau das, was sie gerade brauchte. Ein Lebewesen, das zu ihr gehörte, sie liebte – und dem gegenüber es ihr nicht dauernd die Sprache verschlug.

Viola hasste ihre Schüchternheit manchmal regelrecht. Dabei hatte sie sie in beruflicher Hinsicht inzwischen fast gänzlich abgelegt. Auch bei Menschen, die sie schon ewig kannte – und natürlich ihrer Familie –, trat sie kaum zutage. Aber Männern – insbesondere Lukas – gegenüber war es manchmal zum Verzweifeln. Sie wäre so gerne geradeheraus und schlagfertig wie Ricarda oder zumindest so eloquent in jeder Lebenslage wie ihre Schwägerin Laura. Stattdessen brachte sie kaum einen zusammenhängenden Satz heraus, wenn sie mit einem Mann allein war. Zumindest nicht zu Anfang einer Bekanntschaft. Aber bis sie dann endlich aufgetaut war, wie ihr ältester Bruder Justus es nannte, waren die potenziellen Flirtpartner immer längst weitergezogen. Inzwischen hatte sie sich deshalb auch im Privatleben ihren Berufsschutzpanzer zugelegt, wie sie selbst ihn bezeichnete. Sie hüllte sich in eine Aura von Gleichmütigkeit und leichter Distanziertheit, die es ihr ermöglichte, einigermaßen normal mit ihrem Gegenüber zu reden. Leider verhinderte dieser Panzer es aber auch, dass jemand entdeckte, wie sie wirklich empfand. Vielleicht war das besser so, zumindest derzeit, denn ihre Gefühle für Lukas waren sinnlos – und seine gleichbleibend kühle Freundlichkeit ihr gegenüber bestätigte sie darin. Er behandelte sie wie die nette, angeheiratete

Verwandte, die sie für ihn nun einmal war. Die Schwester seines Schwagers. Nicht mehr, nicht weniger.

Ein Klopfen an ihrer Bürotür riss sie aus ihren Gedanken. Im nächsten Moment streckte Ricarda den Kopf zur Tür herein. »Hier steckst du!« Sie rückte ihre silbergerahmte Brille zurecht und strich sich dabei gewohnheitsmäßig eine ihrer brünetten Haarsträhnen aus dem Gesicht. »Kommst du? Der Kurs fängt gleich an. Ich dachte, du wolltest mir vorher noch diese neue Yogaübung zeigen, die so gut für meinen Nacken sein soll.«

»Entschuldige, das hatte ich ganz vergessen!« Viola fasste sich an den Kopf. »Ich komme sofort.« Rasch schnappte sie sich ihr Handy und die Tasche mit ihren Sportsachen und folgte ihrer Schwester zum Aufzug. »Wenn du möchtest, kann ich dich zur Entschädigung später noch ein bisschen massieren.«

»Da sage ich nicht Nein.« Ricarda grinste. »Aber eine Entschädigung braucht es nicht. Ein paar Minuten Zeit haben wir ja noch.« Sie betrat vor Viola den Lift und wandte sich ihr rasch wieder zu. »Jetzt erzähl noch mal genau, wie das heute Morgen war. Ich meine, wie kam es überhaupt dazu, dass du und Lukas zusammen unterwegs wart? Oder …« Sie legte mit neuem Interesse den Kopf schräg. »Läuft da etwa was zwischen euch, sodass ihr zusammen …«, sie wedelte vielsagend mit den Händen, »… zur Arbeit gefahren seid?«

»Nein, gar nicht!« Viola spürte, wie ihr die Röte in die Wangen stieg. »Was du immer gleich denkst! Bei mir hatte bloß Freitag, der Dreizehnte, zugeschlagen. Mein Auto ist nicht angesprungen und mein Handyakku war leer. Lukas ist bloß zufällig vorbeigekommen. Eigentlich wollte ich dich gerade anrufen, um zu fragen, ob du mich abholst, was aber nicht ging, wegen des leeren Akkus.«

»Aha.«

»Wirklich!«

»Ist ja schon gut, ich glaube es dir.« Lachend verließ Ricarda den Aufzug vor Viola, stieß sie dann aber erneut mit einem breiten Grinsen an. »Aber warum ist er dann jetzt hier?«

»Was?« Viola sah sich erschrocken um. »Wer ist hier?« Als sie Lukas im Foyer auf einem der bequemen Ledersessel sitzen sah, machte ihr Herz einen unangemessenen Satz. »Oh.«

»Ja, oh.« Ricarda musterte sie neugierig. »Sag schon, was läuft da?«

»Gar nichts.« Verdammtes Rotwerden! Fahrig zupfte Viola an ihrer Tasche herum. »Er wollte eigentlich nur anrufen, weil wir doch überlegen müssen, wer von uns Miss Daisy adoptiert.«

»Das ist dir ernst, ja? Dass du den Hund übernehmen willst?«

Viola nickte. »Ja. Du hast sie nicht gesehen. Sie ist so süß und war gleich total zutraulich und so … Aber eben auch zu ihm und jetzt …«

»… müsst ihr euch einig werden.« Ricarda nickte. »Tja, dann verschieben wir das mit der Yogaübung auf das nächste Mal, würde ich sagen.«

»Nein, nein, ich …« Viola schluckte hektisch, weil ihr Herzschlag sich nicht beruhigen wollte. »Ich komme gleich. Ich muss nur kurz … mit ihm … reden.«

»Wie du meinst. Ich ziehe mich schon mal um. Soll ich deine Tasche auch gleich mitnehmen?« Auffordernd streckte Ricarda ihre Hand aus.

»Nein.« Violas Finger krallten sich in den Stoff der Tasche. Dann fluchte sie innerlich. »Doch, klar, hier.« Sie übergab ihrer Schwester die Tasche und wusste prompt nicht, wohin mit ihren Händen. »Ich bin gleich bei euch.«

Ricarda kräuselte ganz kurz die Lippen, nickte aber nur. »Bis gleich.«

Unsicher sah Viola ihrer Schwester nach, die auf den Westflügel des Resorts zusteuerte, in dem sich ihre physiotherapeutische Praxis sowie die Sporträume und das Schwimmbad befanden. Ehe sie sich fangen konnte, hatte Lukas sie bereits entdeckt, erhob sich und kam mit ausholenden Schritten auf sie zu. »Hallo, Viola. Ich hoffe, es macht dir nichts aus. Patrick meinte, dass du um diese Zeit Feierabend hast, deshalb bin ich einfach schnell vorbeigekommen.«

»Ja, äh …« Verflixt, schon verfingen sich die Worte in ihrer Kehle. Mit aller Gewalt riss sie sich zusammen und blickte zu ihm auf, jedoch nur für eine Sekunde in seine Augen, bevor sie sich wie zufällig zur Seite wandte und vage in Richtung Wellnessabteilung deutete. »Ich habe heute Abend noch einen Pilateskurs. Der dauert eine Dreiviertelstunde. Das hätte Patrick aber wissen müssen. Angelique ist doch auch in dem Kurs.«

»Angelique wird heute garantiert nicht in den Kurs kommen.« Lukas grinste breit. »Deshalb hat Patrick wahrscheinlich nicht daran gedacht … Ups.« Lachend schlug er sich gegen die Stirn. »Das hätte ich gar nicht verraten dürfen. Okay, zu spät.«

Viola hob ruckartig den Kopf. »Was hättest du nicht verraten dürfen? Was ist mit Angelique? Ist sie krank?«

»Das nun nicht gerade.«

»Was denn dann …?« Da sich Lukas' Grinsen noch verbreiterte, begriff sie. »Nein! Wirklich, ist sie …?«

»Pst! Das ist noch geheim.« Verschwörerisch senkte Lukas die Stimme. »Ich hätte es auch noch nicht wissen dürfen. Patrick hat sich heute früh verplappert. Na ja, so wie er gestrahlt hat, hätte man es auch problemlos erraten können. Die beiden wollen heute wohl erst mal zu zweit feiern und es den Zwillingen sagen.«

»O mein Gott!« Viola vergaß ihre Schüchternheit für einen Moment vollkommen. Sie fasste Lukas aufgeregt an den Aufschlägen seiner grauen Windjacke. »Das ist ja wunderbar! O mein Gott, wie toll! Meine Eltern werden vor Freude ausflippen.« Sie lachte. »*Ich* flippe vor Freude aus! Patrick wird Papa. Also noch mal. Das ist so ... hach!« Plötzlich musste sie regelrecht mit den Tränen kämpfen. Gleichzeitig wurde ihr bewusst, wie nah sie Lukas gekommen war. Ein Stich durchfuhr sie, als sie in sein lachendes Gesicht blickte, und sie trat rasch wieder einen Schritt zurück. »Entschuldige, aber ... also ...«

»Schon gut, ich freue mich ja auch für die beiden.« Ein warmer Glanz war in seine Augen getreten. Höchst merkwürdig. Gleichzeitig wurde er jedoch wieder etwas ernster. »Du hast also jetzt keine Zeit? Ich könnte auch warten, bis dein Kurs vorbei ist.«

»Warten?« Viola brauchte einen Moment, um sich wieder vollends zu fangen. »Das ist doch nicht nötig. Ich könnte auch ...« Dich anrufen. Sie erschrak. Lukas anrufen? Allein der Gedanke versetzte ihr Innenleben in Aufruhr.

»Nein, schon gut. Ich habe dich ja einfach überfallen. Abgesehen davon muss ich noch an ein paar Angeboten für Wohnzimmermöbel arbeiten. Ich hole einfach meinen Laptop aus dem Auto. Gibt es hier irgendwo eine ruhige Ecke? Hier in der Lobby ist es mir ein bisschen zu bevölkert.«

»Ja, also ...« Viola kämpfte gegen die zurückkehrende Schüchternheit an. »Drüben im Wellnessbereich gibt es auch

Sitzgelegenheiten. Oder setz dich an den Empfang vor meiner Praxis, da steht auch ein Tisch.«

»Perfekt. Wohin genau muss ich?«

Viola drehte sich um und deutete auf den Westflügel. »Einfach da vorne durch die Glastür und dem Wegweiser folgen.«

»Alles klar, bis nachher.« Lukas hob noch einmal kurz die Hand und war im nächsten Moment schon halb durch die Lobby.

Unsicher, wie sie sich fühlen sollte, sah Viola ihm nach, dann erinnerte sie sich daran, dass sie sich noch umziehen musste. Eilig machte sie sich auf den Weg zu den Umkleideräumen.

***

Lukas beeilte sich, seinen Laptop aus dem Auto zu holen. Ein eisiger Wind war aufgekommen, der Regen, vermischt mit Schneeflocken, im Schlepptau hatte. Dass er jetzt so unverhofft noch etwas Zeit zum Arbeiten hatte, kam ihm gerade recht. Damit konnte er sich ein Weilchen von den unwillkommenen Gedanken ablenken, die ihn schon den ganzen Tag heimsuchten. Natürlich hatte er überlegt, wie man die Sache mit Miss Daisy am besten lösen konnte, und war inzwischen mit sich übereingekommen, dass es am besten war, wenn er die Hündin Viola überließ. Das tat ihm zwar leid, weil er sich auf den ersten Blick in die Kleine verliebt hatte, aber andererseits hatte er nie vorgehabt, sich wieder zu verlieben. Auch nicht in einen Hund. Er hatte sich vor vielen Jahren geschworen, dass der daraus resultierende Herzschmerz es nicht wert war, sich auf jemanden so tief einzulassen. Einmal war ihm das passiert – und er hatte sehr, sehr lange gebraucht, um sich wieder zu fangen, und noch länger, die Wunden, die in sein Herz geschlagen worden waren, so weit vernarben zu lassen, dass sie nicht mehr schmerzten und er sie einigermaßen vergessen konnte.

Zwar bestand bei einem Hund keine große Gefahr, dass er ihn dermaßen enttäuschen würde, aber allein schon die Empfindungen, die die süße Miss Daisy seinem doch inzwischen so sorgfältig abgeschirmten Herzen entlockt hatten, alarmierten ihn. Er wollte sich solch eine Schwäche nicht erneut erlauben, denn wenn sich schon ein kleiner Hund derart schnell in sein Herz schleichen konnte, wie wäre es dann erst mit anderen Menschen? Frauen zum Beispiel? Eine ganz bestimmte Frau im Besonderen …?

Er schob den Gedanken rigoros beiseite, betrat wieder das Resort und steuerte den Wellnessbereich an. Hier war er bislang noch nicht gewesen, deshalb sah er sich erst einmal gründlich um – und staunte über das moderne, einladende Ambiente, das hier geschaffen worden war und das garantiert selbst den unsportlichsten Menschen anregen würde, sich mehr bewegen zu wollen. Helle Farben, witzige Kunstdrucke und Poster, teilweise mit motivierenden oder auch ironischen Sprüchen, ein halbrunder Empfangstresen, hinter dem sich ein Schreibtisch verbarg. Dem Empfang gegenüber befand sich eine gemütliche Wartezone, wohl für Violas Patienten. Die Sitzgelegenheiten waren alle aus hellem Leder, jedoch ergonomisch geformt und sahen sehr bequem aus. Es gab auch ein paar Sitzbälle und bewegliche Hocker, eine Ecke mit Spielsachen und Malbüchern für die Kleinsten und in der Mitte eine Art Insel mit einem großen, tagsüber beleuchteten Aquarium, in dem sich zwischen Wasserpflanzen und einem versunkenen Piratenschiff diverse farbenfrohe Fische tummelten. Aus den Lautsprechern ertönte leise Hintergrundmusik. Schräg hinter dem Empfang ging es zu zwei Behandlungsräumen und auf der anderen Seite des Raumes zweigten Türen zu den Wellnessbereichen ab: Sauna, Schwimmbad, Solarium, Massagezimmer. Auch ein kleiner Ruheraum und ein Extrazimmer für Meditationen waren ausgeschildert. Lukas staunte, ihm war nicht bewusst gewesen, wie riesig dieser Flügel des Hotels war. Am beeindruckendsten fand er die große Turnhalle, in die man vom Empfang und Wartebereich aus durch eine überdimensionale Fensterscheibe hineinsehen konnte. Am oberen Rand der Scheibe konnte er sehen, dass man das Fenster mittels Jalousien vor neugierigen Blicken schützen konnte, doch im Augenblick hatte er freie Sicht auf die erleuchtete Halle, in der bereits sechs oder sieben Frauen im Sportdress beieinanderstanden.

Er erkannte Laura, die Frau von Patricks Bruder Justus, und dessen Schwester Ricarda sowie die junge Floristin, die im Blumenladen in der Annastraße arbeitete. Kati hieß sie, was er so genau wusste, weil er bei ihr schon Blumensträuße für Patricks Mutter oder seine eigene gekauft hatte und dabei mit ihr und der Inhaberin des Ladens, Tessa Winkmann, ins Gespräch gekommen war.

Eine weitere junge Frau mit langen, wallenden roten Korkenzieherlocken hatte er ebenfalls schon einmal in der Stadt gesehen. Die anderen Frauen waren ihm unbekannt.

Eben gesellte sich auch Viola zu der Gruppe. Sie trug jetzt einen engen Sportdress in Rosa und Weiß – und sie hatte ein Clipboard dabei, das sie einer der Frauen in die Hand drückte. Anscheinend eine gute alte Anwesenheitsliste.

Sie lächelte immer noch so strahlend wie vorhin, als ihm Angeliques Geheimnis herausgerutscht war. Wie ärgerlich! Normalerweise konnte er solche Dinge für sich behalten, doch Viola hatte ihn irgendwie kurz aus dem Konzept gebracht. Wie, das war ihm gar nicht so recht bewusst, denn normalerweise war sie ihm gegenüber eher reserviert und zurückhaltend und sprach ihn selten von sich aus an.

Doch bei der Nachricht von Angeliques Schwangerschaft war sie plötzlich ganz anders gewesen. So, als wäre von einer Sekunde auf die nächste die Sonne aufgegangen und eine unsichtbare Barriere zwischen ihnen verschwunden. Ihr Strahlen hatte ihm einen heftigen Stich versetzt – und einen gehörigen Schrecken eingejagt. Erneut spürte er einen Nachhall davon, weil sie immer noch so glücklich und gelöst schien und – verdammt, dieses Lächeln war gefährlich!

Offenbar hatten die anderen Frauen, oder zumindest Ricarda und Laura, ebenfalls bemerkt, dass Viola ungewöhnlich guter Dinge war, denn sie nahmen sie gerade beiseite und redeten auf sie ein.

Lukas ging zum Empfangstresen, zog den Bürostuhl hervor und setzte sich an den Schreibtisch. Während er den Laptop aufklappte, blickte er erneut durch das Fenster und sah – und hörte, wenn auch nur gedämpft –, wie die drei Frauen zu kreischen und wild herumzuhüpfen begannen.

Er schmunzelte. Offenbar hatte Viola das Geheimnis auch nicht für sich behalten können. Hoffentlich bekam er dafür jetzt keinen Ärger mit Patrick.

Je länger er den Frauen zusah – und speziell Viola –, desto eigenartiger fühlte er sich. So ausgelassen hatte er sie noch nie gesehen – höchstens einmal im Kreis ihrer Familie. Von Reserviertheit oder Zurückhaltung keine Spur mehr.

Zwar fuhr er den Laptop hoch und öffnete sein Arbeitsprogramm, doch seine Blicke wurden ständig von den Vorgängen in der Turnhalle abgelenkt. Nachdem die drei Frauen sich wieder beruhigt hatten, hatte Viola sich vor den Teilnehmerinnen des Kurses positioniert, erklärte etwas, dann begannen alle mit den Übungen, die sie vormachte. Immer wieder ging sie von der einen zur anderen Teilnehmerin, erklärte hier etwas, korrigierte dort eine Haltung. Dann ging es mit weiteren Übungen und viel Gelächter weiter.

Viola verstand ihren Job, das war unübersehbar. Und wie beweglich sie war! Lukas staunte nicht nur, er bewunderte sie – und bemerkte dabei fast zu spät, dass er sich damit in Teufels Küche begab. Viola war nicht seine Kragenweite. Sie gehörte zu Angeliques Familie – und damit jetzt auch zu seiner. Aber nicht nur deswegen kam sie nicht für ihn infrage, sondern auch, weil er, wenn er sich schon mal ein kleines Abenteuer erlaubte, Frauen bevorzugte, die ebenso ungebunden bleiben wollten wie er und denen gelegentliche rein körperliche Zusammenkünfte vollkommen ausreichten. Keine von ihnen hatte je mehr von ihm erwartet – und er hatte auch nicht mehr verlangt. Das würde er auch niemals wieder tun, aus reinem Selbstschutz. Er hatte einmal geliebt, aus vollem Herzen, und war grausam enttäuscht worden. Vielleicht wäre es nicht so schlimm gewesen, wenn er es hätte kommen sehen, doch er war von diesem Schlag wie aus dem Nichts getroffen worden, unerwartet und eiskalt.

Grund genug, sich jetzt endlich von Violas viel zu verführerischem Anblick loszureißen und sich auf seine Arbeit zu konzentrieren.

***

»Hast du einen neuen Verehrer?« Mariella Bonner, die rothaarige Kursteilnehmerin, mit der Viola sich, ebenso wie mit Kati, inzwischen recht gut angefreundet hatte, obwohl die beiden Frauen einige Jahre jünger waren als sie, löste den Zopf, zu dem sie ihre wallenden Korkenzieherlocken für den Kurs gebunden hatte, und schlüpfte in ihren schwarzen Wollkurzmantel. »Oder warum wartet Lukas Sahrmüller da vor der Sporthalle und tut so, als würde er arbeiten?«

Viola spürte schon wieder diese ärgerliche Wärme in ihre Wangen steigen. Nach der kurzen Dusche, die sie sich nach der Pilatesstunde gegönnt hatte, waren ihre Haare noch etwas feucht, deshalb zog sie eine rosafarbene Mütze über, was ihr zumindest einen Grund gab, ihre Hände zu beschäftigen. »Lukas ist nicht mein Verehrer. Er wartet nur auf mich, weil ...«

»... er dich zu einem Date ausführen will?« Mariella grinste. »Komm schon, mir kannst du es doch anvertrauen.«

»Nein.« Beinahe hätte Viola das Wort viel zu laut ausgestoßen. »Wir haben heute Morgen einen ausgesetzten Hundewelpen gefunden und zur Tierärztin gebracht.«

»Was?« Entsetzt hob Mariella den Kopf. »Das ist ja schrecklich!«

Viola nickte. »Und wie. Wir dachten, wir sehen nicht richtig, als wir ihn an der Landstraße entdeckt haben. Er war an der Leitplanke angebunden. Und, na ja, jetzt überlegen wir beide, ob wir Miss Daisy, so haben wir die kleine Hundedame genannt, adoptieren wollen.«

»Zusammen?« Verwundert runzelte Mariella die Stirn.

»Nein, natürlich nicht. Wir müssen uns einigen, wer Miss Daisy nun bekommt.«

»Aha.« Mariellas Gesicht verzog sich betrübt. »So eine Gemeinheit, einfach einen Welpen auszusetzen. Wie kann man nur so herzlos sein? Zum Glück habt ihr ihn gefunden. Aber wie wollt ihr euch denn jetzt einigen?«

»Keine Ahnung.« Ratlos hob Viola die Schultern und

warf einen kurzen Blick durch die halb geöffnete Zwischentür, die zum Empfangsbereich der Wellnessoase führte. Die leise Musik aus der Stereoanlage war zu vernehmen und noch leiser das Klappern von Lukas' Laptoptastatur. »Vielleicht sollte ich ihm den Vortritt lassen. Ganz zu Anfang hatte Miss Daisy eine Heidenangst vor ihm, aber dann hat sie sich ganz schnell an ihn gewöhnt und ich glaube, er hat die Kleine sofort ins Herz geschlossen. Deshalb haben wir sie ja auch Miss Daisy genannt, du weißt schon ... *Miss Daisy und ihr Chauffeur.*«

»Und du hast sie nicht so sehr ins Herz geschlossen?« Aufmerksam musterte Mariella sie.

»Doch, schon, aber was soll ich denn sonst machen? Ich möchte mich ja auch nicht mit ihm um sie streiten. Das täte mir leid, schon weil er ja Angeliques Bruder ist und damit zur Familie gehört. Wenn Miss Daisy bei ihm lebt, kriege ich sie ja trotzdem immer wieder zu sehen, weil er ab und zu bei meinen Eltern zu Besuch ist und so.«

»Gutes Argument.« Mariella warf ebenfalls einen Blick in den Empfangsbereich. »Er sieht ziemlich gut aus. Nicht auf die klassische Weise, aber er hat etwas Eigenwillig-Attraktives, findest du nicht auch?«

»Äh, ich weiß nicht. Darüber habe ich noch nicht nachgedacht.« Viola schlüpfte in ihren altrosafarbenen Mantel und beschäftigte sich übermäßig lange mit den Knöpfen und dem Gürtel.

»Pffff!« Mariella stieß sie mit dem Ellenbogen an. »Jetzt versuchst du aber, mir einen Bären aufzubinden. Ein Mann wie er fällt einer Frau auf, das ist mal sicher. Das geht ja selbst mir so, und das, obwohl ich nichts mehr von Männern wissen will, seit ...« Sie schluckte und verstummte. Dann schüttelte sie sich leicht, so als wolle sie ein ungutes Gefühl loswerden, und lächelte wieder, wenn auch etwas gezwungen. »Also sag schon – gefällt er dir?«

»Pst!« Viola warf einen weiteren nervösen Blick durch die Tür. »Er kann uns hören, wenn du so laut redest.«

»Und das würde dich stören?« Neugierig sah Mariella sie an. »Oder wäre es dir peinlich, weil er dir doch gefällt?« Sie hatte die Stimme etwas gesenkt und von ihrem kurzen Unbehagen war nichts mehr zu bemerken.

Viola bewunderte sie dafür. Sie wusste, dass Mariella vor etwas mehr als drei Jahren vergewaltigt worden war und sich immer noch, wenn auch inzwischen nur noch sporadisch, in Therapie befand. Die junge Frau ging recht offen damit um, doch dass ihr das nicht immer leichtfiel, war ihr anzusehen. Dennoch strahlte sie eine positive, fröhliche Energie aus, die ansteckend wirkte. Viola räusperte sich auf Mariellas letzte Frage hin. »Es ist mir peinlich, ja. Er ist der Bruder meiner Schwägerin.«

»Na und? Ihr seid doch nicht blutsverwandt.«

»Aber er ist … kein … Mann … für mich.« Als wolle er ihre Worte Lügen strafen, beschleunigte sich Violas Herzschlag, als sie erneut in Lukas' Richtung blickte und er im selben Moment den Kopf hob. Ihre Blicke begegneten sich und die Wärme in ihren Wangen verwandelte sich in Hitze. »Ich muss jetzt los.«

Mariella grinste. »Ich verschwinde jetzt mal. Romanzen sind nicht so mein Ding. Meine Therapeutin sagt, ich habe eine Vermeidungshaltung angenommen, und damit hat sie wohl recht. Aber du solltest dir vielleicht noch mal überlegen, ob er nicht doch was für dich wäre. So schnell, wie er gerade seine Sachen zusammenpackt, scheint er zumindest nicht uninteressiert an dir zu sein.«

»Quatsch.« Viola wehrte sich gegen den Gedanken, weil

er zugleich verführerisch und beängstigend war. »Er hat bestimmt heute noch mehr vor, als hier herumzusitzen und auf mich zu warten. Deshalb hat er es jetzt eilig.«

»Na gut, rede es dir halt ein, wenn es dich beruhigt.« Immer noch grinsend schnappte Mariella sich ihren Sportrucksack und eilte winkend von dannen.

»Bist du so weit?« Er hatte bereits seinen Laptop eingepackt, seine Jacke über den Arm gehängt und kam auf Viola zu, als sie durch die Tür zum Damenumkleideraum trat. »Ihr habt ja ganz schön hart trainiert. Ich wusste gar nicht, was genau Pilates ist, aber jetzt, da ich euch zugesehen habe, empfinde ich den größten Respekt vor jeder Frau, die so was kann.«

»Ähm …« Verflixt, musste sie schon wieder nach Worten suchen? Viola verfluchte sich innerlich – oder vielmehr die notorische Schüchternheit, die sie in seiner Gegenwart so zuverlässig befiel. »Es gibt auch Männer, die Pilates machen.«

»O Graus!« Lukas lachte auf. »Das müssen Helden sein. Ich bleibe lieber bei Jogging, Rudergerät und Ballsportarten.«

»Du spielst Handball, habe ich gehört.« Viola ging rasch an ihm vorbei, um aus seiner direkten Nähe zu kommen und um die Musik und die Beleuchtung im Aquarium auszuschalten.

»Das ist richtig«, bestätigte er und folgte ihr ärgerlicherweise auf dem Fuße. »Zum Glück gibt es hier in der Stadt einen guten Sportverein.« Er hielt kurz inne. »Du hast hier einen ziemlich genialen Arbeitsplatz. Ich bin zum ersten Mal hier in diesem Flügel und hätte nicht gedacht, dass er so groß ist. Ganz schön beeindruckend.«

»Findest du?« Überrascht blickte Viola sich um und versuchte, ihre für sie so gewohnte Umgebung mit seinen

Augen zu sehen. »Ja, stimmt. Meine Eltern wollten hier etwas ganz Besonderes erschaffen. Ein modernes und gleichzeitig familiäres Hotel zum Wohlfühlen.« Sie schmunzelte, weil das einer der Werbeslogans war, die ihre Schwägerin Laura so oft benutzte.

»Das ist ihnen definitiv gelungen.« Lukas sah sich ebenfalls um. »Ein Fitnessstudio könnte kaum besser ausgestattet sein. Allein diese Sporthalle ist der Wahnsinn.«

»Die hat Papa wohl hauptsächlich meinetwegen bauen lassen.« Nachdem sie auch den Anrufbeantworter eingeschaltet hatte, trat Viola an die riesige Fensterscheibe, durch die man in die Halle blicken konnte. Erst jetzt wurde ihr bewusst, dass Lukas ihr offenbar die ganze Zeit zugesehen hatte. Normalerweise störten sie Zuschauer nicht, denn wenn es um ihren Beruf ging, konnte sie mittlerweile vollkommen professionell bleiben, ohne verlegen zu werden. Doch der Gedanke, dass Lukas sie bei den Pilatesübungen beobachtet hatte, ließ ihren Puls aus dem Ruder geraten. »Er wollte es mir ermöglichen, nicht nur meine Praxis hier zu eröffnen, sondern mich auch bei meinen Ideen für Sportseminare unterstützen. Inzwischen arbeite ich sogar mit der Sportakademie am Stadtrand zusammen. Wenn dort Gastdozenten hinkommen, wohnen sie meistens hier bei uns, und auch wenn Wettkämpfe oder dergleichen stattfinden, werden die auswärtigen Gäste fast immer hier untergebracht und können nach Absprache auch hier trainieren. Oder natürlich in der Akademie, aber manche dieser Sportler legen täglich mehrere Trainingseinheiten ein, oftmals schon vor dem Frühstück oder noch relativ spät abends. Da passt es gut, dass wir so viele Möglichkeiten anbieten. Kooperationen mit dem Sportverein und dem städtischen Schwimmbad gibt es allerdings auch. Und seit Laura das Marketingzepter bei uns schwingt, gibt es auch viele Angebote für Kinder und Jugendliche – bis hin zu Schwimmkursen oder Yoga für Vorschulkinder. Oder Eltern-Kind-Yoga, das ist total beliebt.« Erschrocken über sich, weil sie so viel auf einmal gesagt hatte, rang sie nach Atem.

»Was du nicht sagst.« Lukas grinste. »Dann weiß ich ja, wo wir Patrick und Angelique demnächst anmelden können.«

Verblüfft hob Viola den Kopf, dann fiel ihr die gute Nachricht wieder ein und sie musste ebenfalls lächeln. »Bis dahin dürfte aber noch ein bisschen Zeit vergehen.«

»Stimmt.« Lachend deutete Lukas in Richtung Glastür, die diesen Hoteltrakt vom Haupthaus und der Lobby trennte. »Das Restaurant ist doch sicherlich noch geöffnet, oder?«

»Äh, ja klar.« Leicht irritiert über den plötzlichen Themenwechsel runzelte sie die Stirn. »Warum?«

»Na, weil ich dich gerne zu einer Tasse Kaffee einladen würde – oder Tee, wenn der dir lieber ist. Immerhin haben wir noch eine wichtige Entscheidung zu treffen.«

»Ja, du hast recht.« Sie stellte ihre Tasche neben der Seitentür ab, die hinaus zum Mitarbeiterparkplatz führte, damit sie sie später nicht vergaß. »Aber du brauchst mich nicht einzuladen.«

»Möchte ich aber gerne.« Zuvorkommend hielt er ihr die Glastür auf. »Hast du inzwischen dein Auto in die Werkstatt bringen lassen?«

Froh, dass das Gespräch bei Themen blieb, auf die sie einigermaßen problemlos antworten konnte, nickte sie, während sie ihm voran in Richtung Restaurant ging. »Bastian, ein ehemaliger Klassenkamerad von Patrick, hat ihn abgeholt. Ihm gehört die Autowerkstatt drüben im Gewerbegebiet. Er hat heute Mittag angerufen und mir mitgeteilt, dass die Lichtmaschine und der Anlasser kaputt sind. Die Reparatur wird so teuer, dass ich mir wohl oder übel ein anderes Auto kaufen muss, alles andere wäre Unsinn.«

»Das tut mir leid.« Lukas schloss zu ihr auf und öffnete ihr auch noch die Glastür, die ins Restaurant führte. Im Gegensatz zum Sterne-Restaurant im »Sternbach Stadthotel« hatte das im Resort keine Auszeichnung, war deshalb aber nicht weniger beliebt. Das Ambiente war leger-gediegen mit weißer und altrosafarbener Tischwäsche, hübschen Strohgestecken und gläsernen Windlichtern auf jedem Tisch. An den Wänden hingen gerahmte Landschaftsaufnahmen aus der Umgebung und auch ein paar Aquarelle von regionalen Künstlern, die man sogar käuflich erwerben konnte.

»Guten Abend! Na, das ist aber eine schöne Überraschung.« Lucinde Bauer, die etwa fünfzigjährige Oberkellnerin, kam mit einem strahlenden Lächeln auf Viola zu. Sie war mit ihren nur eins fünfundsechzig noch etwas kleiner als Viola und sehr schlank und trug ihr Haar stets zu einem glatten blonden Zopf gebunden, der ihr bis knapp über die Schultern reichte. Viola kannte sie schon, seit sie denken konnte, denn Lucinde hatte im Stadthotel bereits ihre Ausbildung absolviert, als es noch ein wesentlich kleinerer Betrieb gewesen war. »Habt ihr einen Tisch reserviert? Heute ist es relativ voll, obwohl es noch gar nicht so spät ist.«

»Nein, ich habe Viola ganz spontan eingeladen.« Lukas lächelte ihr zu. »Ich hoffe, das ist jetzt kein Problem.«

»Aber nein, wartet mal …« Lucinde winkte sie zu dem kleinen Empfangstresen neben der Bar und warf einen Blick auf den Buchungscomputer. »Tisch sieben ist noch frei, der ist drüben am Fenster. Kommt mal mit.« Wieder ging sie voraus und entzündete auch gleich die Kerze in dem bunten, kunstvoll geschwungenen Glaswindlicht, das vermutlich wie alle übrigen hier im Restaurant von Jana Weißmüller, einer ortsansässigen Glaskünstlerin, kreiert worden war. »Was kann ich euch Turteltauben denn bringen?«

Viola hustete. »Wir sind keine Turteltauben.«

Lukas lachte. »Nein, ganz sicher nicht.« Sein überzeugter, fast schon rigoroser Tonfall ließ Viola den Kopf heben. »Wir sind nur hier, weil … Wir müssen etwas Wichtiges besprechen.«

»Ach so.« Lucindes Blick wanderte von Lukas zu Viola und wieder zurück. »Entschuldigt bitte, aber ihr gebt ein so hübsches Paar ab. Rein optisch, meine ich. Na gut, wie auch immer. Irren ist menschlich, nicht wahr? Trotzdem kann ich euch gerne schon etwas bringen.« Mit fragendem Blick wandte sie sich wieder an Viola.

»Eine Cola, bitte.« Viola setzte sich an den Tisch und warf einen kurzen Blick aus dem Fenster, das hinaus auf den Park hinter dem Resort zeigte. Es war schon dunkel, doch irgendwann in der vergangenen Woche hatten die drei Hausmeister die weihnachtlichen Lichterketten in Bäumen und Büschen angebracht, die nun für romantische Stimmung sorgten, auch wenn das Wetter alles andere als angenehm war. Sie musste sich kurz fangen, denn obwohl Lukas nichts als die Wahrheit gesagt hatte, fühlte sie sich von seinem Tonfall doch etwas angegriffen – ein bisschen enttäuscht war sie vielleicht auch, aber nur, weil Mariella zuvor behauptet hatte, Lukas könnte Interesse an ihr haben.

»Ich nehme eine Tasse Kaffee.« Auch Lukas hatte sich gesetzt und blickte nach draußen, nachdem Lucinde sich entfernt hatte. »Die Deko sieht großartig aus. Man fühlt sich fast wie bei Tim Thaler.«

Viola riss sich zusammen. »Das ist jedes Jahr so. Warte erst mal ab, wie das Hotel aussieht, wenn auch innen alles geschmückt ist. Meine Eltern lassen hier immer ein richtiges Weihnachtswunderland entstehen. Im Stadthotel natürlich auch, aber in einem etwas anderen Stil, irgendwie …«

»Würdevoller?« Lukas lachte. »Ich habe es ja letztes Jahr schon zu sehen bekommen. Das Stadthotel hat ein anderes, edleres Ambiente als das Resort. Hier geht es ein bisschen lockerer und legerer zu.«

»Ja, weil hier hauptsächlich Familien mit Kindern oder Wellnessurlauber ein und aus gehen. Im Stadthotel kommen mehr Geschäftsreisende unter oder im Durchschnitt etwas ältere Paare. Laura hat das ganz genau analysiert, als sie hier anfing, und ihre Marketingkampagnen haargenau darauf ausgerichtet.«

»Mit großem Erfolg, wie mir scheint.« Anerkennend blickte Lukas sich um. »Soweit ich es beurteilen kann, brummt der Laden.« Er zwinkerte ihr heiter zu. »Wenn ich das mal so salopp formulieren darf.«

»Klar.« Viola spielte mit der roséfarbenen Stoffserviette vor sich auf dem Tisch, um ihre Hände zu beschäftigen. »Neben dem Sommer ist die Zeit zwischen Mitte November und Mitte Januar unsere zweite Hauptsaison, und das Resort ist so gut wie ständig ausgebucht. Nur in der Nebensaison sind ab und zu mal ein paar Zimmer frei, die an spontan eintreffende Gäste vermietet werden können.«

»Eure Familie macht einen guten Job, würde ich sagen.« Auch Lukas hatte nach seiner Serviette gegriffen, jedoch nur, um sie flach vor sich hinzulegen. »Das Hotelgewerbe ist ja nun nicht gerade das einfachste. Aber ihr scheint es im Griff zu haben.«

»Ja.« Viola entspannte sich etwas. »Meine Eltern und Justus und Laura und Ricarda sind echte Profis. Patrick und ich sind ja gewissermaßen Abtrünnige, weil wir uns für andere Berufe entschieden haben.«

»Aber du hast deine Praxis hier im Resort und betreust zusätzlich die Gäste, also trägst du auch ein Gutteil zum Erfolg bei.« Freundlich bedankte Lukas sich, als Lucinde ihnen höchstpersönlich die Getränke und zwei Speisekarten brachte. Als sie wieder gegangen war, fuhr er fort: »Und Patrick baut die Ferienhäuser in eurem neuen Ferienpark und ebenso die ganzen Gebäude auf dem Campingplatz. Insofern ist es doch ein Projekt der gesamten Familie Sternbach.« Er schmunzelte. »Selbst ich darf mich beteiligen, indem ich viele der Möbel für die Ferienhäuser liefere.«

»Du gehörst ja jetzt auch zur Familie.« Viola nippte an ihrem Glas und hoffte, die kalte Cola würde gegen die Wärme ankommen, die ihr mal wieder in die Wangen zu steigen drohte. »Mitgegangen, mitgefangen, mitgehangen.«

»So habe ich das noch nie betrachtet.« Wieder lachte er. »Aber ich will mich nicht beschweren. Dieses Großprojekt verschafft mir immerhin Arbeit für fast drei Jahre und erlaubt mir, meine drei Angestellten weiter zu beschäftigen. Sie sind immerhin freiwillig mit mir hierhergezogen, das ist ja nicht gerade selbstverständlich bei einem Firmenumzug.«

»Nein, das ist es nicht und ich finde das großartig von deinen Leuten.« Viola lehnte sich in ihrem Stuhl zurück, erschrak aber, als sie plötzlich Hände auf ihren Schultern spürte.

»Viola, Schatz, das ist ja eine Überraschung! Ich dachte, du hättest heute eine Pilatesstunde.« Violas Tante, Elke Sternbach-List, war unbemerkt an den Tisch getreten und hauchte Viola einen Kuss auf die Wange. Dann nickte sie

Lukas mit neugierigem Blick zu. »Fällt die etwa wegen eures Dates aus?« Ohne Umstände zog Elke sich den dritten Stuhl hervor und setzte sich. Dabei umwehte sie ein Hauch ihres blumigen Parfüms ebenso wie ihre gute Laune. Sie war eine attraktive Mittfünfzigerin mit schulterlanger, perfekt frisierter brünetter Dauerwelle und einer Vorliebe für weite bunte Blusen und bestickte Jeans. Sie arbeitete hier im Resort als Sekretärin für ihren Bruder – Violas Vater – und schien gerade erst Feierabend gemacht zu haben, da sie ihre hellrote Lederaktentasche mit sich führte. »Ich will euch auch gar nicht lange stören, sondern habe mich nur gewundert, euch heute hier anzutreffen. Ts, ts, ts, immer erfahre ich alles als Letzte!« Sie lachte fröhlich. »Oder bin ich vielleicht doch die Erste? Zumindest wusste ich nicht, dass ihr beide …« Sie machte vage wedelnde Handbewegungen.

»Wir haben kein Date.« Violas Puls hatte sich schon wieder unangenehm beschleunigt und sie wusste nicht recht, wohin sie blicken sollte. »Und meine Pilatesstunde ist schon vorbei.«

»Was, wirklich?« Elke sah auf ihre Armbanduhr und stieß einen erschrockenen Laut aus. »Huch, es ist ja schon nach sieben! Mir war gar nicht bewusst, wie spät es schon ist. Ich bin doch mit Otto verabredet. Oje, dann muss ich aber schnell los.« Sie blieb vollkommen gelassen sitzen. »Also kein Date?« Forschend blickte sie zwischen Viola und Lukas hin und her. »Schade eigentlich. Du weißt ja, Viola, wie romantisch ich veranlagt bin. Wäre doch zu schön gewesen. Weshalb seid ihr denn dann hier so lauschig beieinander? Oder … Ach was, das geht mich ja nichts an.« Erwartungsvoll wanderte ihr Blick erneut hin und her.

Fast hätte Viola gelacht. Das war so typisch für Elke. Sie

war die Neugier in Person, dabei aber stets so liebenswert, dass man es ihr nicht übelnehmen konnte.

»Wir haben etwas zu besprechen«, übernahm Lukas es, auf die Frage zu antworten. »Wegen des Hundes, den wir heute früh ausgesetzt an der Landstraße gefunden haben.«

»Was, ihr habt einen ausgesetzten Hund gefunden?« Erschrocken starrte Elke ihn an. »Das gibt es doch nicht!«

»Ich hatte noch keine Gelegenheit, jemandem außer Ricarda davon zu erzählen«, erklärte Viola auf Lukas' fragende Miene hin und an Elke gewandt: »Ein kleines Schnauzermädchen, ungefähr fünf Monate alt. Wir haben sie zu Fiona Sahler gebracht.«

»Das war sehr gut. Frau Dr. Sahler ist eine gute Tierärztin.« Anerkennend nickte Elke. »Und was gibt es jetzt noch zu besprechen? Doch wohl nicht, wer die Rechnung bezahlen muss?«

»Nein.« Lukas räusperte sich. »Wir hatten beide die Idee, Miss Daisy zu adoptieren ...«

»Miss Daisy?« Entzückt kicherte Elke. »Das ist ja ein süßer Name! Und ... adoptieren?« Mit großen Augen musterte sie erst Lukas, dann Viola. »Also möchtet ihr das beide und müsst euch nun einigen? Ach herrje.« Sie legte die Hände an ihre Wangen. »Wäre wohl einfacher, wenn ihr ein Paar wärt, was?« Sie zwinkerte gut gelaunt. »War nur ein Scherz. Dann lasse ich euch mit euren Beratungen wohl besser mal allein. Ich muss sowieso los. Otto und ich wollen heute ins Kino. Bis bald, ihr zwei Hübschen!« Sie erhob sich, küsste Viola erneut auf die Wange und tätschelte Lukas' Schulter, während sie an ihm vorbei in Richtung Ausgang rauschte.

Viola blickte ihr mit einem unterdrückten Seufzen nach. »Entschuldige. Sie ist einfach ein bisschen ...«

»Elke.« Er hob lächelnd die Schultern. »Ich kenne sie doch inzwischen.« Mit dem Kaffeelöffel rührte er in seiner Tasse. »Ich fürchte allerdings, wir vermitteln den Leuten einen etwas falschen Eindruck von uns.«

»Ja, äh … kann sein. Irgendwie.« Am liebsten hätte sie ihren viel zu schnellen Puls erschlagen. Wenn das möglich gewesen wäre. Verlegen blickte sie auf die Serviette. »Tut mir leid. Das war von meiner Seite ganz sicher nicht beabsichtigt.«

»Von meiner auch nicht.« Er räusperte sich unterdrückt. »Ich meine, ist doch irgendwie lächerlich, oder? Dass alle glauben, wir hätten ein Date.«

»Lächerlich?« Ruckartig hob Viola den Kopf.

»Ja, nun, wir sitzen doch bloß hier und trinken Kaffee – oder Cola. Was die Leute da gleich reininterpretieren, ist doch albern.«

»Albern?« Aus unerfindlichen Gründen stieg Ärger in ihr auf. »Du findest das also lächerlich und albern?«

»Ja, äh, irgendwie schon.« Irritiert hob er den Kopf. »Ist es doch, oder? Ich bin sicher nicht auf ein Date aus gewesen, und du doch wohl auch nicht, oder? Zumindest hatte ich nie den Eindruck, dass du …«

»Nein, war ich nicht. Bin ich nicht.« Sie schluckte an dem Kloß, der sich in ihrer Kehle gebildet hatte. »Aber deshalb ist es doch nicht lächerlich. Und so albern wirst du dich doch wohl in meiner Gegenwart auch nicht fühlen, oder? Ich bin schließlich keine Witzfigur.«

»Nein, natürlich nicht.« Vollkommen verblüfft starrte er sie an. »So war das doch nicht gemeint, Viola. Ich finde bloß, es ist …«, er rang sichtlich nach dem richtigen Wort, »unangebracht von den Leuten, gleich auf ein Date zu tippen, bloß weil wir hier zufällig zusammensitzen und was trinken.«

Er hatte ja recht. Trotzdem fühlte sie sich beleidigt. Nein, schlimmer noch: verletzt. Abrupt stand sie auf, schnappte sich ihre Jacke, die sie über ihre Stuhllehne gehängt hatte, und beeilte sich, aus seiner Nähe zu fliehen.

»Viola!« Er klang überrascht – und verärgert. »Was soll denn das jetzt? Warte doch mal.«

***

»Ach, hier bist du.« Hans Sternbach, der Seniorchef der beiden Sternbach-Hotels, schüttelte seinen regenfeuchten Mantel aus, während er durch die Zwischentür trat, die von der Hotelküche hinter die Bar führte. »Ich dachte, du wolltest draußen beim Auto auf mich warten.« Er wollte seiner Frau Margit einen Kuss geben, zögerte aber, als er bemerkte, dass sie gerade abgelenkt zu sein schien. Sie stand im hintersten Winkel hinter dem Bartresen neben Lucinde und beide Frauen schauten gespannt zu einer Ecke des Restaurants hinüber, die er nicht einsehen konnte. »Margit? Stimmt etwas nicht?«

»Schsch!« Seine Frau legte einen Finger an die Lippen. »Guck doch mal!«

Hans folgte ihrem Blick. »Versuche ich ja, aber was …?«

»Viola und Lukas, da vorne am Fenster.« Lucinde wies unauffällig auf Tisch sieben. »Ich habe Margit gerade auf die beiden aufmerksam gemacht.«

»Auf Viola und Lukas?« Inzwischen hatte er die beiden ebenfalls entdeckt. »Was macht Elke denn bei ihnen?«

»Sie hat die zwei ärgerlicherweise bei ihrem Date gestört.« Margit seufzte. »Typisch Elke.«

»Date?« Nun war Hans' Aufmerksamkeit erst recht geweckt. »Seit wann haben die beiden denn Dates?«

»Weiß ich nicht.« Auf Margits Lippen erschien ein zaghaftes Lächeln. »Zu Lucinde haben sie gesagt, es wäre kein Date, aber für mich sieht es so aus.«

»Für mich auch«, warf Lucinde ein. »Da waren eindeutig … Schwingungen zu spüren.«

Zustimmend nickte Margit. »Schwingungen, genau. Das sage ich schon lange! Aber Viola ist immer so schrecklich schüchtern.«

Lucinde winkte ab. »Aber nicht bei Lukas. Er gehört doch praktisch zur Familie. Da braucht sie wirklich nicht schüchtern zu sein.«

»Wenn du dich da mal nicht täuschst.« Margit seufzte erneut. »Wenn du mich fragst, traut sie sich schon ziemlich lange nicht, den ersten Schritt zu tun. Umso besser, dass Lukas es jetzt endlich getan hat. Zumindest nehme ich das an. Du sagtest doch, er habe sie eingeladen, nicht wahr?«

»Endlich?« Irritiert runzelte Hans die Stirn. »Warum höre ich hier immer endlich? Mir war nicht bewusst, dass zwischen den beiden etwas läuft.«

»Ja, weil du ein Mann bist und blind und taub für solche Dinge.« Halbherzig schlug Margit nach seinem Arm, lächelte dabei aber immer noch. »Ich wusste gleich, dass da etwas zwischen den beiden ist. Also, na ja, bei ihm war ich mir nicht ganz sicher, aber Viola war hin und weg von ihm, seit er letztes Jahr kurz vor Weihnachten mit Angelique auf unserem Backtag aufgekreuzt ist.«

»Hin und weg?« In Hans wuchs ein ungutes Gefühl. Eifersucht. Er hatte zwei Töchter und wusste natürlich, dass er sie eines Tages an einen Mann verlieren würde. Er hatte bloß nicht damit gerechnet, dass das jetzt passieren würde, noch dazu zuerst mit seiner Jüngsten. Sein Verstand kämpfte gegen das grünäugige Monster an und gewann glücklicherweise schnell die Oberhand. »Woran hast du das denn gemerkt? Mir ist da überhaupt nichts aufgefallen.«

»Doch, doch, ganz sicher. Sie war gleich so auffällig zugeknöpft und traut sich bis heute kaum, ihm offen ins Gesicht zu sehen. Wenn er ihr gleichgültig wäre, hätte sie sich schon längst mit ihm abgefunden und würde viel lockerer mit ihm umgehen. Ich kenne doch meine Tochter. Da ist was im Busch.«

»Schwingungen.« Mit neuer Aufmerksamkeit musterte er seine Tochter und den Bruder seiner Schwiegertochter.

»Ja, genau.« Margit atmete hörbar auf. »Gut, Elke verschwindet. Das wurde aber auch Zeit! Sich einfach dazuzusetzen, also wirklich. Die beiden brauchen doch ihre Privatsphäre!«

»Die du ihnen gewährst, indem du sie heimlich beobachtest?« Hans schüttelte milde amüsiert den Kopf.

»Wollte ich ja überhaupt nicht.« Verlegen hüstelte Margit. »Ich war nur so überrascht und erfreut und … Oh, oh, was ist denn jetzt los?«

»Streiten sie sich etwa?« Erschrocken trat Lucinde einen Schritt vor, blieb dann aber wieder stehen. »Das gibt es doch nicht.«

»Hoffentlich ist nicht Elke daran schuld, dann kann sie was erleben!« Erbost und zugleich besorgt blickte Margit auf ihre Tochter und Lukas, die sich ein kurzes, aber hitziges Wortgefecht lieferten. Im nächsten Moment sprang Viola auf, schnappte sich ihre Jacke und lief mit ausholenden Schritten auf den Ausgang zu. »O nein, wie schade. Was da wohl los ist?« Zum dritten Mal seufzte Margit, diesmal betrübt. »Nun lauf ihr schon nach, Lukas!«

***

Hastig kramte Lukas einen Zehneuroschein aus seiner Brieftasche hervor, klemmte ihn unter seine Tasse und beeilte sich, Viola zu folgen. Er hatte nicht die geringste Ahnung, weshalb sie plötzlich so aufgebracht war. Gut, er hatte sich vielleicht ein wenig unglücklich ausgedrückt, und das auch nur, weil ihn Elkes Verdächtigung, er könnte ein Date mit Viola haben, an einem wunden Punkt getroffen hatte. Immerhin war sie nach der Oberkellnerin schon die Zweite an diesem Abend, die eine Romanze zwischen Viola und ihm vermutete. Dabei lag ihm nichts ferner und er war sich sicher, dass auch Viola nicht das geringste Interesse an ihm hatte. Den Teil von ihm, der das bedauerte, brachte er schon seit einigen Monaten beharrlich zum Schweigen.

Erst an der Hintertür im Wellnessbereich hatte er Viola schließlich eingeholt. Sie griff gerade nach ihrer Sporttasche, und er konnte sie im letzten Moment daran hindern hinauszugehen, indem er sie am Ellenbogen festhielt. »Nun warte doch mal!«

»Worauf?« Ungehalten fuhr sie zu ihm herum und entzog sich ihm gleichzeitig ruckartig. »Vielleicht darauf, mich weiterhin lächerlich zu machen?«

»Du meine Güte, so war das doch überhaupt nicht gemeint, Viola.« Er kämpfte seinen aufsteigenden Ärger hinunter. Ein handfester Streit würde sie bestimmt nicht weiterbringen. »Weshalb bist du denn jetzt plötzlich so giftig?«

»Ich bin nicht giftig.« Wütend blitzte sie ihn an. »Ich bin nur …« Kurz blickte sie zu Boden, dann stieß sie heftig die Luft aus.

»Giftig«, wiederholte er etwas ruhiger und versuchte sich an einem beschwichtigenden Lächeln. »Ich wollte dir nicht zu nahe treten oder dich beleidigen. Ich dachte nur … Ich meine, es ist doch wohl glasklar, dass du und ich nicht …

dass wir kein Date haben. Oder hatten.« Innerlich schüttelte er den Kopf über sich, weil er sich so ungeschickt ausdrückte. Normalerweise hatte er keine Probleme damit, vollständige Sätze zu formulieren.

»Hatten wir ja auch nicht.« Mit einer fahrigen Handbewegung strich Viola sich eine ihrer kurzen hellbraunen Haarsträhnen aus der Stirn. Dann ließ sie die Tasche wieder zu Boden gleiten, ging hinüber in den Wartebereich und setzte sich auf einen der Stühle dort. »Ich habe so gut wie nie Dates.«

Lukas beeilte sich, neben ihr Platz zu nehmen. »Warum nicht?« Aufmerksam musterte er sie und glaubte, eine leichte Röte auf ihren Wangen wahrzunehmen. Anbetungswürdig! Doch sofort riss er sich zusammen. Solche Gedanken waren gerade mehr als unangebracht. »Ich meine, du bist doch …« Wunderschön, wollte er sagen, doch er war sich nicht sicher, ob ihn das nicht in Teufels Küche bringen würde. »Witzig, intelligent, süß …« Am liebsten hätte er sich auf die Zunge gebissen.

»Ja, eben. Die süße Kleine von den Sternbachs.« Sie hob nur die Schultern, irgendwie resignierend. »Die den Mund nicht aufkriegt, bis sie jemanden näher kennt.« Sie schluckte hektisch und die Röte auf ihren Wangen vertiefte sich ein wenig. »Die nette Freundin von nebenan.« Seinem Blick wich sie beharrlich aus. »Wahrscheinlich ist es wirklich albern zu vermuten, jemand wie ich hätte ein Date mit dir. Ich bin nicht der Typ für so was.« Erneut strich sie sich die Haarsträhne aus der Stirn. »Entschuldige, dass ich dich so angefahren habe. Ich schätze, ich bin in dieser Hinsicht einfach nur ein bisschen empfindlich. Keine Frau, auch nicht die nette Freundin von nebenan, hört gerne die Worte albern und lächerlich in Zusammenhang mit … sich selbst.«

Für einen Moment war Lukas perplex und dachte über ihre Worte nach. »So war es nicht gemeint, Viola. Abgesehen davon halte ich dich nicht für meine nette Freundin von nebenan. Erstens weil wir keine Nachbarn sind …« Erleichtert bemerkte er, dass es um ihre Mundwinkel zuckte. »Und zweitens, weil wir streng genommen auch keine Freunde sind.«

Nun hob sie doch endlich den Kopf und sah ihn verblüfft an. »Sind wir nicht?«

»Ganz ehrlich?« Er lächelte wieder leicht. »Dazu kennen wir uns nicht gut genug. Wir sind jetzt ein gutes Jahr miteinander bekannt, aber du hast dich mir gegenüber bisher immer so distanziert verhalten, dass ich den Eindruck gewonnen habe, dir liegt nicht allzu viel daran, dich näher mit mir zu befassen. Muss es ja auch nicht, versteh mich nicht falsch. Bloß weil meine Schwester deinen Bruder geheiratet hat und ich damit zur Rockzipfelverwandtschaft gehöre, müssen wir nicht die dicksten Freunde werden. Wir kommen ja so weit gut miteinander aus, das ist doch okay. Ist doch so?« Irgendwie hatte er das ungute Gefühl, sich um Kopf und Kragen zu reden.

»Mhm.« Sie senkte den Blick und presste die Lippen kurz zusammen.

»Oder kannst du mich aus irgendeinem Grund nicht leiden?«

Entsetzt sah sie ihn an. »Nein! Ich meine, doch!« Sie errötete wieder. »Natürlich kommen wir gut miteinander aus. Ich kann dich nicht *nicht* leiden.«

Er lachte erleichtert. »Dann ist doch alles gut.«

»Ja.« Verlegen nestelte sie an den Knöpfen ihres Mantels herum. »Tut mir leid.«

»Die erste Entschuldigung ist schon angenommen, die zweite deshalb nicht nötig.« Er streckte die Beine aus und lehnte sich auf dem ergonomisch geformten Stuhl zurück, so weit es ging. Er war erleichtert, dass keine negativen Gefühle zwischen ihnen standen. Dennoch war ihm nicht ganz wohl in seiner Haut. Er konnte bloß nicht genau festmachen, woran das lag. Denn eigentlich war doch jetzt alles klar. Entschlossen streckte er die rechte Hand aus. »Also Freunde?«

Er sah, wie sie kurz zögerte. Warum nur? Dann ergriff sie seine Hand und nickte. »Okay, Freunde.«

Für einen Moment hielten sie die Verbindung und sahen sich dabei zum ersten Mal ganz offen in die Augen.

Verdammt! war das Einzige, was er denken konnte. Ein eigenartiges Kribbeln durchfloss seine Hand und breitete sich rasend schnell über seinen Arm bis in gefährliche Nähe zu seinem Herzen aus, das prompt etwas schneller schlug. Ihm wurde seltsam warm. Verdammt, verdammt, verdammt.

Viola schien auch etwas gespürt zu haben, denn sie entzog ihm ihre Hand etwas zu abrupt und unterbrach den Blickkontakt. »Wegen Miss Daisy …« Ihre Stimme klang leicht gepresst.

Er räusperte sich energisch. »Ja, Miss Daisy.«

Für einen Moment schwiegen sie.

»Ich denke, sie sollte bei dir bleiben.« – »Am besten ist es wohl, wenn du sie nimmst.«

Verdutzt sahen sie einander an. Obwohl ihm immer noch viel zu seltsam zumute war, musste er lachen. »Ich schätze, jetzt haben wir ein Problem.«

Auch Viola lächelte leicht. »Du hast sie zuerst gesehen.«

»Aber zu dir war sie gleich viel zutraulicher.«

»Doch nur am Anfang. Danach mochte sie dich genauso.«

Wieder entstand ein Moment des Schweigens.

Die Glastür öffnete sich und zwei Frauen mittleren Alters mit Sporttaschen und Handtüchern unter dem Arm betraten den Wellnessbereich. Als sie Viola erblickten, blieben sie stehen. »Entschuldigen Sie bitte.« Eine der beiden, eine etwas stämmige Blondine, sah sich suchend um. »Wir wollten gerne ins Schwimmbad. Das ist doch noch geöffnet, oder?«

»Ja, selbstverständlich. Bis zweiundzwanzig Uhr.« Viola nickte den beiden freundlich zu. »Da vorne durch die Tür. Bitte benutzen Sie die Badelatschen, die wir kostenlos in den Umkleideräumen zur Verfügung stellen.«

»Aber sicher doch. Vielen Dank!« Die Blondine lächelte breit und hakte sich bei ihrer Begleiterin ein. »Komm, ich glaube, wir haben Glück und sind ganz alleine im Becken.«

Die beiden verschwanden fröhlich plaudernd durch die Tür zum Schwimmbad.

»Tja, was nun?« Lukas sah, wie Viola zusammenzuckte, so als sei sie in Gedanken gewesen. »Sollen wir doch Streichhölzchen ziehen?«

»Ich weiß auch nicht.« Nachdenklich rieb Viola sich über die Stirn. Dann hellte sich ihr Blick auf. »Wir könnten auch einfach Miss Daisy entscheiden lassen.«

Skeptisch runzelte Lukas die Stirn. »Miss Daisy? Wie soll das denn gehen? Sie kennt uns doch beide nicht und … nun ja, sie ist ein Hund.«

»Ja, aber Hunde haben ein gutes Gespür dafür, wen sie am meisten lieben. Nimm zum Beispiel Lizzy.«

»Das Westie-Mädchen von Laura und Justus? Was ist mit ihr?« Neugierig richtete er sich auf.

»Kennst du die Geschichte noch nicht?« Auf Violas Lippen erschien ein versonnenes Lächeln. »Als Laura vor zwei Jahren hierherkam, gehörte Lizzy noch meiner Mutter. Damals war sie erst knapp ein halbes Jahr alt. Mama hatte sie von einer verstorbenen Nachbarin geerbt, weißt du? Aber als Laura dann hier zu arbeiten anfing und … na ja, als das mit ihr und Justus immer ernster wurde, da haben wir ganz schnell gemerkt, dass Lizzy sich total in Laura verliebt hatte. Sie ist ihr auf Schritt und Tritt gefolgt und einmal sogar heimlich in ihr Auto geklettert, als Laura mal nach Köln gefahren ist, weil … Egal, das hatte etwas mit ihr und Justus zu tun. Auf jeden Fall war uns allen bald klar, dass Lizzy zu Laura gehört, ganz einfach, weil Lizzy sie sich als Frauchen ausgesucht hatte. Sie war bei Mama auch ein lieber, fröhlicher Hund, aber zu Laura hatte sie sofort einen ganz besonderen Draht.«

»So wie Seelenverwandte?«

Überrascht merkte Viola auf. »Ja, so könnte man es nennen.«

Er dachte kurz über ihre Worte nach. »Du glaubst also, Miss Daisy wird sich von selbst einen von uns als neues Herrchen oder Frauchen aussuchen?«

»Das könnte ich mir gut vorstellen.« Viola nickte eifrig und der merkwürdige angespannte Moment zwischen ihnen schien endlich vergangen zu sein. Zumindest wirkte sie jetzt viel gelöster und nicht mehr so verkrampft. Dass sie damit allerdings weitere unwillkommene Empfindungen in ihm auslöste, versuchte er mit aller Gewalt zu ignorieren. »Wir könnten uns ja zunächst einmal immer abwechselnd um sie kümmern«, schlug sie vor. »Zum Beispiel zwei Tage ich, dann zwei Tage du und so weiter. Nach ein paar Wochen oder so werden wir dann bestimmt merken, wen sie am liebsten mag.«

Auf die Idee wäre er nie gekommen. »Ob das funktioniert?«

Viola hob die Schultern. »Hast du einen besseren Vorschlag?«

»Ich könnte einfach verzichten.«

»Aber das wäre irgendwie nicht fair.«

Er lachte trocken. »Das Leben hat nicht immer etwas mit Fairness zu tun.«

»Ich könnte auch verzichten, weißt du?«

Er schüttelte den Kopf. »Okay, ich sehe schon, was du meinst. So ein heldenhafter Verzicht deinerseits würde mir gegen den Strich gehen.«

»Ganz genau so geht es mir umgekehrt auch.« Erwartungsvoll neigte sie den Kopf zur Seite. »Also?«

Er gab sich geschlagen, insbesondere weil ihm nichts Besseres einfiel. »Also lassen wir Miss Daisy entscheiden.« Er zögerte. Im Grunde wäre ein Verzicht seinerseits viel einfacher und sinnvoller gewesen. Warum er sich nicht einfach damit aus der Affäre zog, konnte er sich nicht erklären. »Sollen wir sie dann morgen zusammen abholen?«

»Das sollten wir tun. Wir müssen ja Fiona darüber informieren, was wir vorhaben.«

»Also gut.« Er grinste schief. »Wann hast du morgen Zeit?«

»Wie wäre es gleich vormittags gegen neun? Morgen ist Samstag, da habe ich frei.«

»Ich arbeite normalerweise samstagsvormittags, aber ich schätze, für Miss Daisy kann ich mir auch mal freinehmen. Soll ich dich abholen? Du bist ja momentan ohne Auto.«

»Ach ja, klar.« Sie schlug sich gegen die Stirn. »Das hätte ich beinahe vergessen. Okay, dann morgen um neun bei mir?«

»Alles klar, wir haben ein Date.« Er zuckte zusammen. »Nein, haben wir nicht. Entschuldige. Ich will mit dem Quatsch nicht von vorne anfangen. Ach, Mist.« Als er ihren befremdeten Blick auffing, winkte er ab. »Vergiss einfach, was ich gesagt habe. Ich bin um neun bei dir, okay?«

Er erhob sich im selben Moment wie sie, was dazu führte, dass sie einander plötzlich dicht gegenüberstanden. Ihr Blick war immer noch fragend auf ihn gerichtet, deshalb räusperte er sich. »Freunde, nicht wahr?«

In ihren Augen blitzte etwas auf, was er nicht zuordnen konnte, ihm jedoch einen leichten Stich versetzte. War es ein Anflug von Enttäuschung gewesen? Oder halluzinierte er jetzt schon?

»Klar, Freunde. Was denn sonst?« Die leichte Schärfe in ihrem Tonfall ließ ihn innehalten.

»Ich weiß es nicht.« Aufmerksam musterte er sie und nahm erneut einen rötlichen Hauch auf ihren Wangen wahr. Warum war sie bloß so verdammt süß? »Hattest du etwas anderes im Sinn?«

Sie schluckte. »Nein, natürlich nicht. Du doch auch nicht, oder? Also ist alles okay.«

»Nein. Ich meine, ja.« Jetzt war er schon vollkommen verwirrt. Was war nur los mit ihm? Entschlossen setzte er erneut an: »Ich bin auf kein Date aus, Viola. Und schon gar nicht auf … mehr als … das. Das ist nichts für mich.«

»Habe ich mir schon gedacht.« Auf ihren Lippen erschien ein etwas angestrengtes Lächeln. »Ist schon in Ordnung. Wie ich schon sagte, ich habe sowieso keine Dates.«

Irgendetwas in diesem Gespräch lief vollkommen falsch, doch Lukas konnte das Ruder nicht herumreißen. »Es ist nicht so, wie du denkst. Nicht, dass ich dich nicht hübsch finden würde.« Wunderschön, einzigartig … Er schluckte hart. »Und nett …«

»Nett?« Ihre Augenbrauen hoben sich spöttisch.

»Und klug und … alles Mögliche.« Jetzt hatte er sich die Schlinge nicht nur um den Hals gelegt, sondern auch noch fest zugezogen. »Es ist nur …«

»Schon kapiert.« Sie zuckte mit den Achseln. »Ich habe doch gesagt, es ist okay. Ich war nie auf ein Date aus.« Sie atmete tief ein. »Es geht nur um Miss Daisy, sonst nichts.«

»Okay.« Er war ein Trottel, wie er im Buche stand. Aber wie hätte er auch ahnen sollen …

»Okay, ich muss dann jetzt mal allmählich los.« Viola wandte sich ab, schnappte sich ihre Tasche und öffnete die Tür, die hinaus auf den Mitarbeiterparkplatz führte.

Er zog die Stirn in Falten. »Wie kommst du jetzt überhaupt nach Hause? Ohne Auto, meine ich.«

Sie zuckte zusammen. »Äh … zu Fuß?«

»Um diese Zeit drei Kilometer weit? Kommt gar nicht infrage!« Energisch schüttelte er den Kopf. »Komm mit.« Er deutete in Richtung der Lobby. »Mein Auto steht vor dem Hotel. Ich fahre dich.«

4. Kapitel

»Er kniet sich hin!« Viola schniefte gerührt und merkte nicht einmal, dass sie den Dialog des Filmes laut mitsprach. Sie kannte *Sinn und Sinnlichkeit* in- und auswendig und liebte jede einzelne Sekunde. Und jedes Mal musste sie an dieser einen Stelle weinen. Nicht nur an dieser, aber an dieser ganz besonders.

Sie hatte den gestrigen Samstag, nachdem sie mit Lukas zusammen Miss Daisy aus der Tierarztpraxis abgeholt hatte, damit verbracht, sich eine Hundeerstausstattung zuzulegen und die neuen Hundekissen, Decken, Leine, Geschirr, Futter, Näpfe, Spielzeug und noch einiges mehr irgendwie sinnvoll in ihrer kleinen Zweizimmerwohnung unterzubringen. Dabei war ihr erst aufgefallen, dass ein Hund wahrscheinlich auf Dauer deutlich mehr Platz benötigen würde – ganz zu schweigen davon, dass sie unter dem Dach wohnte, und wenn Miss Daisy noch nicht stubenrein sein sollte, hätte sie das Problem, mit ihr nicht mal eben ganz schnell hinausgehen zu können. Sie musste erst drei Stockwerke über das Treppenhaus überwinden – oder den Aufzug nehmen, was zwar möglicherweise etwas schneller ging, aber was, wenn dem Hundemädchen dann im Aufzug ein Malheur passierte?

So ganz durchdacht war ihre Entscheidung also nicht gewesen, sich einen Hund zuzulegen. Oder vielmehr eine Teilzeithündin. Sie hatten abgesprochen, dass Lukas Miss Daisy übers Wochenende zu sich nehmen und ihr dann am

Montag für zwei Tage bringen würde. Ab Mittwoch würde er sich dann wieder um die Kleine kümmern, dann wieder Viola und so fort.

Inzwischen war sie schon sehr aufgeregt und freute sich darauf, Miss Daisy am morgigen Montagmorgen in Empfang nehmen zu dürfen. Deshalb hatte sie den gesamten Sonntag versucht, sich mit irgendwelchen Aktivitäten abzulenken, um nicht ständig an Miss Daisy – und Lukas – denken zu müssen. Sie war morgens eine Stunde gejoggt, hatte danach noch eine weitere Stunde Yoga gemacht, die Sonntagszeitung, die sie auf dem Rückweg ihrer Joggingrunde beim Bäcker gekauft hatte, von der ersten bis zur letzten Seite studiert, sich dann mitten am Nachmittag ein ausgiebiges Bad gegönnt und dabei zwei Hunderatgeber gelesen. Anschließend hatte sie sich eine chinesische Reispfanne zubereitet und mit Appetit gegessen und danach beschlossen, einen romantischen Filmmarathon einzulegen. Sie hatte sogar Ricarda und Laura gefragt, ob sie mitmachen wollten, doch beide hatten schon etwas anderes vorgehabt. Angelique war sowieso nicht verfügbar, weil inzwischen alle von der frohen Botschaft erfahren hatten und Violas Eltern sie und Patrick voller Freude mit Beschlag belegt hatten. Erst hatten sie sogar die gesamte Familie zum Sonntagsessen einladen wollen, doch war das an den bereits bestehenden Terminen einiger Familienmitglieder gescheitert. Die große Freudenfeier würde also erst am nächsten Sonntag stattfinden. Zeit genug für Angelique und Patrick, so dachte Viola grinsend bei sich, um Pläne zu schmieden und sich heimlich davonzustehlen. Denn so eine sternbachsche Familienfeier konnte ganz schön turbulent werden – und laut – und anstrengend. Allerdings war Angelique nicht der Typ Frau, der sich von so etwas leicht einschüchtern ließ. Justus nannte sie stets die Tausendprozentige, weil sie es schaffte, immer mindestens drei bis vier Aufgaben gleichzeitig auszuführen, ohne eine davon auch nur im Mindesten zu vernachlässigen oder das große Ganze aus den Augen zu verlieren. Die Energie, die diese Frau hatte, war erstaunlich – und ebenso ihr Talent fürs Multitasking. Viola war schon froh, wenn sie alle ihre Patiententermine und die der Resortgäste unter einen Hut brachte und dabei nicht vergaß, dass sie auch noch ein Privatleben besaß. Ein ziemlich kümmerliches zugegebenermaßen, denn einsame Filmabende, bei denen sie sich vor Rührung die Augen rot weinte, zählten sicher nicht zur Sorte aufregendes Singleleben. Aber sie war daran gewöhnt.

Was sie Lukas gesagt hatte, war die reine Wahrheit. Sie hatte keine Dates. Oder zumindest schon sehr lange nicht mehr. Während der Schulzeit und ihrer Ausbildung war sie öfters mit Mitschülern und Kollegen ausgegangen und hatte dann auch schon mal einen Mann kennengelernt. Manchmal hatte es auch zu einem kleinen Abenteuer gereicht. Zweimal hatte sich sogar eine etwas längere Beziehung entwickelt. Die eine hatte nach sechs Monaten geendet, weil Marc, den sie bei einem Seminar in Köln kennengelernt hatte, zu einem Auslandsjahr nach Frankreich gegangen war. Die andere hatte ein dreiviertel Jahr gehalten und war daran gescheitert, dass Violas Gefühle für Mike einfach nicht ausgereicht hatten. Sie hatte die Sache beendet, denn es wäre unfair gewesen, ihm weiter Hoffnungen auf eine gemeinsame Zukunft zu machen, wenn sie wusste, dass sie ihn nicht liebte. Glücklicherweise hatte er es schnell verkraftet und mittlerweile vermutete sie, dass er in ihr auch nicht unbedingt die Liebe seines Lebens gesehen hatte.

Im Nachhinein betrachtet waren beide Beziehungen wohl mehr Experimente ihrerseits gewesen, bei denen sie von Anfang an gewusst hatte, dass sie früher oder später scheitern würden. Sie war eine hoffnungslose Romantikerin und hoffte schon seit ihrer Teenagerzeit auf die große Liebe auf den ersten Blick. Darauf, dass ihr ein Mann begegnete, der sie sprichwörtlich aus den Socken haute und sie in den siebten Himmel tragen würde. Natürlich nur im übertragenen Sinne. Sie wollte einfach dem Richtigen begegnen und dass dann der Himmel voller Geigen hing. Zumindest in ihrem Herzen versteckte sich dieser Wunsch. Da sie aber sehr wohl wusste, dass es in der Realität ganz anders zuging, hatte sie, so sah sie es inzwischen mit dem nötigen Abstand, Marc wie auch Mike einfach die Chance geben wollen, sie davon zu überzeugen, dass die große Liebe auf den ersten Blick nicht nötig war. Oder überhaupt die eine große Liebe, die das Herz höherschlagen und sie wie auf Wolken schweben ließ. Beide Männer waren liebenswürdige, anständige und wirklich tolle Kerle gewesen. Andere Frauen hatten sie ganz sicher beneidet, vor allen Dingen, weil ausgerechnet sie, die schüchterne Viola, das Glück hatte, von ihnen bemerkt zu werden.

Sie war daran gewöhnt, von der Männerwelt kaum wahrgenommen zu werden, zumindest wenn es um romantische Beziehungen ging. Schon immer war sie das nette, schüchterne Mädchen von nebenan gewesen und daran würde sich wohl auch nichts mehr ändern. Dass sich dann sogar zwei Männer von ansehnlichem Äußeren und zudem noch gutem Charakter für sie interessiert hatten, war schmeichelhaft gewesen, also hatte sie es mit ihnen versucht – und beide Male erkennen müssen, dass es nicht das Richtige gewesen war.

Denn das Herz wollte, was das Herz wollte – in ihrem Fall eben die große Liebe mit allem Pipapo. Dass ihre beiden Brüder in so kurzer Zeit hintereinander genau diese große Liebe gefunden hatten und sie es beide Male live hatte miterleben dürfen, bestärkte sie jetzt noch in dem Glauben, dass es möglich war. Wenn Justus und Patrick, diese beiden wunderbaren, aber doch so verschiedenen Männer, ein solches Glück finden konnten, warum dann nicht auch sie? Irgendwann?

Ganz dunkel erinnerte sie sich daran, dass sie sich im vergangenen Sommer bei einem – diesmal nicht einsamen – Filmabend mit ihren Freundinnen aus Albernheit sogar beim Weihnachtsmann ihren Mr. Right gewünscht hatte. Unter dem Weihnachtsbaum! Das war bescheuert und lächerlich. Oder vielleicht auch nicht. Sie liebte romantische Geschichten und wollte eben gerne selbst einmal Teil einer solchen sein. Die Chancen standen immerhin fifty-fifty. Entweder sie traf Mr. Right oder nicht. Unter dem Weihnachtsbaum musste es ja nicht einmal sein. Da hatte er auch eigentlich gar nichts zu suchen.

Obwohl ihr die Tränen immer noch über die Wangen kullerten, musste sie bei ihrem Gedankengang schmunzeln. Sie war einfach eine unverbesserliche Romantikerin. Leider aber auch viel zu schüchtern, um die Sache selbst in die Hand zu nehmen. Also blieb sie vorerst bei ihren rührseligen Filmen. Und in Kürze würde sie außerdem noch Miss Daisy haben, die sie ganz sicher schnell auf andere Gedanken brachte.

Problematisch waren einzig ihre Gefühle für Lukas. Am Freitagabend hatte er sie ziemlich aus dem Gleichgewicht gebracht. Zwar hatte sie, im Nachhinein betrachtet, arg überreagiert, andererseits hatten seine unbedachten Äußerungen sie mehr getroffen, als ihr lieb war.

Letztlich war ihr klar gewesen, dass er nicht an ihr interessiert war. Weder war sie sein Typ – zumindest nahm sie das an – noch gehörte sie zu der Sorte Frau, mit der er sich vermutlich abgab. Er hatte selbst gesagt, dass er keine Lust auf eine Beziehung hatte. Genau so hatte sie ihn von Anfang an eingeschätzt. Er war ein eingefleischter Junggeselle. Zwar schien er nicht gerade ein Schürzenjäger zu sein, zumindest hatte sie im vergangenen Jahr nicht mitbekommen, dass er sich auch nur mit einer einzigen Frau getroffen hätte, aber vielleicht behandelte er seine One-Night-Stands auch nur sehr diskret.

Warum aber, diese Frage schlich sich seit Freitag immer wieder beharrlich in ihre Gedankenwelt, hatte es diesen seltsamen Moment zwischen ihnen gegeben, als sie sich die Hand gereicht hatten? Es sollte nur ein Freundschaftshandschlag sein, aber da war eindeutig etwas zwischen ihnen passiert. Sie hatte ein Kribbeln gespürt, fließendem Strom sehr ähnlich, und ihr Herz hatte für einen Moment ausgesetzt und dann viel zu schnell weitergepocht. Beinahe wäre ihr die Luft weggeblieben. Selbst jetzt noch, zwei Tage später, stieg ihr Blutdruck in bedenkliche Höhen, wenn sie nur daran dachte, wie er ihr in die Augen geblickt hatte.

»Nein.« Entschlossen wischte sie sich die Tränen von den Wangen. »Da war gar nichts. Du spinnst dir da bloß etwas zusammen, weil Ricarda so einen Quatsch verzapft hat. Ich meine, hallo? Was weiß denn schon Ricarda? Die Königin der eisigen Blicke und kalten Schultern, wenn es um Männer geht! Von ihr Ratschläge wegen eines Mannes anzunehmen ist genauso verrückt, wie den Bock zum Gärtner zu machen.« Sie hatte ihre Gedanken absichtlich laut ausgesprochen, um sich selbst zu überzeugen, und dabei die DVD aus dem Player genommen, weil der Film inzwischen sowieso vorbei war. Nachdenklich betrachtete sie den Stapel mit DVDs, die sie aus ihrem Regal genommen hatte, und versuchte zu entscheiden, welchen sie als Nächstes ansehen wollte. »Nicht *Titanic*, der ist mir heute zu viel«, beschloss sie und stellte die DVD ins Regal zurück. *»Pearl Harbour?«* Sie schwankte kurz und legte die DVD dann auf den Couchtisch. Das war kein klassischer Liebesfilm, aber die Liebesgeschichte darin rührte sie trotzdem immer zu Tränen. Vielleicht später. Der nächste Film auf dem Stapel war *Persuasion*, die Jane-Austen-Verfilmung der BBC von 1995. Entschlossen nickte sie. Nicht zu traurig, sondern angenehm romantisch, aber ganz ohne Kitsch. Und nicht zu tränenlastig. Vermutlich. Aber man konnte nie wissen, denn sie hatte ja grundsätzlich sehr nah am Wasser gebaut.

Rasch legte Viola die DVD ein und drückte Play, dann ging sie hinüber zu dem Sideboard, auf dem ihre teure und heiß geliebte Popcornmaschine stand. Sie hatte sie sich dieses Jahr selbst zum Geburtstag geschenkt, weil ihr die Herstellung von Popcorn im Kochtopf nicht gefiel und ihr das luftgepoppte aus den billigen Maschinen nicht schmeckte. Mit dieser hier konnte sie richtiges Kinopopcorn zubereiten, süß oder salzig – oder beides, was sie inzwischen auch sehr gerne mochte –, und noch dazu recht schnell. Auch jetzt füllte sie mit inzwischen geübten Handgriffen Fett in den drehbaren Kessel, ließ es schmelzen, gab Zucker und Mais dazu und schloss die vordere Tür. Es dauerte nur wenige Minuten, bis das Popcorn aus dem Kessel quoll und in der eckigen Auffangschale landete. Der Duft war verführerisch und ließ ihr das Wasser im Mund zusammenlaufen.

Auf dem Fernsehbildschirm entspann sich bereits die Geschichte zwischen Anne Elliot und Captain Wentworth. Als das Popcorn fertig war, nahm sie es in der Schale mit auf die Couch und ließ sich in die Kissen sinken.

Sie hatte gerade die erste Handvoll Popcorn hinuntergeschluckt, als es an ihrer Wohnungstür klingelte.

Erschrocken richtete sie sich auf und warf einen Blick auf die Uhr. Es war kurz nach acht. War doch eine ihrer Freundinnen auf die Idee gekommen, ihr Gesellschaft zu leisten? Rasch stellte Viola die Popcornschüssel auf den Tisch, klopfte sich ein paar Krümel von den Fingern und blickte an sich hinab. Sie trug nur eine bequeme Yogahose und ein knallrosa Trägershirt mit tiefem V-Ausschnitt, unter dem ihr schwarzer BH hervorblitzte, wenn sie es nicht ständig geradezupfte. Ihr typisches Sonntagabend-Outfit. Nicht gerade salonfähig, aber keine ihrer Freundinnen würde sich daran stören. Also griff sie nach der Fernbedienung, drückte Pause, erhob sich rasch und ging zur Tür. Als sie jedoch einen gewohnheitsmäßigen Blick durch den Spion warf, fuhr ihr der Schreck in die Glieder. Ihr Herz machte einen heftigen Satz und pochte danach wild bis hinauf in ihre Kehle. Lukas! Was um alles in der Welt hatte er hier zu suchen? Sie hatten doch ganz sicher abgesprochen, dass er ihr Miss Daisy morgen früh bringen würde. Miss Daisy! Hoffentlich war mit ihr alles in Ordnung.

Mit einem weiteren, diesmal eher kläglichen Blick an sich hinab ordnete sie rasch ihre Frisur und öffnete die Tür.

***

Lukas wollte gerade erneut klingeln – bei Viola brannte Licht, also musste sie doch da sein –, als sich die Wohnungstür öffnete. Bei ihrem Anblick durchfuhr ihn ein heftiger Stich. Sein Herz holperte ein wenig. Sie sah einfach unglaublich aus. Zum Anbeißen sexy. Und sie schien ziemlich erschrocken zu sein. Er unterdrückte ein Räuspern. »Hallo, Viola.«

Oh, das ist ja Viola! Hallo, hallo, wie geht es dir? Ich wusste nicht, wohin Lukas mit mir fährt, noch dazu, wo es draußen schon ganz dunkel ist und ich eigentlich schon schlafen wollte. Miss Daisy, die von Lukas an der Leine geführt wurde, hüpfte freudig auf und ab und sprang an Viola hoch. *Ich habe mich schon gewundert, wohin du verschwunden bist. Wie schön, dich wiederzusehen. Ich dachte, du und Lukas, ihr würdet zusammenwohnen, weißt du. Weil ihr mich doch zusammen gefunden habt. Und auch von Fiona habt ihr mich gemeinsam abgeholt. Da dachte ich natürlich, ihr seid jetzt beide mein Herrchen und mein Frauchen. Ich konnte ja nicht wissen, dass du auf einmal weg bist und ich jetzt nur bei Lukas wohne. Das ist zwar auch schön, aber ich habe mich dauernd gefragt, wo du wohl sein magst. Jetzt weiß ich es. Wie toll, dass wir dich besuchen! Wau!*

»Hallo.« Viola lachte, als die kleine Schnauzerdame sich vor Freude fast umbrachte. Rasch ging sie in die Hocke, um die Kleine zu begrüßen und zu beruhigen. »Miss Daisy, das ist ja eine Überraschung. Mit dir hatte ich heute Abend gar nicht gerechnet!« Sie wuschelte der Hündin durchs Fell und konzentrierte sich ganz darauf, deren feuchte Zunge abzuwehren. Auf diese Weise konnte sie auch ihre glühenden Wangen vor Lukas verbergen. »Du bist ja ganz nass, Miss Daisy!«

Ach ja, stimmt. Es regnet draußen und ist windig und eisig kalt. Aber mir macht das gar nicht so viel aus, wenn ich weiß, dass ich zu Hause ein warmes, kuscheliges Plätzchen habe, auf dem ich trocknen und mich aufwärmen kann.

»Entschuldige bitte, dass wir dich so überfallen. Ich habe versucht, dich telefonisch zu erreichen, aber du bist nicht an dein Handy gegangen, und einen Festnetzanschluss hast du, glaube ich, gar nicht, oder?«

»Nein, das heißt, doch, habe ich, aber ich nutze ihn so gut wie nie, weil ich doch fast nur mit meinem Handy telefoniere.« Rasch erhob Viola sich wieder und drehte sich zu dem Schränkchen um, auf dem ihr Handy lag. »O Mist, es ist noch aus. Der Akku war leer und ich habe es einfach nur aufgeladen und vergessen, es wieder einzuschalten.« Das holte sie nun rasch nach.

»Macht ja nichts.« Unschlüssig trat Lukas von einem Bein aufs andere. »Dürfen wir kurz reinkommen?«

»Ja, klar.« Offenbar verlegen gab Viola die Tür frei und wich, so weit es nur ging, zurück, um Lukas Platz zu machen. Trotzdem streifte er sie mit dem Ärmel seiner Winterjacke. Prompt zuckte sie zurück.

»Entschuldige, ich bin ganz nass. Es regnet wie verrückt.« Rasch zog er die Jacke aus und hängte sie an die kleine Garderobe. »Und nach Glatteis sieht es auch aus. Die Temperatur scheint sich im freien Fall zu befinden.«

»Oje, und da fährst du mit Miss Daisy noch herum?« Viola wandte sich in Richtung Wohnzimmer und er folgte ihr rasch, die Hündin im Schlepptau. Dabei hatte er die unglückselige Gelegenheit, ihren kleinen, knackigen Hintern in der Yogahose zu bewundern. Die unwillkürliche Reaktion seines Körpers konnte er kaum unterdrücken. Wie ein verdammter Teenager! Jetzt bückte sie sich auch noch und nahm eine Decke aus dem ovalen Hundekörbchen in der Zimmerecke. »Schau mal, Miss Daisy, das ist dein neuer Schlafplatz und deine Decke. Magst du dich ein bisschen einkuscheln?«

Mein Schlafplatz? Ich dachte, ich hätte einen bei Lukas. Zwei sogar, denn ich habe nicht nur ein Körbchen im Schlafzimmer, sondern auch eins im Wohnzimmer, etwas seitlich vom offenen Kamin. An den darf ich nicht dran, weil da manchmal ein echtes, heißes Feuer drin brennt. Aber egal, wenn ich es mir hier bequem machen darf, habe ich nichts dagegen, und diese Decke sieht sehr weich und warm aus. Her damit! Wedelnd sprang die Hündin ins Körbchen und ließ sich von Viola die Hundedecke umlegen. Dankbar leckte sie ihr über die Hand und rollte sich mit einem zufriedenen Schnaufen zusammen.

»Das gefällt dir, was?«

Beinahe hätte er Ja gesagt! Seinen Blick heftete er nun fest auf Violas Rücken, denn wenn er ihn nur ein wenig hätte schweifen lassen, wären ihm viel zu viele anziehende Details aufgefallen. Wie zum Beispiel die sanfte Rundung ihrer Schulter, als ihr der Träger des Shirts herunterrutschte, oder ihr anmutiger Hals. Oder die kleinen festen Brüste, die sich verführerisch unter dem Shirt abzeichneten. In seinem Magen bildete sich ein Knoten, ebenso wie in seiner Kehle. Er brauchte alle Willenskraft, um sich zusammenzureißen, als sie sich ihm wieder zuwandte.

»Setz dich doch.« Sie deutete auf die beigefarbene Couch, denn auf dem Sessel stapelten sich Bücher und Zeitschriften. »Das Sofa ist zwar schon ziemlich alt – ich habe es von meinen Eltern übernommen, als sie sich vor Jahren neu eingerichtet haben –, aber es ist immer noch recht bequem.«

»Danke.« Tatsächlich war der Stoffbezug der Couch schon ziemlich abgeschabt. Rasch schob er ein paar der bunten Sofakissen beiseite und nahm Platz.

»Kann ich dir etwas anbieten?« Sie war bereits in die Küche geeilt und kam gleich darauf mit einem Glas und einer Flasche Wasser zurück, die sie neben die halb volle Cola-light-Flasche auf dem Couchtisch stellte. »Ich habe leider nicht viel im Haus, weil ich nicht mit Besuch gerechnet habe.«

»Schon gut, mach dir keine Umstände.« Abwehrend hob er die Hände. Dabei fiel sein Blick erst so richtig auf ihr Gesicht und er stutzte. »Sag mal, bist du okay?« Ehe er darüber nachdenken konnte, war er wieder aufgestanden und auf sie zugetreten. Sanft fasste er sie an den Schultern. »Hast du geweint?«

»Ich, äh …« Sie wurde unter seinen Händen ganz steif und die Röte auf ihren Wangen vertiefte sich. Das führte aber auch dazu, dass er die Tränenspuren auf ihrem Gesicht besser erkennen konnte. Sie schluckte hektisch. »Ja, ein bisschen. Ist aber nicht schlimm, weil es bloß …«

»Nicht schlimm?« Er konnte sich nicht erklären, weshalb sich der Knoten in seinem Magen verhärtete. Etwas verkrampfte sich in ihm. »Deine Augen sind ganz gerötet und … Verdammt, warum hast du geweint?« Ehe er sich stoppen konnte, hatte er ihr mit dem Daumen über die Wange gestreichelt. Er spürte zarte Haut unter den Schwielen an seiner Hand. War es möglich, dass auch sein Herz sich verknotete?

Violas Augen wurden groß, sie stand reglos da und starrte ihn erschrocken an. »Das …« Ihre Stimme klang belegt. »Das ist bloß wegen des Films.«

»Was für ein Film?« Irritiert blickte er auf den Fernsehbildschirm, auf dem eine leidlich hübsche dunkelhaarige Frau in einem Kleid aus dem achtzehnten Jahrhundert – zumindest schätzte er das – im Standbild einem hochgewachsenen Kerl in Uniform verhalten zulächelte.

»Nicht dieser Film.« Nun wich Viola zurück und ging zu dem schmalen DVD-Regal neben dem Fernseher. »Dieser hier.« Sie zeigte ihm die Hülle eines schon etwas älteren Hollywoodstreifens, an den er sich dunkel erinnerte. Angelique mochte solche Filme.

»Sinn und Sinnlichkeit?« Fragend streckte er die Hand nach der Hülle aus und Viola reichte sie ihm, blieb danach aber auf Abstand zu ihm.

Bei näherer Betrachtung erinnerte er sich nun tatsächlich an den Film. »Kate Winslet spielt die jüngere Schwester, oder?«

Viola nickte. »Ja, und Emma Thompson die ältere. Hugh Grant und Alan Rickman sind auch mit dabei. Ich liebe diesen Film und muss immer weinen, wenn ich ihn mir ansehe.«

»So traurig ist der Streifen doch gar nicht.« Zumindest konnte er sich nicht an irgendwelche tragischen Szenen erinnern. »Den habe ich mal zwangsweise bei einem Filmabend mit Angelique gesehen. Ist schon ziemlich lange her.«

»Zwangsweise?« Überrascht hob sie den Kopf.

Er lachte trocken. »Ja, sie hat mich damals oft zu solchen Filmabenden eingeladen, um mich mit einer ihrer Freundinnen zu verkuppeln. Wie gesagt, das ist schon lange her. Ich war gerade Anfang zwanzig.« Und hatte ein gebrochenes Herz. Aber das tat hier nichts zur Sache.

»Aha.« Sie lächelte fast unmerklich. »Ich heule bei den meisten Filmen. Eine einzige rührende Szene, und schon ist es um mich geschehen. Und bei romantischen Filmen ist es besonders schlimm.« Sie hob die Hände an die Wangen, ließ sie aber gleich wieder sinken. »Kein Grund zur Beunruhigung.«

»Okay.« Er kam sich ein wenig albern vor, weil er so heftig auf den Gedanken reagiert hatte, sie könnte wegen irgendetwas traurig sein. Rasch nahm er wieder auf der Couch Platz. Da sie immer noch neben dem Regal stand, deutete er neben sich. »Möchtest du dich nicht auch setzen?«

»Ja, klar ...« Sie ließ sich auf der Armlehne des Sessels nieder und beugte sich ein wenig vor. »Weshalb bist du überhaupt hier?«

Lukas wurde unnatürlich warm, als ihm der verboten tiefe Ausschnitt ihres Shirts ins Auge fiel, sodass er sicherheitshalber seinen Blick auf ihr Gesicht richtete. »Ja, also …« Er stockte, als in diesem Moment eine heftige Sturmbö gegen das Haus krachte, sich im Schornstein verfing und ein unheimliches Heulen verursachte.

Huch? Was ist das denn? Hilfe! Ein Einbrecher? Nein? Ein Ungeheuer? Wau, wie schrecklich! Miss Daisy war aufgeschreckt, bellte und winselte dann herzerweichend. Die Decke bewegte sich heftig, und im nächsten Moment sauste die kleine Hündin verschreckt durchs Zimmer und durch die Tür zur angrenzenden Küche. Etwas klirrte.

»Ach herrje, das sind ihre neuen Näpfe!« Erschrocken sprang Viola auf und eilte hinter Miss Daisy her. Auch Lukas erhob sich und folgte den beiden in die kleine Küche, die aus einer schmalen Küchenzeile und einer kleinen Kochinsel mit angrenzendem Frühstückstresen bestand. Daran angebaut war auch ein winziger Esstisch für höchstens zwei Personen, anderthalb, wenn sie seine Größe besaßen.

Oh, Hilfe, jetzt scheppert es hier auch noch. Wer rettet mich? Wieder winselte Miss Daisy ängstlich.

»Wo ist sie?« Lukas blieb an der Insel stehen.

»Hier hinten.« Viola hatte sich auf den Boden gekniet und deutete auf die hinterste Ecke der Küche. »Komm her, Miss Daisy. Das war doch nur der Wind. Der kann dir hier drinnen nichts tun.«

Der Wind? Das sagst du so einfach. Hast du nicht gehört, wie unheimlich er heult? Das ist bestimmt ein gefährliches Untier!

»Nicht jaulen. Ist doch alles gut.« Unsicher streckte Viola die Hand nach dem Schnauzermädchen aus und blickte dabei zu Lukas auf. »Man soll Hunde, die Angst haben, nicht trösten, oder? Damit sich die Angst nicht festsetzt.«

Er hob ratlos die Schultern. »Keine Ahnung, klingt plausibel. Aber aus der Ecke rauslocken sollten wir sie trotzdem. Sie soll ja auch nicht lernen, dass sie sich bei jedem ungewohnten Geräusch irgendwo verstecken muss.« Vorsichtig trat er näher, hielt aber einen Sicherheitsabstand zu Violas nackten Armen. »Hey, Miss Daisy, komm her. Der Wind tut dir nichts. In deinem Körbchen ist es doch viel gemütlicher als hier auf dem kalten Küchenboden.«

»Da sagst du was.« Viola richtete sich auf und rieb sich über die Knie, die nur vom dünnen Stoff der Yogahose bedeckt waren. Dann nahm sie einen der beiden Steingutnäpfe auf und trug ihn zur Spüle. »Ich gebe ihr mal ein bisschen Wasser.«

Oh, etwas zu trinken? Neugierig wagte Miss Daisy sich aus der Ecke heraus und reckte die Nase. *Das ist eine gute Idee. Durst hätte ich nämlich schon ein bisschen.*

»Hier, bitte sehr.« Viola stellte den Napf auf den Boden.

Lukas atmete scharf ein, als sich ihm dabei ihr hübsches Hinterteil entgegenreckte. Allmählich kam er sich wie ein unbeholfener, hormongesteuerter Teenager vor.

»Wolltest du etwas sagen?« Als sie sich wieder aufgerichtet hatte, drehte Viola sich zu ihm um.

»Nein … nein.« Sein Blick fiel auf das Fenster. »Ach du Scheiße.« Durch das Licht in den Fenstern des gegenüberliegenden Wohnhauses war das Wetter draußen zu erkennen. Der Sturm, der noch heftiger geworden war als bei seiner Ankunft, trieb eine Mischung aus Regen und dicken Schneeflocken fast waagerecht vor sich her. Als er näher an das Fenster herantrat, konnte er im Licht der Straßenlaternen sehen, dass sich unten auf der Straße bereits eine beachtliche Schneematschschicht gebildet hatte. »Das sieht übel aus.«

Viola trat neben ihn und warf ebenfalls einen Blick nach draußen. »Da hast du dir aber nicht gerade das beste Wetter ausgesucht, um herzukommen.«

»Dass es so schnell so schlimm wird, hätte ich nicht gedacht.« Er hob die Schultern. Sie standen jetzt ganz dicht nebeneinander, was seinem Innenleben nicht gerade guttat. Doch das musste er sich ja nicht anmerken lassen. Damit würde er die Situation nur unnötig verkomplizieren. »Ich wollte eigentlich nur Miss Daisy herbringen.« Auf Violas fragenden Blick hin erklärte er: »Ich habe vorhin eine Nachricht von Tim erhalten, du weißt schon, der junge Kunstschreinergeselle, den wir Anfang des Jahres eingestellt haben. Er hat ein Problem mit seinen Eltern. Anscheinend muss seine Mutter ins Krankenhaus und sein Vater ist deshalb durchgedreht und hat herumgetobt. So genau habe ich es nicht verstanden. Jedenfalls muss er sich morgen darum kümmern und hat sich einen Tag freigenommen. Deshalb kann er den Auftrag nicht beenden, den wir in Arbeit haben. Die Schaukelstühle müssen aber morgen Mittag verpackt und verladen werden, deshalb muss ich morgen zwei Stunden früher in die Werkstatt.«

»Ach so.« Verständnisvoll nickte Viola. »Da hast du natürlich keine Zeit, Miss Daisy vorher herzubringen.«

»Ich glaube nicht, dass ich dich deshalb um vier Uhr morgens aus dem Bett klingen sollte.« Er lächelte schwach. »Dann lieber heute Abend. Ich hätte sie auch mit zur Arbeit nehmen können, aber dann hättest du sie extra dort abholen müssen.«

»Das hätte mir nichts ausgemacht.«

»Aber es wäre umständlich gewesen.«

»Nicht viel umständlicher, als dass du jetzt extra hergefahren bist.« Sie blickte auf die Hündin hinab, die mit tropfender Schnauze neben ihnen saß und neugierig zu ihnen aufblickte. »Na, alles wieder gut? Möchtest du nicht doch wieder zurück in dein Körbchen gehen?«

Ich weiß nicht so recht. Dieser Wind oder was auch immer da draußen so laut ist, macht mich immer noch ziemlich nervös. Miss Daisy wedelte leicht mit der Rute, stand dann aber auf und tappte langsam zurück zu ihrem Schlafplatz.

Viola folgte ihr rasch. »Ja, so ist's brav. Leg dich schön wieder hin. Alles ist gut.«

Wenn du es sagst. Eigentlich bin ich ja auch ziemlich müde. Miss Daisy gähnte ausgiebig und rollte sich dann erneut inmitten ihrer Decke zusammen.

»Sie ist so eine Süße.« Mit einem verliebten Lächeln betrachtete Viola die Hündin.

Lukas nickte, hatte seinen Blick jedoch auf Viola geheftet. »Sehr süß.« Er war sich selbst nicht sicher, ob er Miss Daisy meinte oder Viola, deshalb tat er einen Schritt beiseite. »Ich schätze, ich sollte mich jetzt auf den Heimweg machen, bevor die Straßen zu glatt werden.«

»Ja, wahrscheinlich ist das besser.« Viola blieb neben dem Körbchen stehen. »Soll ich sie dann am Mittwoch zu dir bringen? Morgens so gegen halb acht?«

»Ja, so wie ausgemacht. Sie mag übrigens diese kleinen gedrehten Kauknochen, die es in der Zoofachhandlung gleich neben dem Eingang gibt. Davon kaut sie oft sogar nachts noch einen.«

»Ah, gut zu wissen.« Sie lächelte. »Also dann …«

»Wahrscheinlich muss sie nachher noch mal raus.«

Viola nickte. »Klar, kein Problem.«

»Gut, dann …« Er ließ seinen Blick noch einmal durch den kleinen Wohnraum schweifen und entdeckte dabei die DVD *Pearl Harbour* auf dem Couchtisch. Rasch trat er näher und wies grinsend darauf. »Das ist mal ein vernünftiger Film. Wenn du den eingelegt hättest, wäre ich glatt noch geblieben.«

Auf Violas Wangen zeigte sich wieder diese entzückende Röte, die ihm allmählich den Verstand zu rauben begann. »Das ist doch auch eine Liebesgeschichte.«

»Kann sein, aber nicht nur. Da ist genug Kriegs- und Flugzeugtechnikkram drin, um einen Mann mit dem Liebesgeflüster zu versöhnen.« Er grinste breit. »Abgesehen davon ist die Liebesgeschichte in dem Film eigentlich ganz okay. Kein Kitschgedöns.«

»Tja, also … vielleicht dann ein andermal.« Sie schluckte und errötete noch mehr.

Er nickte. »Ja, vielleicht ergibt es sich ja mal.« Dann machte er, dass er aus ihrer Reichweite kam, ehe er vergaß, dass er nur wegen Miss Daisy hier war.

***

Die Fahrt nach Hause, obwohl nur kurz, war eine elende Tortur. Die Straßen waren bereits spiegelglatt und wegen des heftigen Schneesturms konnte man kaum weiter als zehn Meter sehen. Als Lukas seine Haustür aufschloss, kam er sich zudem seltsam verlassen vor. Er hatte sich in Rekordzeit an die Anwesenheit der quirligen Miss Daisy gewöhnt und vermisste sie jetzt schon. Wie ärgerlich! Dabei hatte er vorhin noch mit dem Gedanken gespielt, sie doch einfach Viola zu überlassen. Aber das war gar nicht so einfach. Andererseits sollte diese geteilte Sorgepflicht auch nicht in einen Wettstreit ausarten. So ganz sicher war er sich nicht, ob sie das Richtige taten.

Um sich von den trüben Gedanken ebenso abzulenken wie von der Erinnerung an Viola in ihrem lässigen und doch so unglaublich sexy Outfit, ging er schnurstracks in sein Schlafzimmer, zog sich bis auf die Shorts aus und warf sich auf sein Bett. Mit einer Hand verfrachtete er sein Smartphone in die Ladestation auf seinem Nachttisch, mit der andern angelte er nach der Fernbedienung seines Fernsehers. Träge zappte er durch die Programme, bis er bei einem Film hängenblieb. Kopfschüttelnd sah er sich einige Szenen an, dann griff er nach seinem Handy und suchte aus den Kontakten Violas Nummer heraus. Grinsend schrieb er ihr eine Nachricht.

Lukas: *Wenn du noch ein bisschen mehr flennen willst, schalt mal Sixx ein. Da läuft* Sinn und Sinnlichkeit. *Kate Winslet spielt gerade auf dem Klavier.*

Es dauerte nicht lange, bis sein Handy piepste.

Viola: *Ich dachte, du guckst solche Filme nicht.*

Viola: *Das ist übrigens ein Pianoforte.*

Lukas: *Ist doch egal. Musik ist Musik.*

Viola: *Warum sind Männer bloß immer solche Kulturbanausen?*

Er grinste vor sich hin.

Lukas: *Hey, immerhin finde ich, dass sie schön singen kann. Aber ich wusste gar nicht mehr, dass der Sheriff von Nottingham in dem Film mitspielt.*

Viola: *???*

Lukas: *Alan Rickman. Der hat in* Robin Hood – König der Diebe *den Sheriff von Nottingham gespielt. Was hat er in deiner Schnulze zu suchen?*

Viola: *Ich hab doch vorhin gesagt, dass er mitspielt. Hast du mir nicht zugehört?*

Er runzelte die Stirn. Anscheinend war er von Violas Anblick derart abgelenkt gewesen, dass ihm tatsächlich entgangen war, was sie gesagt hatte. Aber ob es gut wäre, ihr das auf die Nase zu binden?

Lukas: *Entschuldige, das muss ich überhört haben. Ich war wohl irgendwie abgelenkt.*

Viola: *Wovon abgelenkt?*

Skeptisch kräuselte er die Lippen. Aber gut, wenn sie es unbedingt wissen wollte …

Viola: *Vom miesen Wetter?*

Lukas: *Nicht direkt.*

Viola: *Wovon dann?*

Von dir, verdammt noch mal! Nein, das würde er ihr nicht schreiben. Das war purer Irrsinn. Mit so etwas wollte er gar nicht erst anfangen. Ehe er sich für eine adäquate Antwort entscheiden konnte, erschien erneut eine Nachricht von Viola auf dem Display:

Viola: Robin Hood *ist übrigens auch ein Liebesfilm, das ist dir schon klar, oder?*

Erleichtert, dass er offenbar vom Haken war, überlegte er sich eine passende Antwort.

Lukas: *Ich war jung und unschuldig, als ich ihn zum ersten Mal gesehen habe.*

Drei lachende Emojis erschienen auf seinem Display.

Viola: *Unschuldig? Du?*

Lukas: *Irgendwann war jeder mal unschuldig. Wir haben den Film übrigens in der Schule gesehen. Englischunterricht.*

Diesmal folgte ein grinsendes Emoji.

Viola: *Mein erster Film in Originalsprache war* König der Löwen. *Auch im Englischunterricht. Schrecklich!*

Lukas: *Warum? Das müsste doch genau dein Beuteschema sein.*

Wieder antwortete sie mit einem Emoji. Diesmal ein augenverdrehender.

Viola: *Es hat bloß bis zu dem Moment im Vorspann gedauert, als Rafiki den kleinen Simba für die Tiere der Savanne hochhielt, da liefen mir schon die Tränen in*

Strömen übers Gesicht. Von der Szene, als Simbas Vater umkommt, will ich gar nicht erst anfangen.

Er schmunzelte.

Lukas: *Aber es gibt doch ein Happy End.*

Ein lachendes und ein weinendes Emoji erschienen auf seinem Display.

Viola: *Ja, eben. Ich war im Dauerweinmodus.*

Lukas: *Ihr durftet in der Schule Wein trinken?*

Jetzt dauerte es eine Weile, bis die Antwort erfolgte, und er hoffte, Viola musste ebenso lachen wie er. Die sieben oder acht lachenden Emojis, die sie ihm schickte, bewiesen es zu seiner Freude.

Viola: *Mach dich ruhig über mich lustig, du wirst schon sehen, was du davon hast.*

Ein grinsendes Teufelchen-Emoji folgte. Überrascht hob er die Augenbrauen. Wie kam es, dass sie sich per Textnachrichten derart gut verstanden?

Lukas: *Was willst du denn dagegen tun, wenn ich dich aufziehe? Du bist dort und ich bin hier. Zwischen uns liegen zweieinhalb Kilometer und ein fieses Unwetter. Du kannst mir gar nichts anhaben, kleine Schnieftasse.*

Viola: *Ich gebe dir gleich eine Schnieftasse! Wer sagt dir denn, dass ich hier nicht einen Berg Voodoo-Puppen liegen habe, von denen ich eine dir widme und dir einen Fluch auf den Hals hetze?*

Wieder lachte er laut auf. Allmählich begann ihm die Sache richtig Spaß zu machen. Seine nächste Antwort überlegte er sich genau.

Lukas: *Ich glaube weder an Voodoo noch an Flüche. Damit kannst du vielleicht deiner Tante Elke Angst machen, aber nicht mir. Da musst du schon schwerere Geschütze auffahren.*

Gespannt wartete er auf Violas nächste Antwort, doch die kam leider nicht. Er wartete eine Minute, zwei, drei.

Lukas: *Was denn, fällt dir nichts mehr ein?*

Doch auch darauf kam keine Reaktion. Allerdings zeigte die App auch an, dass sie seine letzte Nachricht gar nicht mehr gelesen hatte. Er wartete noch weitere fünf Minuten, dann legte er sein Smartphone zur Seite. Dass er enttäuscht war, weil sie nicht mehr antwortete, bereitete ihm Sorgen. Sie hatten doch bloß unverbindlich … Er stutzte. Geflirtet? Zumindest in Ansätzen konnte man es so nennen.

Nein. Rigoros schüttelte er den Kopf. Sie hatten nur ein wenig Quatsch gemacht. Nicht mehr. Trotzdem hatte sich sein Herzschlag beschleunigt.

Verärgert über sich selbst erhob er sich, holte sich ein kaltes Bier aus dem Kühlschrank und warf sich erneut aufs Bett. Er wollte gerade den Sender wechseln, um nicht weiter dem

Liebesfilm ausgesetzt zu sein, als sein Smartphone piepste und anzeigte, dass er eine neue Nachricht erhalten hatte.

Viel, viel zu eilig griff er nach dem Handy und öffnete die Textnachrichten-App. Viola hatte ein Hunde-Emoji und einen kleinen Kackhaufen geschickt.

Viola: *Entschuldige bitte, aber Miss Daisy hätte um ein Haar ein Malheur in der Küche angerichtet. Ich musste schnell mit ihr raus. So schnell bin ich, glaube ich, noch nie die drei Stockwerke runtergerannt. Miss Daisy ist übrigens ganz schön schwer! Und draußen ist es EKELHAFT!*

Viola: *Wo waren wir eben stehen geblieben?*

Lukas: *Du wolltest mir für die Schnieftasse eine passende Bestrafung androhen.*

Viola: *Voodoo zieht also bei dir nicht?*

Lukas: *Nicht mal ansatzweise.*

Viola: *Dann muss ich wohl Gewalt anwenden.*

Er hob die Augenbrauen. Das machte Spaß. Viola war plötzlich viel lockerer und richtig schlagfertig. So wie zu den wenigen Gelegenheiten, wenn er sie im Kreise ihrer Geschwister erlebte.

Lukas: *Uuuh, jetzt habe ich aber Angst. Ich schlottere geradezu!*

Sie antwortete mit einem grimmigen Teufels-Emoji.

Viola: *Schlottere ruhig. Ich bin kräftiger, als ich aussehe.*

Lukas: *Was du nicht sagst.*

Viola: *Du glaubst mir nicht?*

Lukas: *Nicht die Spur.*

Viola: *Ich kann dich aufs Kreuz legen.*

Lukas: *Im Leben nicht, du halbe Portion!*

Viola: *Ich habe den schwarzen Gürtel!*

Lukas: *In was? Schluchzen?*

Es dauerte einige Sekunden, bis sie ihm ein Kampfsport-Emoji schickte. Anscheinend hatte es etwas gedauert, bis sie es gefunden hatte. Anerkennend blickte er auf sein Handy. Dass sie Kampfsport betrieb, hatte er nicht gewusst. Es machte ihm aber zusehends mehr Spaß, sie zu foppen.

Lukas: *Was soll das denn sein? Gesellschaftstanz?*

Er fügte ein tanzendes Pärchen an.

Viola: *Nimm dich bloß in Acht, sonst könntest du dein blaues Wunder erleben.*

Lukas: *Ich habe keine Angst vor dir. Da müsstest du mich schon tatsächlich aufs Kreuz legen, und das wird niemals geschehen.*

Viola: *Sei dir da nicht so sicher. Ich kann ziemlich heimtückisch sein.*

Lukas: *Das musst du mir erst beweisen. Mittwochabend in eurer Sporthalle. Mal sehen, wer da wen aufs Kreuz legt.*

Diesmal dauerte es ein Weilchen, bis sie antwortete.

Viola: *Du willst gegen mich antreten?*

Lukas: *Du hast es herausgefordert.*

Viola: *Okay, dann werde ich Miss Daisy danach wohl doch wieder mit zu mir nehmen, weil du deine Knochen sortieren musst.*

Lukas: *Du nimmst den Mund ganz schön voll, Fräulein.*

Viola: *Nenn mich noch einmal Fräulein und du musst deine Knochen nicht nur sortieren, sondern vorher erst einmal zusammensuchen.*

Kopfschüttelnd starrte er auf diese mehr als kecke Drohung.

Lukas: *Ich wusste gar nicht, dass du derart rabiat werden kannst.*

Viola: *Du weißt ja auch längst nicht alles über mich.*

Damit hatte sie allerdings recht. Plötzlich reizte es ihn mehr als alles andere, diesen Zustand zu ändern. Grimmig verzog er die Lippen.

Lukas: *Okay, du hast es nicht anders gewollt. Mittwochabend, achtzehn Uhr dreißig in eurer Sporthalle. Und wag es ja nicht zu kneifen.*

Viola: *Dito.*

Ein Bizeps-Emoji folgte.

Viola: *Du hast mir noch immer nicht verraten, was dich so abgelenkt hat, dass dir Alan Rickman entgangen ist.*

Verflixt! Für einen Moment rang er mit sich. Dann setzte er alles auf eine Karte. Und er wusste, dass er einen Fehler machte, noch während er schrieb und auf Senden klickte.

Lukas: *Das verrate ich dir, wenn du es geschafft hast, mich aufs Kreuz zu legen.*

Viola: *Du glaubst immer noch nicht, dass ich das schaffe?*

Er schluckte hart, dann machte er den zweiten Fehler.

Lukas: *Du solltest es unbedingt schaffen. Sonst muss ich mein Geheimnis für immer hüten, und das wäre doch schade.*

Er wartete gespannt, doch obwohl Viola die Nachricht gelesen hatte, gab sie keine Antwort mehr darauf.

***

Schwer atmend und mit wild rasendem Herzen lag Viola auf ihrer Couch und starrte auf ihr Smartphone. In ihren Ohren rauschte das Blut und ihre Hände zitterten. Was in aller Welt war da gerade passiert? Hatte sie …?

Hatte sie mit Lukas geflirtet? Sie bekam kaum noch Luft, so aufgeregt und nervös war sie. Durch tiefes Ein- und Ausatmen versuchte sie, sich wieder etwas zu beruhigen, doch in ihrer Magengrube fuhr eine Ameisenarmee Achterbahn, und das in ihren Adern kreisende Blut kribbelte ihr bis in die Fingerspitzen.

Nein, das war einfach nur ein witziger Austausch von Unsinn gewesen, nicht mehr. Ganz und gar nicht mehr. Sie flirtete nicht. Das hatte sie nämlich noch nie gekonnt. Sie war überhaupt nicht schlagfertig genug.

Zittrig wischte sie auf dem Display ihres Smartphones zurück bis an den Anfang der Unterhaltung, dann las sie jede einzelne Antwort noch einmal nach. Prompt stieg ihr Puls wieder an.

»O mein Gott, was habe ich denn da gemacht?« Sie merkte nicht einmal, dass sie laut sprach.

Hä? Wie? Was meinst du denn? Miss Daisy, die seit einiger Zeit neben der Couch gelegen hatte, hob den Kopf und sah sie fragend an. *Redest du mit mir?*

Gedankenverloren streichelte Viola das Hundemädchen am Kopf. »Gute Güte, wie konnte ich denn bloß so etwas tun?«

Was denn? Miss Daisy musterte sie neugierig.

Viola war regelrecht erschüttert über ihren eigenen Mut. Vielleicht lag es daran, dass sie nur über die Textnachrichten-App kommuniziert hatten. Aus sicherer Distanz. Da war es ihr ganz leichtgefallen, die richtigen Worte zu finden.

Etwas anderes rüttelte sie jedoch noch weit mehr auf: Lukas hatte eindeutig zurückgeflirtet. Sie mochte sich mit ihrer Schüchternheit oft selbst im Wege stehen, aber ganz schief gewickelt war sie dann doch nicht. Außerdem hatte sie den Beweis immer noch vor Augen. Schwarz auf weiß sozusagen.

Lukas hatte zurückgeflirtet. Und jetzt wollte er sie am Mittwochabend zu einem – ja was eigentlich? – treffen.

»Das ist ein Kampf-Date.« Sie schluckte. »So ein Quatsch.« Sie hatten schließlich gerade erst vor wenigen Tagen klargestellt, dass sie beide kein Date wollten. Wahrscheinlich hatte er es gar nicht ernst gemeint. Warum sollte er mit ihr kämpfen wollen? Am besten vergaß sie den Unsinn gleich wieder.

Sie versuchte, sich wieder auf den Film zu konzentrieren, doch es gelang ihr nicht. Jedes Mal, wenn sie auf ihr Handy blickte oder ihr ein Fetzen aus der Unterhaltung mit Lukas durch den Kopf schoss, schlug ihr Herz schneller.

***

Tja, also ich weiß ja nicht so recht. Jetzt bin ich also bei Viola und es ist mitten in der Nacht. Draußen stürmt es immer noch so gruselig und hier ist mir alles noch ganz fremd. Dabei dachte ich, dass ich bei Lukas in dem schönen großen Haus wohne. Aber anscheinend habe ich mich geirrt. Warum hat er mich wohl hierher zu Viola gebracht? Ob er mich nicht mehr haben will? Nein, er hat gesagt, dass wir uns bald wiedersehen, und dabei hat er total lieb und fröhlich ausgesehen.

Im Grunde habe ich auch gar nichts dagegen, bei Viola zu sein, denn ich mag sie ja gern. Sie ist immer lieb und sanft und hat so eine angenehme Stimme. Aber jetzt vermisse ich Lukas und weiß gar nicht, was ich machen soll. Ich bin ganz arg verwirrt und fühle mich hier in meinem Körbchen schrecklich einsam. Dabei liegt Viola nebenan in ihrem Bett und hat die Tür einen Spaltbreit offen gelassen. Sie sagt, das ist, damit sie mich hört. Das ist bestimmt gut, denn manchmal muss ich mitten in der Nacht noch mal raus. Es kommt nicht mehr so oft vor wie früher, aber manchmal eben doch noch.

Sie ist trotzdem so weit weg und ich fühle mich einsam und traurig. Ob ich …? Ich könnte einfach mal zu ihr rübergehen und schauen, ob sie schon schläft. Und ob sie überhaupt noch da in ihrem Bett liegt. Dann bin ich vielleicht wieder beruhigt und kann endlich einschlafen.

***

Schon seit über einer halben Stunde lag Viola in ihrem Bett, hatte die Decke bis zur Nasenspitze hochgezogen und versuchte einzuschlafen. Es gelang ihr nicht. Mit einem Ohr lauschte sie ständig auf Geräusche aus dem Wohnzimmer, wo sie Miss Daisys Körbchen aufgestellt hatte, und gleichzeitig kreisten ihre Gedanken immer noch unablässig um den Chat-Flirt mit Lukas. Sie konnte nicht aufhören, darüber nachzugrübeln, ganz gleich, wie sehr sie auch versuchte, sich abzulenken.

Sie war, das konnte sie vor sich selbst kaum leugnen, in Lukas verliebt. Angefangen hatte es an jenem Vormittag des zweiten Dezembers vor einem Jahr. Damals hatte ihre Familie im Haus ihrer Eltern den alljährlichen Plätzchenbacktag abgehalten und dazu auch Angelique eingeladen, die damals erst seit kurzer Zeit als Assistentin in Patricks Firma gearbeitet hatte. Sie hatte spontan ihren Bruder mitgebracht, der sie unangemeldet besucht hatte.

Es hatte kaum mehr als einen oder zwei Blicke in Lukas' Augen gebraucht – und einen Handschlag –, um Viola vollkommen aus dem Gleichgewicht zu bringen. So etwas hatte sie noch nicht erlebt. Wenn es Liebe auf den ersten Blick gab, dann musste sie sich wohl so anfühlen.

Selbstverständlich hatte sie sich nichts anmerken lassen, weder an jenem Tag noch irgendwann danach. Sie konnte sich doch nicht einfach in den Bruder ihrer Schwägerin verlieben! Obwohl das mit Angelique an jenem Backtag noch gar nicht so klar gewesen war. Laura hatte zwar später behauptet, sie habe es bereits kommen sehen, aber Viola hatte sich mit ihrem abschließenden Urteil darüber etwas mehr Zeit lassen wollen. Allerdings war es dann mit Patrick und Angelique unglaublich schnell ernst geworden. Fast so wie bei Justus und Laura ein Jahr zuvor. Anscheinend lag es in ihrer Familie, dass in Herzensdingen rasch Nägel mit Köpfen gemacht wurden.

Für Viola galt das allerdings nicht. Auch wenn die Begegnung mit Lukas sie damals tief beeindruckt hatte, sah sie es als ausgeschlossen an, dass daraus jemals etwas entstehen könnte. Sie war doch überhaupt nicht sein Typ. Oder vielmehr hatte sie das bisher angenommen. Aber warum hatte er ihr dann heute noch einmal eine Textnachricht geschickt? Nur wegen dieses Films? Hatte er gedacht, dass sie ihn sich im Fernsehen noch einmal ansehen würde, nachdem sie ihn doch schon auf DVD geschaut hatte? Oder war das nur eine

Ausrede gewesen, um noch einmal Kontakt aufzunehmen? Allein bei dem Gedanken schlug ihr Herz wieder schneller. Verzweifelt starrte sie in der Dunkelheit hinauf zur Zimmerdecke. Vielleicht war ihm auch nur langweilig gewesen. An ihr war doch nun wirklich nicht viel, was ihn zu einem Flirt reizen könnte.

Zwar fand sie sich beileibe nicht hässlich, aber sie war das, was er zuvor gesagt hatte: nett und hübsch. Nicht mehr und nicht weniger. Dass er witzig und klug hinzugefügt hatte, brachte ihm natürlich Pluspunkte ein, doch Männer wie er gaben sich nicht mit dem netten Mädel von nebenan ab. Das war nun einmal so und hatte sie bisher nie sonderlich gestört. Denn sie hatte zuvor keinen Mann wie ihn gekannt. Einen, bei dem ihr Blutdruck durch die Decke ging, wenn sich nur ihre Blicke trafen.

Resignierend schlug sie die Hände vors Gesicht. Sie würde diese Nacht garantiert kein Auge zutun, wenn das so weiterging. Ihre Gedanken befanden sich wie in einem Karussell, das sich schneller und schneller drehte. Sie wollte nicht so für Lukas fühlen, denn das führte zu nichts als Herzschmerz. In hundert Jahren würde er ihre Gefühle nicht erwidern, selbst wenn er heute zum Flirten aufgelegt gewesen war.

Das leise Tappen von Miss Daisys Pfoten auf den Fliesen im Flur ließ Viola aufhorchen. Im nächsten Moment stieß die kleine Hündin die Schlafzimmertür mit der Nase auf und kam herein. Dabei schnaufte sie ein wenig und winselte leise.

Rasch drehte Viola sich auf die Seite und schaltete das Nachtlicht ein. »Hey, Kleine, was ist denn los? Kannst du nicht schlafen?«

Nein, gar nicht. Ich bin einsam und vermisse Lukas. Und dich auch. Aber gut, dass du noch hier bist. Ich glaube, ich lege mich zum Schlafen einfach hierher. Miss Daisy ließ sich auf dem Bettvorleger nieder und blickte Viola mit riesigen treuen Hundeaugen an. *Hier bin ich näher bei dir.*

»Möchtest du lieber hier schlafen?« Viola blickte auf das Hundemädchen hinab, dann richtete sie sich auf. »Bestimmt fühlst du dich ein bisschen verlassen, was? Das ist ja auch deine erste Nacht hier bei mir. Weißt du, Lukas und ich«, sie vermied es, sich sein Gesicht vorzustellen, »wollen uns in der nächsten Zeit abwechselnd um dich kümmern, damit du so um Weihnachten herum entscheiden kannst, wen von uns beiden du lieber magst und bei wem du dann für immer bleiben willst.«

Ach so? Miss Daisy hob den Kopf und legte ihn nachdenklich schräg. *Das ist ja seltsam. Aber es erklärt, warum Lukas mich heute hierher zu dir gebracht hat. Allerdings verstehe ich das alles nicht so ganz. Wie soll ich mich denn bitte zwischen euch entscheiden? Ich mag euch doch beide so gern.*

»Soll ich dir dein Körbchen neben das Bett stellen? Dann bist du ganz nah bei mir. Vielleicht gefällt dir das besser.« Schon hatte Viola die Decke zurückgeschlagen und war aufgestanden. Rasch trug sie das weich gepolsterte Schlafkörbchen in ihr winziges Schlafzimmer. Kurz überlegte sie, wohin es wohl am ehesten passen würde, und stellte es dann erst einmal auf dem Bettvorleger ab.

Miss Daisy, die ihr auf dem Fuße gefolgt war, schnüffelte neugierig daran und legte sich dann prompt hinein. *Okay, das ist schon irgendwie besser, schätze ich.*

»Besser so?« Lächelnd kroch Viola wieder unter ihre Decke, streckte dann aber eine Hand hervor und streichelte Miss Daisy sanft. »Jetzt brauchst du dich nicht mehr einsam zu fühlen.«

Das ist lieb von dir. Und einsam bin ich auch nicht, also jetzt nicht mehr, aber ich vermisse immer noch Lukas.

Viola seufzte, als sie Miss Daisys leises Fiepen und Winseln vernahm. »Vermisst du Lukas?«

Und wie! Und das ist mir peinlich, weil du doch auch so arg lieb zu mir bist. Dich mag ich auch sehr gerne, genauso wie ihn.

»Ich kann dich gut verstehen.« In ihrer Kehle pochte ihr Herzschlag viel zu schnell vor sich hin. Sie hatte ein Date mit ihm am Mittwochabend. Nein, kein richtiges Date, aber er wollte sich mit ihr in der Sporthalle treffen. In der Sporthalle! Um mit ihr zu kämpfen. Sie schüttelte den Kopf. Das war sicher nur ein Scherz gewesen. So etwas konnte er unmöglich ernst meinen.

Als Miss Daisy erneut winselte, sich erhob und mit den Pfoten am Bett hochkletterte, schmunzelte Viola verständnisvoll. »Na gut, komm rauf.« Sie klopfte auf die Matratze. »Ich verrate es Lukas auch ganz bestimmt nicht.«

Wirklich? Darf ich zu dir hoch? Oh, wau, das ist aber schön!

Mit erstaunlichem Schwung hüpfte Miss Daisy aufs Bett und kuschelte sich ganz fest an Viola, die daraufhin ein Brennen in den Augen verspürte, so gerührt war sie von der Zutraulichkeit der kleinen Hündin.

Zärtlich kraulte sie Miss Daisy hinter den Ohren und lauschte ihrem leisen, gleichmäßigen Atem. Darüber schlief sie dann doch irgendwann ein.

5. Kapitel

»Na, wie habe ich das gemacht?« Santa Claus rieb sich begeistert die Hände, bevor er sich wieder seinem Schreibtisch und den E-Mails zuwandte, die er noch lesen und in Kategorien einordnen musste. »Das war ein ganz fantastischer Geistesblitz von mir!«

»Hast du etwa veranlasst, dass heute Abend *Sinn und Sinnlichkeit* im Fernsehen gesendet wird?« Elfe-Sieben blickte ihn erstaunt an. Sie saß an ihrem eigenen kleinen Schreibtisch neben der Tür, auf dem sich die frisch eingetroffenen Wunschzettel stapelten, die sie alle noch in das Wünsche-System auf dem Weihnachtsmann-Server eingeben musste. Doch ihr Blick war auf die riesige Videowand gerichtet, auf der unzählige Bildschirme platziert waren, über die der Weihnachtsmann seine wichtigsten Wunscherfüllungsmissionen überwachen konnte. Bislang war erst etwa ein Drittel der Bildschirme mit einem Stream von der Erde belegt. Auf einem davon wechselten sich Bilder von Viola und Lukas sowie deren Familien ab.

Santa Claus hüstelte. »Das nun gerade nicht, aber ich habe mir erlaubt, ein bisschen mit den Frequenzen zu spielen, damit Lukas genau auf diesen Sender stößt. Dabei habe ich seine Stimmung gerade richtig eingeschätzt, und prompt hat er Viola eine Nachricht geschickt.« Erneut rieb er sich die Hände. »Das war ein Geniestreich.«

Elfe-Sieben erhob sich und trat näher an den Bildschirm heran. »Aber nur, wenn daraus jetzt wirklich etwas wird. Ich finde deine Idee ziemlich gewagt.«

»Immerhin konnte ich doch auch verhindern, dass jemand anderes die süße kleine Hündin findet.« Santa Claus grinste breit, sodass sich sein weißer Rauschebart ein wenig sträubte. »Du musst doch zugeben, dass das geradezu perfekt gelaufen ist.«

»Ja, weil du Elfe-Elf losgeschickt hast, um an Violas Auto herumzuschrauben.« Elfe-Sieben setzte eine strenge Miene auf, die ihr aber nicht ganz gelang. »Das war nicht sehr nett, denn nun muss sie sich für viel Geld ein neues Auto kaufen.«

»Ach was, das hätte sie laut Elfe-Elf sowieso bald tun müssen. Sie hat nur beschleunigt, was sowieso passiert wäre. Und bis Viola einen neuen Wagen hat, kann sie ja mit ihrer Schwester mitfahren.« Santa Claus winkte lässig ab. »Das wird schon gehen. Wenn ich es richtig mitbekommen habe, hat Ricarda doch schon versprochen, ihr beim Autokauf zur Seite zu stehen.« Er rieb sich nachdenklich übers Kinn. »Sie hat einen guten Sinn für Zahlen und Verhandlungen und ist nicht so schüchtern wie Viola. Sie wird dafür sorgen, dass ihre Schwester nicht übervorteilt wird.«

»Dieser Bastian wird sie aber doch bestimmt nicht über den Tisch ziehen, oder? Der ist doch ein Freund von Patrick.« Besorgt runzelte die kleine Elfe die Stirn.

»Nein, Bastian aus der Autowerkstatt wohl nicht, der ist eine ehrliche Haut. Sehr sympathisch übrigens, wie ich finde.« Der Weihnachtsmann lächelte in sich hinein. »Aber er wird ihr ja wahrscheinlich kein Auto verkaufen. Er hat doch nur versucht, das alte zu reparieren.«

»Stimmt.« Elfe-Sieben nickte. »Es ist nicht schön, dass es immer noch Autohäuser gibt, in denen gerade Frauen übervorteilt werden. Aber …« Sie lächelte plötzlich. »Wie wäre es denn, wenn wir es so einrichten, dass nicht Violas Schwester sie beim Autokauf begleitet, sondern Lukas?«

»Das ist eine phänomenale Idee.« Santa Claus strahlte. »Darauf werde ich gleich mal Elf-Zwei und Elfe-Acht ansetzen.« Zum dritten Mal rieb er seine Hände aneinander. »Das könnte womöglich ein viel einfacherer Fall werden, als ich angenommen hatte.«

6. Kapitel

»Auf Wiedersehen, Herr Beinlein. Vergessen Sie bitte nicht, jeden Tag Ihre Übungen zu machen. Wie sehen uns dann heute in einer Woche wieder.« Viola schüttelte dem übergewichtigen älteren Herrn die Hand und wartete, bis er durch die Glastür verschwunden war, bevor sie sich stöhnend reckte. Ihre Arme und Schultern schmerzten nach diesem anstrengenden Tag. Sie hatte mehrere übergewichtige Patienten gehabt, denen sie bei ihren therapeutischen Übungen mit einiger Kraft hatte helfen müssen. Wenn sie verhindern wollte, dass sie selbst bald einen Physiotherapeuten aufsuchen musste, würde sie schnellstmöglich eine entspannende Yoga- und Meditationsstunde einlegen müssen.

»Das war der Letzte für heute.« Carla Breuer, Violas Sprechstundenhilfe, lächelte ihr erleichtert zu. Sie war eine mollige Frau Anfang fünfzig mit schickem hennarot gefärbtem Kurzhaarschnitt. »Wir hatten ja für einen Mittwoch ganz schön viel Betrieb, muss ich sagen. Es ist schon kurz nach sechs. Ich muss dringend los, weil ich noch einkaufen will, und danach muss ich meinen Mann zum Bahnhof bringen. Er muss wieder mal geschäftlich nach Brüssel. Heute hin, morgen Abend schon wieder zurück. Ein unglaublicher Stress, sage ich dir!«

»Das kann ich mir vorstellen.« Auch Viola lächelte, wenn auch etwas angestrengt, weil es schon seit einiger Zeit in ihrer Magengrube kribbelte und ihr Puls sich einfach nicht auf einen ruhigen, stetigen Takt einpendeln wollte. »Mach ruhig Feierabend. Ich kümmere mich um die letzten Computerarbeiten.«

»Das ist lieb von dir.« Erfreut erhob Carla sich. »Schade, dass die süße Miss Daisy heute nicht hier war. Ich vermisse sie schon richtig, obwohl sie uns nur zwei Tage besucht hat.«

»Am Freitag leistet sie uns wieder Gesellschaft.« Viola setzte sich an Carlas Stelle an den Computer. Sie vermisste Miss Daisy ebenfalls schon sehr, obwohl sie sie erst am gestrigen Abend zu Lukas gebracht hatte. Oder vielmehr zu Patricks Firma, denn Lukas hatte ihr eine Textnachricht geschickt und sie gebeten, die Hündin dort abzugeben, weil er noch unterwegs gewesen war. Sie hatte ihn also nicht angetroffen, sondern Angelique die Hündin anvertraut, die Miss Daisy zusammen mit ihrem eigenen Hund Oskar betreuen würde, bis Lukas wieder da war. Einerseits war Viola erleichtert gewesen, andererseits auch enttäuscht. Und da Lukas in seiner Textnachricht mit keinem Wort auf das angebliche Date am heutigen Abend in der Sporthalle eingegangen war, hatte sie angenommen, dass er es entweder vergessen oder doch von vornherein als Scherz angesehen hatte.

Wie sehr sie sich getäuscht hatte, war ihr klar geworden, als er vor etwa zwei Stunden eine weitere Nachricht geschrieben hatte.

Lukas: *Na, schon fleißig trainiert und den schwarzen Gürtel hervorgeholt?*

Als sie begriffen hatte, dass er es ernst meinte, war sie regelrecht erschrocken. Er wollte gegen sie antreten.

Sie hatte zwar mit einem reichlich kecken *Du wirst dein blaues Wunder erleben!* geantwortet, doch seitdem wollte sich ihr Innenleben einfach nicht wieder beruhigen. Ihr

Magen flatterte, ihr Herz raste, ihr Blutdruck hielt sich oberhalb jeglicher gesunden Grenzen auf. Wie hatte sie nur in solch ein verrücktes Unterfangen einwilligen können? Sobald er vor ihr stehen würde, wäre sie geliefert. So wie sie sich kannte, würde sie kaum noch ein Wort herausbringen, geschweige denn mit ihm kämpfen. Dazu müsste sie ihm ja nahe kommen. Ihn sogar berühren. Ihr Magen verknotete sich bereits, wenn sie nur daran dachte.

Sie zermarterte sich das Gehirn nach einer guten Ausrede, doch ihr fiel keine ein. Wenn wenigstens jemand, den sie gut kannte, an ihrer Seite wäre, damit die Sache nicht zu peinlich würde! Doch sie hatte niemandem von dieser Sache erzählt. Wozu auch? Sie hatte ja nicht geglaubt, dass es dazu kommen würde. Und jetzt saß sie in der Tinte.

Ob sie vielleicht wenigstens Ricarda Bescheid sagen sollte? Gerade als sie nach ihrem Handy greifen wollte, um genau dies zu tun, trat ihre Schwester durch die Glastür, in der Hand ihre Aktentasche. Als sie Viola am Empfang sitzen sah, runzelte sie die Stirn. »Hast du etwa noch nicht Feierabend gemacht? Du bist ja noch gar nicht umgezogen.« Sie warf einen Blick auf ihre Armbanduhr und stellte gleichzeitig ihre Tasche unter dem Schreibtisch ab. »Es ist bereits kurz nach sechs. Beeil dich mal und wärm dich auf!«

»Aufwärmen?« Irritiert hob Viola den Kopf.

»Aber hallo, wenn hier schon der Kampf des Jahres stattfinden soll, dann auch mit ordentlicher Vorbereitung. Du predigst uns doch sonst auch immer, dass wir uns vor einer Sportstunde vernünftig aufwärmen sollen.«

Viola starrte ihre Schwester verblüfft an. »Kampf des Jahres?«

»Aber ja doch. Lukas macht doch schon seit vorgestern eine riesige Welle deswegen. Ich dachte, das wüsstest du.«

Hektisch schluckte Viola. »Eine Welle?«

»O ja, er hat alle eingeladen.«

»Alle?« Violas Stimme krächzte.

»Zumindest alle aus unserer Familie, soweit ich weiß.« Neugierig musterte Ricarda sie. »Er meinte, du hättest gedroht, ihn aufs Kreuz zu legen, weil er dich Heulsuse genannt hat oder so was.«

»Schnieftasse.«

»Was?« Ricarda lachte. »Nie gehört, dieses Wort. Aber wie auch immer er dich genannt hat – und auch wenn er damit vielleicht sogar ins Schwarze getroffen hat –, du musst deine Ehre selbstverständlich verteidigen, da gibt es gar kein Vertun. Eine Frau muss ihre Frau stehen, ganz besonders gegen einen Mann. Also los, ab mit dir in die Umkleide! Ich fungiere gerne als Ringrichterin, wenn du willst. Oder als deine Managerin.«

Damit hatte Viola nicht gerechnet. Hastig schaltete sie den Computer aus und erhob sich. »Er hat die ganze Familie eingeladen?« Warum hatte er das getan? Er hatte doch wohl nicht ahnen können, dass sie sich davor fürchtete, ihm allein gegenüberzutreten. Allerdings fühlte sie sich jetzt auch nicht viel besser, wenn sie daran dachte, dass sie gleich jede Menge Zuschauer haben würden.

Nachdem sie den Schreibtisch mit wenigen Handgriffen aufgeräumt hatte, schnappte sie sich aus dem Schrank in ihrer Praxis, in dem sie ihre Sportsachen aufbewahrte, ihren Judogi und folgte Ricarda hinüber zu den Umkleideräumen.

»Soll ich dir beim Aufwärmen als Sparringspartner dienen?« Während Viola sich umzog, blieb ihre Schwester in der geschlossenen Tür stehen, die Schulter gegen den Türrahmen gelehnt, die Arme locker verschränkt.

»Im Judo gibt es keine Sparringspartner.« Viola hatte ihre Jeans und taillierte blaue Bluse rasch gegen den Judogi getauscht und band sich nun vor dem Wandspiegel den Gürtel um.

»Weiß ich doch.« Ricarda bleckte ein wenig die Zähne. »Aber bei solch einem Gegner könnte es trotzdem nicht schaden, wenn du vorher noch ein bisschen übst. Wie lange hast du nicht mehr gekämpft?«

»Keine Ahnung, vielleicht ein Vierteljahr. Seit Kennys Bandscheibenvorfall haben wir ja keinen Trainer mehr im Sportverein. Abgesehen von Miranda, aber die trainiert bloß die Kinder, und das auch nur einmal die Woche. Ich übe hin und wieder ein bisschen allein, wenn ich dazu komme.«

»Das ist aber nicht dasselbe.« Stirnrunzelnd trat Ricarda näher und zupfte an dem strahlend weißen Judoanzug herum. »Dein schwarzer Gürtel in allen Ehren, aber wie ich schon sagte, bei dem Gegner musst du echt auf Zack sein.«

Irritiert drehte Viola sich zu ihrer Schwester um. »Es ist bloß ein Scherzkampf. Ich hatte nicht einmal gedacht, dass Lukas es damit überhaupt ernst meint. Er mag einen Kopf größer sein als ich, aber das bedeutet noch nicht, dass er auch nur den Hauch einer Chance gegen mich hat. Die Sache dauert allerhöchstens eine Minute, dann können wir alle wieder nach Hause gehen.« Während sie sprach, wuchs ihr Selbstbewusstsein wieder etwas. In Gegenwart ihrer Schwester hatte sie sich schon immer stärker und mutiger gefühlt.

Ricarda hüstelte. »Nimmst du den Mund da nicht ein bisschen zu voll? Ich meine, er ist immerhin Landesmeister und du hast zuletzt während der Schulzeit an Wettkämpfen teilgenommen. Und auch da höchstens auf Kreisebene.«

Viola stutzte. »Landesmeister? In was?«

»Na, jedenfalls nicht in Gesellschaftstanz.« Ricarda musterte sie fragend. »Sag mal, wusstest du das gar nicht?«

Aus Richtung der Sporthalle waren jetzt mehrere Stimmen zu hören und dazwischen ein kurzes Bellen, das wohl von Miss Daisy kam.

Erschrocken fasste Viola sich an die Stirn. Das hatte sie nicht gewusst. »Lukas ist ein Judoka?«

Ricarda nickte. »Ein ziemlich erfolgreicher noch dazu. Ich dachte, das wäre dir klar.«

Ohne darauf einzugehen, verließ Viola die Umkleidekabine und stieß dabei fast mit Lukas zusammen, der gerade die Herrenumkleide ansteuerte. Über der Schulter trug er einen Rucksack. Ihr Herzschlag stockte und beschleunigte sich gleich darauf bedenklich. In ihrer Kehle bildete sich ein Kloß, der sie hektisch schlucken ließ. »Du bist also ein Judoka.«

Er lächelte ihr zu. »Seit meinem fünften Lebensjahr, ja.« Er zwinkerte schalkhaft. »Keine Sorge, es wird ein fairer Kampf.« Damit verschwand er im Umkleideraum.

Viola schwirrte der Kopf, als sie hinüber zur Sporthalle ging. Dort hatten sich bereits Patrick und Angelique sowie Justus und Laura neben Ricarda versammelt und gerade, als sie die Halle betrat, tauchten auch ihre Eltern auf.

Ihr Vater kam mit ausholenden Schritten auf sie zu. »Wie man uns sagte, findet hier heute das Sportevent des Jahres statt. Sagt mal, wie kommt ihr denn auf solch einen Unsinn?« Sein erheitertes Lächeln führte dazu, dass sich um seine Augen einige Lachfältchen bildeten. »Lukas sagte irgendetwas davon, dass du deine Ehre zu verteidigen gedenkst.«

Viola holte tief Luft – und versuchte zu ignorieren, dass ihre Wangen sich erwärmten. »Es war eigentlich nur im Scherz gemeint. Lukas hat mich aufgezogen, weil ich bei Filmen immer so nah am Wasser gebaut habe. Da habe ich aus Spaß gesagt, dass ich den schwarzen Gürtel habe.«

»Und das hat er gleich als Herausforderung angesehen?« Ihre Mutter war ebenfalls näher gekommen und lachte nun herzlich. »So etwas kann auch nur einem Mann einfallen. Aber warum hat er gleich die ganze Familie dazu eingeladen? Hättet ihr das nicht«, sie hüstelte und lächelte vielsagend, »unter euch ausmachen können?«

Die Wärme auf Violas Wangen wurde unangenehm. »Ich wusste bis eben nicht, dass er euch alle gebeten hat herzukommen.«

»Ach.« Verblüfft hob Margit Sternbach die Augenbrauen, dann lächelte sie verschmitzt. »Dann bin ich ja mal gespannt, was er im Schilde führt.«

Viola schluckte. Ihr wurde allmählich wirklich mulmig. »Ich wusste nicht einmal, dass er Judo ...« Sie brach erschrocken ab, weil in diesem Moment Lukas die Sporthalle betrat. Entgeistert starrte sie ihn an – oder vielmehr den rot-weißen Gürtel, den er zusätzlich zu einem schwarzen über dem Judogi trug. »Ach du Scheiße.«

»Na, na!« Heiter drohte ihre Mutter ihr mit dem erhobenen Zeigefinger. »Achte auf deine Wortwahl, junge Dame!«

Viola hörte gar nicht hin, sondern ging auf Lukas zu. »Das ist nicht dein Ernst, oder?«

»Was meinst du?« Sein Blick war der vollkommener Unschuld. Plötzlich lächelte er breit und ging in die Hocke. »Da ist ja der kuschelige Ehrengast!«

Wau, ja, da bin ich. Moment, Ehrengast? Was heißt das denn? Ach, egal, ich bin jedenfalls wieder hier. Mit einem hellen Bellen schoss Miss Daisy auf Lukas und Viola zu. *Hach, meine liebe Viola ist auch hier. Wie toll!* Mit wildem Rutewedeln begrüßte das Hundemädchen abwechselnd Viola und Lukas. Dabei achtete sie gar nicht darauf, dass Elke sie immer noch an der Leine festhielt.

»Entschuldigt bitte.« Etwas außer Atem kicherte Elke. »Ich war rasch noch mit der Kleinen vor der Tür, weil sie mal musste. Habe ich etwas verpasst oder aufgehalten?«

»Nein, gar nicht.« Lukas hatte sich schon wieder erhoben und wandte sich an die versammelten Familienmitglieder. »Danke, dass ihr alle hergekommen seid. Ich habe euch eingeladen, weil ich sicherstellen will, dass das Ergebnis unseres kleinen Wettkampfes später nicht verfälscht weitererzählt wird.«

»Wir sollen also als Zeugen fungieren?« Erheitert grinste Patrick, der seinen Arm fest um Angeliques Taille gelegt hatte. »Ist das nicht ein bisschen übertrieben? Ich meine, wozu überhaupt? Wie hast du Viola noch mal genannt. Schlafmütze? Hätte es da nicht gereicht, dass sie dir mal ordentlich gegen das Schienbein tritt?«

»Schnieftasse.« Viola spürte eine seltsame Hilflosigkeit in sich aufsteigen. Gleichzeitig stieg der Drang zu lachen in ihr auf. »Es war Schnieftasse.«

»Schnief…?« Angelique gluckste. »Leg ihn aufs Kreuz, Schwester!«

»Damit hat sie mir gedroht.« Grinsend warf Lukas Viola einen Seitenblick zu. »Ich hätte das nicht ernst genommen, wenn sie nicht mit ihrem schwarzen Gürtel angegeben hätte.«

»Ich habe nicht angegeben.« Viola starrte ihn erbost an, dann rieb sie sich übers Gesicht. »Okay, vielleicht ein bisschen.« Ihr Blick wanderte wieder zu den beiden Gürteln, die er trug. »Ich konnte doch nicht wissen, dass …« Sie stockte. »Du hast also den fünften Dan erreicht?«

»Godan«, bestätigte er. »Und für meine Verdienste im Judosport wurde mir vor drei Jahren der Rokudan als sechster Dan und Ehrentitel verliehen.«

»Weil er zweimal Landesmeister gewesen ist«, erklärte

Angelique mit sichtlichem Stolz, »und weil er jahrelang die Landesjugendmannschaft trainiert hat.«

»Sch…« Viola lächelte gequält. »Schön.«

»Den wievielten Dan hast du erreicht?« Aufmerksam musterte Lukas sie.

Sie spürte, wie diese verflixte Röte schon wieder auf ihren Wangen brannte. »Nidan.« Und sie hatte gedacht, dass diese Tatsache ihr Selbstvertrauen fördern würde. Weit gefehlt!

»Den zweiten.« Er nickte anerkennend. »Nicht schlecht.«

Nun trat Laura etwas näher und blickte neugierig von einem zum anderen. »Ich kenne mich zwar mit Judo nicht aus, aber das hört sich für mich so an, als ob Lukas dir ziemlich überlegen ist, Viola.«

Das war ihr nun ebenfalls glasklar. Doch ehe sie etwas erwidern konnte, antwortete Lukas: »Wir nehmen es heute nicht ganz so ernst mit den Vorschriften. Denn streng genommen liegen zwischen uns auch so einige Gewichtsklassen. Ein Kampf unter Wettkampfbedingungen steht aber heute auch gar nicht zur Debatte. Heute geht es nur darum, wer wen zuerst aufs Kreuz legt.« Er zwinkerte Viola erneut zu. »Nicht wahr?« Sein Grinsen verbreiterte sich. »*Schnieftasse*?«

»Ich gebe dir gleich eine Schnieftasse!«, wiederholte sie ihre Worte vom Sonntagabend, ehe sie auch nur darüber nachdenken konnte.

»Alles klar.« Er lachte nur. »Wärmen wir uns auf.« Er wandte sich an Patrick und winkte auch Ricarda zu sich. »Ihr beide dürft als Richter fungieren.«

Patrick schnaubte amüsiert. »Wozu zwei Richter, wenn es nur darum geht, wer zuerst am Boden liegt?«

»Sicher ist sicher.« Lukas begann seelenruhig, auf der Stelle zu laufen und sich warm zu machen. »Ein bisschen Spektakel kann auch nicht schaden. Außerdem muss jemand die Sekunden zählen.« Er drehte sich zu Viola um, die ebenfalls begonnen hatte, sich aufzuwärmen. »Ich würde vorschlagen, wir legen drei Runden vor. Jeweils drei Minuten. Gewonnen hat, wer den anderen zweimal länger als fünf Sekunden im Haltegriff halten kann. Wer einmal zehn Sekunden schafft, hat sofort gewonnen, gleich in welcher Runde. Einverstanden?«

Angestrengt bemühte Viola sich, nicht vor Aufregung verrückt zu werden. Was tat sie hier nur? Doch äußerlich blieb sie, wie sie es sich angewöhnt hatte, ganz ruhig und distanziert. »Ist in Ordnung.« Sie versuchte, ihren wilden Herzschlag zu ignorieren, und konzentrierte sich, so gut sie konnte, auf ihre Aufwärmübungen.

Nach einigen Minuten klatschte Ricarda in die Hände. »Ich würde sagen, wir fangen an. Ich habe heute Abend nämlich noch was anderes vor.«

»Ach ja?« Laura musterte sie neugierig. »Heißes Date?«

»Aber klar.« Ricarda lächelte vielsagend. »Mit einem Roman und meiner Badewanne.«

Ringsum wurde gutmütig gelacht.

»Fangen wir also an.« Lukas stellte sich Viola gegenüber auf.

»Ein ziemlich ungleicher Kampf«, stellte Elke mit Besorgnis fest. »Lukas, du wirst doch unserer kleinen Viola nicht wehtun, oder?«

Viola drehte sich ruckartig zu ihrer Tante um.

Margit hatte ihrer Schwägerin jedoch bereits beschwichtigend eine Hand auf den Arm gelegt. »Das ist Judo, da geht es immer sehr fair zu, das weißt du doch.« Als ihr Blick Viola streifte, hatte diese das seltsame Gefühl, als wolle ihre Mutter ihr noch etwas mitteilen. Nur was? Sie hatte keine Gelegenheit mehr, weiter darüber nachzudenken, denn inzwischen hatten auch Patrick und Ricarda ihre Posten als

Richter eingenommen, und Patrick räusperte sich übertrieben laut. »Los geht es also. Auf der einen Seite der Herausforderer: Lukas – Ehrverletzer – Sahrmüller!« Er betonte die Worte wie die Ringrichter bei einem großen Boxkampf. »Ihm gegenüber steht die Verteidigerin ihrer Ehre: Viola – Schnieftasse – Sternbach!«

Lautes Gelächter schallte durch die Halle. Auch Lukas hatte sichtlich Mühe, ernst zu bleiben. Viola biss sich auf die Innenseiten ihrer Wangen, um nicht loszuplatzen. Sie war in einem irren Possenspiel gelandet. Was sollte sie bloß tun?

Da Lukas im nächsten Moment eine blitzschnelle Bewegung auf sie zu machte, blieb ihr nichts anderes übrig, als ebenso schnell zu reagieren. Sie tat, als weiche sie zurück, packte aber im nächsten Moment seine Jacke am rechten Ärmel und am linken Aufschlag. Er griff ebenfalls in den Stoff ihrer Jacke und ihr wurde einmal mehr bewusst, dass er einen Kopf größer und sicherlich fast doppelt so schwer wie sie war.

Sie rangen ein wenig miteinander, schoben sich gegenseitig vor und wieder zurück. Lukas' Blick war dabei irritierend fest auf ihr Gesicht gerichtet. Viola versuchte, seinem Blick auszuweichen, und konzentrierte sich ganz darauf, mit beiden Füßen am Boden zu bleiben. Dabei war ihr bewusst, dass er sie vermutlich mit Leichtigkeit hätte hochheben können.

Ringsum wurde geklatscht und Angelique pfiff sogar begeistert.

»Noch zwei Minuten«, verkündete Ricarda nach einem Blick auf die Wanduhr. »Na los, Viola, zeig's ihm!«

»Hey, die Richter müssen unparteiisch sein«, protestierte Patrick lachend.

Immer noch rangen Viola und Lukas miteinander, ohne

sich viel zu bewegen. Als sie kurz seinem Blick begegnete, kam es ihr vor, als forderte er sie wortlos heraus.

Ein beängstigender Stich fuhr durch sie hindurch. Entschlossen drehte sie sich ein wenig und angelte blitzschnell mit ihrem Bein nach seinem, um ihm den Halt zu nehmen. Doch selbstverständlich hatte er die Bewegung schon vorausgeahnt. Er konterte, indem er sein Knie anwinkelte, was dazu führte, dass sich ihrer beider Beine ineinander verhakten.

»O mein Gott«, hörte Viola Elke ausrufen.

»Schsch, lenk sie nicht ab!«, schalt ihre Mutter sofort.

Sie hüpften ein wenig im Kreis, die Beine verhakt, die Hände in die Jacke des jeweils anderen gekrallt. Plötzlich ruckte Lukas zur Seite. Viola spürte, wie sie den Boden unter ihrem Fuß verlor. Fast hätte sie geflucht, als Lukas sie über seinen Rücken abrollte. Sie schaffte es gerade noch, wieder auf den Füßen zu landen, doch dazu musste sie seine Jacke kurz loslassen. Sie wirbelten beide herum – ihr Publikum klatschte und jubelte begeistert.

»Dreißig Sekunden!«, verkündete Ricarda.

Viola griff erneut an, schaffte es diesmal, Lukas für einen kurzen Moment aus dem Gleichgewicht zu bringen. Das reichte, um erneut Schwung zu holen und ihm auch noch am anderen Bein den Halt zu nehmen. Nicht wirklich elegant brachte sie ihn zu Fall und landete bäuchlings auf ihm.

Er drehte sich, zog sie mit sich und brachte sie unter sich. Sie wand sich, drehte sich auf den Bauch, bockte und schaffte es zu ihrem Erstaunen, ihn damit von sich abzuwerfen und wieder auf ihm zu landen. Blitzschnell griff sie an seinen Nacken und verkeilte gleichzeitig ihre Beine mit seinen, um ihn in den Haltegriff zu bringen.

Irgendwo über ihr zählte Patrick: »Eins, zwei, drei, vier, fünf …«

Sie stieß einen erschrockenen Laut aus, als Lukas mit einer geschickten Bewegung ihre Beine voneinander löste, herumwirbelte und so auf dem Bauch landete, dass sie nichts mehr tun konnte.

Grinsend, weil sie dennoch die erste Runde für sich entschieden hatte, sprang sie auf die Füße.

»Nicht übel, kleine Schnieftasse.« Breit grinsend erhob auch Lukas sich und richtete seine Jacke und die beiden Gürtel.

Viola rückte schweigend ihren Anzug zurecht und wartete, bis Ricarda den Beginn der zweiten Runde verkündete. Diesmal griff sie sofort an, wieder verhakten sich ihre Beine an den Kniekehlen ineinander. Sie drehten sich hüpfend, zogen einander am Stoff ihrer Jacken hin und her, dann lockerte Lukas sein Bein plötzlich, drehte sich ein wenig in der Hüfte und brachte sie im nächsten Moment mit einer geschmeidigen Bewegung erneut über seinen Rücken zu Fall. Ihr blieb fast die Luft weg, als er, zwar abgefedert, aber dennoch mit dem gesamten Körper, auf ihr landete.

Irgendwo hinter ihnen stieß Elke erneut einen Schreckenslaut aus und Miss Daisy bellte empört.

»Das war wohl nichts, Süße.« Der amüsierte Blick aus seinen silbrig violetten Augen brachte ihren Herzschlag aus dem Takt und versetzte ihr zugleich einen heftigen Stich in die Magengrube.

Irgendwo im Hintergrund hörte sie wie durch Watte Patricks Stimme: »Eins, zwei, drei, vier, fünf, sechs ...«

Nein! Sie würde ihn nicht gewinnen lassen. Auf gar keinen Fall. Das heitere Funkeln in seinen Augen wich ungläubigem Staunen, als sie sich aufbäumte.

Laura und Angelique jubelten laut los und feuerten sie an. Wild entschlossen versuchte sie jeden einzelnen Griff, jede einzelne Abwehrbewegung, jede Drehung, die sie jemals im Training gelernt hatte, bis sie es geschafft hatte, sich unter ihm hervorzuwinden. Sie rollten wild hin und her. Lukas versuchte noch einmal, sie abzurollen, doch diesmal landete sie so, dass sie sich in letzter Sekunde auf den Bauch drehen und damit in Sicherheit bringen konnte. Entschlossen hielt sie seinem Bemühen, sie noch einmal umzudrehen oder abzurollen, stand.

Ringsum wurde begeistert applaudiert.

»Gut gemacht, Viola!« Angelique hüpfte begeistert auf und ab. »Entschuldige, Lukas, du bist zwar mein Bruder, aber eine Frau, die es schafft, gegen dich anzukommen, muss ich einfach lieben!«

»He, he.« Halb belustigt, halb besorgt blickte Patrick zu seiner Frau. »Bist du dir sicher, dass diese Hopserei gut für unser Baby ist?«

Angelique lachte nur. »Das ist zu fünfzig Prozent mein Sohn oder meine Tochter. Er oder sie sollte sich also tunlichst an mein Temperament gewöhnen, meinst du nicht auch?«

»Ich bin noch im siebten Monat Trampolin gesprungen«, mischte Margit sich ein. »Das soll gut für die Gefäße sein. Weder Justus noch Viola hat es je geschadet, Patrick. Mach dir also keine Sorgen.«

»Dritte Runde, Leute. Es steht unentschieden.« Ricarda wedelte mit den Armen, um die Aufmerksamkeit wieder auf die Kontrahenten zu lenken.

Viola hatte erneut ihren Judogi gerichtet und mehrmals tief durchgeatmet.

»Bereit?« Lukas lächelte breit.

Sie schluckte gegen ihren rasenden Puls an. »Darauf kannst du deinen Rokudan-Gürtel verwetten.«

Im nächsten Moment lagen sie erneut im Clinch. Verbissen wehrte sie Lukas' Manöver ab. Allmählich lernte sie seine Reaktionen besser kennen und einzuschätzen und suchte nach einer Schwachstelle. Da er ihr körperlich weit überlegen war, konnte sie nur tricksen. Sie tänzelte, wich ihm aus, als er seinerseits versuchte, mit seinem Fuß ihr Bein zu erwischen, um sie aus dem Gleichgewicht zu bringen. Sie täuschte mehrmals einen Angriff an, versuchte vergeblich, seinen Schwung gegen ihn zu nutzen. Doch er war ihr nicht umsonst auch technisch um einige Ränge überlegen. Nach über einer Minute änderte er die Taktik, wich aus, griff sofort wieder an und brachte sie so blitzschnell zu Fall, dass sie es kaum mitbekam. Sie konnte seinem Griff jedoch ausweichen, wirbelte herum und stand sogleich wieder auf den Füßen.

Im Hintergrund vernahm sie wilden Applaus.

Ohne auch nur eine Sekunde zu verlieren, griff sie erneut an, ihre Kniekehlen verhakten sich, sie hüpfte mit ihm im Halbkreis, dann nahm sie entschlossen Schwung und hakte auch noch ihr zweites Bein in seines, was sie beide sofort zu Fall brachte. Sie hörte ihn überrascht keuchen und gleichzeitig ihren eigenen angestrengten Atem. Verbissen kämpfte sie um die Oberhand und darum, ihn in den Haltegriff zu bringen. Sie rollten hin und her, landeten auf der Seite. Für einen Moment lockerte sie ihren Griff, sodass er sie auf den Rücken drehen konnte. Doch während er schon triumphierend grinste, nutzte sie seinen Restschwung aus und katapultierte ihn mit einer kraftvollen Drehung herum, sodass nun er auf dem Rücken und sie auf ihm landete. Sie rangen wild miteinander. Ihre Blicke verhakten sich ineinander, ebenso ihre Arme und Beine. Sie hatte ihn! Wild entschlossen hielt sie ihn unter sich fest, hörte Patrick zählen: »… drei, vier, fünf. Sieg! Sieg für Viola!«

Die Familie jubelte und klatschte.

Viola stieß geräuschvoll die Luft aus.
»Du darfst mich jetzt wieder loslassen.« Lukas grinste ihr frech und jungenhaft ins Gesicht. »Gratuliere. Du kannst ja wirklich ganz schön rabiat werden.«

***

Nachdem die gesamte Familie Viola lachend und scherzend zu ihrem Sieg gratuliert hatte, war sie rasch wieder in die Umkleide verschwunden. Am liebsten hätte sie sich heimlich davongemacht, doch ihr Vater machte ihr einen Strich durch die Rechnung, indem er alle zum Essen ins Hotelrestaurant einlud. Ihre Mutter war gleich Feuer und Flamme und merkte an, dass sie auf diese Weise nicht nur Violas Sieg, sondern auch die wunderbare Nachricht, das Angelique und Patrick ein Kind erwarteten, feiern könnten. Das war ein Argument, gegen das Viola keine Einwände erheben konnte.

Lukas schien zunächst vorgehabt zu haben, den Abend anderweitig zu verbringen, war aber spontan bereit, seine Pläne zu ändern, ebenso wie alle anderen. Ärgerlicherweise ließ Violas Vater dann auch noch zwei Tische so zusammenrücken, dass Viola und Lukas an der Stirnseite der Tafel Platz nehmen mussten. Dabei hätte sie viel lieber möglichst viel Raum zwischen sich und ihn gebracht.

Zu allem Überfluss rückte ihr Lukas, ganz Gentleman, auch noch den Stuhl zurecht. Am liebsten wäre sie umgehend im nächsten Mauseloch verschwunden.

»Hey, was ist los?« Unbefangen lächelte er sie von der Seite an. »Du siehst aus, als hättest du gerade in eine Zitrone gebissen. Ich dachte, du würdest wenigstens ein bisschen triumphieren, dass du mich geschlagen hast.« Er hielt kurz inne und fügte mit schalkhaftem Grinsen hinzu: »Ich muss wohl ein wenig aus der Übung sein, wenn mich eine halbe Portion wie du am Boden halten kann.«

»Ich bin beeindruckt, Viola«, mischte Elke sich ein, die zwei Plätze weiter auf der rechten Seite saß und gerade die Speisekarten verteilte, die Lucinde gebracht hatte. »Es ist ja schon ziemlich lange her, seit ich das letzte Mal bei einem Wettkampf dabei war. Ich kann mich gar nicht mehr erinnern ... Sind es sechs oder sogar schon acht Jahre? Mir war gar nicht mehr bewusst, wie gut du im Judo bist.«

»Dabei hat sie schon seit drei Monaten nicht mehr trainiert«, fügte Ricarda mit stolzem Blick hinzu. »Weil Kenny seit seinem Bandscheibenvorfall krankgeschrieben ist.«

»Kenny?« Lukas hob fragend den Kopf.

»Unser Trainer im Sportverein.« Viola nahm eine der Karten und tat, als konzentrierte sie sich ganz auf die Speisenauswahl, obwohl sie das Angebot in- und auswendig kannte. »Er ist derzeit noch in der Reha, aber auch danach wird er noch eine Weile nicht zu hundert Prozent einsatzbereit sein. Leider haben wir sonst nur noch Miranda, die einmal die Woche die Kindergruppe trainiert.«

»So gut, wie du dich heute geschlagen hast, könntest du durchaus auch den Trainerschein machen«, befand Lukas.

Überrascht sah sie ihn an. »Ich?«

»Warum nicht?«

»Ich leite hier schon mehrere Gruppen«, erinnerte sie ihn. »Yoga, Pilates, Rückengymnastik. Das würde ich zeitlich gar nicht schaffen.«

»Stimmt auch wieder.« Er nickte ihr zu und schlug ebenfalls seine Speisekarte auf.

»Aber du könntest das Training übernehmen.« Angelique, die Elke gegenübersaß, beugte sich ein wenig vor und strich gleichzeitig ihr langes, schwarzes Haar hinters Ohr. »Du hast schon die Trainererlaubnis und die besten Referenzen, die man sich nur vorstellen kann. Der Sportverein würde dich garantiert mit Kusshand nehmen.«

Ringsum wurde es still und alle Blicke richteten sich auf Lukas.

»Tja …« Er räusperte sich amüsiert. »Die Steilvorlage habe ich wohl selbst geliefert.«

»Ich finde die Idee großartig.« Margit strahlte ihn an. »Da du nun hier in unserer schönen Stadt lebst, wäre das doch ideal, um noch ein bisschen heimischer zu werden. Viola könnte dich mit allen im Sportverein bekannt machen und hätte gleichzeitig auch wieder Gelegenheit zu trainieren. Ich weiß doch, wie sehr sie Judo liebt. Das war schon immer so, seit wir sie in der Grundschule für den Anfängerkurs angemeldet haben.«

»Durch mein Handballtraining kenne ich schon so einige Leute im Sportverein.« Lukas erwiderte Margits Lächeln verhalten. »Aber so ein Trainerjob ist anspruchsvoll, selbst wenn es sich um einen vergleichsweise kleinen Verein handelt.« Er wandte sich an Viola. »Wie viele Leute sind denn in eurem Team?«

»In meiner Altersklasse nur vier. Aber bei den Jugendlichen gibt es eine größere Gruppe mit vierzehn oder fünfzehn Mitgliedern.« Sie schluckte an einem Kloß in ihrer Kehle, denn gerade ging ihr auf, wie nah sie Lukas jedes Mal käme, wenn er ihr Judoteam trainieren würde. Den Kampf heute hatte sie irgendwie überstanden, weil sie sich ganz darauf und nicht so sehr auf ihn konzentriert hatte. Doch wenn ihr das jetzt jede Woche bevorstünde … Nein, darüber wollte sie lieber nicht nachdenken.

»Also, ich bin dafür, dass du das Training übernimmst«, befand Angelique mit leuchtenden Augen.

Auch Margit nickte mit Nachdruck. »Du solltest wirklich darüber nachdenken, Lukas. Oder spricht irgendetwas dagegen?«

Er warf Viola einen kurzen Seitenblick zu. »Abgesehen vom Zeitfaktor? Nicht viel.« Er hob die Schultern. »Ich lasse es mir durch den Kopf gehen.«

Margit lächelte ihm strahlend zu. »Sehr schön. Und nun lasst uns endlich bestellen. Ich habe Hunger!«

Wau, ich auch, wenn ich das mal so anmerken darf. Und Durst auch. Miss Daisy bellte und versuchte, an Lukas hochzuklettern. *Kriege ich bitte eine Schale Wasser? Bitte, bitte?*

»Die Kleine ist ja so was von süß!« Laura, die neben Justus am anderen Tischende saß, lächelte gerührt. »Ich sehe von hier nur ihr Näschen über der Tischkante. Ist das putzig, fast so wie Lizzy.« Sie wandte sich an Justus. »Wir hätten sie doch mitbringen sollen. Sie hätte mit Miss Daisy spielen können.«

»Doch nicht hier im Restaurant.« Justus schmunzelte. »Aber es stimmt schon, wenn ich geahnt hätte, dass wir noch alle zusammen essen, hätte ich sie mitgebracht. So wird sie jetzt tief und fest schlafen und ist, wenn wir nach Hause kommen, wieder fit und wird stundenlang spielen wollen.«

»So ähnlich wie Oskar.« Patrick lachte. »Aber glücklicherweise kümmern Joel und Jessica sich um ihn – zusammen mit Tim.«

»Mit Tim?« Verblüfft sah Margit ihn an. »Der junge Schreiner, der jetzt bei dir arbeitet?«

»Bei mir genauer gesagt, zumindest schwerpunktmäßig«, korrigierte Lukas. »Er ist ein geschickter Kunstschreiner.«

»Er hat sich als Babysitter zur Verfügung gestellt« ergänzte Patrick. »Die Zwillinge waren begeistert. Anscheinend finden sie ihn hundertmal spannender als Frau Lindholm. Die ist heute nicht da, deshalb mussten wir kurzfristig Ersatz finden, als Lukas uns zu diesem Kampf eingeladen hat.«

»Tim Hillebrand ist euer Babysitter?« Elke sah ihn verblüfft an. »War er nicht mal ein ziemlich heruntergekommener junger Punker?«

Angelique nickte. »Die Betonung liegt auf *war*. Er hat sich ganz schön angestrengt, aus diesem Sumpf herauszukommen.«

»Mit seinen Eltern hat er nach wie vor viel Ärger«, übernahm Patrick erneut das Wort. »Aber was er aus sich gemacht hat, ist schon sehr beeindruckend. Er hat die Lehre als Innungsbester abgeschlossen, danach noch eine Weile in der Werkstatt der Sozialstation gearbeitet und macht jetzt bei uns einen sehr guten Job. Im Holzhausbau ist sein Talent, ehrlich gesagt, total verschwendet, deshalb ist er jetzt so gut wie nur noch bei Lukas im Möbelbau tätig. Nebenher hilft er immer noch in der Sozialstation aus, vor allem jetzt vor Weihnachten. Er hat den gesamten Herbst über schon an neuen Holzspielzeugen gearbeitet, die am Stand der Sozialstation auf dem Weihnachtsmarkt verkauft werden sollen.«

»Hat er auch wieder diese wunderhübschen Schaukelpferde gebaut?« Angelique lächelte verzückt. »Ich war vergangenes Jahr hin und weg von ihnen. Das gab ja überhaupt den Ausschlag, ihm vorzuschlagen, sich bei dir zu bewerben.« Sie lächelte Patrick zu und für einen Moment schienen die beiden alles um sich herum zu vergessen.

Hans räusperte sich und winkte die Oberkellnerin zu sich. »Lucinde, bring mal eine Schale Wasser für Miss Daisy.« Dann blickte er auffordernd in die Runde. »Was ist nun, wollen wir bestellen?«

***

»Das war so ein schöner Abend.« Margit verabschiedete sich von ihren Kindern und Schwiegerkindern jeweils mit einer liebevollen Umarmung. »Spontane Treffen sind doch oft die besten.« Dankend ließ sie sich von Hans in ihren Mantel helfen. »Das Sonntagsessen müssen wir aber leider noch einmal verschieben. Wir haben Karten für eine Nachmittagsvorstellung des Millowitsch-Theaters in Köln ergattert, das lasse ich mir auf gar keinen Fall entgehen.« Sie wandte sich an Elke. »Du musst Otto noch einmal ganz herzlich von uns danken. Ich weiß nicht, wie er es immer wieder schafft, solche besonderen Eintrittskarten zu bekommen. Noch dazu die besten Plätze, die man sich vorstellen kann.«

Elke lächelte stolz. »Dafür hat er ein Händchen. Ich freue mich auch schon sehr auf das Stück.«

»Nur schade, dass er heute nicht dabei sein konnte.« Margit seufzte.

»Der Fluch des Oberkellnerberufs.« Lachend blickte Elke auf ihre Armbanduhr. »Aber er hat gleich Feierabend und ich möchte ihn gerne abholen, also …« Sie winkte noch einmal in die Runde. »Bis bald, ihr Lieben!«

Vielstimmige Abschiedsrufe folgten ihr, als sie durch die Tür hinaus verschwand.

Hans trat neben Viola. »Wie kommst du denn jetzt nach Hause? Sollen wir dich mitnehmen?«

»Ach was, das ist doch bestimmt nicht nötig«, wandte Margit ein. »Lukas kann sie nach Hause bringen.« Sie lächelte Viola zu, dann Lukas. »Für ihn liegt Violas Wohnung auf dem Weg und außerdem hat sie ihn heute besiegt. Da darf er ihr ruhig ein wenig zu Diensten sein.«

Hans hüstelte. »Zu Diensten?«

»Ja, genau, so ähnlich wie bei einer Wettschuld.«

Viola fluchte innerlich. Gegen ihre Mutter kam im Allgemeinen kaum jemand an, dabei hatte sie gerade Ricarda bitten wollen, sie nach Hause mitzunehmen. Für ihre Schwester lag Violas Wohnung nämlich ebenfalls auf dem Heimweg.

Hans warf seiner Frau einen eindringlichen Blick zu. »Ricarda könnte sie ebenso gut mitnehmen.«

»Ja, aber sie muss nicht vor Viola zu Kreuze kriechen.« Mit einem vielsagenden Lächeln wandte sie sich an Lukas. »Immerhin hat er sie herausgefordert und wurde – wie habt ihr das vorhin genannt? – aufs Kreuz gelegt. Also darf er als Entschuldigung und Wiedergutmachung jetzt die Siegerin nach Hause begleiten.«

»Ach.« Mit gekräuselten Lippen runzelte Hans die Stirn.

»Ja, ach.« Margit blickte Lukas immer noch eindringlich an. »Das siehst du doch bestimmt genauso, oder?«

Lukas grinste schief. »Ich habe nichts dagegen, Viola nach Hause zu fahren.«

»Gut, dann wäre das geklärt.« Zufrieden wandte Margit sich ab, hakte sich bei ihrem Mann unter und zog ihn mit sich. »Lass uns fahren, es ist schon spät und wir müssen morgen beide sehr früh raus.« Sie winkte noch einmal in die Runde. »Wir sehen uns!«

»Tja.« Lukas sah Viola fragend von der Seite an. »Bist du so weit? Dann sollten wir wohl auch aufbrechen.«

»Mhm.« Verlegen griff Viola nach der Tasche, in der sie ihren Judogi verstaut hatte, und zupfte ihren Mantel zurecht. »Entschuldige, dass Mama dich zum Fahrdienst verdonnert hat. Du musst das nicht tun. Ich kann auch mit Ricarda fahren, wenn dir das lieber ist.«

»Dann musst du dich aber beeilen.« Er deutete auf ihre Geschwister, die sich auf dem Weg nach draußen befanden. Ricarda war bereits auf halbem Weg über den Parkplatz. »Alle scheinen es plötzlich ziemlich eilig zu haben.«

»Oh.« Verblüfft blickte Viola ihrer Familie nach.

»Fast könnte man meinen, dass sie die Flucht ergriffen haben.« Mit amüsierter Miene schlüpfte nun auch Lukas in seinen Mantel und nahm dann Miss Daisys Leine, die er kurz an einer Stuhllehne eingehängt hatte, wieder in die Hand. Dann deutete er auf den Ausgang. »Nach euch, die Damen.«

Wuff! Ab nach draußen, ich muss dringend mal! Miss Daisy tänzelte fröhlich los.

Viola beeilte sich, die Tür zu öffnen, und ging voraus. Da sie sich nicht lächerlich machen wollte, indem sie hinter Ricarda herhastete, steuerte sie Lukas' großen Geländewagen an und wartete, bis er Miss Daisy in ihrer nagelneuen Transportbox untergebracht hatte. »Sie macht das ja schon sehr lieb mit«, stellte sie fest.

»Ja, stimmt.« Er schloss die Box und gleich darauf die Autotür. »Sie fährt gerne Auto, und in der Box hat sie sich sofort wohlgefühlt.«

Hier ist es ja auch weich und kuschelig mit einer Decke und einem Plüschaffen, und außerdem rutsche ich hier drinnen nicht so doll herum. Mit einem glücklichen Schnaufen drehte Miss Daisy sich mehrmals im Kreis, legte sich hin und bettete ihren Kopf auf das Plüschtier.

»Da haben wir wohl Glück gehabt, denn ich habe gehört, dass viele Hunde überhaupt nicht gerne im Auto mitfahren und sogar Angst davor haben.«

Angst? Warum das denn? Autofahren ist toll. Ich glaube, ich schlafe jetzt ein bisschen.

»Oder ihnen wird schlecht.« Ehe Viola die Beifahrertür erreicht hatte, war Lukas ihr bereits zuvorgekommen und hatte sie ihr geöffnet. Als sie ihn etwas befremdet ansah, lächelte er nur. »Ich soll dir zu Diensten sein. Anordnung deiner verehrten Frau Mutter. Sich ihr zu widersetzen, erscheint mir nicht angebracht.«

Seufzend stieg sie ein. »Sie kann ziemlich bestimmend sein. Es wäre wirklich nicht nötig gewesen, dass du mich fährst.«

»Du wiederholst dich.« Er setzte sich hinters Steuer und ließ den Motor an. »Macht es dir etwas aus, dass ich dich nach Hause bringe?«

»N… nein.« Doch! »Warum auch?«

»Ja, warum auch?« Während er den Wagen vom Parkplatz lenkte, warf er ihr erneut einen Seitenblick zu. »Du wirkst irgendwie nicht sehr begeistert. Überhaupt scheinst du dich über deinen Sieg nicht sonderlich zu freuen.«

»Du hast mich gewinnen lassen.«

»Was?« Überrascht lachte er.

Sie verschränkte die Arme vor der Brust, hauptsächlich, weil ihre Hände ein wenig zitterten. »Du wiegst doppelt so viel wie ich, hast viel mehr Kraft, bist mir technisch überlegen«, zählte sie auf. »Behaupte nicht, dass ich in der Lage wäre, dich unter realen Bedingungen zu schlagen.«

»Ich hatte doch gleich gesagt, dass wir auf die Wettkampfbedingungen pfeifen.«

»Und wenn schon. Du hättest mich mittendurch brechen können, wenn du gewollt hättest. Ich habe schon gegen Männer gekämpft, gegen Kenny zum Beispiel, der fast so groß und schwer ist wie du, und ich weiß, wann jemand sein volles Potenzial ausschöpft und wann nicht.«

»Du unterschätzt dich, Viola.« Er lächelte immer noch, seine Stimme jedoch war ernst geworden. »Ich habe dich vielleicht nicht mit voller Kraft zu Boden geworfen, wie ich es mit einem gleichstarken Gegner getan hätte, aber deshalb habe ich dich noch lange nicht einfach gewinnen lassen.

Deine Technik ist hervorragend, du bist wendig und kennst ein paar interessante Tricks und Kniffe.«

»Trotzdem …« Sie winkte ab. »Warum hast du überhaupt auf diesem bescheuerten Kampf bestanden – noch dazu vor der ganzen Familie?«

***

Lukas tat, als richte er seine volle Aufmerksamkeit auf den Straßenverkehr, der jedoch um diese Uhrzeit fast nicht vorhanden war. In dieser hübschen kleinen Stadt wurden früh die Bürgersteige hochgeklappt, wie Patrick es einmal scherzhaft beschrieben hatte. Gleichzeitig zermarterte er sich das Hirn, wie er sinnvoll auf Violas Frage antworten sollte. Denn wenn er ehrlich war, hatte er nicht die geringste Ahnung, was genau ihn dazu getrieben hatte, aus dem ursprünglichen Scherz ein derartiges Happening zu machen. Vielmehr schmeckte ihm nicht so recht, dass er schon eine gewisse Ahnung hatte. Dennoch beschloss er schließlich, die Wahrheit zu sagen – zumindest weitgehend. »Ich dachte, das lockert ein bisschen die Stimmung.«

»Die Stimmung?« Verwundert sah Viola ihn an.

»Zwischen uns.« Er setzte den Blinker und bog in ihre Straße ein. Nur Augenblicke später hielt er bereits vor dem Haus, in dem sie wohnte. »Die Sache sollte witzig werden.«

»Witzig?«

»Nicht mehr und nicht weniger. Damit das Eis zwischen uns bricht.«

»Das Eis?«

»Ich habe nach wie vor den Eindruck, dass du Vorbehalte gegen mich hast.«

»Vorbehalte?«

Befremdet hielt er inne. »Warum wiederholst du alles, was ich sage?«

Viola wich seinem Blick rasch aus. »Weil ich nicht weiß, was du meinst. Ich habe keine … Vorbehalte gegen dich.«

Er hatte ihr Zögern sehr wohl bemerkt, ebenso wie er die leichte Röte auf ihren Wangen im Licht der Straßenlaterne erahnen konnte. »Was dann?«

»Nichts.« Sie spielte sichtlich nervös mit dem Griff ihrer Sporttasche.

»Nichts?«

»Rein gar nichts.« Sie blickte aus dem Seitenfenster.

»Rein gar nichts?«

Sie drehte sich ruckartig zu ihm um. »Jetzt wiederholst du ständig meine Worte.«

»Stimmt auffallend. Aber nur, weil ich versuche, dich zu verstehen.« Er legte sachte eine Hand auf ihren Arm. »Was ist mir dir, Viola?«

»Gar nichts.« Rasch entzog sie sich ihm wieder. »Ich bin nur … Ich kann nicht so gut mit fremden … Männern … kommunizieren, das ist alles. Hat dir das noch keiner aus meiner Familie gesteckt?« Sie schnallte sich rasch ab und öffnete die Wagentür.

»Mit fremden Männern? Seit wann bin ich ein Fremder?« Lukas wollte sie zurückhalten, doch sie war bereits ausgestiegen.

Sie blieb kurz stehen und drehte sich halb zu ihm um. »Dann weite es eben auf alle Männer aus, mal abgesehen von denen aus meiner Familie und einigen wenigen, die ich von klein auf kenne. Ich weiß selbst, wie verkorkst das ist, also gib dir keine Mühe, mich darauf hinzuweisen.« Sie wandte sich wieder ab. »Ich muss jetzt rein, es fängt an zu regnen.«

Einigermaßen sprachlos blickte Lukas ihr nach, dann schlug er verärgert mit der flachen Hand aufs Lenkrad. Er war ein Idiot! Warum hatte er es nicht gleich begriffen? Oder hatte er es gewusst und einfach ignoriert? Wütend auf sich selbst beugte er sich über den Beifahrersitz, zog die Tür zu und lenkte den Wagen zurück auf die Straße.

Zu Hause angekommen, ließ er Miss Daisy in den Garten, wo sie sich noch einmal ausgiebig erleichterte, dann zog er sich mit einem Bier auf seine Ledercouch zurück und schaltete den Fernseher ein. Das TV-Programm gab nichts her, deshalb wählte er einen wilden Action-Streifen bei Netflix aus.

Der Vorspann war gerade gelaufen, als er mit einem resignierten Seufzen nach seinem Handy griff, die Textnachrichten-App öffnete und Violas Kontakt auswählte.

Lukas: *Soso, du bist also schüchtern. Warum hast du das nicht gleich gesagt?*

Er tippte auf Senden und wartete gespannt. Es dauerte zwei Minuten, bis Violas Antwort auf dem Display erschien.

Viola: *Ein Mensch, der schüchtern ist, geht damit nicht hausieren. Das wäre paradox.*

Er lächelte – erleichtert, dass sie auf seine Nachricht reagiert hatte.

Lukas: *Es wäre aber einfacher, weil man gleich wüsste, woran man ist.*

Viola: *Einfacher für denjenigen, der nicht schüchtern ist. Der hat ja auch das Problem nicht.*

Lukas: *Stimmt.*

Lukas: *Wie ist es, schüchtern zu sein?*

Viola: *Scheußlich.*

Lukas: *Etwas präziser, bitte. Scheußlich ist auch das Wetter draußen oder eine lange Warteschlange vor Luigis Pizzeria.*

Es dauerte etwas, dann kam ein lachendes Emoji. Dann noch eines.

Viola: *Das willst du doch wohl nicht wirklich wissen.*

Doch, das wollte er. Auch wenn er nicht abschätzen konnte, in was er sich jetzt wieder hineinritt.

Sag mal, was machst du da eigentlich? Neugierig war Miss Daisy herangekommen und krabbelte am Sofa hoch. *Was ist das für ein komisches Ding in deiner Hand?*

»Halt, Stopp, das ist ein Smartphone, das kann man nicht fressen.« Lachend hielt Lukas das Handy außer Reichweite von Miss Daisys Schnauze. »Ich chatte gerade mit Viola.«

Du chattest? Keine Ahnung, was das ist, aber Viola mag ich gerne. Kann ich mitmachen? Mit einem mutigen Satz sprang die kleine Hündin auf Lukas' Bauch und streckte sich lang auf ihm aus.

»Hey, was ist denn jetzt los?« Zu überrascht, um ihr böse zu sein, wuschelte Lukas durch Miss Daisys weiches Fell. Dann schaltete er spontan die Kamera an seinem Smartphone auf die Selfie-Einstellung und hielt sie so, dass er und die Hündin zu erkennen waren. Er grinste breit. »Käääse, Miss Daisy!«

Wie, was? Wo gibt es Käse? Miss Daisy hob verblüfft den Kopf und Lukas tippte mehrmals auf den Auslöser.

»Okay, schauen wir mal …« Er suchte den besten Schnappschuss aus, schickte ihn an Viola.

Lukas: *Wenn ich es nicht würde wissen wollen, hätte ich nicht gefragt. Miss Daisy ist auch schon ganz gespannt auf deine Antwort.*

Viola: *Ich weiß nicht genau, wie ich das beschreiben soll. Es ist ein bisschen, als würdest du dir ständig selbst im Wege stehen. Stell dir vor, du lernst eine Frau kennen, und unabhängig davon, ob sie dir gefällt oder nicht, kriegst du plötzlich kaum noch einen Ton heraus. Wenn sie dir gefällt, ist es noch schlimmer, dann schnürt sich dir die Kehle zu, dein Herz hämmert, du wirst rot, was natürlich oberpeinlich ist. So in etwa. Und das gibt sich erst, wenn du die Person längere Zeit kennst. Je weniger nett du sie findest, desto einfacher wird es, irgendwann normal mit ihr zu kommunizieren.*

Lukas: *Das klingt tatsächlich unangenehm.*

Viola: *Es ist grauenhaft! Weil du nichts dagegen tun kannst. Du traust dich nicht, jemanden von dir aus anzusprechen, und wenn dein Gegenüber den ersten Schritt tut, geht das, was ich eben beschrieben habe, sofort los. Du weißt nicht, was du sagen sollst oder wenn du es weißt, bringst du es nicht über dich, es auszuspre-*

chen. So als wäre eine unsichtbare Barriere zwischen dir und der Welt, die du nicht überwinden kannst.

Lukas: *Wie lernt man denn dann überhaupt neue Leute kennen?*

Viola postete ein Emoji, das ratlos die Schultern hochzog.

Viola: *Auch blinde Hühner finden ab und zu ein Korn. Es ist nicht so, dass ich noch nie einen Freund hatte oder so etwas, nicht, dass du mich missverstehst. Ich brauche nur unendlich lange, bis ich mich in Gegenwart einer fremden Person – speziell einer männlichen – so weit wohlfühle, dass ich normal reden oder reagieren kann.*

Gedankenverloren kraulte Lukas Miss Daisy hinter den Ohren, während er Violas Worte las.

Lukas: *Und ich dachte immer, du wärest einfach distanziert oder dass du mich nicht besonders gut leiden kannst.*

Jetzt dauerte es noch länger, bis eine Antwort kam.

Viola: *Es liegt nicht an dir. Ich bin die Verkorkste.*

Lukas: *Beruflich gehst du doch jeden Tag mit Menschen um, und die sind auch meistens Fremde, oder nicht?*

Ein Augenroll-Emoji erschien unter seiner Frage.

Viola: *Ich habe mir antrainiert, mich professionell zu verhalten. Wenn es um meinen Job geht, kann ich diese blöde Blockade in mir meistens ausschalten. Nur privat schaffe ich das nicht. Allerdings habe ich auch oft Probleme, wenn es darum geht, von mir aus mit Kunden Kontakt aufzunehmen oder irgendetwas bei Behörden oder so zu erledigen oder gar vor Leuten frei zu reden. Das kostet mich jedes Mal tierische Überwindung. Leider geht es aber manchmal nicht anders.*

Lukas versuchte sich vorzustellen, wie es wohl war, derart gehemmt durchs Leben gehen zu müssen. Außerdem brannte ihm eine weitere Frage unter den Nägeln.

Lukas: *Wie kommt es denn dann, dass du, wenn wir uns Textnachrichten schicken, plötzlich gar nicht mehr blockiert bist? Auf diesem Wege können wir uns doch ausgezeichnet unterhalten.*

Ein Äffchen-Emoji, das sich die Augen zuhielt, kam als Antwort. Dann eine Minute lang nichts.

Viola: *Keine Ahnung. Wahrscheinlich liegt es daran, dass wir einander nicht gegenüberstehen.*

Lukas: *Der Sicherheitsabstand hilft dir also?*

Viola: *Anscheinend.*

Lukas: *Dabei geht aber eine Menge verloren, oder nicht? Mimik, Gestik und so.*

Nähe, dachte er bei sich. Die rein physische Nähe ging dabei verloren.

Viola: *Das ist wahrscheinlich genau der Punkt.*

Wieder fügte sie das Ratlos-Emoji hinzu.

Er dachte an den Tag zurück, an dem sie sich zum ersten Mal begegnet waren, und wie sie sich seither ihm gegenüber verhalten hatte. Sein Herz machte einen unangemessenen Satz.

Lukas: *Kann es vielleicht sein, dass es doch an mir liegt?*

Er konnte an der Anzeige der App sehen, dass sie etwas schrieb, stoppte, wieder etwas schrieb. Anscheinend löschte sie ihre Antworten immer wieder, bevor sie sie schickte. Schließlich kam nur ein kurzer Satz.

Viola: *Was meinst du?*

Er lächelte. Sie war einfach süß, äußerlich wie ihrem Wesen nach. Wie sollte er ihr nur widerstehen? Selbstverständlich wusste sie ganz genau, was er mit seiner Frage impliziert hatte. Denn auch wenn sie schüchtern war – dumm war sie nicht.

Er rang mit sich, denn eigentlich wollte er doch gar keine übermäßige Nähe aufbauen, zu Frauen im Allgemeinen und zu Viola im Besonderen. Andererseits schadete es vielleicht gar nicht, wenn sie ein wenig flirteten. Nur über diese Textnachrichten, das war vollkommen unverbindlich.

Lukas: *Wenn du mich absolut blöd finden würdest, wären wir, wenn ich dich korrekt verstanden habe, inzwischen wahrscheinlich die besten Kumpels.*

Viola: *Du weißt schon, dass das schon wieder vollkommen paradox ist? Abgesehen davon bin ich nicht so verzweifelt, dass ich mich mit Typen abgebe, die ich nicht ausstehen kann.*

Lukas: *Also magst du mich.*

Es dauerte einen Moment, bis die nächste Nachricht auf dem Display erschien.

Viola: *Ich habe nie das Gegenteil behauptet.*

Dass sein Herz bei diesen Worten erneut in seiner Brust zuckte, ließ ihn besorgt zurück, doch jetzt hatte er die Sache ins Rollen gebracht und war neugierig, wohin sie sich bewegen würde.

Lukas: *Wenn das so ist, würde ich mich glatt als Versuchskaninchen zur Verfügung stellen.*

Viola: *???*

Lukas: *Ich eigne mich ausgezeichnet zum Üben. Vielleicht kann ich dir ja helfen, ein bisschen lockerer zu werden. Nur für den Fall, dass dir doch mal der Richtige begegnen sollte. Wäre doch schade, wenn er dir entgeht.*

Er setzte ein Bizeps-Emoji hintenan.
Viola schickte ihm ein Nachdenklich-Emoji zurück.

Viola: *Was genau willst du denn mit mir üben?*

Lukas: *Was immer der Übung bedarf.*

Viola: *Das klingt fast wie ein unmoralisches Angebot.*

Nun lachte er, sodass Miss Daisy ihn neugierig ansah.

Lukas: *Und wenn es so wäre?*

Viola: *Ich dachte, du willst dich bloß als Kumpel zur Verfügung stellen und wärst immun gegen jegliche weibliche Anfechtung.*

Endlich war sie wieder so locker wie neulich.

Lukas: *Du hast damit angefangen.*

Viola: *Ach ja?*

Lukas: *Ich habe das Wort unmoralisch nicht in den Mund genommen – oder vielmehr unter die Finger.*

Diesmal dauerte es wieder etwas, bis ihre Antwort eintraf.

Viola: *Du bist mir übrigens immer noch eine Antwort schuldig.*

Er wusste sofort, was sie meinte.

Lukas: *Willst du sie so unbedingt wissen?*

Viola: *Du hast gesagt, dass du sie mir gibst, wenn ich dich aufs Kreuz gelegt habe. Also raus mit der Sprache.*

Fieberhaft überlegte er, wie er am besten reagieren sollte. Schließlich entschied er sich für den gefährlicheren Weg.

Lukas: *Lass uns bei Gelegenheit mal etwas zusammen mit Miss Daisy unternehmen. Dann kann ich dir deine Frage persönlich beantworten.*

Es entstand wieder eine kleine Pause, bevor sie zurückschrieb.

Viola: *Was genau soll das werden?*

Er wusste es auch nicht.

Lukas: *Nur ein Angebot. Komm schon, oder muss ich dich nicht nur eine Schnieftasse nennen, sondern auch noch einen Feigling?*

Viola: *Und wenn ich ein Feigling bin?*

Lukas: *Bist du nicht.*

Er schickte noch drei Bizeps-Emojis hinterher.

7. Kapitel

»Santa Claus? Mein Lieber, was machst du denn da? Solltest du dich nicht um die Erfüllung der ganzen Wünsche kümmern?« Die Frau des Weihnachtsmannes blieb in der Tür zu seinem Büro stehen und stellte die Holzkiste mit den Blechplätzchendosen, die sie gerade aus dem Keller geholt hatte, neben sich auf dem Boden ab. Als ihr Mann nicht reagierte, trat sie auf ihn zu. Er saß an seinem Schreibtisch, das Kinn mit dem weißen Rauschebart in beide Hände gestützt, und starrte auf den Bildschirm seines Computers. »Stimmt etwas nicht?« Vorsichtig berührte sie ihn an der Schulter. »Was gibt es denn da so Wichtiges zu sehen? Und wo ist Elfe-Sieben?«

»Hm? Was meinst du?« Santa Claus hob kaum den Blick vom Bildschirm, seine Stimme klang so, als sei er vollkommen in Gedanken versunken. »Elfe-Sieben ist mit Elf-Zwei losgezogen, um Erkundigungen einzuholen, weil Elfe-Acht sich erkältet hat.«

»Ach herrje, warum sagt mir das denn niemand? Dann muss ich mich doch sofort um Elfe-Acht kümmern und ihr einen Tee und Hühnersuppe kochen.« Besorgt beugte Santas Frau sich zu ihm hinab und warf selbst einen Blick auf den Bildschirm. »Was liest du da?«

»Ein Dossier über Lukas Sahrmüller, du weißt schon, der junge Mann, der zusammen mit Viola Sternbach die kleine Hündin gefunden und adoptiert hat.«

»Miss Daisy heißt sie, nicht wahr?« Sie nickte. »Eine süße Kleine ist das. Wie geht es ihr denn?«

Mit einiger Mühe riss der Weihnachtsmann sich von seiner Lektüre los. »Recht gut, schätze ich.«

»Schätzt du?« Verwundert runzelte seine Frau die Stirn. »Das klingt aber nicht sehr begeistert. Und zuversichtlich schon mal überhaupt nicht. Sag schon, was hast du wieder angestellt? Irgendwas scheint doch schiefgelaufen zu sein, wenn du vier Wochen vor Weihnachten ein derart betrübtes Gesicht ziehst.«

»Gar nichts habe ich angestellt.« Abwehrend hob Santa Claus beide Hände. »Schau nicht so, Schatz, ich meine es ernst. Es liegt nicht an mir, dass meine Idee sich offenbar doch nicht umsetzen lässt.« Frustriert deutete er auf den Text auf seinem Bildschirm. »Ich hatte gehofft, dass Miss Daisy Lukas und Viola zueinanderführt, und anfangs sah es auch sehr vielversprechend aus. Aber seit diesem Kampf tut sich einfach nichts mehr bei den beiden.«

Alarmiert hob seine Frau den Kopf. »Von was für einem Kampf sprichst du denn? Das klingt ja gefährlich.«

»Nein, ganz und gar nicht.« Rasch erhob der Weihnachtsmann sich, trat an die Videowand und gab an einem der Bildschirme das Datum des Judokampfes ein. »Schau, das hier meine ich.«

Santas Ehefrau trat neben ihn und sah sich schweigend an, was sich ereignet hatte. »Soso«, war der einzige Kommentar, der ihr dazu über die Lippen kam.

»Das ist jetzt zehn Tage her und nichts – rein gar nichts – hat sich zwischen den beiden seither ereignet. Dabei hatten sie sich doch sogar verabredet, etwas mit Miss Daisy zu unternehmen.« Seine Stimme klang verzweifelt. »Wenn das so weitergeht, kann ich das mit der Wunscherfüllung für Viola vergessen. Mir bleibt ja nicht mehr besonders viel Zeit.«

»Sie hatten, soweit ich das sehen kann, kein festes Date ausgemacht.« Santas Frau verschränkte die Arme vor der Brust. »Und … mein Lieber?«

»Ja, mein Schatz?« Unsicher blickte Santa Claus seine Frau an.

»Viola ist schrecklich schüchtern.«

»Ja, aber …«

»Nichts aber. Hast du wirklich geglaubt, sie fragt Lukas von sich aus nach einem Date?«

»Aber Lukas hätte doch …«

»Lukas scheint gute Gründe zu haben, von sich aus ebenfalls nichts zu unternehmen.«

»Aber er hat den Vorschlag doch gemacht!«

Die Frau des Weihnachtsmannes ging zurück zum Schreibtisch, setzte sich und begann, in dem Dossier zu lesen, das der Weihnachtsmann aus den Himmelsarchiven heruntergeladen hatte. Dort waren die Lebensgeschichten aller Menschen hinterlegt, die jemals gelebt hatten. Schon nach kurzer Zeit räusperte sie sich vernehmlich. »Mein Lieber, das hier hättest du dir mal besser vorher durchlesen sollen, findest du nicht? Wenn ich mir das so ansehe, wird mir glasklar, weshalb Lukas ebenfalls unsicher ist und zögert. Es ist doch nur allzu verständlich, dass er solch ein Herzeleid nicht noch einmal erleben will.«

»Ja, aber die Wahrscheinlichkeit ist doch bei Viola so gering, dass man sie vernachlässigen kann«, protestierte Santa Claus händeringend.

»Das sagst du, aber woher soll Lukas das wissen?« Streng musterte Santas Frau ihn. »Du müsstest dich doch allmählich mit den Irrungen und Wirrungen menschlicher Herzen auskennen und wissen, dass solche Dinge immer zum Problem werden können. Du hättest viel besser recherchieren müssen, bevor du deinen neuen Plan in die Tat umsetzt.«

»Aber was soll ich denn jetzt nur tun?« Verzagt hob der Weihnachtsmann die Schultern. »Hier kann, fürchte ich, nicht einmal Miss Daisy viel ausrichten, wenn die beiden einander immer aus dem Weg gehen.«

»Dann sorge irgendwie dafür, dass sie zusammentreffen.« Streng musterte seine Frau ihn. »Lass dir etwas einfallen. Schick die Elfenbrigade los, wenn es sein muss. Du bist doch sonst so kreativ, wenn es um besondere Pläne geht.«

»Vielleicht hast du recht.« Nachdenklich trat der Weihnachtsmann ans Fenster und blickte hinaus in den winterlichen Garten. Seine Miene hellte sich ein wenig auf. »Ich schicke meine Elfen los, damit sie ein bisschen Weihnachtsmagie verbreiten.«

Inzwischen war seine Frau noch einmal an die Videowand getreten und ließ sich stichprobenartig Sequenzen aus den letzten beiden Wochen in Violas und Lukas' Leben anzeigen. »Möglicherweise könntest du Familie und Freunde mit einspannen. So wie ich es sehe, haben dort schon einige Personen einen Verdacht geschöpft, was Viola und Lukas angeht. Vielleicht kannst du das nutzen.«

»Ja!« Santa Claus strahlte nun wieder über das ganze Gesicht. »Das werde ich sofort tun, mein Schatz.«

Seine Frau lächelte ihm zu. »Aber beeile dich, denn die Zeit bis Weihnachten wird knapp.«

8. Kapitel

»Ich bin gleich wieder zurück, Miss Daisy.« Viola hob ihren Einkaufskorb aus dem Kofferraum von Lauras Wagen, den sie sich für ein paar Stunden geliehen hatte, und streichelte durch das Gitter der Hundebox kurz über die Nase der Hündin, die sich bequem zusammengerollt hatte. »Es wird bestimmt nicht lange dauern, auch wenn die Einkaufsliste, die Mama mir mitgegeben hat, einen halben Kilometer lang ist.« Sicherheitshalber stopfte sie auch noch mehrere Papiertüten und Stoffbeutel in den Korb. Am morgigen Samstag vor dem ersten Advent stand das alljährliche Weihnachtsbacken der Familie Sternbach auf dem Programm. Es war inzwischen nicht nur eine Tradition geworden, sondern auch ein ständig weiter ausuferndes Happening, vor allem, weil die Anzahl der Familienmitglieder inzwischen Jahr für Jahr anstieg. Niemand wollte dieses lustige Beisammensein missen – und schon gar nicht die unzähligen Plätzchen-, Lebkuchen- und sonstigen Gebäckvariationen, die am Ende die zahllosen Blechdosen füllten. Davon spendeten sie immer eine große Menge an den Sportverein, der zusammen mit der Sozialstation alljährlich ein großes Kinder-Weihnachtsfest veranstaltete.

Miss Daisy blinzelte verschlafen. *Schon in Ordnung, Viola, ich schlafe einfach ein bisschen. Der lange Spaziergang vorhin hat mich müde gemacht. Aber vielleicht bringst du mir ja ein Leckerchen mit? Das tust du doch meistens, wenn du in das große Haus da vorne gehst.*

»Ich bringe dir auch deine Lieblingsleckerchen mit.« Viola lächelte dem Hundemädchen noch einmal zu. »Also bis später.«

Na bitte, dann ist ja alles klar. Miss Daisy bettete ihren Kopf auf ihre Pfoten und schloss demonstrativ die Augen.

Schmunzelnd verschloss Viola die Kofferraumklappe und dachte bei sich, dass sie mit der kleinen Schnauzerdame wirklich Glück hatten. Sie war unglaublich lieb und pflegeleicht und hatte keine Probleme damit, auch mal ein paar Stunden allein zu bleiben. Oder so wie jetzt wenigstens eine halbe Stunde im Auto. Schön warm hatte sie es zumindest, denn weil das Wetter nach einigen milden Tagen wieder sehr winterlich geworden war, hatte Viola die Transportbox mit einer Extradecke ausgelegt.

Während Viola einen Einkaufswagen holte und sich in den Supermarkt begab, kramte sie gleichzeitig den Einkaufszettel aus ihrer Umhängetasche hervor und warf einen Blick darauf. Ihre Mutter hatte die verschiedenen Posten so aufgeteilt, dass Viola sie der Reihe nach beim Gang durch die einzelnen Abteilungen des Supermarktes zusammenstellen konnte. Das war typisch für Margit Sternbach. Sie war stets gut organisiert und schien sämtliche Läden und sogar den örtlichen Baumarkt wie ihre Westentasche zu kennen, sodass sie Einkaufszettel grundsätzlich in der perfekten Reihenfolge schrieb.

Da allerdings gerade in mehreren Gängen die Regale neu aufgefüllt wurden, dauerte es dann doch etwas länger, bis Viola sich durch die verschiedenen Sorten Mehl, Kakao und Zucker gewühlt hatte. Anschließend musste sie einen Umweg um die Süßwarenabteilung machen, denn auch dort wurde gerade neue Ware eingeräumt. Zwar stand auch Schokolade auf ihrem Zettel, doch Viola entschied sich, zunächst die Regale mit den Backzutaten abzuklappern. Sie zog den Einkaufswagen locker hinter sich her, hatte den Blick auf die Vielfalt an gemahlenen, gehobelten und gestiftelten Nüssen und Mandeln gerichtet und schielte dabei immer wieder auf den Zettel in ihrer Hand. Deshalb bemerkte sie den Mann, der sich aus der entgegengesetzten Richtung auf sie zubewegte, überhaupt nicht. Erst als sie mit ihm zusammenstieß, erkannte sie ihn.

»Huch!« Ihr Herz machte einen Satz. »Lukas, was machst du denn hier?« Sie war ihm gestern bei der Übergabe von Miss Daisy zuletzt begegnet, wenn auch nur kurz, da sie es eilig gehabt hatte.

Er sah sie ebenso verblüfft an, hob dann aber grinsend einen langen Einkaufszettel in die Höhe. »Das gleiche wie du, würde ich mal vermuten. Deine Mutter hat mir per E-Mail diese Liste zukommen lassen und darauf bestanden, dass ich die Einkäufe heute noch erledige. Heute Nachmittag, da war sie sehr präzise. Sie sagte etwas davon, dass freitags gegen sechzehn Uhr meistens neue Ware in die Regale geräumt wird, für den Wochenendansturm, sodass ich alles ganz frisch bekommen würde.«

»Ach.« Viola schluckte gegen ihren schnellen Herzschlag an. »Das hat sie zu mir auch gesagt.«

»Und sie hatte recht.« Lachend deutete er auf die Mitarbeiter des Supermarktes, die geschäftig dabei waren, die neu eingetroffenen Lebensmittel an ihre Bestimmungsorte zu räumen. »Perfektes Timing, würde ich sagen.«

»Scheint so.« Viola sah sich um und warf dann einen kurzen Blick auf Lukas' Einkaufszettel. Margit hatte ihn so aufgeteilt, dass Lukas den Supermarkt von hinten nach vorne abgrasen musste, während sie selbst sich von vorne nach hinten gearbeitet hatte. In der Mitte waren sie aufeinandergeprallt. Ob das Absicht gewesen war? Oder doch bloß reiner Zufall? Doch Margit Sternbach überließ so gut wie nie etwas dem Zufall …

»Stimmt etwas nicht?« Neugierig schielte Lukas nun auch auf ihre Einkaufsliste. »Eine ganz schöne Menge Zeug ist das. Kann es sein, dass unsere Listen mal zusammengehört haben und deine Mutter sie in der Mitte geteilt hat?«

»Ja, schon möglich, und dann hat sie deine Hälfte auch noch gespiegelt.«

»Gespiegelt?« Verständnislos blickte Lukas von ihr zu seiner Liste.

»Oder umgedreht, wie auch immer du es nennen willst.« Sie hielt ihre Liste neben seine. »Du hast hinten im Markt mit deinen Einkäufen angefangen, nicht wahr?« Zum Beweis zog sie eine der Backpapierrollen aus seinem Wagen hervor. »Und bist jetzt am Ende deiner Liste hier gelandet.«

»Ja, und?« Fragend runzelte er die Stirn.

»Und ich habe vorne angefangen und bin jetzt ebenfalls an der letzten Station angekommen. Oder vielmehr an der vorletzten, aber nur, weil ich vorhin nicht an die Schokolade rankam.«

»Ja … und?« Die Furchen auf seiner Stirn vertieften sich noch eine Spur. »Hältst du das für Absicht?«

»Für einen Zufall ist es zu auffällig.« Verlegen blickte sie an ihm vorbei. »Das ist so typisch für sie. Bestimmt hat Elke sie dazu angestiftet.«

»Wozu?« Lukas grinste wieder. »Uns zwischen Mehl, Zucker und Backzutaten aufeinandertreffen zu lassen? Zu welchem Zweck denn?«

Angelegentlich blickte sie auf die verschiedenen Sorten Zuckerstreusel und Gebäckdekorationen. »Vergiss es. Ich werde ihr sagen, dass sie damit aufhören soll.«

»Womit aufhören?« Sanft berührte er sie an der Schulter, bis sie ihn endlich ansah. Seine silbervioletten Augen wirkten erheitert und zugleich eindringlich. »Ich finde, sie hat uns damit einen netten Dienst erwiesen.«

»Indem sie versucht, uns zu verkuppeln?«

Sein Blick wurde eine Spur ernster. »Darauf müssen wir uns ja nicht einlassen, oder? Aber wir hatten doch eigentlich vor, dir ein bisschen Übung im Flirten zu verschaffen. Ich stehe nach wie vor als Trainingspartner zur Verfügung.«

»Ich dachte …« Sie schluckte nervös. »Das war doch nur im Scherz dahergeredet.«

»Nicht geredet, sondern geschrieben.« Er nahm seine Hand noch immer nicht von ihrer Schulter. »Und was ich schriftlich habe, daran halte ich mich normalerweise auch. Ich hatte nur … in letzter Zeit viel zu tun.«

Viola hob die Schultern. »Ich brauche kein Mitleid, nur weil ich schüchtern bin – und auch keinen Trainingspartner fürs Flirten.« Verärgert spürte sie, wie ihre Wangen sich erhitzten, und wandte den Blick wieder ab.

»Nein, du willst keinen, das ist etwas anderes.« Lukas klang verärgert. »Das war kein Angebot aus Mitleid. Ich dachte, das wäre klar.«

»Du hast dich aber auch nicht mehr deswegen gemeldet oder etwas in diese Richtung gesagt, wenn wir uns gesehen haben. Also ging ich davon aus, dass es genau das war, wofür ich es gehalten habe: einen blöden Scherz.« Entschlossen warf sie die von ihrer Mutter geforderte Anzahl von Tütchen mit Nüssen, Mandeln und Kokosraspeln in ihren fast vollen Einkaufswagen, fügte diverse Sorten von Schokotropfen und Plätzchenzierrat hinzu und schob ihren Wagen dann ohne ein weiteres Wort in Richtung Süßwarenabteilung. Sie wusste selbst nicht, warum sie plötzlich so wütend war. Auf

Lukas? Auf sich selbst? Ihr Herz schlug hart gegen ihre Rippen und für einen Moment war ihr in seiner Gegenwart wieder einmal die Luft weggeblieben. Sie benahm sich schrecklich, aber sie konnte diese unwillkürlichen Reaktionen auf ihn einfach nicht abstellen. Am liebsten hätte sie sich selbst geohrfeigt.

Lukas war ihr nicht gefolgt, wie sie mit einer Mischung aus Resignation und Genugtuung feststellte. Also suchte sie rasch die erforderlichen Sorten Schokolade zusammen und wollte sich gerade auf den Weg zur Kasse machen, als ihr Handy einen Piepton von sich gab.

Ahnungsvoll, weil sie den Signalton kannte, öffnete sie die Textnachrichten-App.

Lukas: *Also noch mal ganz von vorne. Glaubst du wirklich, dass deine Mutter uns absichtlich gleichzeitig zum Einkaufen geschickt und dazu sogar die Einkaufslisten manipuliert hat?*

Viola biss sich auf die Unterlippe. Dann stützte sie sich auf den Einkaufswagen und tippte eine Antwort.

Viola: *Zuzutrauen ist es ihr.*

Lukas: *Und du bist ihr deshalb böse, weil …?*

Viola: *Ich bin ihr nicht böse.*

Lukas: *Aber mir?*

Viola: *Nein, auch nicht.*

Lukas: *Weshalb haben wir dann eben gestritten?*

Viola: *Weiß ich nicht.*

Sie tippte auf Senden, schrieb dann aber rasch noch weiter.

Viola: *Ich will einfach nicht bemitleidet werden. Schüchtern zu sein ist zwar nervig, aber keine Krankheit oder so. Du musst dich gar nicht weiter darum kümmern. Wir kommen doch miteinander aus.*

Lukas: *Ist das so? Warum weichst du mir dann aus?*

Viola: *Tue ich doch gar nicht* – schrieb sie, löschte die Antwort jedoch gleich wieder.

Viola: *Du mir auch.*

Lukas: *Touché.*

Lukas: *Wo in aller Welt verstecken sich die Smarties?*

Unwillkürlich musste Viola lachen.

Viola: *Hier. Ich stehe direkt davor. Wie viele Päckchen brauchst du?*

Lukas: *Drei.*

Viola: *Sonst noch etwas aus der Süßwarenabteilung?*

Lukas: *Kaffee?*

Viola: *Kaffee gibt es im Gang hinter dem Brot.*

Lukas: *Nein.*

Ein lachendes Emoji folgte.

Lukas: *Trinkst du nach dem Einkauf noch einen Kaffee mit mir?*

***

Gespannt wartete Lukas auf Violas Antwort. Seine Idee, dem plötzlichen Streit den Wind aus den Segeln zu nehmen, indem er ihr eine Textnachricht schrieb, schien genau richtig gewesen zu sein. Im ersten Moment war er über ihren Ärger verblüfft gewesen, doch wenn er ehrlich zu sich war, wusste er genau, dass er die Schuld daran trug. Er hatte das von ihm angedeutete Date seit fast zwei Wochen mit keinem Wort mehr erwähnt. Zunächst, weil er wegen krankheitsbedingter Ausfälle in der Firma viel um die Ohren gehabt hatte, und dann, weil er ein elender Feigling war. Immer wieder hatte er es aufgeschoben, sie nach einem Treffen zu fragen. Inzwischen konnte er sich fast schon in sie hineinversetzen. Er war nie schüchtern gewesen, doch nun war er zum ersten Mal in seinem Leben einer Frau gegenüber gehemmt – zumindest wenn es darum ging, eine klare Richtung einzuschlagen.

Wenn sie nur nicht so umwerfend süß gewesen wäre! Er fühlte sich zu ihr hingezogen wie die Biene zur Blüte – oder die Motte zum Licht. Zum ersten Mal in seinem Leben war er sich alles andere als sicher, was er wollte – oder vielmehr ob das, was er wollte, für alle Beteiligten das Richtige war.

Doch wenn er es nicht allmählich herauszufinden versuchte, würde er verrückt werden, das stand fest. Also starrte er ungeduldig auf das Display seines Handys und hörte deshalb nicht die Schritte hinter sich.

»Ich habe Miss Daisy im Kofferraum. Die kann ich nicht so lange dort alleine lassen.«

Überrascht fuhr er zu Viola herum, die wie aus dem Nichts hinter ihm aufgetaucht war und zaghaft lächelte. Unwillkürlich lächelte er zurück. »Wir können auch ein paar Schritte durch den Stadtpark gehen. Gibt es dort nicht irgendwo ein Café?«

Nach einem kurzen Blickkontakt sah sie sich wie zufällig um. »Ja, das Café Lotte. Allerdings war ich mit Miss Daisy heute schon eine große Runde spazieren.«

»Dann wird sie es uns nicht übel nehmen, wenn wir geradewegs zum Café gehen.« Er deutete auf ihren Einkaufswagen. »Alles bekommen, was deine Mutter dir aufgeschrieben hat?«

»Ja, und die Smarties.« Sie deutete auf die Süßigkeiten, die zuoberst auf den Backzutaten lagen.

»Dann ab durch die Mitte, würde ich sagen.« Lächelnd ließ er ihr den Vortritt.

***

Viola hängte ihre Jacke über die Rückenlehne des Stuhls im Café Lotte und nahm Platz, während Lukas noch damit beschäftigt war, Miss Daisy aus ihrer Leine zu wickeln, in die sie sich immer wieder vor Übermut verhedderte, seit sie sich auf den kurzen Weg vom Parkplatz quer durch den Stadtpark gemacht hatten. Die Kleine brachte sich vor Freude über das Wiedersehen mit Lukas jedes Mal fast um, doch genauso wild führte sie sich immer auf, wenn sie nach einigen Tagen Viola wiedersah. Hin und wieder hatte Viola deshalb schon überlegt, ob der Plan, die Hündin nach sechs Wochen selbst entscheiden zu lassen, bei wem sie dauerhaft bleiben wollte, überhaupt umsetzbar war. So wie es im Moment aussah, verteilte Miss Daisy ihre Zuneigung sehr gerecht und gleichmäßig auf sie beide.

Eine junge Kellnerin von höchstens siebzehn Jahren brachte ihnen zwei Speisekarten und fragte, ob sie bereits einen Wunsch hätten. Da es draußen nicht nur eisig kalt war, sondern auch noch Schneeregen eingesetzt hatte, fiel Viola die Entscheidung nicht schwer. »Einen großen Kakao mit Sahne, bitte.«

Da Lukas die Leine endlich ordentlich um das Stuhlbein gewickelt und sich ebenfalls gesetzt hatte, nickte er zustimmend. »Für mich auch, bitte.« Kaum war die Kellnerin gegangen, da schlug er schon eine der beiden Karten auf und lächelte verschmitzt. »Lust auf eine Kalorienbombe, passend zum Kakao?«

Auch Viola griff nach ihrer Karte, froh, dass sie auf diese Weise ein unverfängliches Gesprächsthema hatten. »Haben sie schon das Spekulatius-Tiramisu? Das gibt es nur im Winter und es ist absolut göttlich. Ich habe mal versucht, es nachzumachen, aber irgendeine geheime Zutat fehlte mir wohl. So wie hier kriege ich es nicht hin.«

»Hier.« Lukas tippte mit dem Zeigefinger auf eine Zeile der Karte. »Du hast Glück. Allerdings klingt die Flockensahnetorte auch verboten gut. Als ich noch ein Kind war, hat unsere Köchin die oft sonntags gebacken. Ich habe sie schon seit einer Ewigkeit nicht mehr gegessen. Schon nicht mehr, seit …« Seine Miene wurde plötzlich ernst. »Egal, ich glaube, die probiere ich mal.«

»Die muss neu sein.« Interessiert studierte Viola die Karte weiter. »Sie haben ein paar neue Kreationen aufgenommen, die ziemlich lecker klingen. Aber ich glaube, ich bleibe trotzdem beim Spekulatius-Tiramisu. Da kann ich einfach nicht widerstehen.«

Da die Kellnerin in diesem Moment bereits mit dem Kakao kam, bestellten sie rasch Torte und Dessert und saßen nur wenige Minuten später bereits vor ihren großzügig gefüllten Tellern.

»Wird das morgen auch wieder so ein Happening wie vergangenes Jahr?« Lukas kostete von seiner Torte und nickte anerkennend. »Die ist wirklich gut.«

»Na klar.« Viola schmunzelte und tauchte ihren Löffel in das Tiramisu.

»Ich habe noch nie erlebt, dass eine ganze Familie in einen Backwahn verfällt. Wenn ich nur an dieses Lebkuchendorf denke, dass wir vergangenes Jahr zusammengezimmert haben. Und wie viele Plätzchendosen waren am Ende randvoll?«

»Um die zwanzig oder auch ein paar mehr.« Verzückt schloss Viola die Augen, nachdem sie sich die erste Kostprobe ihres Tiramisus zwischen die Lippen geschoben hatte. »Das ist unsere normale Ausbeute.«

»Ja, plus die Tupperdosen voller Kekse für den Sportverein.« Lachend schüttelte Lukas den Kopf. »Das ist der helle Wahnsinn.«

»Aber es macht Spaß und spätestens zum Dreikönigstag ist kein Krümel mehr übrig. Wir sind einfach alle total verfressen, wenn es um Süßes geht.«

In Lukas' Augen trat ein schalkhaftes Blitzen. »Das sieht man euch aber nicht an.« Er hielt kurz inne. »Dir schon mal gar nicht.«

»Wir sind eben alle ziemlich sportlich. Zum Glück, sonst wären wir eine Familie von aufgegangenen Hefekuchen.«

Lukas fing ihren Blick auf. »Schade, denn wenn du einer wärst, könnte ich mal in dich reinbeißen und herausfinden, ob du so süß schmeckst, wie du aussiehst.«

Viola erschrak und hätte sich beinahe an ihrem Tiramisu verschluckt – zusammen mit ihrer Zunge. Rasch wandte sie ihren Blick dem Fenster zu, neben dem sie saßen. Leider verhinderte das nicht, dass sie schon wieder errötete. Sie hasste das! Mit einigermaßen ruhiger Stimme fragte sie: »Gehört das jetzt schon zur ersten Trainingseinheit?«

Lukas stutzte, dann lachte er. »Wenn es zum Üben taugt, warum nicht?«

»Ich bin nicht süß.«

»Falsche Antwort.« Er grinste, als sie ihn erstaunt ansah. »Du müsstest dich jetzt eigentlich für das Kompliment bei mir bedanken.«

Stirnrunzelnd musterte sie ihn. »Von welchem Planeten kommst du denn? Macho-101?«

»Nur weil ich dir gesagt habe, dass du süß bist?«

»Nein, weil ich dir dafür ganz sicher nicht danke. Das haben die Frauen vielleicht vor hundert Jahren mal gemacht. Außerdem bin ich, wie gesagt, nicht süß. Das ist ja albern.«

»Also ich fand dich schon immer süß, das ist eine Tatsache. Und ich halte mich für recht objektiv. Oder hat dir noch niemand jemals gesagt, dass du hübsch bist?«

Sie kräuselte die Lippen. »Hübsch, ja, aber süß? Miss Daisy ist süß. Ein kleines Mädchen mit lustigen Zöpfen ist süß. Ich bin kein Hund und erwachsen und deshalb …«

»… kannst du nicht süß sein?« Nun runzelte Lukas die Stirn, grinste dabei aber. »Okay, wenn man mit dir flirten will, muss man sich auf die Kampfschiene begeben.«

»Auf die was?« Irritiert starrte sie ihn an.

»Konfrontationskurs.« Er grinste noch breiter. »Wenn man das macht, vergisst du offenbar ganz schnell, dass du angeblich schüchtern bist. Also werde ich mir jetzt mal überlegen, womit ich dich noch provozieren kann.«

»Das ist doch kein Flirten!« Verständnislos zog sie die Augenbrauen zusammen. »Du machst dich über mich lustig.«

»Keineswegs. Ich habe dich nur dazu gebracht, aus deinem Schneckenhaus herauszukriechen und mir Kontra zu geben. Hat gar nicht wehgetan, oder?«

Verflixt, er war gut!

»Unter Flirten habe ich bisher immer etwas anderes verstanden.«

Lukas zwinkerte ihr zu. »Man muss sich den Gegebenheiten anpassen. Möchtest du mal probieren?« Er stach ein Stückchen von seiner Torte auf seine Gabel und hielt sie ihr vor die Lippen. »Wer auch immer hier in der Küche steht, versteht sein oder ihr Handwerk.«

Violas Augen weiteten sich – vor Verblüffung und ein wenig auch vor Schreck. Doch jetzt hatte sie sich – irgendwie – auf dieses seltsame Spiel eingelassen und wollte sich keine Blöße geben. Obwohl ihr das Herz bis hinauf in die Kehle pochte, öffnete sie den Mund und pflückte das Tortenstück von der Gabel. Sie schmeckte … rein gar nichts. Oder doch? Sahnig und süß. Doch sie hatte den Fehler gemacht, ihm noch einmal in die Augen zu blicken, was dazu führte, dass die Verbindung ihrer Geschmacksnerven zu ihrem Gehirn abriss – und ihr Verstand für einen Moment aussetzte.

»Gut, nicht wahr?« Er schien von ihrer Verwirrung nichts zu bemerken.

Rasch nickte sie. »Ja, sehr gut.«

Er deutete auf ihre Dessertschale. »Darf ich auch mal?« Anstatt abzuwarten, dass sie ihn womöglich ebenfalls mit einem Bissen fütterte, nahm er sich einfach ein wenig von dem Tiramisu und kostete. »Du hast recht, das schmeckt unglaublich gut. Wie kommt es, dass dieses Café nicht von Besuchern überrannt ist? Es müsste doch eigentlich die Hölle los sein bei solchen kulinarischen Köstlichkeiten.«

Erleichtert folgte Viola ihm mit dieser Änderung des Gesprächsthemas wieder auf sicheres Terrain. »Das Café Lotte gibt es schon ewig. Lotte Bremer selbst, die Inhaberin, ist hoch betagt, aber sie steht noch immer selbst in der Küche und bildet auch Konditorinnen aus. Früher ging es hier lebhafter zu, aber seit Lotte nicht mehr so fit ist – sie ist jetzt über achtzig –, macht sie nicht mehr so viel Werbung und ich glaube, sie ist ganz froh, dass hier nicht mehr so viel Betrieb ist. Ich weiß nicht, ob sie überhaupt Verwandte hat und ob jemand den Laden weiterführen wird, wenn sie mal nicht mehr da ist.«

»Das sollte man hoffen, aber nur, wenn die potenziellen Nachfolger alle Rezepte übernehmen.« Schmunzelnd wehrte Lukas die neugierige Miss Daisy ab, deren Nase sich über seinen Oberschenkel in Richtung Tischplatte bewegt hatte. »Nein, Kleine, für dich ist das nichts. Du bist schon ohne Zucker süß genug.«

Danke sehr, aber bist du dir sicher? Es riecht da oben so lecker. Da kann ich kaum widerstehen. Mit einem enttäuschten Schnauben legte die kleine Hündin sich wieder unter den Tisch.

Viola hüstelte. »Mich hast du eben auch schon als süß bezeichnet. Darf ich dann etwa auch nichts mehr essen?«

Er lachte. »Ein kluger Mann antwortet darauf besser nichts.«

Überrascht hob sie den Kopf. »Warum nicht?«

In seinen Augen blitzte es erheitert. »Weil ich mich nur in die Nesseln setzen kann.«

»Okay.« Leicht verunsichert blickte sie auf ihr Tiramisu und spürte im nächsten Moment seine Hand, die sich auf die ihre legte. Ein alarmierendes, wenngleich nicht unangenehmes Kribbeln wanderte ihren Arm hinauf.

»Ich lehne mich mal mutig aus dem Fenster: Wenn es nach mir geht, kannst du gar nicht süß genug sein.«

Sie schluckte. »Ach?«

»Sage ich als Flirttrainer und als Mann, der seine Komplimente nicht zurückzieht, nur weil seine Angebetete sich gerade mit einem kleinen Hund vergleicht.«

Beinahe wäre ihr der Löffel aus der Hand gefallen. »Angebetete?« Ihre Stimme schwankte ein wenig.

Aus seiner heiteren Miene wurde ein Lächeln, das ihr durch Mark und Bein ging. »An dir ist so einiges anbetungswürdig. Zum Beispiel diese kleine Haarsträhne, die dir ständig in die Stirn fällt.« Er hob seine Hand von ihrer und zupfte mit Daumen und Zeigefinger sanft an besagter hellbrauner Haarsträhne. »Eigentlich wollte ich das erst mal für mich behalten, aber sei's drum. Geheimnistuerei liegt mir nicht besonders. Du gefällst mir. Nicht nur rein optisch. Ob das für unser Training hilfreich ist oder nicht, muss sich wohl erst noch herausstellen.«

»Ich … glaube … nicht.« Violas Herz überschlug sich fast und pochte heftig bis in ihre Kehle hinauf.

»Warum nicht?«

Nervös stocherte sie in ihrer Dessertschale herum. »Jetzt weiß ich erst recht nicht mehr, was ich sagen soll.« Zumindest hatte sie es geschafft, einen ganzen Satz herauszubringen!

»Brauchst du ja auch gar nicht.« Lukas zwinkerte ihr zu. »Dass du so niedlich errötest, ist vollkommen genug.«

»Niedlich?« Nun regte sich neuer Widerstand in ihr. Wenn es eins gab, was sie von ihrer Mutter, Tante Elke und auch Ricarda von klein auf gelernt hatte, dann, sich gegen Süßholzgeraspel zu wehren. »Wenn du dieses Wort noch einmal im Zusammenhang mit meinem Namen aussprichst, muss ich dir wehtun.«

Diesmal war es an Lukas, verblüfft den Kopf zu heben. Doch er grinste sogleich wieder erfreut. »Ich hatte also doch recht. Die Kampfschiene zieht. Kaum reizt man dich ein bisschen, kommst du mit Volldampf aus deinem Schneckenhaus heraus.«

»Ja, und zwar bewaffnet.« Viola deutete eine Judobewegung an und schwang dabei ihren Löffel.

Lukas lachte auf. »Uh, jetzt habe ich Angst!«

»Darfst du ruhig haben.« Sie grinste halb heiter, halb bissig. »Denn wie der Sheriff von Nottingham schon auf die Frage antwortete, warum er Robin Hoods Herz mit einem Löffel herausstechen wolle: Es tut mehr weh!«

Lukas, der gerade seine Tasse an die Lippen gehoben hatte, prustete in den Kakao. »Du willst also nicht süß und auch nicht niedlich sein. Was denn dann?«

Viola hob die Schultern. »Keine Ahnung. Irgendwas … Erwachseneres, was mich nicht an kleine Hunde, Katzen oder Babys erinnert. Wenn du nämlich nur mit solchem Quatsch versuchst, mir angeblich das Flirten beibringen zu wollen, muss ich dir leider völlige Unfähigkeit attestieren.« Erstaunt über sich selbst, holte sie tief Luft. Allmählich begann ihr die Sache Spaß zu machen. Möglicherweise beflügelte sie dabei auch die Tatsache, dass Lukas davon gesprochen hatte, dass sie ihm gefiel. Seitdem kribbelte es in ihrer Magengrube wie von tausend Ameisen.

»Etwas Erwachseneres?« Mit einem breiten Grinsen stellte Lukas seine Tasse zurück auf die Untertasse und griff erneut nach seiner Kuchengabel. »Okay. Wie wäre es mit …« In seine Augen trat ein gefährliches Leuchten. »Heiß?«

Fast hätte Viola sich verschluckt. Hektisch atmete sie gegen ihren Herzschlag an. »Übertreibst du jetzt nicht ein bisschen?«

Sein Blick wurde noch intensiver. »Du bist die erste Frau, die mir begegnet, die nicht gerne als heiß bezeichnet wird.«

Verlegen knabberte sie an ihrer Unterlippe. »Das habe ich so nicht gesagt.« Zumindest fühlte sich inzwischen alles in ihr glühend heiß an.

»Sondern?« Erwartungsvoll musterte er sie.

»Dass du vielleicht ein bisschen dick aufträgst. Ich dachte, das wäre nur eine einfache Übung. Für Anfänger sozusagen.«

Sein Blick wurde wieder ein wenig weicher, ungefährlicher. »Nachdem ich nun weiß, wie ich dich reizen kann, würde ich glatt behaupten, dass wir von den Anfängern gleich zu den Fortgeschrittenen überwechseln können.« Er deutete noch einmal auf ihr Tiramisu, von dem nur noch ein Viertel übrig war. »Darf ich noch mal kosten?«

»Klar …« Sie erschrak, als sie bemerkte, dass sein Blick vielsagend auf ihren Löffel gerichtet war. »Wenn es sein muss.« Sie häufte ein wenig auf ihren Löffel.

»Es muss, unbedingt.« Lächelnd folgte er mit seinen Blicken ihrer Hand, als sie den Löffel an seine Lippen hob. Sie zitterte fast unmerklich, war sich aber sicher, dass er es sehen konnte. Als er die Lippen um die Kostprobe schloss, verspürte sie tief in ihrer Magengrube neben dem Kribbeln auch noch ein beängstigendes Ziehen. Sie war zwar nicht vollkommen unerfahren, aber so etwas war ihr bisher noch nie passiert. Ein wenig zu hastig zog sie ihre Hand zurück und blickte durchs Fenster nach draußen, um die merkwürdige Stimmung, die zwischen ihnen entstanden war, ein wenig zu entschärfen. »Es ist schon später, als ich eigentlich zu Hause sein wollte.«

»Willst du die Flucht ergreifen?« Lukas' Stimme klang warm, schien aber nicht ganz fest zu sein, denn er räusperte sich unterdrückt. »Ist vielleicht gar keine schlechte Idee. Ich muss noch ein paar Datenblätter für kommenden Montag durchsehen.« Er legte seine Kuchengabel auf den Teller und sah sich nach der Bedienung um, die auf seinen Wink prompt an den Tisch kam, um zu kassieren.

Viola beeilte sich, den letzten Rest ihres Desserts aufzuessen, trank den letzten Schluck Kakao aus und griff, kaum dass die Kellnerin wieder fort war, nach ihrer Jacke. »Es wird wirklich Zeit. Danke für … die Einladung.«

»Nicht für die Trainingseinheit?« Schalkhaft zwinkerte er ihr zu.

Sie lächelte leicht. »Ich bin mir nicht sicher, ob das eine so gute Idee ist.«

»Doch, doch, wie gesagt, du bist schon in die Fortgeschrittenen-Klasse befördert worden. Und das nach nur einer Lektion.« Lukas grinste breit. »Ich würde sagen, das spricht eindeutig für meine positiven Lehrereigenschaften.«

Wuff, was ist denn jetzt los? Gehen wir schon wieder? Als ihre beiden Menschen sich erhoben, sprang auch Miss Daisy auf die Füße. *Ich war gerade eingeschlafen. Na, ist ja egal, wenn wir jetzt nach Hause gehen. Dort habe ich mein kuscheliges Körbchen. Ich bin nämlich total müde!* Demonstrativ gähnte sie und streckte sich ausgiebig.

»Die Kleine scheint ganz schön erschöpft zu sein.« Lukas streichelte Miss Daisy über den Kopf. »Langer Tag?«

»Wir waren heute früh schon um halb sechs auf.« Auch

Viola reckte sich ein wenig und verzog die Lippen. Ihr Rücken schmerzte.

»Stimmt etwas nicht?« Lukas schien ihre Miene bemerkt zu haben und berührte sie leicht an der Schulter. »Tut dir etwas weh?«

»Ja, mein Kreuz. Ich hatte heute Morgen gleich drei schwer übergewichtige Patienten, die mit den Übungen in der Physiotherapie noch nicht klarkommen. Deshalb musste ich sie wohl einmal zu oft stützen, damit sie nicht umkippen. Und danach habe ich Ricarda noch geholfen, die alten Aktenschränke aus unseren Büros zu schleppen, weil die neuen, die Papa bestellt hatte, endlich angekommen sind. Das war wohl doch ein bisschen viel für einen Tag.«

Während sie sprach, begaben sie sich zum Ausgang. Lukas hielt ihr die Tür auf und nebeneinander gingen sie durch den von Straßenlaternen erhellten Stadtpark hinüber zum Parkplatz.

»Vielleicht solltest du dir selbst mal eine Physiotherapie verordnen«, schlug Lukas vor. »Oder zumindest eine Massage.«

»Ja, vielleicht.« Viola seufzte. »Leider ist meine Lieblingsmasseurin drüben im Vitalcenter ständig ausgebucht.«

»Zur Not würde ich mich auch zur Verfügung stellen.« Spielerisch warf Lukas seinen Autoschlüssel in die Luft und fing ihn wieder auf. »Eine entspannende Massage kriege ich ganz sicher auch hin.«

Erheitert musterte Viola ihn von der Seite. »Flirttrainer und Masseur? Welche Jobs willst du denn noch übernehmen?«

»Was immer nötig ist.«

»Nötig ist keins von beiden.« Angestrengt blickte sie geradeaus, um nicht wieder nervös zu werden.

»O doch, schon allein, weil mir andernfalls ein sehr schöner Nachmittag in deiner Gesellschaft entgangen wäre.« Da sie bereits die Autos erreicht hatten, blieben sie neben Violas – oder vielmehr Lauras – Wagen stehen. »Und wenn wir so weitermachen, wirst du in kürzester Zeit sämtliche Flirtmeisterschaften gewinnen.«

»Darin gibt es Meisterschaften?« Spöttisch hob sie die Augenbrauen.

Lukas zuckte die Achseln. »Zumindest wirst du jeden Mann, der dir über den Weg läuft, mit links um den Finger wickeln.«

»Das hatte ich gar nicht vor.« Rasch öffnete sie die Kofferraumklappe und hob Miss Daisy in ihre Transportbox.

Oh, danke! Hier ist es schön warm und weich. Ich werde gleich mal ein Nickerchen machen. Mit einem leisen Schnaufen drehte Miss Daisy sich mehrmals um sich selbst und kringelte sich dann in der Box zusammen.

Viola streichelte sie noch einmal kurz, dann schloss sie Box und Kofferraumklappe wieder und drehte sich zu Lukas um, der plötzlich ganz dicht vor ihr stand. Erschrocken blickte sie zu ihm auf.

»Da habe ich ja noch mal Glück gehabt.« Seine Stimme klang ein wenig rau. »Ich stelle nämlich gerade fest, dass es mir vielleicht gar nicht so recht wäre, wenn du plötzlich reihenweise andere Männer bezirzt.«

Viola sog die Luft hörbar ein. »Ist das so?«

»Anscheinend.« Sein Blick wanderte über ihr Gesicht, von ihren Augen hinab zu ihren Lippen und wieder zurück.

Violas Herz machte einen heftigen Satz. »Begibst du dich damit nicht in einen Interessenkonflikt?«

Nun ruhte sein Blick intensiv und dunkel auf ihren Augen. »Inwiefern?«

Das Ziehen in Violas Magengrube, das sich dort anscheinend eingenistet hatte, verstärkte sich zu einem heißen Brennen. »Du wolltest doch ausschließlich als Trainer fungieren. Das schließt jegliche private Verwicklungen aus.«

In seinen Augen blitzte es amüsiert auf. »Bist du dir sicher, dass du überhaupt irgendein Training brauchst?«

»Es war deine Idee, nicht meine.« Ihre Stimme klang leicht gepresst, weil sie kaum noch Luft bekam.

»Stimmt auffallend.« Er trat noch dichter an sie heran, sodass sie zwischen ihm und dem Auto gefangen war. »Und offiziell ist die Trainingseinheit noch nicht beendet.«

»Ist sie nicht?« Viola atmete nur noch ganz flach, zu mehr war sie nicht mehr fähig. »Ich dachte …« Sie vergaß, was sie gedacht hatte, als Lukas seine Hand an ihre Wange hob. Ob er ihr entgegengekommen war oder sie ihm – sie wusste es nicht, doch im nächsten Moment trafen ihre Lippen sachte aufeinander.

***

Ein Stich durchfuhr ihn, als Violas Lippen die seinen berührten. Er war verrückt geworden, das stand eindeutig fest. So weit hätte er es nicht kommen lassen dürfen. Doch seit Viola endlich aufgetaut und auf sein Flachsen eingegangen war, fühlte er sich wie magnetisch zu ihr hingezogen. So sehr, dass er nun sanft ihr Gesicht mit beiden Händen umfasste und den Druck seiner Lippen leicht verstärkte, ihre Unterlippe sachte einsaugte, mit der Zunge darüberstrich.

Sie war ihm entgegengekommen, andernfalls hätte er sich noch bremsen können. Vielleicht. Vielleicht auch nicht.

Dass sie seinen Kuss erwiderte, zog ihm den Boden unter den Füßen weg. Sie schmeckte genauso herrlich warm und weiblich, wie er es sich vorgestellt hatte – viel zu oft schon. Nun berauschte die Realität ihn regelrecht und sein Verstand drohte sich abzuschalten.

Ihrer Kehle entrang sich ein leiser, betörender Laut, fast wie ein Gurren; ihre Finger krallten sich in den Stoff seines Mantels. Schon war er versucht, den Kuss zu vertiefen, doch gerade noch rief er sich zur Vernunft. Das ging viel, viel zu schnell.

Widerstrebend löste er sich von ihr und blickte ihr forschend ins Gesicht. Sie hatte die Augen geschlossen; nun hoben sich die Lider wieder mit einem leichten Flattern. Sichtlich erschrocken und zugleich fragend blickte sie zu ihm auf. Das hatte er so nicht gewollt. Jetzt steckte er in der Klemme. Nicht etwa, weil er Viola überrumpelt hatte, sondern sich selbst. Um seine plötzliche Verlegenheit zu überspielen, räusperte er sich. »Tja, also …«

Er konnte sehen und hören, wie sie schluckte. »Also?« Auch ihre Stimme schwankte hörbar.

Rasch setzte er ein schiefes Grinsen auf. »Ich dachte, es könnte nicht schaden, das hier auch zu üben.«

»Ah ja.« Er wusste, dass sie ihn durchschaute, dennoch ging sie auf seinen beiläufigen Tonfall ein. »Was sollen diese Trainingsstunden eigentlich kosten?«

Überrascht runzelte er die Stirn. »Du willst mich bezahlen?«

»Für mich klang es so, als wolltest du die Sache rein … geschäftlich halten.«

»Rein freundschaftlich wohl eher. Also ist eine Bezahlung nicht notwendig. Es sei denn …«

»Also doch.«

Er hob die Schultern. »Nein, belassen wir es dabei. Wenn wir bei unserem nächsten Date ähnlich viel Spaß haben wie heute, reicht mir das.«

Erstaunt sah sie ihn an. »Beim nächsten Date?«

»Wir müssen den Fortgeschrittenen-Kurs doch fortsetzen.« Grinsend schob er seine Hände in die Taschen seines Mantels, hauptsächlich um sich davon abzuhalten, Viola erneut an sich zu ziehen. »Ich rufe dich an.« Er blinzelte. »Oder soll ich lieber schreiben?«

Sie zuckte mit den Achseln. »Wir sehen uns doch sowieso morgen den ganzen Tag.«

»Ach, du meinst, wir könnten auch dort üben? Unter den Augen deiner gesamten Familie?« Erheitert nickte er. »Okay, das ist eine spannende Herausforderung.«

Erschrocken starrte sie ihn an. »Nein, so war das nicht gemeint. Wir können doch nicht …«

»Doch, doch, das ist geradezu das perfekte Setting.« Rasch wandte er sich seinem eigenen Wagen zu, damit sie keine Gelegenheit hatte, sich herauszureden. »Bis morgen dann, Viola!« Schon hatte er die Fahrertür entriegelt und klemmte sich hinter das Steuer.

»Hey, warte mal.« Viola folgte ihm mit aufgebrachter Miene. »Das ist doch wohl nicht dein Ernst, oder? Wir können nicht einfach so vor meinen Eltern …«

»Was? Flirten? Warum nicht?«

»Du hast selbst gesagt, dass wir praktisch miteinander verwandt sind.«

Das war ein Haar in der Suppe, über das er noch nachdenken musste. Dennoch winkte er nur lächelnd ab. »Wir können sie ja einweihen, wenn dir das lieber ist.«

Entgeistert riss sie die Augen auf. »Um Gottes willen, bloß nicht. Was sollen denn alle von mir … uns … denken?«

»Dass wir gute Freunde sind und ich dir einen Freundschaftsdienst erweise. Was sonst?« So in etwa würde er die Sache wohl auch vor sich selbst rechtfertigen. Diese Erklärung klang vollkommen schlüssig – und risikolos. »Ich muss jetzt los, du weißt schon, die Arbeit ruft.« Er schloss die Tür und startete den Motor. Während er den Wagen vom Parkplatz steuerte, beobachtete er im Rückspiegel, wie Viola ihm erst noch kurz hinterher sah, bevor sie ebenfalls ins Auto stieg.

9. Kapitel

»Puh, mir ist ganz schön heiß.« Elke wedelte sich mit einem flach gedrückten Puderzuckerkarton Luft zu. »Ich glaube, ich muss mich mal einen Moment setzen.«

»Nicht hier, Tante Elke!« Der elfjährige Joel hielt sie rasch am Arm fest und deutete auf seine Zwillingsschwester Jessica, die gerade ein heißes Backblech auf dem einzigen noch freien Küchenstuhl abstellen wollte. »Sonst verbrennst du dir den Po!«

Jessica kicherte. »Und du zerdrückst unsere Kokosmakronen.«

»Oje, das ist ja gerade noch mal gut gegangen.« Lachend schüttelte Elke den Kopf. »Hier geht es aber auch zu wie am Fließband.«

»Setz dich doch einfach ins Wohnzimmer.« Margit stellte eine Schüssel mit frisch angerührtem Zuckerguss auf die Anrichte. »Hier, Justus, reich das gleich mal an deine Frau weiter, wenn sie die Lebensmittelpinsel gefunden hat.«

»Ja, ich glaube, das ist besser.« Seufzend begab Elke sich nach nebenan in das große Wohn- und Esszimmer der Familie Sternbach. Am Esstisch saßen ihr Vater Theo und ihr Bruder Hans, die in ein Schachspiel vertieft waren. Die beiden beteiligten sich wie immer nicht – oder zumindest nicht die gesamte Zeit über – am alljährlichen Backwahnsinn, wie sie es nannten, würden dafür aber später beim Reinigen der Küche helfen und die Zubereitung des Abendessens übernehmen.

Mit einem wohligen Seufzen ließ sie sich auf die Couch sinken und lehnte ihren Kopf gegen die Rückenlehne. »Du meine Güte, da drinnen herrschen ja Backofentemperaturen!«

»Wir backen ja schließlich auch im Akkord.« Schmunzelnd ließ Margit sich neben ihr nieder. »Obwohl ich ja eher glaube, dass das bei dir die fliegende Hitze ist. Du bist schließlich jetzt in dem Alter …«

»Sprich es ja nicht aus!« Lachend winkte Elke ab. »Ich fühle mich noch gar nicht so alt. Aber es kann schon sein … Hach, das darf ich Otto gar nicht merken lassen. Wie peinlich!«

»So ein Unsinn«, kam es von Theo Sternbach. Der Fünfundachtzigjährige hob den Blick vom Schachspiel und musterte seine Tochter streng. »Wie lange geht ihr jetzt schon miteinander aus? Wenn er bis jetzt nicht gemerkt hat, dass du keine fünfundzwanzig mehr bist, braucht er mal einen ordentlichen Klopfer gegen den Hinterkopf.«

»Du liebe Zeit.« Elke richtete sich ein bisschen auf. »Das ist nun wirklich kein Thema, das ich ausgerechnet mit meinem Vater besprechen möchte.«

Theo feixte. »Warum fängst du dann in meiner Gegenwart damit an? Wenn Otto dich nicht so mag, wie du bist, soll er zum Teufel gehen.«

»Natürlich mag er mich, wie ich bin.« Elke errötete leicht. »Es ist vielmehr so, dass ich mich in seiner Gegenwart manchmal fühle, als wäre ich wieder blutjung. Wenn ich dann plötzlich mit Wechseljahrsbeschwerden anfange, ist das doch irgendwie … peinlich.«

»Ach was.« Margit tätschelte ihren Arm. »Wenn es bloß das bisschen fliegende Hitze ist, macht das doch gar nichts. Das vergeht wieder. Oder du kanalisierst es in eine andere Form von Hitze, wenn du verstehst, was ich meine.«

Von Theo kam ein empörtes Räuspern. »Margit! Ich bitte dich. Das ist nichts, das man in aller Öffentlichkeit bespricht.«

»Wo sind wir denn hier in der Öffentlichkeit?« Margit schmunzelte.

»Dann in meiner Gegenwart! Ein Vater will nicht über das intime Liebesleben seiner Kinder informiert werden. Jedenfalls nicht so detailliert.«

Nun prustete Margit. »Was denn für Details? Und wenn du nicht glaubst, dass deine Kinder Sex haben, woher, denkst du, kommen dann deine Enkelkinder? Und die Urenkel, wenn wir schon dabei sind?«

Theo schnaubte. »Ich habe nicht gesagt, dass ich nicht weiß, dass ihr … du weißt schon. Aber ich will mir das bitte schön nicht vorstellen müssen.«

»Was willst du dir nicht vorstellen müssen, mein Lieber?« Iris Sternbach, Theos Frau und Mutter seiner beiden Kinder, trat durch die Küchentür in den Wohnbereich.

»Dass wir Sex haben«, informierte Margit sie prompt, woraufhin Theo ein ungehaltenes Schnauben ausstieß.

Irritiert runzelte Iris die Stirn. »Wer hat Sex? Jetzt gerade?«

»Ach herrje, natürlich nicht.« Elke lachte.

»Wir alle«, erklärte Margit, ebenfalls lachend. »Dein Gatte ist mal wieder etwas empfindlich, weil ich Elke geraten habe, dass sie die Hitzewallungen, die sie manchmal anfliegt, möglicherweise anderweitig kanalisieren könnte. Wenn du weißt, was ich meine.«

»Aber natürlich!« Iris trat neben Elke und legte ihr eine Hand auf die Schulter. »Ist es bei dir jetzt auch so weit, ja? Das hatte ich mir schon gedacht, weil du manchmal so einen roten Kopf hast. Aber Margits Idee ist gar nicht so verkehrt.« Sie zwinkerte vergnügt. »Das habe ich damals übrigens auch gemacht. Mein lieber Theo hatte dadurch einen gewissen Vorteil durch meine … Nennen wir es mal Wallungen.«

»Großer Gott, Frau!« Theo starrte Iris entgeistert an. »Was redest du denn da?«

Lachend winkte Iris ab. »Also bitte, mein Guter, ein bisschen aus dem Nähkästchen plaudern werde ich doch wohl dürfen.«

»Ja, aus dem Nähkästchen gerne, aber doch nicht aus unserem Schlafzimmer!«

»Du bist aber auch manchmal verklemmt.« Sie lachte noch lauter. »Wir leben doch nicht mehr vorgestern. Heutzutage spricht man offen über solche Dinge. Und es schadet doch nichts, unserer Tochter gute Ratschläge zu geben.«

»Aber ohne mich!« Verzweifelt richtete Theo seinen Blick wieder auf das Schachbrett. »Hans, sag du doch auch mal etwas. Willst du nicht ein Machtwort sprechen?«

»Ich?« Hans Sternbach grinste. »Im Leben nicht. Ich bin viel zu gut erzogen, um meiner verehrten Frau Mutter zu widersprechen.«

»Mein Sohn!« Iris strahlte über das ganze Gesicht.

»Eine Verschwörung«, murmelte Theo und verschob eine seiner Schachfiguren. »Dann mach jetzt wenigstens einen klugen Zug, Junge, sonst bist du gleich schachmatt.«

Lächelnd wandte Iris sich wieder Elke zu. »Wenn die Hitzewallungen schlimmer werden sollten, sag mir Bescheid. Ich habe da ein paar gute Hausmittelchen, die bestimmt helfen werden.«

»Danke, das ist lieb von dir.« Elke lehnte sich erneut zurück. »Es geht schon wieder. In der Küche geht es aber auch drunter und drüber. Ich staune jedes Jahr, dass wir mit so vielen Leuten überhaupt etwas fertig bekommen.«

»Meine generalstabsmäßige Planung macht den kleinen, aber feinen Unterschied zwischen Chaos und geordneter Unordnung.« Margit lachte. »Aber es stimmt schon, inzwischen wird der Platz knapp. Seit Angelique und Lukas mit von der Partie sind, erst recht. Von den Zwillingen ganz zu schweigen. Und nächstes Jahr müssen wir dann auch noch ein süßes Baby irgendwo parken.«

Elke gluckste. »Parken ist gut. Wahrscheinlich wird Angelique da schon einen perfekten Plan auf Lager haben. Diese Frau ist einfach unglaublich. Sie schafft ständig zehn Dinge gleichzeitig.«

»Dafür schafft Viola heute nur die Hälfte«, warf Margit erheitert ein. »Sie ist ziemlich abgelenkt, würde ich sagen.«

»Ja, von Lukas.« Iris setzte sich ebenfalls auf die Couch. »Kann es sein, dass die beiden ziemlich, nun ja, sagen wir mal, *voneinander* abgelenkt sind?«

»Natürlich sind sie das.« Margit seufzte. »Schon das ganze vergangene Jahr. Aber jetzt wird es allmählich akut, würde ich sagen.«

»Ja, weil du sie zusammen einkaufen geschickt hast.« Elke lachte auf. »Ich hätte ja nie geglaubt, dass das funktioniert. Aber soweit ich gehört habe, waren sie danach noch zusammen im Café Lotte.«

Margits Augen funkelten fröhlich. »Na bitte, wusste ich es doch. Nur leider hat es anscheinend immer noch nicht klick gemacht bei den beiden. Was war das mit den Flirtstunden, von denen Lukas gesprochen hat?«

»Zu Angelique, meinst du?« Elke hob die Schultern. »Ich habe es nur am Rande mitbekommen, aber anscheinend hat Lukas sich angeboten, mit Viola das Flirten zu üben. Weil sie doch so schüchtern ist.«

»Was muss man denn da üben?«, mischte Theo sich erneut

ein. »Ein bisschen nett zueinander zu sein kann doch wohl nicht so schwierig sein.«

»Doch, wenn man so schüchtern ist wie Viola, dann schon.« Margit wandte sich erneut ihrem Schwiegervater zu. »Du kennst sie doch. Sie war schon immer schrecklich ängstlich, wenn es um Liebesdinge geht. Das war schon während ihrer Schulzeit so. Dabei ist sie sonst nicht auf den Mund gefallen. Sie hat Lukas heute sogar ein paarmal Kontra gegeben. Wenn das mit den Flirtstunden stimmt, dann hatte er offenbar bereits Erfolg damit.«

»Jemandem Kontra zu geben hat doch nichts mit Flirten zu tun.« Erstaunt hob Theo den Kopf. »Das haben wir früher Streiten genannt. Hat sich seither so viel geändert?«

»Wenn du wüsstest.« Elke kicherte. »Aus einem schönen Streitgespräch kann immerhin auch ein Flirt entstehen – und manchmal sogar mehr. Ich finde die Idee gar nicht so schlecht.«

»Wenn mir an der Sache etwas Sorgen bereitet, ist das Lukas.« Margit faltete die Hände im Schoß, lockerte sie jedoch gleich wieder, als Lizzy, die kleine weiße Westie-Dame, durch die Tür geschossen kam und fröhlich in die Runde bellte. »Na, du Süße, da bist du ja wieder! War es schön draußen?«

Wieder bellte Lizzy, woraufhin auch Oskar, der wuschelige Mischling von Angelique und Patrick, hereinkam, dicht gefolgt von Miss Daisy, die sich kräftig schüttelte.

Huh, ist das vielleicht kalt draußen! Und der Boden ist steinhart gefroren. Das ist gar nicht angenehm für die Pfoten, vor allem auf den Feldwegen.

»Halt, stopp, ihr drei!« Patrick betrat nun ebenfalls das Wohnzimmer. »Ab, zurück in den Flur! Ihr habt alle noch eure Geschirre an, die müssen wir erst ausziehen.« Kurz blickte er in die Runde. »Was ist das hier? Allgemeine Pause? Seid ihr schon fertig mit Backen? So lange war ich mit den Fellnasen doch gar nicht unterwegs. Höchstens eine Dreiviertelstunde.« Als in diesem Moment vielstimmiges Gelächter aus der Küche drang, grinste er. »Das klingt doch noch sehr nach Highlife.«

»Wir sind nur mal kurz raus, um Luft zu holen«, erklärte Margit ihm. »Elke hat ein bisschen fliegende Hitze, weißt du. Nichts Schlimmes, aber manchmal muss man sich da einfach mal abkühlen. Außerdem …« Sie winkte ihren Sohn näher. »Sag mal, stimmt es, dass Lukas und Viola jetzt miteinander flirten?«

»Was?« Erstaunt runzelte Patrick die Stirn. »Flirten?« Dann lachte er. »Ach, diesen Quatsch, den Lukas vorhin verzapft hat, meinst du?«

»Als Quatsch würde ich das nicht bezeichnen«, widersprach Margit. »Glaubst du, dass es ihm ernst ist?«

»Mit dem Flirtkurs für Viola?«

Margit verzog streng die Lippen. »Mit Viola!«

»Pst, nicht so laut, sonst hören sie uns noch«, mahnte Elke.

»Er darf ruhig hören, dass ich es nicht gern sehen würde, wenn er mit meiner Tochter nur spielt«, empörte Margit sich.

»Ich bin mir nicht sicher, ob er spielt«, warf Patrick ein. »Allerdings hat er mir gegenüber schon immer betont, dass er nicht an festen Bindungen interessiert ist. Soweit Angelique es mir erzählt hat, ist er ein gebranntes Kind, wie man so schön sagt. Hatte wohl mal riesiges Pech mit einer Frau, die er heiraten wollte.«

»So etwas hatte ich mir schon gedacht.« Hans räusperte sich vernehmlich. »Aber, ihr lieben Frauen, wäre es nicht besser, die beiden das unter sich ausmachen zu lassen?«

»Natürlich sollen sie das. Ich werde niemanden drängen.« Margit nickte nachdrücklich. »Aber manchmal muss man dem Glück auch ein bisschen auf die Sprünge helfen.«

»Indem du die beiden zusammen einkaufen geschickt hast?« Hans lachte leise. »Sie wären sich doch heute sowieso wieder hier begegnet. Wozu der Aufwand?«

»Das war überhaupt kein Aufwand. Außerdem habe ich sie nicht zusammen geschickt, sondern einzeln – nur zufällig zur gleichen Zeit«, verteidigte Margit sich. »Alles andere ist von den beiden ausgegangen. Und was auch immer im Café Lotte vor sich gegangen ist, es hat dazu geführt, dass die beiden heute viel lockerer miteinander umgehen als sonst.«

»Trotzdem klingst du nicht, als wärest du froh darüber, Mama.« Aufmerksam musterte Patrick sie. »Wenn Viola ein bisschen aus sich herausgeht, ist das doch gut. Flirten hat noch niemandem geschadet.«

»Das nicht, aber ich fürchte …« Margit sprach nicht aus, was sie befürchtete, sondern tippte sich nachdenklich gegen die Unterlippe. »Wenn Lukas keine feste Beziehung will, war ich vielleicht ein bisschen voreilig. Dabei hatte ich wirklich den Eindruck … Hm.«

»Das ist, was er zu mir gesagt hat«, schränkte Patrick ein. »Es muss ja nicht bedeuten, dass es in Stein gemeißelt ist. Wenn du willst, fühle ich ihm mal ein bisschen auf den Zahn. Und Angelique könnte mal mit Viola reden.«

»Lieber nicht.« Margit schüttelte den Kopf. »Ich will nicht, dass die beiden glauben, ich – oder wir – wollten uns einmischen.«

»Nein, ganz bestimmt nicht.« Patrick verdrehte die Augen, dann lachte er wieder. »Wo das so gar nicht zu uns Sternbachs passt!«

»Genau.« Margit bemühte sich um eine ernste Miene, schmunzelte dann aber doch. »Schon gut, schon gut. Aber haltet euch bitte diesmal trotzdem zurück.«

»Aye, aye, Ma'am.« Patrick salutierte zackig. »Was ist jetzt, gehen wir wieder backen oder überlassen wir die restliche Knochenarbeit den anderen?«

»Du musst den Hunden noch ihre Geschirre abnehmen«, erinnerte Elke ihn.

»Stimmt auffallend.« Grinsend trollte Patrick sich in den Flur.

Margit kräuselte nachdenklich die Lippen. »Ich war mir sicher, dass zwischen den beiden etwas ist.«

Elke richtete sich auf und nahm ihre Hand. »Das bin ich auch. Aber wenn die beiden erst mal nur befreundet sein wollen, können wir das nicht ändern.«

»Ja, aber Flirtunterricht?« Kopfschüttelnd erhob Margit sich. »Ich bin gespannt, was dabei herauskommen soll.«

»Das werden wir wohl oder übel miterleben«, befand Hans und schob einen von seines Vaters Bauern vom Spielbrett. »Schach.«

Theo brummelte etwas Unverständliches, dann blickte er zu den Frauen hinüber. »Hat nicht der Weihnachtsmarkt gestern angefangen?«

»Ja, stimmt.« Iris nickte ihm zu. »Wie immer am ersten Adventswochenende. Warum? Willst du mal wieder hingehen?«

»Das auch.« Theo wandte sich wieder dem Schachbrett zu und musterte genau die Aufstellung der Figuren seines Sohnes. »Kluger Zug, du lernst dazu, Junge.« Dann drehte er erneut den Kopf in Richtung der Frauen. »Ist doch romantisch, unser Weihnachtsmarkt. Gut für die junge Liebe.« Er hob seine Königin an, stellte sie aber wieder ab. »Hm, schwierig. Gut gemacht, Hans!«

»Gut für die junge Liebe?«, echote Margit verblüfft.

Theo nickte, ohne sie noch einmal anzusehen. »Ich mein ja bloß.«

***

»Kann es sein, dass Mama uns alle loswerden wollte?« Justus richtete seinen Schal und den Kragen seines Mantels, während sich seine Geschwister und Schwägerin auf dem großen Parkplatz in der Nähe des Stadtzentrums um ihn scharten. Sie hatten sich auf drei Autos aufgeteilt und waren, nachdem Margit den Backtag für beendet erklärt hatte und die Küche wieder in ihren sauberen und ordentlichen Urzustand zurückversetzt worden war, alle gemeinsam aufgebrochen, um dem Weihnachtsmarkt einen Besuch abzustatten.

Laura zupfte ihre weiße Mütze gerade und hakte sich bei ihm unter. »Es kam mir ein bisschen so vor, stimmt. Dass sie und Hans angeblich unbedingt diesen alten Film ansehen wollen, halte ich für ein bisschen weit hergeholt. Das haben sie nach einem Backtag doch noch nie gemacht, oder?«

»Nicht, soweit ich mich erinnern kann«, stimmte Ricarda zu und nestelte dabei ebenfalls an ihrem Schal herum. »Mama hat uns eindeutig rausgeworfen.«

»Herauskomplimentiert, würde ich es eher nennen.« Angelique gluckste. »Was die beiden wohl vorhaben? Ein trautes Schäferstündchen vielleicht?«

»Lalalala!« Entsetzt hielt Ricarda sich die Ohren zu. »So was stelle ich mir doch bei meinen Eltern nicht vor!«

»Du bist schon genauso empfindlich wie Opa.« Patrick legte lachend sowohl seiner Frau als auch seiner Schwester einen Arm um die Schultern. »Lass ihnen doch ihren Spaß.«

»Ich bin überhaupt nicht empfindlich.« Ricarda schüttelte sich. »Doch, bei Mama und Papa schon. Und ihren Spaß? Ausgerechnet heute?«

»Du hast recht.« Patrick wurde wieder halb ernst. »Das ist ungewöhnlich. Wenn ich raten dürfte, würde ich vermuten, dass sie damit etwas ganz anderes bezwecken wollen.«

»Und was soll das sein?« Aufmerksam musterte Justus seinen Bruder.

Patrick zuckte mit den Achseln und wies mit dem Kinn auf das letzte Auto, das gerade auf den Parkplatz einbog. Es war Lukas' Wagen, und nur Augenblicke später stiegen er, Viola, Iris und Theo aus und kamen auf sie zu.

Justus hob fragend die Brauen. »Könntest du ein bisschen konkreter werden?«

Patrick räusperte sich. »Ich glaube, es war Opas Idee, dass wir alle zum Weihnachtsmarkt gehen.«

»Opas Idee?« Irritiert schüttelte Justus den Kopf. »Ich verstehe bloß Bahnhof.«

Patrick hüstelte. »Warten wir es ab. Vielleicht irre ich mich ja auch.« Mit einem breiten Lächeln begrüßte er die Ankömmlinge. »Da seid ihr ja endlich. Wir dachten schon, ihr hättet euch auf dem Weg hierher verirrt.«

Theo schnaubte. »So weit kommt's noch, dass ich mich in meiner Heimatstadt nicht mehr auskenne. Ich bin hier schon auf den Weihnachtsmarkt gegangen, da wart ihr alle noch Glitzerstaub im Universum.« Er stieß Iris sachte mit dem Ellenbogen an. »Eure Oma ist schuld. Sie musste unbedingt noch diese Stoffbeutel für euch alle heraussuchen.«

»Stimmt, ich wollte die hier unbedingt mitnehmen.« Iris reichte jedem Einzelnen einen hellblauen Stoffbeutel mit dem Logo der Sternbach-Hotels. »Die hat Laura doch extra anfertigen lassen, und da dachte ich, es wäre passend, wenn wir sie heute benutzen. Erstens ist es umweltfreundlicher als Plastiktüten und zweitens machen wir damit gleichzeitig auch ein bisschen Werbung.«

»Ich finde die Idee gut«, befand Viola, die ihren Stoffbeutel sorgsam faltete und in die Tasche ihres dunkelroten Kurzmantels schob. Dann nahm sie ihren hellgelben Wollschal ab und drapierte ihn neu um ihren Hals. »Ich hab es aber eben schon auf der Herfahrt gefragt: Warum haben Mama und Papa uns plötzlich weggeschickt? Wir haben nicht mal ein richtiges Abendessen bekommen, sondern nur ein paar Schnittchen.«

Alle Anwesenden sahen einander vielsagend an.

»Und ich habe dir bereits darauf geantwortet, dass das meine Idee war«, brummte Theo. »Jedes Jahr belagert ihr euer Elternhaus wegen dieses Backwahnsinns. Nicht, dass ich mich über die leckeren Plätzchen beschweren will, aber man kann ja wohl mal die Routine ändern, oder?« Er hüstelte und musterte Viola eingehend. »Auch wenn ich mir die Sache ursprünglich ein bisschen anders vorgestellt hatte.« Die letzten Worte hatte er mehr zu sich selbst gesagt. Dennoch merkte Viola auf.

»Was meinst du damit?«

»Dein Opa meint damit, dass er eigentlich nicht vorhatte, ebenfalls mitzukommen«, mischte Iris sich lachend ein. »Dazu habe ich ihn genötigt. Aber, mein Lieber, du hast selbst gesagt, dass du mal wieder zum Weihnachtsmarkt gehen möchtest.«

»Ja, aber nicht gleich heute und schon gar nicht …« Er deutete mit dem Kinn in Richtung von Viola.

Die trat nun mit fragendem Blick näher an ihn heran. »Was ist mit mir?«

Theo räusperte sich. »Was soll mit dir sein, Kind?«

»Das frage ich dich ja!«

»Viola, Liebes, mit dir ist überhaupt nichts.« Iris tätschelte sanft Violas Hand und warf ihrem Mann dabei einen strafenden Blick zu. »Dein Opa war nur der Meinung, dass ein Besuch auf dem Weihnachtsmarkt herrlich romantisch wäre, mehr nicht.«

***

»Romantisch?« Viola runzelte argwöhnisch die Stirn. »Und was hat das mit mir zu tun?«

Der Blick ihrer Großmutter wanderte für einen kurzen Moment hinüber zu Lukas, der inzwischen Miss Daisy aus dem Auto geholt hatte und sich ebenfalls zu ihnen gesellte. »Na, du magst doch den Weihnachtsmarkt auch, oder nicht? Und so ein bisschen Romantik ist doch schön, oder etwa nicht? Ein bisschen Spaß haben, flirten …«

»Ihr habt das geplant?« Viola dämmerte, dass hier irgendetwas vorging und dass ihre Familie etwas damit zu tun hatte. Wie entwürdigend! Wütend und verletzt zugleich drehte sie sich zu ihren Geschwistern um. »Seid ihr etwa alle daran beteiligt?« Als Nächstes wirbelte sie zu Lukas herum. »Hast du jetzt schon allen davon erzählt?« Sie schluckte gegen den stechenden Schmerz in ihrem Inneren an. Sie fühlte sich bloßgestellt und hintergangen. »So nötig habe ich es nun wirklich nicht, Lukas. Ich bin doch kein Fürsorgefall, um den sich die ganze Familie kümmern muss. Die arme kleine schüchterne Viola, der man unter die Arme greifen muss, damit sie auch mal irgendwann einen Mann abkriegt. Das ist …« Sie ballte die Hände zu Fäusten. »Ich fasse es einfach nicht!« Ohne Lukas oder ihre Geschwister noch eines Blickes zu würdigen, wandte sie sich ab und stürmte davon.

Sie schämte sich, diesen Humbug überhaupt mitgemacht zu haben. Flirtstunden! Sie hatte gleich gewusst, dass das nicht gut gehen würde. Wie konnte Lukas ihr das nur antun?

»Viola, warte doch mal!« Lukas kam ihr mit großen Schritten hinterher. Hinter ihm vernahm sie Miss Daisys empörtes Bellen, weil er sie bei den anderen zurückgelassen hatte. Als er Viola eingeholt hatte, legte er ihr eine Hand auf die Schulter, doch sie schüttelte sie erbost ab.

»Lass mich in Ruhe, Lukas. Es ist wirklich das Letzte, dass du jetzt auch noch die ganze Familie einspannst. Was soll das überhaupt werden? So dringend brauche ich keine Nachhilfe in … was auch immer.« Sie schluckte hart. »Wenn du mit mir auf den Weihnachtsmarkt gehen wolltest, hättest du mich einfach fragen können. Aber meine Geschwister und sogar meine Großeltern einzuspannen, das ist ja wohl die Höhe. Glaubst du etwa, ich bin so verkorkst, dass ich Angst davor habe, mit dir allein irgendwo hinzugehen? Oder was sollte das sonst werden?«

»Das sollte überhaupt nichts werden, Viola.«

»Ach ja?« Zornig funkelte sie ihn an. »Und warum fängt dann mein Opa plötzlich damit an, dass der Weihnachtsmarkt ja so romantisch sei? Ausgerechnet Opa? Der hatte mit Romantik noch nie was am Hut. Schon gar nicht, wenn es um mich geht. Das ist so was von offensichtlich ein Komplott!«

»Wenn es eines sein sollte, dann keines, das auf meinem Mist gewachsen ist.« Lukas blieb ruhig, doch ihm war anzusehen, dass ihr Angriff ihn erschütterte – und möglicherweise auch verärgerte. »Kann sein, dass ich Angelique und Patrick vorhin von unseren … Flirtstunden … erzählt habe. Aber ganz sicher nicht der ganzen Familie. Wie kommst du darauf, dass ich dich irgendwie bloßstellen wollte? Und noch weniger wollte ich deine Familie einspannen, um dich auf den Weihnachtsmarkt zu locken. Wenn ich das nicht selbst schaffe, wäre die Sache eh klar.«

Viola zog die Stirn in tiefe Falten. »Welche Sache?«

»Die mit uns. Wenn ich das vorgehabt hätte, hätte ich dich einfach gefragt. Wenn du Nein gesagt hättest, wäre klar gewesen, dass du kein Interesse hast.« Er hob die Schultern. »So wenig, wie du ein Fürsorgefall bist, bin ich dumm. Und erwachsen genug, um mit einer Abfuhr klarzukommen.«

Viola verschränkte die Arme vor der Brust. »Warum hast du Angelique und Patrick überhaupt davon erzählt?«

»Weil meine Schwester gefragt hat, was mit dir – oder vielmehr mit uns – los ist. Du kennst sie doch. Sie fängt wie ein Radar sofort alle zwischenmenschlichen Schwingungen auf. Zwischen uns gab es wohl welche, die, wie sie es ausgedrückt hat, deutlich anders waren als bisher. Was sollte ich ihr denn sonst darauf antworten? Ich habe dir schon mal gesagt, dass Geheimnistuerei mir nicht liegt.«

»Aber jetzt denken alle, wir würden …« Sie stockte, schluckte, wandte den Blick ab und starrte zu Boden. Ihre Wangen brannten.

»Flirten.« Vorsichtig trat er einen Schritt näher. »Was wir ja auch tun.«

»Ja, aber doch nur …«

»Zu Übungszwecken. Na und? Wir sind Freunde, warum sollte daran etwas anrüchig sein?« Seine Stimme klang so seltsam, dass Viola den Kopf doch wieder hob. Sein Blick war ruhig und fest auf sie gerichtet und ging ihr durch und durch.

»Ich weiß nicht, ob das so funktioniert.« Sie ärgerte sich, dass ihre Stimme leicht schwankte. Dennoch sprach sie tapfer weiter. »Du siehst doch, wohin das führt. Ich hätte es gleich wissen müssen. Jetzt glaubt meine Familie, dass wir ein Paar sind, und das ist doch genau das, was du nicht … was wir nicht wollen.« Ihr Herz klopfte wild in ihrer Brust, weil sie sich beinahe verplappert hätte. »Natürlich mischen sie sich prompt ein und wollen uns noch mehr verkuppeln.«

***

Lukas rang mit sich. Eben war er noch kurz davor gewesen, Viola uneingeschränkt recht zu geben. Offenbar hatten sie nur allein durch ihren nun etwas lockereren Umgang miteinander ihrer Familie völlig falsche Signale vermittelt. Er hatte jedoch auch nicht damit gerechnet, dass diese sich genötigt sehen würde, sich einzumischen und womöglich Amor zu spielen. Andererseits – so wirklich wunderte es ihn nicht. Die Sternbachs waren eine außergewöhnliche Familie. Außergewöhnlich nett, aber auch außergewöhnlich neugierig und eng miteinander verbunden. Eine Mischung, die natürlich leicht zu Verwicklungen führen konnte.

Was ihn jedoch noch mehr als das irritierte, war die Tatsache, dass er Viola unbedingt überreden wollte, sich weiterhin mit ihm zu treffen. Eigentlich hätte er die Sache sofort abbrechen müssen, eben weil zu befürchten stand, dass die Familie – oder Viola selbst – die Sache in den falschen Hals kriegen würde. Aber was er zu Viola gesagt hatte, war die reine Wahrheit. Sie gefiel ihm – von Tag zu Tag mehr. Er wollte gerne Zeit mit ihr verbringen. Freundschaftlich. Solange sie sich einig waren, dass sie nicht mehr voneinander wollten, würde das hoffentlich niemandem schaden.

Viola ging indes aufgebracht vor ihm auf und ab. »Ich kann jetzt nicht mal mehr zu den anderen zurück, weil ich mich unmöglich aufgeführt habe. Ich will kein Mitleid oder blöde Bemerkungen von meinen Geschwistern hören. Am besten gehe ich jetzt einfach nach Hause.« Schon wollte sie sich erneut abwenden, als rasche Schritte laut wurden und im nächsten Moment Ricarda vor ihnen stand.

»Hey, ihr zwei, was ist? Kommt ihr endlich? Miss Daisy wartet schon auf euch und Angelique hat gedroht, dass sie zum Tier wird, wenn sie nicht innerhalb von fünf Minuten etwas zu essen bekommt. Vielleicht auch zum Untier. Und Patrick sagt, diese Drohung sollten wir ernst nehmen, denn seit sie schwanger ist, wird sie ganz schnell … nun ja, gereizt hat er es genannt.« Sie kicherte. »Nicht, dass sie ihn einen Kopf kürzer macht. Oder einen von uns.«

Viola wich ein paar Schritte zurück. »Ich wollte eigentlich gerade nach Hause gehen.«

»Quatsch mit Soße. Komm mit, sei kein Frosch.« Ohne auf Violas Gegenwehr zu achten, hakte Ricarda sich bei ihr unter und zog sie einfach mit sich.

»Aber alle werden …«

»Niemand wird irgendwas.« Ricarda grinste breit. »Oma hat ein Machtwort gesprochen, Opa ist ganz handzahm und alle anderen sind bloß hungrig.« Sie drehte sich zu Lukas um. »Was ist denn, willst du da festwachsen?«

»Eigentlich nicht.« Lukas beeilte sich, zu den beiden Frauen aufzuschließen. »Ich möchte bloß kein Drama heraufbeschwören, genau wie Viola.«

»Ach Gottchen, Dramen spielen sich bei uns jeden Tag ab.« Lässig winkte Ricarda ab. »Was das angeht, musst du dir ein dickes Fell zulegen. Und du, Viola, müsstest längst eines besitzen.«

»Das sagst du so einfach.« Viola traute sich kaum, ihre Geschwister anzusehen, als sie sie erreichten.

Sie hätte sich jedoch keine Gedanken zu machen brauchen, denn außer, dass Angelique erleichtert »Endlich!« rief, kümmerte sich niemand groß um ihre Rückkehr.

Laura drückte ihr Miss Daisys Leine in die Hand. »Na, dann mal los. Worauf haben wir denn Hunger?«

»Reibekuchen und Softeis. Erdbeergeschmack.« Verzückt verdrehte Angelique die Augen.

Patrick hustete. »Was ist das denn für eine Kombination?«

Iris lachte. »Gewöhn dich schon mal daran, mein Junge. Die Gelüste von Schwangeren können absonderliche Formen annehmen. Nicht wahr, Theo, bei mir war es genauso.«

Spöttisch verzog Theo die Lippen. »Wenn mein Gedächtnis mich nicht trügt, musste ich dir alle zwei Tage Essiggurken mitbringen.«

»O ja, und die habe ich mit gekochten Eiern und Honigbrot gegessen. Halt, nein, das Honigbrot war nur bei Hans. Bei Elke musste es Rosinenbrot mit Marmelade sein. Aber die Essiggurken und die Eier waren Pflichtprogramm.«

»Mir ist am Ende öfter schlecht gewesen als dir«, grummelte Theo halb ernst, halb amüsiert. »Dass du dir mit der Mischung nicht den Magen verbogen hast, begreife ich bis heute nicht.«

»So ist das nun mal mit uns Frauen.« Iris schloss zu Angelique auf und hakte sich bei ihr unter. »Reibekuchen sind eine sehr gute Idee. Aber das Eis ersetze ich lieber durch Apfelmus.«

Angelique schüttelte sich. »O nein, bitte nichts mit Äpfeln. Die bringe ich momentan nicht runter. Aber Zuckerwatte zum Nachtisch.«

Patrick lachte. »Wenn Joel und Jessica jetzt hier wären, würden sie sicher auch Zuckerwatte essen wollen.«

»Für die beiden ist es jetzt schon viel zu spät«, mischte Theo sich ein. »Um diese Zeit gehören sie nicht mehr auf den Weihnachtsmarkt.«

»Zum Glück kümmern Hans und Margit sich um die beiden, bis wir zurück sind.« Angelique kicherte. »Und um Oskar. Also wird es mit dem Schäferstündchen sowieso nichts. Die drei zusammen sind schlimmer als ein Sack Flöhe.«

»Mit solchen Flöhen wird Mama doch mit links fertig. Uns vier hatte sie ja auch im Griff.« Ricarda hob schnüffelnd die Nase. »Hm, hier riecht es fantastisch nach Maronen. Da muss ich mir gleich zum Nachtisch welche holen.« Sie drehte sich einmal im Kreis. »Wer von euch teilt sich eine große Portion Pommes mit Spießbraten mit mir?«

10. Kapitel

Viola liebte den Weihnachtsmarkt ihrer Heimatstadt wie kaum einen anderen Jahrmarkt. Schon der mit Tannengrün, bunten Weihnachtskugeln und warmem LED-Licht geschmückte Rundbogen, durch den man das Marktgelände betrat, vermittelte anheimelnde Gemütlichkeit, gepaart mit funkelnder Festlichkeit. Kaum hatte man ihn durchschritten, war man schon umgeben von vielfältiger Weihnachtsmusik – von klassisch bis modern und in mindestens drei verschiedenen Sprachen – und eingehüllt in köstliche Gerüche: frische Waffeln, geröstete Maronen, Pommes frites, Reibekuchen, Zuckerwatte und Popcorn, vermischt mit gebrannten Mandeln, würziger Currywurst und Lebkuchenduft. Über allem schwebte das Aroma von Glühwein und alkoholfreiem Weihnachtspunsch.

Das bunte Stimmengewirr der Besucher wurde von Gelächter durchmischt, weiter vorne in der Mitte des Platzes gab es eine Bühne, auf der der örtliche Gospelchor regelmäßig sein Repertoire zum Besten gab – und tagsüber manchmal auch der Kinderkirchenchor.

Die meisten Verkaufsbuden gab es schon seit vielen Jahren und immer standen sie am selben Platz, sodass es Viola manchmal so vorkam, als kehre sie nach Hause in ein riesiges Wohnzimmer voller bekannter, aber auch neuer Gesichter zurück, die alle gemeinsam eine schöne vorweihnachtliche Zeit miteinander verbringen wollten. So war es schon immer gewesen, so lange sie denken konnte. Je länger sie von

Stand zu Stand schlenderte – inzwischen mit gut gefülltem Magen –, desto mehr entspannte sie sich und ließ sich von der einzigartigen Stimmung dieses Weihnachtsmarktes gefangen nehmen.

Ihr Stoffbeutel hatte sich nach und nach mit verschiedenen Kleinigkeiten gefüllt: einer Tüte gebrannte Erdnüsse, einem Paar hübsche rosafarbene Fäustlinge, einem Windlicht in Form einer dunkelroten Blüte aus Glas und einer Schachtel extralange Streichhölzer, von denen sie jedes Jahr zu wenige hatte.

Sie lauschten dem Gospelchor, kauften sich Lose – natürlich hatte Viola wie immer nur Nieten gezogen – und blieben eine ganze Weile an einem der bunt beleuchteten Glühweinstände stehen.

Viola fiel gar nicht auf, dass sie inzwischen dicht neben Lukas stand, bis er ihr einen Becher mit dem hier in der Stadt bekannten *Nikolausschmaus mit Mütze* reichte, einem Gemisch aus heißem Amaretto, verschiedenen geheimen Gewürzen, flüssiger Sahne und einer Haube aus gesüßter Schlagsahne. Lukas selbst hatte sich einen alkoholfreien Apfelpunsch bestellt, weil er noch fahren musste.

»Hier, bitte sehr.« Er lächelte Viola zu. »Wohl bekomms.«

»Danke.« Sie war so vertieft in ihre Beobachtung des Gewusels um sie herum gewesen, dass sie gar nicht daran gedacht hatte, sich selbst ein Getränk zu bestellen. Vorsichtig schnupperte sie an dem Gebräu. »Puh, der ist bestimmt stark.«

»Aber hallo, und wie!« Mit einem breiten Grinsen hob Ricarda ihren bereits halb geleerten Becher und prostete ihr zu. »Frieda hat sich mal wieder selbst übertroffen. Der zieht dir Schuhe und Socken aus, einfach genial!«

»Na dann.« Amüsiert über die Wortwahl ihrer Schwester,

nippte Viola vorsichtig an dem heißen Getränk und stupste prompt mit der Nase in die Sahnehaube. Hastig wischte sie den Fleck fort. »O ja, echt lecker, aber auch echt gefährlich.«

»Ach ja?« Auch Lukas trank von seinem Punsch. »Inwiefern gefährlich?« Unerwartet hob er die Hand und wischte ihr ganz sanft mit dem Daumen über die Oberlippe, auf der sich noch ein kleiner Sahnerest befand. »Weil er sexy macht? Zumindest finde ich ein Sahnebärtchen bei dir nicht ohne.«

Erschrocken hielt Viola für einen Moment die Luft an. »Äh … Das meinte ich eigentlich nicht.« Verlegen trank sie noch einen Schluck, bemühte sich dabei aber, der Sahne nicht zu nahe zu kommen. »Ich fürchte nur, dass er so stark ist, dass ich nicht viel davon trinken kann.«

»Warum denn, wirst du sonst hemmungslos?« Feixend stieß Ricarda sie an. »Da wärst du nicht die Erste, der das nach Friedas Nikolausschmaus passiert.« Sie zwinkerte Lukas übertrieben zu. »Pass bloß auf sie auf, sonst legt sie dich am Ende noch mal aufs Kreuz … Wenn du weißt, was ich meine.«

»Ricarda!« Entsetzt starrte Viola ihre Schwester an, die daraufhin jedoch nur laut lachte.

»Mensch, bist du heute ein leichtes Opfer, Kleine. So empfindlich bist du doch sonst nicht.« Freundschaftlich drückte Ricarda sie kurz an sich. Gleichzeitig wandte sie sich an die fröhlich durcheinanderplaudernde Runde. »Habt ihr schon eine Idee, was wir als Nächstes anstellen könnten? Ich persönlich möchte ja noch mal an die Losbude. Es kann nicht sein, dass ich bloß das hier gewinne.« Mit anklagender Miene hob sie einen Kermit-der-Frosch-Schlüsselanhänger in die Höhe.

Ringsum wurde gekichert und gelacht.

»Meinetwegen können wir gleich noch mal unser Glück versuchen.« Grinsend drückte Laura den süßen Plüschteddy an sich, den sie gewonnen hatte.

»Nee, is' klar.« Ricarda warf ihrer Schwägerin einen beredten Blick zu. »Das ist mal wieder so was von typisch. Ihr habt natürlich wieder mal Glück in der Liebe und Glück im Spiel. Heißt es nicht eigentlich, nur eins davon darf zutreffen?«

Justus schmunzelte. »Von dürfen steht, glaube ich, nirgendwo etwas geschrieben.«

»Also wir beide sollten uns allmählich auf den Heimweg machen«, befand Iris, die sich bei ihrem Mann untergehakt hatte und an einem heißen Kakao nippte. »Euch junges Gemüse lassen wir besser unter euch ausmachen, wie ihr den restlichen Abend verbringt. Da haben wir beide nichts mehr zu suchen.«

»So ein Unsinn!« Angelique trat neben Iris und legte ihr liebevoll einen Arm um die Schultern. »Zu alt für ein bisschen Feiern seid ihr doch wirklich nicht. Oder seid ihr schon sehr müde?«

»Na ja.« Theo zuckte ungewöhnlich verlegen mit den Achseln. »So fit wie früher bin ich nun nicht mehr. Und ganz schön kalt ist es außerdem. Ich will nicht, dass eure Großmutter sich verkühlt.«

»Hach, du bist immer so umsichtig und besorgt um mich.« Voller Zuneigung drückte Iris ihre Wange gegen Theos Schulter. »So war er schon immer, mein lieber Theo«, erklärte sie lächelnd. »Immer ein wenig raubeinig, aber trotzdem stets darauf bedacht, mich vor allem Übel zu beschützen, selbst wenn es nur kalte Luft ist.«

»Na, muss ich doch«, brummelte Theo nun noch verlegener, aber sichtlich ebenfalls voller Liebe. »Mit diesem romantischen Eiteitei kann ich nicht viel anfangen, aber wozu eine Frau ehelichen und mit ihr das gesamte Leben verbringen, wenn man nicht darauf achtet, dass sie es auch gut hat?« Bedeutsam musterte er erst Justus, dann Patrick. »Merkt euch das, ihr Grünschnäbel. Eine gute Frau, die es trotz eurer Fehler an eurer Seite aushält und womöglich auch noch die Mutter eurer Kinder wird, müsst ihr achten und ehren.« Dann maß er Angelique und Laura mit strengen Blicken. »Wenn mir von euch beiden jemals Beschwerden über die beiden Jungs zu Ohren kommen, werde ich dafür sorgen, dass sie ihre Abreibung bekommen, so wahr ich hier stehe und Theo Sternbach heiße.«

Wieder wurde gelacht, doch gleichzeitig nickten die vier Angesprochenen auch pflichtschuldig.

»Also, ich kann mich nicht beschweren.« Laura küsste Justus auf die Wange.

»Ich auch nicht«, stimmte Angelique zu und stieß Patrick sanft in die Seite. »Auch wenn mir wegen dieses Kerls hier derzeit jeden Morgen kotzübel ist.«

»Hey, daran waren doch wohl wir beide beteiligt!«, protestierte Patrick mit gespielt beleidigter Miene.

Das Gelächter wurde lauter und alle erhoben ihre Gläser oder Becher.

»Ich glaube, ich weiß, was wir jetzt machen!« Nachdem Laura ihren Glühwein ausgetrunken hatte, stellte sie den Becher hinter sich auf dem Tresen des Ausschankwagens ab. »Das Karussell!«

Angeliques Augen leuchteten auf. »Au ja, das stürmen wir!«

»Stürmen?« Überrascht blickte Iris in die Runde. »Was meint ihr denn damit?«

Laura rieb wie ein kleines Mädchen voller Vorfreude die Hände aneinander. »Weißt du nicht, dass Klaus abends Runden für erwachsene Paare fährt? Los, lasst uns rübergehen und ihn fragen, ob er eine spezielle Sternbach-Tour fährt.«

Theo hustete verwirrt. »Ihr wollt mit dem alten Kinderkarussell fahren?«

»Nicht nur wir.« Angelique hüpfte ebenfalls wie ein Kind auf und ab.

Miss Daisy, die bis jetzt ganz ruhig und brav neben Viola gesessen und die Bratwurst verdaut hatte, die Lukas ihr zugesteckt hatte, sprang auf und bellte verblüfft. *Was ist denn jetzt auf einmal los? Warum sind denn alle plötzlich so aufgeregt? Ist was passiert? Wuff?*

Auch Lizzy stimmte in das Gebell mit ein, sodass Angelique kicherte. »Schon gut, ihr beiden. Ihr dürft, glaube ich, nicht mitfahren.« Sie nahm Iris an der Hand, dann auch Theo. »Aber ihr zwei fahrt doch mit, oder? Kommt schon, das ist so romantisch!«

»Auf dem Karussell?«, wiederholte Theo skeptisch. »Das ist doch nichts für uns. Das letzte Mal, als ich damit gefahren bin, waren Hans und Elke noch klein. Ist schon ewig her.«

»Ja, genau deshalb«, beharrte Angelique. »Warum sollten nur Kinder – oder Eltern mit Kindern – mitfahren, wenn es doch allen Spaß macht? Und überhaupt – in den Gondeln lässt es sich so herrlich kuscheln und knutschen.«

Erneut kam Gelächter auf.

Entsetzt wehrte Theo ab. »Ich knutsche schon lange nicht mehr. Schon gar nicht in aller Öffentlichkeit. Und gerade eben hab ich noch gesagt, dass ich mit diesem neumodischen romantischen Zeug nichts zu tun haben will.«

Iris lächelte nur. »Früher warst du nicht ganz so zimperlich – was die Öffentlichkeit angeht. Und so unromantisch, wie du tust, bist du auch nicht. Andernfalls würdest du mir nicht seit über sechs Jahrzehnten jede Woche einen Strauß

Blumen schenken. Also mich würde es schon reizen, das Karussell mal auszuprobieren.«

»Klaus hat seit letztem Jahr sogar warme Decken, auf denen man sitzen und in die man sich kuscheln kann, wenn man möchte«, fügte Laura hinzu. »Justus und ich haben sie schon ausprobiert.«

»Und dann zieht man sich die Bazillen anderer Leute zu, oder was?« Immer noch runzelte Theo abwehrend die Stirn.

»Ach was, Klaus wäscht die Decken doch regelmäßig.« Ricarda gluckste. »Also meinetwegen könnt ihr das machen. Ich bin nicht so der Romantik-Schmachtfetzen-Fan, aber wenn ihr wollt, kann ich Lizzy und Miss Daisy so lange übernehmen.«

Übernehmen? Lizzy und mich? Wozu das denn? Ich verstehe nur Bahnhof. Wieder bellte Miss Daisy und blickte fragend zu ihren Menschen auf.

Lukas ging in die Hocke und streichelte sie. »Du hast keine Ahnung, wovon wir reden, was?«

Aber so was von überhaupt nicht.

»Das ist auch nichts für kleine Hunde.« Schmunzelnd erhob er sich. »Ich kann die Hunde auch nehmen.«

»Und wer fährt dann mit Viola?« Entschieden schüttelte Ricarda den Kopf. »Ich bestimmt nicht. Wie gesagt, dieses Schmonzettengedöns auf dem Karussell liegt mir nicht. Macht ihr mal.«

»Sagt die Frau, die als Mädchen kaum von dem Karussell herunterzubekommen war.« Justus grinste breit.

Ricarda stellte die Stacheln auf. »Ist ja gar nicht wahr. Ich bin nie mitgefahren.«

»Pfff.« Justus bedachte sie mit einem vielsagenden Blick. »Du und Frank, ihr seid einmal eine halbe Stunde zusammen gefahren. Da warst du was, dreizehn, vierzehn?«

Ricarda warf ihm einen mörderischen Blick zu. »Das war eine Ausnahme, weil Frank mich herausgefordert hatte und mich einen Feigling nannte. So was lasse ich nicht auf mir sitzen. Aber freiwillig würde ich niemals auf das Ding steigen.«

Laura beugte sich zu Justus und flüsterte so laut, dass jeder es hören könnte. »Mhm, genauso, wie sie nienieniemals einen Film wie *Tatsächlich … Liebe* freiwillig anschauen würde.«

»Würde ich auch nicht.« Ricarda verschränkte die Arme vor der Brust.

»Hast du aber vor nicht allzu langer Zeit bei unserem *Christmas in July*-Filmabend getan.« Triumphierend reckte Laura das Kinn.

»Da stand ich unter massivem Alkoholeinfluss.«

»Jaja, blabla.« Viola kicherte. »Das ist bloß eine Ausrede.«

»Wenn ihr mich weiter ärgert, könnt ihr zusehen, wer sich um die Hunde kümmert!« Ricarda blickte finster in die Runde, doch ganz so böse, wie sie tat, war sie nicht. Viola sah ihr an, dass sie gegen das Lachen ankämpfte.

So war es beinahe immer in der Familie Sternbach. Es wurde gefrotzelt, manchmal sogar massiv und lautstark gestritten, aber am Ende nahm niemand etwas übel. Genau deshalb hatte sie auch entschieden, ihrer Familie zu verzeihen, dass sie offenbar versucht hatte, bei ihr und Lukas nachzuhelfen. Ganz genau wusste sie noch nicht, wem sie das zu verdanken hatte, aber sicherlich würde sie es früher oder später in Erfahrung bringen. Lange wütend sein konnte sie aber nicht. Alle meinten es nur gut und letztlich hatten sie und Lukas wohl wirklich falsche Signale ausgesendet. Also trugen sie eine Mitschuld daran. Dass sie jetzt auch noch mit ihm zusammen in einer der Gondeln des Karussells fahren musste, nahm sie so gelassen wir möglich hin. Irgendwie würde sie es schon schaffen, sich ihre Gefühle für ihn nicht anmerken zu lassen. Das hatte sie schließlich das gesamte vergangene Jahr geschafft – sogar als er sie gestern geküsst hatte. Warum also nicht auch weiterhin?

Entschlossen nahm sie den letzten Schluck ihres Getränks, das inzwischen nur noch lauwarm war, und leckte sich rasch über die Lippen, um etwaige Sahnespuren zu eliminieren.

»Schade.« Sie zuckte zusammen, weil Lukas dicht hinter sie getreten war und seinen Mund ganz nah an ihr Ohr brachte. »Jetzt hast du mich um das Vergnügen gebracht, mal von diesem Nikolausschmaus zu kosten.« Seine Stimme klang warm und rau und ließ sie unwillkürlich erschauern.

Sie schluckte unauffällig gegen das Pochen in ihrer Kehle an. »Was hält dich davon ab, dir noch einen Becher to go einschenken zu lassen?«

»Nichts.« Er bewegte sich keinen Millimeter von ihrem Ohr weg. »Aber ich dachte eher daran, die Kostprobe direkt von deinen Lippen zu schlürfen.«

In ihr stieg eine unheilvolle Hitze auf – gepaart mit einem Lachen. »Zu schlürfen?«

»O ja, und wie.«

»Hey, ihr zwei, wir wollen los.« Angelique stieß Lukas unsanft an. »Ihr könnt ruhig mal ein Päuschen vom … Üben machen.« Grinsend nahm sie Patricks Hand und zog ihn mit sich, den anderen nach, die sich bereits in Richtung Torbogen bewegten. Gleich linker Hand vom Eingang war der angestammte Platz des altertümlichen Karussells, auf dem sich hölzerne Pferde und Kutsch- sowie Schlittengondeln bei fröhlicher Weihnachtsmusik im Kreis drehten. Um diese Uhrzeit fuhren kaum noch Kinder mit, sondern Pärchen jeden Alters, passend dazu war die Musik romantischer als sonst. Seit Klaus vor einigen Jahren die Idee gehabt hatte, nach Einbruch des Abends Runden für Erwachsene zu fahren, war das Karussell zu einem beliebten Treffpunkt für Verliebte geworden – und für solche, die es noch oder wieder werden wollten.

Während die Sternbach-Geschwister Klaus fröhlich umringten und sich eine Runde nur für ihre Familie zu erbetteln versuchten, tappte Miss Daisy an ihrer Flexileine ein wenig umher, schnupperte hier und schnüffelte dort. Als irgendwo neben ihr ein eindringliches »Pst!« erklang, zuckte sie zusammen und sah sich alarmiert nach allen Seiten um.

Was war das? Wer zischt denn da so unheimlich? Sicherheitshalber knurrte sie warnend.

»Schsch! Ganz leise, Miss Daisy. Wir sind es nur, zwei Weihnachtselfen. Hier drüben hinter dem Weihnachtsbaum.«

Vorsichtig ging das Schnauzermädchen auf besagten Baum zu, bis es die beiden Elfen mit ihren lustigen Zipfelmützen erblickte. *Ihr seid Weihnachtselfen? Ich weiß gar nicht, was das ist. Was wollt ihr denn von mir?*

»Wir sind die Helfer des Weihnachtsmannes. Manche nennen ihn auch Santa Claus.« Elfe-Sieben trat vorsichtig einen Schritt auf die Hündin zu, achtete aber darauf, dass der Baum sie weiterhin vor neugierigen Blicken schützte. »Er ist der gute Geist von Weihnachten, genau wie das Christkind. Warte noch ein paar Wochen, dann wirst du lernen, was es damit auf sich hat, wenn die Menschen das Weihnachtsfest feiern. Dieser Weihnachtsmarkt hier ist bereits ein Vorbote. Hier kaufen die Menschen Dekorationen, mit denen sie in der Adventszeit ihre Häuser und Wohnungen schmücken, und manchmal auch Geschenke für ihre Lieben. Und sie feiern, wie du siehst.«

Aha, okay. Miss Daisy blickte sich kurz um. *So viele Menschen habe ich noch nie auf einem Haufen gesehen. Und laut ist es hier!*

»Da hast du recht, die Musik und die vielen Stimmen sind bestimmt anstrengend für Hundeohren«, warf der zweite Elf ein. »Ich bin übrigens Elf-Siebzehn und das hier ist meine Schwester, Elfe-Sieben. Sie hat mich gebeten, heute mit auf die Erde zu kommen, um dich zu besuchen, weil ich die Tiersprachen am besten von allen Elfen beherrsche.« Der Elf rückte lächelnd seine Mütze zurecht. »Und ehe du fragst: Eigentlich heißen wir ganz anders, aber für Menschen und Tiere sind unsere Elfennamen so schwer zu verstehen und auszusprechen, dass Santa Claus uns schon vor langer Zeit einfach Nummern gegeben hat. Sogar er kann viele unserer Namen nämlich nur mit Mühe aussprechen. Er sagt immer, er bricht sich dabei fast die Zunge.«

Elfe-Sieben kicherte. »Er hat einen furchtbaren Akzent, wen er Elfisch spricht.«

»Weshalb wir hier sind«, kam Elf-Siebzehn auf Miss Daisys Frage zurück. »Wir wollten dich fragen, wie es dir geht und ob du glücklich bei Lukas und Viola bist. Es war nämlich der Weihnachtsmann, der dafür gesorgt hat, dass die beiden dich an der Straße finden und sich um dich kümmern.«

Oh, wirklich? Das hat er gemacht? Das ist aber lieb. Ich habe Viola und Lukas so gern! Aber was ich immer noch nicht verstehe, ist, dass ich alle paar Tage umziehen muss. Mal wohne ich bei Lukas, dann wieder bei Viola. Ich habe es schön bei ihnen, keine Frage, aber welches ist nun mein richtiges Zuhause? Viola hat mir erklärt, dass ich das selbst entscheiden soll. Ich glaube sogar, dass sie etwas von Weihnachten gesagt hat. Aber wie soll ich mich denn da entschei-

den? Das geht doch nicht. Ich mag mein Frauchen und mein Herrchen gleich gern.

»Das können wir gut verstehen.« Elf-Siebzehn traute sich noch weiter hinter dem Tannenbaum hervor und streichelte die Hündin sanft. »Genau deshalb sind wir hier. Santa Claus hatte nämlich die Idee, dass Viola und Lukas gut zusammenpassen würden. Und wenn sie zusammen wären, dann müsstest du nicht mehr dauernd umziehen, sondern hättest ein Zuhause und dort auch dein Frauchen und dein Herrchen unter einem Dach.«

Das wäre so toll! Freudig wedelte Miss Daisy mit der Rute.

»Genau«, fuhr Elf-Siebzehn fort. »Leider hat Santa Claus nicht bedacht, dass die beiden ein paar Probleme haben, vor allem Lukas, die er anfangs bei seinem Plan nicht bedacht hat.«

Was denn für Probleme? Verdutzt setzte Miss Daisy sich und legte den Kopf schräg. *Sie sind doch beide so lieb zu mir.*

»Natürlich sind sie das.« Der Elf streichelte sie noch einmal. »Diese Probleme sind auch nichts, was mit dir zu tun hat. Es sind … Menschenprobleme.«

Menschenprobleme? Ratlos neigte die Hündin den Kopf zur anderen Seite.

»Das zu erklären ist ein bisschen schwierig.« Der Elf zuckte mit den Achseln. »Außerdem haben wir jetzt nicht so viel Zeit. Wir wollten dich nur fragen, ob du bereit wärst, uns zu helfen, diese Probleme aus der Welt zu schaffen, damit die beiden zueinanderfinden.«

Ich soll euch helfen? Miss Daisy machte große Augen, wedelte aber gleichzeitig noch heftiger mit der Rute. *Und wenn ich das mache, kriege ich Herrchen und Frauchen zusammen in einem Haus? Wir drei zusammen?*

»So hat es sich der Weihnachtsmann vorgestellt«, bestätigte Elfe-Sieben.

Als die Menschen hinter ihr laut lachten, blickte Miss Daisy sich unsicher zu ihnen um. *Was genau soll ich denn machen? Ist das sehr schwierig?*

»Hoffentlich nicht.« Elf-Siebzehn kräuselte die Lippen. »Aber ganz einfach wird es vielleicht auch nicht. Wenn es dir recht ist, kommen wir morgen noch einmal bei dir vorbei und erklären dir unseren Plan. Wäre dir das recht?«

Ja … klar! Miss Daisy stieß ein kurzes Bellen aus. *Wenn ich helfen kann.*

»Das hoffen wir sehr.« Elfe-Sieben nickte ihr freundlich zu. »Aber jetzt müssen wir uns aus dem Staub machen. Die meisten Menschen können uns zwar nicht sehen, aber man weiß ja nie. Außerdem scheinen deine Menschen gerade etwas vorzuhaben.«

Ja, sie wollen mit diesem großen Ding da fahren, das sich immer im Kreis dreht.

»Mit dem Karussell?« Die beiden Elfen warfen einander vielsagende Blicke zu. »Das könnte uns perfekt in die Karten spielen.« Elf-Siebzehn grinste verschwörerisch und zog sein Handy hervor. »Ich rufe mal rasch beim Weihnachtsmann an und frage ihn nach ein paar wichtigen Informationen. Elfe-Sieben, geh schon mal zum Karussell und schau, ob du ungesehen ans Schaltpult kommst. Ich habe da eine Idee.« Er wandte sich noch einmal an die Hündin. »Wir sehen uns dann morgen, ja?«

Ja, gerne. Miss Daisy schnaubte und nickte.

»Miss Daisy? Was machst du denn da an dem Weihnachtsbaum?« Inzwischen hatte Ricarda die Leine von Viola übernommen und trat, Lizzy im Schlepptau, auf das Schnauzermädchen zu. »Nicht, dass du die Kugeln runterreißt oder das Lametta anknabberst. Das ist nämlich pfui. Davon werden Hunde krank.«

Lametta? Keine Ahnung, was das sein soll. Ich habe nur mit diesen beiden Elfen geredet … Miss Daisy stutzte, denn Elf-Siebzehn und Elfe-Sieben waren verschwunden. *Na so was! Weg sind sie. Aber egal. Was machen wir denn jetzt?*

»Kommt, ihr zwei Racker, wir gehen rüber zu Klaus, trinken mit ihm eine Cola und warten die Viertelstunde, bis die anderen ihre romantische Karussellrunde hinter sich gebracht haben.«

***

»Diese Gondeln sind überraschend geräumig.« Mit einem amüsierten Lächeln rückte Lukas auf der Bank hin und her, bis er bequem saß. Dann rutschte er noch einmal ein wenig zur Seite, als Viola sich neben ihn setzte. Sie hielt ein wenig Abstand zu ihm und zupfte an ihrem Schal herum, ein sicheres Zeichen dafür, dass sie verlegen war. Sachte stieß er sie mit dem Ellenbogen an. »Wir müssen nicht mitfahren, wenn du keine Lust hast.«

Viola zuckte leicht zusammen. »Nein, nein, ich meine, doch. Ich habe schon Lust … Es ist nur … ach, nichts.«

»Ich beiße nicht.« Grinsend legte er einen Arm hinter Viola auf die Rückenlehne der Sitzbank. »Zumindest werde ich mich beherrschen, wenn es nicht erwünscht ist.«

Ihre Wangen röteten sich ein wenig, was er von Mal zu Mal entzückender fand. »Ich schmecke bestimmt nicht.«

Überrascht sah er sie von der Seite an, dann lachte er. »Ist das eine Herausforderung? Ich glaube, du schmeckst noch immer nach Amaretto und Sahne. Beides durchaus lecker, würde ich sagen.«

Viola schluckte, wich aber seinem Blick aus. »Wie weit willst du diese … Flirtstunden eigentlich treiben?«

Er hielt kurz inne. »So weit, wie sie uns Spaß machen, würde ich sagen. Aber wenn es dich beruhigt, ich bin nicht so der Typ fürs öffentliche Herumknutschen. Aus dem Alter bin ich schon ein Weilchen heraus.«

Tatsächlich entspannte Viola sich auf seine Worte hin ein wenig, sodass er sich traute, seinen Arm von der Lehne hinunter auf ihre Schultern rutschen zu lassen. »Dein Bruder scheint in dieser Hinsicht keine Hemmungen zu haben.« Mit dem Kinn wies er auf eine der anderen Gondeln, in die sich Justus und Laura gekuschelt hatten und sich innig küssten.

»Die beiden lassen kaum eine Gelegenheit aus«, murmelte Viola mit einem fast unmerklichen Lächeln, das ihm verriet, wie sehr sie sich über das Glück der beiden freute.

In diesem Moment fuhr das Karussell mit einem kleinen Ruck an. Gleichzeitig ertönte aus den Lautsprechern Mariah Careys *All I Want For Christmas Is You*.

»Na, das passt ja gut.« Lukas lachte über die Musikauswahl und hüstelte dann überrascht. »Anscheinend findet meine Schwester das ebenfalls. Du liebe Zeit, müssen die beiden direkt in unserem Blickfeld sitzen?«

Viola kicherte, denn nun küssten sich auch Angelique und Patrick leidenschaftlich.

»Also wirklich!«, rief Theo von seiner Gondel direkt vor Viola und Lukas. »Könnt ihr euch nicht mal eine Minute beherrschen?«

»Nun lass sie doch.« Heiter schlug Iris ihrem Mann mit der flachen Hand gegen den Arm. »Oder muss ich dich daran erinnern, wie wir damals, als wir noch ganz frisch verlobt waren, auf dem Jahrmarkt hinter der ehemaligen Eisbahn …«

»Frau! Jetzt hör aber auf. Du untergräbst meine Autorität.«

Ringsum wurde gelacht.

Obwohl Theo sich so ruppig gab, ließ er es zu, dass Iris sich dicht an ihn kuschelte, und schließlich beobachtete Lukas, wie der alte Herr seiner Frau den Arm um die Schultern legte und ihr einen verstohlenen Kuss auf die Schläfe gab. Der Anblick weckte eine seltsame Emotion in ihm, die er energisch wegzuräuspern versuchte. »Deine Großeltern sind überaus liebenswert.«

»Mhm.« Violas Blick war ebenfalls auf die beiden gerichtet. »Sie sind mein großes Vorbild. Opa ist schon manchmal etwas knurrig, wenn ihm etwas nicht passt, aber er meint es immer gut mit uns.«

»Deine Oma hat ihn ganz gut im Griff, was?«

Viola schmunzelte. »Das würde er niemals zugeben, aber ich glaube, er hat manchmal Angst vor ihr.«

»Er verehrt sie.«

Überrascht sah Viola ihn von der Seite an, dann nickte sie. »Und das schon seit weit über sechzig Jahren.«

»Über sechzig Jahre.« Lukas schluckte. »Das ist bewundernswert.«

»So etwas habe ich mir immer gewünscht.« Viola senkte ihren Blick auf ihre Hände. »Mit jemandem glücklich alt zu werden, meine ich.«

»Dann musst du dich aber ranhalten.«

»Warum?« Verwundert hob Viola den Kopf wieder.

»Weil die beiden sicherlich schon recht früh geheiratet haben. Wenn ich versuchen wollte, mit einer Frau so lange zusammen zu sein, müsste ich ein gutes Stück über neunzig Jahre alt werden. Das muss man auch erst mal schaffen.«

Nachdenklich knabberte Viola an ihrer Unterlippe. »Aber versuchen kann man es doch.«

Lukas verspürte erneut diese seltsamen Empfindungen und lenkte seinen Blick von dem alten Ehepaar fort. »Wenn man das denn will. Der Versuch bleibt ja jedem überlassen.«

»Das klingt aber zynisch.«

Lukas gab ihr im Geiste recht. Er war zynisch, daran bestand kein Zweifel. »Ich dachte auch mal, dass ich …« Kopfschüttelnd brach er ab.

Natürlich merkte Viola nun auf. »Dass du was?«

»Nichts. Vergiss es.« Diesmal wich er ihrem Blick aus.

»Das ist unfair.« Violas Worte führten dazu, dass er sich ihr doch wieder zuwandte. Ihre Miene war halb ernst, halb unsicher. »Du kennst mein Geheimnis, aber über deine schweigst du dich aus.«

»Es ist kein Geheimnis.« Sicherheitshalber richtete er seinen Blick in unbestimmte Ferne. »Bloß eine unschöne Geschichte aus meiner Vergangenheit.«

»Die dich zynisch gemacht hat.«

»Was die Ehe angeht? Ja, allerdings.«

»Die Ehe oder die Liebe?« Violas Stimme war leiser geworden, und er spürte ihren forschenden Blick auf seinem Gesicht.

Als in diesem Moment die Musik zu Bryan Adams' *Everything I Do, I Do It For You* wechselte, schob er die plötzliche Schwere in seiner Brust rigoros beiseite. »Ich glaube, ich habe dir immer noch nicht verraten, was mich neulich vom Sheriff von Nottingham abgelenkt hat.«

Violas Augenbrauen wölbten sich leicht. »Stimmt, hast du nicht.« Als er sie sanft ein wenig näher an sich zog, wehrte sie sich nicht. »Du willst vom Thema ablenken.«

Er lachte trocken. »Ganz dringend, ja.«

Sie nickte. »Hat es etwas mit der Flockentorte zu tun?«

»Der Flocken…?« Verblüfft sah er sie an. Anscheinend war sie eine aufmerksame Zuhörerin. »Nein, von der habe ich mich nicht ablenken lassen.«

In Violas Augen trat ein amüsierter Ausdruck, der verriet, dass sie sein Ausweichmanöver durchschaut hatte, aber trotzdem mitspielte. »Wovon dann?«

Als sich ihre Blicke trafen, wurde ihm ganz warm. »Ist das nicht ziemlich offensichtlich?«

»Kann sein.« Sie schien etwas flacher zu atmen und benetzte sich nervös mit der Zungenspitze die Lippen. »Aber ich wüsste trotzdem gerne von dir, ob ich richtigliege.«

Er konnte nicht anders, als zu lächeln. »Bist du dir sicher, dass du überhaupt irgendein Training in Sachen Flirten benötigst?«

»Wie gesagt, das war nicht meine Idee.«

»Du bist aber darauf eingegangen.«

»Stimmt.« Sie nestelte an einem ihrer Mantelknöpfe herum. »Das war wohl meine Art, die Gelegenheit zu ergreifen, dich ein bisschen besser kennenzulernen.«

»Das hat jedenfalls funktioniert.« Er drückte leicht ihre Schulter. »Fragt sich, was wir jetzt daraus machen.«

»Wir müssen diesen Unsinn mit den Flirtstunden nicht weiterführen.« Sie blickte wieder geradeaus. »Das ist doch ziemlich … kindisch.«

»Macht aber Spaß.«

Sie gluckste. »Ja, irgendwie.«

»Warum dann damit aufhören?« Er schwieg einen Atemzug lang. »Du lenkst mich schon eine ganze Weile ab, Viola. Viel länger, als ich zugeben möchte.«

Er spürte, wie sie ein wenig zusammenzuckte, und sah, dass sie schluckte. »Und ist das schlimm?«

Er zögerte. »Grundsätzlich würde ich sagen: Ja, weil es mir nicht in den Kram passt und weil wir zu einer Familie gehören ... Du weißt schon.«

Sie nickte mit gesenktem Blick. »Und wenn du deine Grundsätze beiseiteschiebst?«

»Das tue ich nur ungern«, gab er zu. »Wenn es aber sein muss ... Es fühlt sich gut an, von dir abgelenkt zu werden. Es ist nur so ...« Er schloss kurz die Augen. »Ich bin kein Typ für feste Sachen und all das Gewese um Kirchenglocken und gemeinsames Glück bis in alle Ewigkeit.«

Viola atmete hörbar ein und wieder aus. »Davon war aber doch auch gar keine Rede.«

»Vielleicht nicht, aber du hast selbst gesagt, dass es kompliziert wird, wenn deine Familie etwas mitbekommt. Einen Vorgeschmack hatten wir ja bereits.«

»Ja ...« Sie warf ihren Geschwistern und ihren Großeltern kurze Blicke zu. Alle waren in ihre jeweilige traute Zweisamkeit vertieft. Bryan Adams sang noch immer davon, dass er für seine Angebetete kämpfen, lügen, auf dem Drahtseil balancieren und sogar sterben würde. Viola seufzte. »Ich liebe dieses Lied. Genau wie den Film.«

Lukas legte den Kopf in den Nacken. »Der Film ist okay. Das Lied auch, aber genau da liegt der Hase im Pfeffer. Ich bin nicht so ein Typ aus einem romantischen Film, Viola.«

»Das weiß ich.« Wieder nestelte Viola an dem Knopf herum. »Es verlangt ja auch niemand, dass ...«

»Lass mich ausreden«, bat er und versuchte, etwas Ordnung in das Gedankenchaos in seinem Kopf zu bringen. »Ich bin nicht so ein Mann, aber ...« Ratlos suchte er nach Worten. »Ein bisschen stimmt es schon, was Bryan Adams da singt: *I can't help it – There's nothing I want more ...*«

»Was möchtest du?« Atemlos blickte Viola ihn an.

Lukas berührte sie vorsichtig an der Wange. »Mit dir zusammen sein. Zeit mit dir verbringen«, verbesserte er sich rasch, weil seine eigenen Worte ihm einen Schrecken einjagten. »Einfach ... so.«

»Okay.«

Ihre Antwort ließ ihn skeptisch die Brauen heben. »Okay? Bist du dir sicher?«

Anstelle einer Antwort kuschelte Viola sich fester an ihn und lehnte ihren Kopf gegen seine Schulter, während nun Bing Crosby sein berühmtes *White Christmas* zum Besten gab.

Unweit des Karussells auf dem Holzzaun, der das Weihnachtsmarktgelände umgab, saßen Elfe-Sieben und Elf-Siebzehn, ließen fröhlich die Beine baumeln und freuten sich, dass die kleine Manipulation am Musikschaltpult Lukas und Viola in eine deutlich romantischere Stimmung versetzt hatte, während Klaus sich ratlos am Kopf kratzte und herauszufinden versuchte, wohin seine ursprüngliche Playlist verschwunden sein mochte.

11. Kapitel

»Sag mal, läuft da jetzt eigentlich was zwischen dir und Angeliques Bruder?« Kati rollte gerade ihre Pilatesmatte zusammen und pustete sich dabei immer wieder einige ihrer dunkelblonden, von lila Strähnchen durchzogenen Haare aus dem Gesicht. »Ich habe gehört, man hat euch am Samstag zusammen auf dem Weihnachtsmarkt gesehen. Auf dem Karussell …«

Ein paar der übrigen jungen Frauen, die ebenfalls ihre Matten einpackten, johlten und pfiffen prompt.

»Das interessiert mich auch, Schwesterlein fein.« Ricarda hatte ihre Matte sowie ihre Sporttasche bereits neben der Tür der Sporthalle abgelegt. »Läuft da was oder läuft da was?«

Viola seufzte innerlich. »Ich weiß es nicht genau.«

»Wie kann man so etwas nicht wissen?« Kati schob ihre Matte in einen Stoffbeutel und zog die Verschnürung zu. »Entweder ihr habt was am Laufen oder eben nicht.«

»Oder habt ihr das Flirttraining etwa ausgesetzt?« Ricarda legte den Kopf schräg. »Das sah aber neulich nicht so aus.«

»Was für ein Flirttraining?« Neugierig kam jetzt auch Mariella näher. »Hab ich was verpasst?«

»Ricarda!« Viola warf ihrer Schwester einen strafenden Blick zu.

»Was denn? Habt ihr nun oder habt ihr nicht? Ich dachte …«

»Nein, haben wir nicht. Oder doch … Ich weiß es eben nicht genau. Wir sind am Samstag eher … ergebnisoffen verblieben.«

Ricarda runzelte die Stirn. »Ergebnisoffen?« Streng fasste sie Viola ins Auge. »Sag mal, worauf wartest du eigentlich noch?«

Ausweichend zuckte Viola mit den Achseln. »Auf gar nichts.«

Ricarda verdrehte die Augen. »Ihr wart auf dem Karussell sooo kurz davor, euch zu küssen, das habe ich genau gesehen.« Um ihre Worte zu unterstreichen, zeigte sie mit Daumen und Zeigefinger einen Spalt von vielleicht fünf Millimetern an. »Wenn du mich fragst, der Mann ist verrückt nach dir. Und du nach ihm. Wo liegt das Problem? So schüchtern bist du doch auch wieder nicht, dass du dir so eine Gelegenheit entgehen lässt.«

Viola wusste, dass ihre Schwester recht hatte, wich ihr aber dennoch erneut aus. »Das ist nicht so einfach, wie du denkst.«

Ricardas Miene verfinsterte sich. »Ja, weil du es kompliziert machst.«

»Das ist nicht wahr.«

»Dann macht er es kompliziert.«

Viola seufzte. »Wir sind praktisch verwandt.«

Ricarda prustete. »So ein Quatsch! Das ist die bescheuertste Ausrede, die ich je gehört habe. Gar nichts seid ihr. Weder verwandt noch – leider – irgendetwas anderes. Dabei hat Mama sich solche Mühe gegeben.«

»Mama?« Argwöhnisch kräuselte Viola die Lippen. »Was hat sie damit zu tun?«

Ricarda hob lässig die Hände. »Soweit ich weiß, hat sie euch zusammen einkaufen geschickt.«

»Also doch! Ich wusste es. War die Sache mit dem Weihnachtsmarkt auch ihre Idee?«

»Nein, das ist wohl wirklich auf Opas Mist gewachsen.« Aufmerksam musterte Ricarda sie. »So schlecht war der Plan gar nicht, finde ich. Obwohl ihr euch nur fast geküsst habt. Oder ist da später auf dem Heimweg noch was gelaufen, wovon wir nichts wissen?«

»Nein.« Tatsächlich bedauerte Viola das, aber da ihre Wohnung auf dem Heimweg die erste Station gewesen war und sie auch noch ihre Großeltern mit im Auto gehabt hatten, war es bei einem freundschaftlichen »Gute Nacht« geblieben. Danach hatte Lukas noch Iris und Theo nach Hause gebracht. Zwar hatten sie am späteren Abend noch ein paar witzige Textnachrichten ausgetauscht, doch viel mehr war seither zwischen ihnen nicht passiert.

»Und woran liegt das nun?«, mischte Kati sich ein. »Und was zum Teufel hat es mit diesem Flirttraining auf sich?«

»Gar nichts.« Viola legte ihre Matte und ihre Tasche neben Ricardas Sachen ab. »Das war einfach eine … Schnapsidee.« Betont lässig winkte sie ab. »Ich brauche keine Nachhilfe im Flirten.« Sie unterdrückte ein Lächeln. »Das haben wir inzwischen festgestellt.«

»Aha!« Triumphierend reckte Ricarda das Kinn. »Also doch. Und warum seid ihr dann nicht längst zusammen und lasst die Luft brennen?«

»Ricarda!« Viola fasste sich an die Stirn. »Ich sagte doch, es ist …«

»Wenn du jetzt kompliziert sagst, lege ich dich übers Knie!« Empört stemmte Ricarda die Hände in die Seiten. »Also, ich bin ja schon nicht die Granate im Aufreißen von Kerlen, aber wenn mir einer derart auf dem Silbertablett präsentiert wird, sage selbst ich nicht Nein.«

»Ich …« Viola ließ die Finger durch ihr kurzes Haar gleiten. »Also ich sage ja überhaupt nicht Nein.«

»Also will *er* nicht?« Verständnislos starrte ihre Schwester sie an. »Entschuldige, aber so, wie er dich ansieht, glaube ich das keine Sekunde.«

Etwas kraftlos ließ Viola sich auf die Bank an der Wand neben der Tür sinken. »Ich denke, wir wollen schon beide, nur …«

»Nur?« Auffordernd wippte Ricarda auf ihren Zehen auf und ab.

»… nur zu unterschiedlichen Konditionen.«

»Hä?« Ricarda starrte sie an, dann setzte sie sich neben Viola. »Shit.« Sanft legte sie Viola eine Hand auf den Arm. »Kommst du damit klar?«

Viola hob die Schultern. »Das ist es, was ich herauszufinden versuche.«

Einen langen Moment schwiegen alle. Dann ergriff Ricarda erneut das Wort: »Wenn du mich fragst – lass dir nicht zu viel Zeit mit dem Nachdenken. Es gibt Männer, mit denen kann man eine Menge Spaß haben, aber nur für eine begrenzte Zeit, dann machen sie die Fliege. Lukas wirkt eigentlich nicht auf mich, als würde er zu dieser Spezies gehören, aber …«

»Er sagt selbst von sich, dass es so ist.«

»Okay.« Ricarda nickte ernst. »Dann musst du dir gut überlegen, ob du das Risiko eingehen willst. Ich kenne dich. Du bist die Romantischste von uns Sternbachs. Bei dir gibt es nur ganz oder gar nicht. Mit *ein bisschen* und *vielleicht* wirst du nicht glücklich, auch wenn der Kerl noch so heiß ist.«

Viola senkte den Blick. »Verstehst du jetzt, warum es kompliziert ist?«

»Gewissermaßen. Obwohl es das auch unter diesen Voraussetzungen nicht sein muss. Du musst nur die Entscheidung treffen, ob du mit einem kleinen Abenteuer klarkommst oder ob es dich zu sehr belasten würde.«

Viola sah ihre Schwester ratlos an. »Wie kannst du darüber nur so kühl und emotionslos reden?«

»Vielleicht, weil ich so bin?« Ricarda zuckte mit den Achseln. »Das sagt man mir schon immer nach. Königin der kalten Schulter und so, du weißt schon. In meinen Augen ist dein Problem so etwas wie eine Kosten-Nutzen-Rechnung. Wiegt der Spaß, den ihr haben könntet, den Katzenjammer auf, der dir gewiss ist, oder nicht?«

»Ich weiß nicht, ob er mir gewiss ist. Der Katzenjammer, meine ich.« Viola blickte zu Boden. »Ich glaube, Lukas ist vor langer Zeit mal sehr schlimm enttäuscht worden.«

»Oh, oh.« Ricarda maß sie mit strengen Blicken. »Fang nicht mit so was an. Damit betrügst du dich selbst. Entweder er mag dich und will mit dir zusammen sein oder eben nicht. Dabei ist es vollkommen gleich, was irgendwann früher mal passiert ist. Heute ist heute und gestern war gestern.«

Ruckartig hob Viola wieder den Kopf. »So einfach ist das, glaube ich, nicht.«

»O doch, das ist es absolut.« Kämpferisch verschränkte Ricarda ihre Arme vor der Brust und reckte das Kinn. »Wenn er ein notorischer Junggeselle ist, wirst du ihn nicht ändern, das steht fest. Da holst du dir nur eine blutige Nase. Oder vielmehr ein blutendes Herz.«

Auch Viola verschränkte die Arme. »Okay. Was schlägst du also vor? Was soll ich tun?«

Die beiden Schwestern starrten einander einen langen Moment an, dann entspannte Ricarda sich wieder etwas. »Keine Ahnung.« Rasch hob sie ihre Sachen vom Boden auf.

»Pass auf dich auf, Viola. Wenn er dich verletzt, reiße ich ihm den Kopf ab.« Damit verließ sie die Sporthalle.

An ihrer Stelle setzte sich Kati neben Viola und legte ihr den Arm um die Schultern. »Sie kann manchmal ganz schön garstig werden, nicht wahr? Mach dir nichts draus. Du findest schon deinen Weg. Kommt Zeit, kommt Rat – und manchmal auch noch mehr.«

Viola lächelte ihr etwas kläglich zu. »Danke. Aber Ricarda hat recht. Ich muss mich entscheiden.«

Mariella ging vor ihr in die Hocke und nahm ihre Hände. »Dir liegt sehr viel an ihm, oder?«

Viola lächelte schief. »Unseligerweise ja.«

»Dann wirf die Flinte nicht gleich ins Korn. Man kann nie wissen, wie sich die Dinge entwickeln.« Sie hob den Kopf und grinste breit. »Da ist er übrigens.«

»Was?« Viola fuhr hoch.

»Draußen auf dem Gang. Seid ihr verabredet?«

»Du liebe Zeit, ja!« Hastig raffte Viola ihre Tasche und die Matte zusammen. »Wir wollten zusammen nach einem neuen Auto für mich schauen.« Entsetzt blickte sie an sich hinab. Ihr enges Shirt wies am Ausschnitt Schweißflecke auf. »Und ich habe noch nicht mal geduscht.«

»Dann beeil dich mal, Süße.« Kati zwinkerte ihr zu. »Wenn du willst, schicken wir ihn dir zur rechten Zeit hinterher …«

»Was?« Entgeistert starrte Viola ihre Freundin an, dann musste sie aber doch lachen. »Untersteht euch!«

***

Lukas schmunzelte, als eine völlig verschwitzte Viola an ihm vorbeihastete, kaum grüßte, sondern etwas vom Duschen murmelte und gleich darauf durch die Tür zu den Umkleideräumen verschwand. Gleich darauf folgten Kati und Mariella und giggelten wie zwei Schulmädchen, als sie an ihm vorbei zum Ausgang gingen. Amüsiert blickte er ihnen nach. Die beiden jungen Frauen wirkten sympathisch auf ihn und schienen sich gut mit Viola zu verstehen. Durch das große Fenster hatte er gesehen, dass sie sich um Viola geschart und auf sie eingeredet hatten, als er eingetroffen war. Kurz vorher war ihm Ricarda begegnet, die ihm einen mehr als grimmigen Blick zugeworfen hatte. Er nahm also an, dass, was auch immer sich kurz zuvor während der Pilatesstunde zugetragen hatte, mit ihm zu tun hatte.

Normalerweise störte er sich an so etwas nicht, und er konnte nur hoffen, dass auch Viola sich nicht allzu sehr davon beeindrucken ließ. Ein wenig nachdenklich stimmte es ihn jedoch. Er hatte in letzter Zeit einen für ihn ungewöhnlichen Eiertanz vollführt, war hin- und hergerissen gewesen, was nun gut und sinnvoll war, wenn es um seine Beziehung – Freundschaft, verbesserte er sich sofort – mit Viola ging. Dieses dauernde Auf und Ab seiner Gefühle und Gedanken ging ihm inzwischen gewaltig auf den Keks. So kannte er sich gar nicht. Anfangs hatte er sich vor sich selbst darauf berufen, dass es eben komplizierter war, weil sie zu einer Familie gehörten. Doch allmählich ging diesem Argument die Luft aus, und er begann, ernsthaft daran zu zweifeln, dass sein wiederholtes Zögern, sich auf Viola einzulassen, nur damit zusammenhing.

Vorerst wollte er aber nicht weiter daran rühren. Nicht seit Viola ihm am vergangenen Samstag signalisiert hatte, dass sie mit seiner Einstellung zu Beziehungen einverstanden war. Anfangs war er noch skeptisch gewesen, doch nach den Textnachrichten, die sie seither ausgetauscht hatten, war er so weit beruhigt, dass er nun doch allmählich den einen oder anderen Schritt weitergehen wollte. Vielleicht bot sich der heutige Ausflug dazu an, bei dem sie nach einem neuen Auto für Viola suchen wollten.

In Gedanken legte er sich zurecht, welche Autohäuser und Gebrauchtwagenhändler sie abklappern könnten – er hatte sich diesbezüglich schlaugemacht –, und trat dabei an die Glastür, die zum Foyer des Hotels führte. Dort herrschte, wie immer, ein lebhaftes Treiben. Die ankommenden und abreisenden Gäste mischten sich mit denen, die sich einfach in der gemütlichen Sitzecke der Lobby aufhielten oder sogar schon an der kleinen Bar standen und einen frühen Drink zu sich nahmen. Die Rezeption war heute mit drei Personen besetzt, zwei Männern und einer Frau, und alle waren eifrig damit beschäftigt, Auskünfte zu erteilen, Rechnungen auszudrucken oder Zimmerschlüssel herauszugeben.

Lukas wollte seinen Blick schon weiterwandern lassen über die üppigen Weihnachtsdekorationen und den riesigen, festlich geschmückten Tannenbaum, der in der Nähe der Sitzecke aufgestellt worden war, als ein gut gekleidetes Paar Mitte sechzig mit einer ganzen Wagenladung Designerkoffern seine Aufmerksamkeit erregte. Im ersten Moment wollte er seinen Augen nicht trauen. Dann stieg eine Mischung aus Verblüffung und ahnungsvollem Unmut in ihm auf. Rasch öffnete er die Tür und steuerte auf die Rezeption zu. »Mama, Vater, das ist aber eine Überraschung!«

Das Paar drehte sich gleichzeitig zu ihm um, wodurch ihn eine Wolke teuren Parfüms und Aftershaves anwehte.

Die blonde, in einen eleganten Kunstpelzmantel gehüllte Frau sah ihn für einen Moment verblüfft an, dann lächelte sie so strahlend, dass es beinahe wehtat. »Lukas! Na, das ist wirklich eine Überraschung. Was machst du denn hier? Dabei wollten wir dich und Angelique doch überraschen.«

»Die Überraschung ist gelungen.« Etwas steif ließ Lukas es zu, dass seine Mutter ihn umarmte und ihm links und rechts Luftküsse neben die Wangen hauchte. »Zumindest auf meiner Seite. Was wollt ihr denn hier? Ihr fahrt doch sonst um diese Zeit nach Tirol oder in die Schweiz oder wo auch immer man Ski fahren kann.«

»Wir haben unsere Pläne geändert.« Heinrich Sahrmüller drückte Lukas' Hand und nickte ihm dabei in seiner typischen jovialen Art zu. »Als wir erfuhren, dass Angelique ein Kind erwartet, wollte deine Mutter unbedingt herkommen und Weihnachten hier verbringen.«

»Weihnachten?« Das ungute Gefühl breitete sich noch weiter in Lukas aus. »Wir hatten gerade erst den ersten Advent. Und das Kind kommt wohl nicht vor dem Sommer auf die Welt. Wozu dann der Aufwand?«

»Das ist doch kein Aufwand, mein Junge.« Grazil winkte Elisabeth Sahrmüller ab und ließ dabei die Brillanten auf ihren Ringen gekonnt glitzern. »Sondern ganz selbstverständlich. Wir müssen uns doch versichern, dass es unserer Tochter an nichts fehlt und dass unser Enkelkind den bestmöglichen Start ins Leben erhält.«

Ein leichter Magendruck gesellte sich zum Unwohlsein. »Mama, du kannst dir sicher sein, dass Angelique und Patrick wissen, was gut und richtig für das Baby ist. Sie sind ja nicht dumm. Und Patrick hat bereits zwei Kinder ...«

»Aber er war nicht dabei, als sie zur Welt kamen und aufgewachsen sind, nicht wahr?« In die Stimme seiner Mutter hatte sich eine fast unmerkliche Schärfe geschlichen. »Also kennt er sich doch damit gar nicht aus. Wir wollen einfach sichergehen, dass alles seinen Gang geht.«

»Euren Gang meinst du.«

Sein Vater warf ihm einen nun deutlich kühleren Blick zu. »Es ist unser Enkelkind, also werden wir wohl das Recht haben, uns zu kümmern.«

»Wie ihr meint.« Lukas strich die Segel. Er hatte keine Lust, sich den Tag verderben zu lassen, und das würde unweigerlich passieren, wenn er sich auf eine Diskussion mit seinen Eltern einließ. Das Ehepaar Sahrmüller war von jeher sehr bestimmend und beide besaßen ein striktes Standesbewusstsein. Sie führten ein Familienunternehmen in fünfter Generation, zu dem Fabriken für beinahe alle Gegenstände des täglichen Lebens gehörten. Alter Geldadel nannte Angelique es oft, obwohl kein Tropfen blaues Blut durch ihre Adern floss. Sah man einmal davon ab, dass die jüngste Sahrmüller-Tochter, Nina, mit einem waschechten Baron verheiratet war.

»Erzähl mal, was führt dich denn hierher?« Ungeachtet der unterschwelligen Spannung hakte seine Mutter sich bei ihm ein, während sein Vater sich ums Einchecken kümmerte. »Du wohnst doch wohl nicht hier im Hotel, oder? Hattest du dir nicht ein Haus gekauft?«

»Ja, habe ich.«

»Wir kommen dich dieser Tage besuchen, Junge, damit wir alles gebührend besichtigen können. Und dein Vater will bestimmt deine neue Firma sehen. Wir haben uns die Internetseite angesehen, sehr vielversprechend.«

»Darum kümmert sich Angelique.«

»Sie ist sehr engagiert, ich weiß.« Elisabeth seufzte. »Assistentin der Geschäftsführung. Wenn sie bei uns geblieben wäre, hätte sie ganz bestimmt selbst schon in einer unserer Sparten den Chefsessel bestiegen. Aber so …«

»Sie organisiert unsere gesamte Firma«, verteidigte Lukas

seine Schwester. »Das macht sie wirklich toll und verhilft uns damit zu nicht unbeträchtlichem Erfolg. Abgesehen davon ist es ebenfalls ein Familienbetrieb, das müsste euch doch zusagen.«

»Nun ja.« Achselzuckend sah seine Mutter sich in der Lobby um. »Es ist nun mal nicht unser Familienbetrieb.«

»Aber unserer.«

»Ihr beide wart schon immer ... wie soll ich sagen ...?«

»Die schwarzen Schafe der Familie?«, half Lukas nach.

»Wenn du nicht alle Brücken hinter dir abgebrochen hättest, wäre Angelique vielleicht noch bei uns.« Nun klang wieder leichte Schärfe in Elisabeths Stimme mit. »Sie hat schon immer alles nachgemacht, was du ihr vorgelebt hast.«

»Wohl kaum.«

»Doch, doch. Wie du hat sie sich uns früh entzogen und dann auch noch weit unterhalb ihres Standes geheiratet.«

»Weiß sie, dass ihr Patrick nicht leiden könnt?«

Elisabeth maß ihn mit einem empörten Blick. »Das habe ich nicht gesagt.«

»Was dann?« Er winkte ab. »Vergiss es. Und wo habe ich denn unter meinem Stand geheiratet? Das habt ihr doch ganz vortrefflich zu verhindern gewusst, du und Vater.«

»Wir haben dir damit einen Gefallen getan, Lukas. Dieses Mädchen war eindeutig weniger an dir als an unserem Geld interessiert.«

»Das stört euch doch sonst auch nicht.« Er stellte die Stacheln auf, denn die Worte seiner Mutter trafen einen wunden Punkt. »Die Schnepfen, die ihr immer wieder für mich angeschleppt habt, waren doch ganz sicher auch nur an Geld, Rang und Stand interessiert.«

»Das ist etwas ganz anderes, weil sie selbst bereits Geld, Rang und Stand, wie du es nennst, mit in die Ehe gebracht hätten. Aber eine Bäckerstochter … Ich bitte dich!« Elisabeth verschränkte die Arme vor der Brust. »Die Familie war ganz und gar inakzeptabel, und du hast ja gesehen, wie schnell sie fort war, als ihr ein Geldregen winkte.«

»Sie hätte ihre Träume auch an meiner Seite verwirklichen können.« Lukas' Widerspruch klang lahm, das wusste er selbst. Es war fraglich, ob er mit Marina je glücklich geworden wäre, und das wurmte ihn beinahe mehr noch als das gebrochene Herz, zu dem sie ihm damals verholfen hatte.

»Sie hatte keinen Charakter, aber bei den Eltern ist das auch kein Wunder. Vollkommen unkultiviert und einfältig, das waren sie, so leid es mir tut, das sagen zu müssen.« Elisabeths Meinung stand fest und das zeigte sie mit ihrer gesamten Körperhaltung.

»Marinas Eltern waren hart arbeitende, ehrliche Menschen. Vielleicht hatten sie nicht die Zeit, sich, wie du es nennst, umfassend zu kultivieren, aber einfältig und dumm waren sie deshalb noch lange nicht.«

»Dass du sie nach allem, was passiert ist, noch immer verteidigst, begreife ich nicht. Ich habe mitnichten etwas gegen die arbeitende Bevölkerung, aber diese Familie … nein, wirklich nicht. Wenn du das nur einsehen würdest, wärest du uns dankbar, Lukas.« Auf ihren Lippen erschien wieder ein überlegenes Lächeln. »Also, nun sag schon, was führt dich hierher ins Hotel? Du bist doch sicherlich nicht zufällig hier, oder?«

»Ich warte auf Viola.« Aufmerksam beobachtete er, wie diese Information bei seiner Mutter ankam.

Sie kräuselte die Lippen. »Du wartest auf sie, um was mit ihr zu tun?«

»Ich habe versprochen, mit ihr zusammen nach einem neuen Auto zu suchen. Das ihre hat kürzlich den Geist aufgegeben.«

Elisabeth runzelte die Stirn. »War das nicht dieser klapprige kleine Fiat? Dein Vater hat schon, als wir zur Hochzeit hier waren, gesagt, dass dieses Auto auf den Schrottplatz gehört. Wie klug, dass sie deinen Rat beim Autokauf einholt. Sehr vernünftig.«

»Warum?« Wieder stellte er instinktiv die Stacheln auf. »Glaubst du, sie alleine wäre nicht fähig, sich ein Auto zu kaufen?«

»Bestimmt ist sie das«, mischte sich sein Vater ein, der inzwischen den Schlüssel zur reservierten Suite entgegengenommen hatte. »Aber man muss realistisch sein. Eine junge Frau allein beim Autokauf wird garantiert über den Tisch gezogen. Insbesondere, wenn sie so verhuscht ist wie diese Viola.«

»Verhuscht?« In Lukas stieg Ärger hoch. »Was soll das denn heißen?«

»Heinrich, bitte!« Bevor Lukas wütend werden konnte, schlug Elisabeth ihrem Mann spielerisch gegen den Oberarm. »Du immer mit deinen Übertreibungen. Viola ist nicht verhuscht, sondern schlicht und ergreifend eine sehr zurückhaltende junge Frau. Ich glaube«, damit wandte sie sich wieder an Lukas, »ich habe, seit ich sie kennengelernt habe, nicht mehr als fünf oder sechs Sätze mit ihr gewechselt. Eine sehr distanzierte Person.«

»Das ist sie nur Fremden gegenüber.«

Elisabeth lachte klirrend. »Na, also bitte, Fremde sind wir doch ganz sicher nicht, da wir nun praktisch miteinander verwandt sind.« Dass ihr diese Tatsache nicht gänzlich in den Kram passte, war ihr anzumerken. Doch da die Familie Sternbach mit ihren zwei erfolgreichen Hotels, dem angeschlossenen Campingplatz und der nagelneuen Feriensiedlung am nahe gelegenen See zumindest finanziell akzeptabel war – Patrick führte ein aufstrebendes Unternehmen, also ebenfalls verzeihlich –, hatten seine Eltern sich mit der Situation arrangiert.

Lukas warf seiner Mutter einen vielsagenden Blick zu. »Man kann sich fremd sein, selbst wenn man sich ein ganzes Leben lang kennt, Mama.«

»Wenn du meinst.« Achtlos winkte Elisabeth ab. »Es ist jedenfalls sehr fürsorglich von dir, Viola bei der Suche nach einem neuen Wagen zu helfen.«

»Ich könnte mal nachhören, ob in unserem Fuhrpark ein Wagen frei ist«, schlug Heinrich überraschend vor. »Da bekommt sie wenigstens einen Wagen von geprüfter Qualität zu Sonderkonditionen.«

»Den sie sich trotzdem nicht wird leisten können, Vater.« Lukas hob abwehrend die Hände. »Der Vorschlag ist gut gemeint, aber ihr habt in eurem Fuhrpark nur große Limousinen mit Vollausstattung.«

»Ein paar Mittelklassewagen sind auch darunter.«

»Die sind ihr ganz sicher ebenfalls zu teuer.« Lukas seufzte innerlich. Seinen Eltern klarzumachen, dass es Menschen gab, die von einem überschaubaren Einkommen leben mussten, war nervenaufreibend.

»Na, also ihre Eltern werden sie doch wohl unterstützen, oder etwa nicht?« Mit leichter Empörung blickte seine Mutter ihn an. »Oder wollen sie riskieren, dass ihre Tochter sich schon wieder so einen rollenden Blechhaufen zulegt? Das ist doch unverantwortlich.«

»Was Violas Eltern oder sie selbst verantworten können, ist wohl ihre Sache«, erwiderte Lukas spröde. »Abgesehen davon wird sie ihren Eltern nicht auf der Tasche liegen wollen.«

»Nun ja, dann achte bitte darauf, dass sie nicht übers Ohr gehauen wird und sich nicht weniger als den neusten Stand der Technik von den Verkäufern aufschwatzen lässt.« Heinrich maß ihn mit strengen Blicken. »Das ist das Mindeste.«

Lukas ging nicht darauf ein, dass Viola wohl kaum vorhatte, einen Neuwagen zu kaufen, deshalb schwieg er.

»Ich gehe also davon aus, dass ihr, nun ja, enger befreundet seid«, wechselte seine Mutter das Thema. »Andernfalls würdet ihr wohl nicht gemeinsam ein Auto kaufen.«

»Wir sind befreundet.«

»Wie eng?«

Spöttisch verzog er die Lippen. »Glaubst du wirklich, das geht dich etwas an, Mama?« Er trat zwei Schritte zurück. »Ich wünsche euch einen schönen Aufenthalt. Man sieht sich.« Damit machte er kehrt und beeilte sich, erneut durch die Glastür in den Wellnesstrakt zu verschwinden.

Er hatte sich gerade auf einen der Stühle im Wartebereich gesetzt, als Viola durch die Tür zu den Umkleideräumen trat. Sie trug jetzt enge Bluejeans, eine taillierte dunkelblaue Bluse, weiße Sneakers und eine farblich passende lange Holzperlenkette. Ihre Haare hatte sie zwar wohl geföhnt, jedoch nicht vollständig. Einige feuchte Strähnchen klebten an ihren Schläfen und ließen sie zum Anbeißen frisch und süß aussehen. Prompt schlug sein Herz ein wenig höher und er verdrängte die unguten Gefühle, die ihn beim Zusammentreffen mit seinen Eltern befallen hatten, so gut es ging. Offenbar jedoch nicht gut genug, denn Viola blieb zwei Schritte vor ihm stehen und maß ihn mit aufmerksamen Blicken.

»Wer hat dich denn geärgert?«

»Mich?« Er tat verblüfft. »Warum?«

»Du hast eine tiefe Falte zwischen den Augenbrauen, die sonst nicht da ist.«

Er hüstelte. Sie war eine gute Beobachterin. »Vielleicht ist sie nur entstanden, weil ich es nicht erwarten konnte, bis du mit Duschen fertig bist.«

Skeptisch legte sie den Kopf schräg. »Du siehst eher so aus, als hättest du eine Kröte verschluckt. Und so lange habe ich nun auch nicht geduscht.«

»So war das auch nicht gemeint.« Lukas lachte leicht verzweifelt. »Das mit der Kröte kommt schon hin. Meine Eltern haben gerade eingecheckt.«

Verblüfft hob Viola den Kopf. »Wo?«

»Na, hier im Hotel.«

»Ach.«

»Ja, ach.«

»Daher dein begeistertes Gesicht.«

»Einen Freudentanz habe ich nicht gerade aufgeführt.« Da er annahm, dass sie von Angelique wusste, wie schwierig ihrer beider Verhältnis zu den Eltern war, zuckte er nur mit den Achseln. »Wir werden es wohl überleben, auch wenn die nächsten vier Wochen ziemlich anstrengend werden dürften.«

»Vier Wochen?« Erstaunt riss Viola die Augen auf. »So lange wollen sie bleiben?«

»Bis Weihnachten.« Diesmal war das Lachen, das er ausstieß, knochentrocken. »Sie wollen Angelique in ihrer Schwangerschaft beistehen und bei der Gelegenheit wohl das Fest der Liebe mit uns feiern.«

»Und wieder diese Begeisterung auf deiner Seite.« Viola schmunzelte. »So schlimm wird es doch wohl nicht werden.«

»Warte erst einmal ab, bevor du Vermutungen anstellst«, unkte er und warf einen prüfenden Blick durch die Glastür. Von Heinrich und Elisabeth Sahrmüller war weit und breit nichts mehr zu sehen, ebenso wie von ihrem Gepäck. »Die Luft ist rein.« Er hielt Viola die Tür auf. »Wollen wir?«

12. Kapitel

»Das war knapp!« Atemlos ließ Santas Ehefrau sich auf die Kante des Schreibtischs sinken. »Du liebe Zeit, ich dachte schon, Lukas lässt sich die Laune verderben. Das wäre doch zu schade gewesen.«

»Und wie!« Mit grimmiger Miene ging Santa Claus vor der Videowand auf und ab, die Hände auf dem Rücken verschränkt. »Wenn jetzt auch noch seine Eltern mitmischen, wird es bestimmt deutlich schwieriger, ihn mit Viola zusammenzubringen. So ein Ärger aber auch! Mir muss dringend etwas einfallen! Das kann ich so nicht auf sich beruhen lassen. Am Ende durchkreuzen sie meine Pläne noch.«

»Aber was willst du denn tun? Jetzt auf die Schnelle hast du doch gar keine Möglichkeiten. Schlaf lieber eine Nacht darüber, dann fällt dir bestimmt etwas ein.« Santas Frau erhob sich wieder und legte ihm eine Hand auf die Schulter. Doch der Weihnachtsmann schüttelte energisch den Kopf.

»Nein, nein, wir müssen jetzt sofort handeln. So schnell wie möglich. Das habe ich im Gefühl. Nur wie?« Erneut zupfte er an seinem Bart, dann hellte seine Miene sich plötzlich auf. »Mein Schatz, du hast doch gestern diese Lebkuchentaler mit Schokoüberzug gebacken, nicht wahr?«

Überrascht hob seine Frau den Kopf. »Ja, die schnellen Lebkuchen, die man nicht erst lange lagern muss, ehe sie richtig schmecken. Warum, hast du Hunger?«

»Das auch, aber ich dachte vielmehr daran, wie mir dieses Gebäck helfen könnte, die Sache mit Lukas und Viola zu beschleunigen.«

»Wie können meine Lebkuchen da helfen?«

»Kannst du mir ein Körbchen davon zusammenstellen? Jetzt gleich?«

»Ja, natürlich, aber wozu denn?«

»Ich werde Petrus einen kleinen Besuch in seiner Wetterzentrale abstatten.«

Santas Frau stutzte. »Petrus? Was hast du denn jetzt wieder vor?«

»Ich will ihn ein bisschen bestechen.«

»Mit meinen Lebkuchen?«

Santa Claus nickte entschlossen. »Ganz genau.«

13. Kapitel

»Danke, dass du dir so viel Zeit genommen hast.« Es war bereits kurz vor acht, als Viola und Lukas mit Miss Daisy an der Leine zu seinem Auto zurückkehrten. Viola hatte sich zwar bereits im Internet über die verschiedenen Kleinwagen informiert, die für sie infrage kamen, doch nachdem sie nun mit Lukas von Händler zu Händler gezogen war, hatte sie sich noch einmal gänzlich umorientiert. »Ich glaube, dieser rote Japaner wird das Rennen machen.«

Lukas grinste. »Das wusste ich von Anfang an.«

Viola runzelte die Stirn. »Und trotzdem bist du mit mir noch zu vier weiteren Autohäusern gefahren?«

»Du wolltest dir einen Überblick verschaffen. Ich bin nur zu Diensten gewesen.«

»Aber wir hätten …« Sie brach ab. Sie hätten sich die Rundreise sparen können, denn der japanische Kleinwagen war ihr gleich beim ersten Händler ins Auge gefallen.

»Ich weiß.« Lukas grinste noch immer. »Wäre doch schade gewesen, oder?«

Da hatte er allerdings recht. Viola hatte schon lange nicht mehr so viel Spaß gehabt. Während sie die verschiedenen Autos angesehen, unter die Motorhauben geschaut und sich das Gesäusel der Händler angehört hatten, waren zwischen ihnen sowohl die witzigen Bemerkungen als auch die Funken nur so geflogen. Zwischendurch hatten sie sich über Miss Daisy amüsiert, die offenbar ihre ganz eigene Meinung über Gebrauchtwagenhändler hatte. Wenn sie einen davon nicht mochte, hatte sie wie beleidigt vor sich hin gegrummelt. Und auch wenn ihr ein Auto zu klein oder zu unbequem erschienen war, hatte sie dies deutlich kundgetan, auch wenn sie gar nicht hatte einsteigen dürfen. Einige der Autoverkäufer hatten das alles andere als lustig gefunden, doch Lukas hatte argumentiert, dass die Hündin ja immerhin regelmäßiger Fahrgast in dem Wagen sein würde und deshalb ein Mitspracherecht habe.

»Soll ich mitkommen, wenn du den Kaufvertrag abschließt?«

Viola zögerte. »Das ist nett von dir, aber ich fürchte, Ricarda will da bereits mit von der Partie sein.«

»Du fürchtest?«

Sie hob die Schultern. »Na ja, ich würde schon auch gerne mit dir hinfahren, aber …«

»Deine Schwester hat eindeutig die älteren Rechte.« Lukas lachte gutmütig. »Keine Sorge, das macht mich nicht eifersüchtig.«

»So war es auch gar nicht gemeint. Sie hat nur ein viel besseres Verhandlungstalent als ich. Wenn ich nur daran denke, wird mir schon ganz übel. Ich bin einfach zu verkorkst, um so was alleine auf die Reihe zu kriegen.« Ihre Wangen erwärmten sich leicht, jedoch längst nicht mehr so stark und so häufig in seiner Gegenwart wie noch vor Kurzem.

»Du bist nicht verkorkst, Viola. Mit ein bisschen moralischer Unterstützung und Übung würdest du das ganz bestimmt auch alleine schaffen.« Lukas' Miene wurde ernst. »Zumindest, wenn der Händler nicht so ein Idiot ist wie die letzten beiden, bei denen wir waren. Es ist einfach unglaublich, wie chauvinistisch sich manche Männer aufführen – und das im einundzwanzigsten Jahrhundert.«

Viola nickte. »Da haben wir Frauen noch immer einen weiten Weg vor uns.«

»Wir Männer wohl noch weit mehr«, brummelte er. »Manchen meiner Geschlechtsgenossen möchte ich am liebsten die Ohren bis zu ihrem besten Freund lang ziehen und dann einen Knoten aus allen dreien machen.«

Viola kicherte bei der Vorstellung. »Zu welchem Zweck denn?«

Lukas zuckte mit den Achseln. »Keine Ahnung, aber die Vorstellung klingt schmerzhaft.«

»Fast so wie der Löffel fürs Herz?«

Bei der Anspielung schmunzelte er. »Nur weniger tödlich. Aber lauter tote Chauvinisten brächten uns wohl auch nicht weiter.«

Äh, wuff? Sagt mal, was quasselt ihr da eigentlich dauernd? Ich verstehe kein Wort und das langweilt mich jetzt doch allmählich. Miss Daisy bellte ein paarmal auffordernd und hüpfte zwischen Viola und Lukas hin und her. *Können wir nicht mal irgendwas spielen oder so? Ich müsste auch noch mal, und da hinten ist der Park. Außerdem riecht es von dort drüben nach Pfannkuchen oder so etwas Ähnlichem. Was meint ihr, gehen wir da zusammen hin?*

»Nanu, was ist denn los?« Lukas blickte erstaunt auf die aufgeregte Hündin hinab. »Musst du vielleicht noch mal? Wir sind ja schon recht lange unterwegs und du hast, glaube ich, seit heute Mittag nur mal kurz gepullert.«

Stimmt auffallend. Ich habe es echt lange ausgehalten, aber jetzt wird es allmählich Zeit für mich. Und dann will ich spielen!

Viola blickte auf Lukas' Wagen, dann hinüber zum Park, der nur wenige Schritte entfernt lag. »Sollen wir noch eine Runde mit ihr laufen?«

Lukas blickte auf seine Armbanduhr, dann gen Himmel. »Das ist eine gute Idee, aber wir müssen uns wohl beeilen. Es sieht aus, als würde es gleich zu regnen anfangen.«

»Oder zu schneien.« Auch Viola blickte hinauf zum dunkelschwarzen Himmel. »Haben sie für heute Nacht nicht sogar Eisregen gemeldet? Dann wird es auch noch glatt.«

»Dann mal los.« Lukas schnalzte und bedeutete Miss Daisy, in Richtung Park zu gehen.

Ah, gut, ihr habt mich verstanden. Mal sehen, welche Abenteuer wir heute noch erleben.

Viola schloss rasch zu Mann und Hund auf und passte sich Lukas' flottem Schritt problemlos an. Die kameradschaftliche, von heiterem Flirten durchbrochene Stimmung des heutigen Tages hatte ihr gut gefallen. Auch er schien sich wohl damit zu fühlen. Umso überraschter war sie, als er nun plötzlich ihre Hand ergriff und seine Finger mit ihren verflocht. Im ersten Moment wusste sie nicht, wie sie reagieren sollte, doch da er mit keinem Wort und nicht einmal mit einem Blick darauf einging, beschloss sie, es auch nicht zu tun.

***

»Weißt du was?« Nachdem sie eine Weile schweigend nebeneinander her durch den von Straßenlaternen beleuchteten und an einigen Stellen mit Lichterketten geschmückten Park geschlendert waren, blickte Viola Lukas von der Seite an. »Ich habe Hunger.«

Lukas drückte leicht ihre Hand, die sich so unglaublich gut in seiner anfühlte. »Weißt du was? Ich auch.«

Wuff, und ich erst!

Sie lachten beide über das energische Bellen der kleinen Hündin.

»Sie versteht jedes Wort.« Viola blieb stehen und sah sich um. »Wie wäre es mit Crêpes? Vor Lottes Café gibt es einen Stand.«

»Wir könnten uns auch ins Café setzen«, schlug er vor, doch Viola schüttelte den Kopf.

»Mittwochs hat sie schon ab Mittag zu. Deshalb steht der Crêpes-Wagen dann immer hier. An den anderen Tagen hat er seinen Platz vor dem Supermarkt.«

»Stimmt, jetzt, da du es sagst, kommt mir die Aufschrift auf dem Wagen bekannt vor.« Lukas ließ sich von Viola in Richtung des kleinen Foodtrucks ziehen. »Er hat wohl eine Sondergenehmigung, Autos sind hier im Park doch gar nicht gestattet.«

»Bestimmt hat er die. Amir Müller macht in dieser Stadt die allerbesten Crêpes überhaupt. Seine Frau Thea hat übrigens den Crêpes-Stand auf dem Weihnachtsmarkt. Ihr Sohn Lennart war in meinem Jahrgang. Inzwischen ist er Chirurg und arbeitet als Assistenzarzt in einem Krankenhaus in Köln.« Als sie an den Wagen herantrat, lächelte sie dessen Inhaber strahlend an: »Hallo, Amir, wie geht es dir?«

»Viola Sternbach, na so was!« Amir grinste ebenso fröhlich zurück, wodurch seine strahlend weißen Zähne seine tiefschwarze Haut kontrastierten. Seine ebenso dunklen Augen funkelten vergnügt. »Dich habe ich ja schon ewig nicht gesehen. Aber der Hunger treibt irgendwann jeden zu mir, nicht wahr?«

»Genau so ist es.« Lachend schüttelte Viola die Hand des etwa sechzigjährigen Mannes, die er ihr über die Bedientheke hinweg reichte. »Machst du immer noch deine Spezial-Crêpes mit Schinkenwürfeln und Käsesoße?«

»Pst, das ist doch ein Geheimrezept!« Grinsend legte Amir einen Finger an die Lippen. »Aber selbstverständlich, für dich immer … und für deinen Begleiter.« Er nickte Lukas freundlich zu. »Es sei denn, Sie möchten etwas anderes. Die Auswahl ist groß.« Mit einer ausholenden Geste wies er auf die Karte, die neben dem Truck aufgestellt war.

Lukas warf einen kurzen Blick darauf. »Also Schinken und Käsesoße klingt interessant.«

»Scharf mit Jalapeños oder normal?«

Viola kicherte. »Ein Rat der Weisen: Nimm die normale Soße. Die scharfe zieht dir die Schuhe aus. Danach willst du eine Woche lang in Milch baden, innen und außen.«

Amir lachte schallend.

Lukas schmunzelte. »Dann die normale, bitte. Es sei denn, Viola will das Milchbad mit mir teilen.«

Zu seiner Freude ging Viola kichernd darauf ein. »Das hättest du wohl gerne. Aber für so etwas, so verlockend es auch klingen mag, brenne ich mir kein Loch in den Magen.«

»Feiglinge, alle beide.« Während sie sprachen, hatte Amir bereits damit begonnen, die Crêpes zuzubereiten. »Manja ist jetzt übrigens an dieser Hochschule für klassisches Ballett aufgenommen worden.«

»Was?« Viola lächelte Amir begeistert zu. »Das ist ja wunderbar! Dann ist ihr Traum wahr geworden.«

»Sie hat trainiert wie eine Wilde.« Amirs Miene drückte unendlichen Stolz auf seine Tochter aus. »Manchmal mussten wir sie regelrecht bremsen, sonst hätte sie sich übernommen. Aber jetzt ist sie glücklich – und wir ebenfalls, auch wenn diese Schule in München ist und wir sie nur noch alle paar Monate sehen werden. Tja … Die Kinder werden flügge.«

»Grüß sie bitte von mir, ja? Und Lennart und deine Frau ebenfalls.«

»Das werde ich gerne tun.« Amir reichte ihr den ersten der beiden Crêpes und fuhr sogleich fort, den nächsten zuzubereiten.

Lukas wollte schon seine Geldbörse zücken, doch da hatte Viola bereits einen Geldschein auf den Tresen gelegt. »Lass stecken, die Crêpes gehen auf mich. Das ist das Mindeste, was ich tun kann, nachdem du stundenlang mit mir auf Car-Hunting warst.«

Amir lachte. »Was wart ihr?«

Glucksend nahm Viola den zweiten Crêpe entgegen und reichte ihn an Lukas weiter. »Auf der Jagd nach einem neuen Auto für mich.«

»Und habt ihr eins gefunden?«

Viola schnupperte an ihrem Crêpe und verdrehte genießerisch die Augen. »Ja, ich denke schon. Hm, das riecht köstlich.«

»Dann lasst es euch mal schmecken, ihr beiden.«

Wuff, und was ist mit mir? Ich will auch so was Leckeres haben!

Neugierig beugte Amir sich über den Tresen, als er Miss Daisys Bellen vernahm. »Da ist anscheinend noch jemand hungrig. Darf ich ihr ein Stück Schinken geben? Es ist ein Endstück, das ich sonst nicht mehr gut verwenden kann.«

Lukas warf Viola einen kurzen Blick zu und nickte dann. »Ja klar, warum nicht? Sie nimmt es bestimmt gerne.«

Und wie!

»Gut, hier, bitte sehr … Wie heißt die Kleine denn?«

»Miss Daisy.« Viola nuschelte ein wenig, da sie gerade an ihrem ersten Bissen kaute.

Amir grinste breit. »Wie in *Miss Daisy und ihr Chauffeur?*«

»Genau so.« Lukas nahm das Schinkenende entgegen und bedeutete Miss Daisy, sich zu setzen.

Was? Wau? Warum soll ich mich denn setzen? Her mit dem leckeren Schinken!

»O nein, nichts da.« Lukas schüttelte entschieden den Kopf und hielt den Leckerbissen außer Reichweite der Hündin. »Nur brave Hunde bekommen gekochten Schinken. Also sitz.«

Das ist ja so was von gemein! Miss Daisy winselte empört, wackelte ein wenig mit dem Hinterteil, doch schließlich setzte sie sich. *Also gut, bitte sehr. Kriege ich jetzt bitte eeeendlich dieses Leckerchen?*

»Dieser Blick in unbezahlbar!« Viola schüttelte amüsiert den Kopf, als Lukas der Hündin endlich den Schinken überließ. Sie nahm noch das Wechselgeld entgegen, ließ jedoch einen Extraeuro zurück und winkte Amir, als sie weitergingen, noch einmal kurz zu.

»Dieser Crêpe ist verdammt lecker«, stellte Lukas nach seinem ersten Bissen fest. »Ein guter Tipp, das mit der Käsesoße.«

»Die steht nicht auf der Karte, weil Amir sie sonst kanisterweise herstellen müsste.« Viola hatte bereits über die Hälfte ihres Crêpes verputzt. »Er bereitet sie nach einem strengen Geheimrezept zu. Wusstest du übrigens, dass er bis vor zwei oder drei Jahren noch Professor für Chemie und Physik an der Bonner Universität war?«

»Tatsächlich?« Erstaunt blickte Lukas über die Schulter zurück zum Foodtruck. »Er wirkt gar nicht so verkopft auf mich.«

»Ist er auch nicht. Und war er nie. Dabei hat er sogar zwei Doktortitel. Wenn die jemand benutzt, verdreht er immer genervt die Augen. An der Uni ist das für ihn wohl okay gewesen, aber wer will schon von einem Professor Dr. Dr. einen Crêpe mit Zimt und Zucker oder Schokosoße kaufen? Insbesondere, wenn man bedenkt, was seine Fachgebiete sind.« Sie gluckste. »Seine Frau ist Linguistin und lehrt noch immer an zwei Tagen in der Woche an der Kölner Uni. Amir gibt aber, glaube ich, nur noch sporadisch Kurse. Ich glaube, sein Foodtruck macht ihn inzwischen glücklicher.«

»Was seine Kunden durchaus zu schätzen wissen dürften.« Lukas wischte sich ein paar kleine Reste der Käsesoße von den Lippen. »Das hat hervorragend geschmeckt.«

Ja, da hast du allerdings recht. Der Schinken war auch nicht zu verachten. Aber huch, was ist denn das jetzt plötzlich für ein weißes Zeugs, das da vom Himmel fällt? Das ist nass und kalt!

»Oje, ich habe es geahnt.« Lukas schlug den Kragen seines Mantels hoch. »Es fängt an zu schneien.«

»Dein Auto steht ein gutes Stück von hier weg.« Suchend sah Viola sich um. »Sollen wir uns irgendwo unterstellen?«

»Und einschneien?« Er schüttelte den Kopf. »Machen wir uns lieber auf den Rückweg.«

Wau, nun wartet doch mal! Miss Daisy wehrte sich gegen den flotten Schritt, den Lukas vorlegte. *Ich will erst herausfinden, was dieses weiße Dingszeug ist. Das sieht lustig aus und bleibt auch noch auf dem Gras liegen. Lasst mich das mal untersuchen.* Schnaufend und schnüffelnd, die Nase dicht am Boden, dann wieder steil in die Luft gereckt, rannte das Schnauzermädchen aufgeregt hin und her.

Lachend blieb Viola stehen. »Das ist dein erster Schnee, nicht wahr? Schau nur, Lukas, wie aufgeregt sie ist!«

Auch Lukas war stehen geblieben und beobachtete amüsiert, wie Miss Daisy von Schneeflocke zu Schneeflocke sprang und sie zu fangen versuchte.

Ha, ich hab eine. Und noch eine. Schneeflocken nennt man die weißen Dinger? Hm, kalt und lecker. Wie Wasser. Nach dem Schinken habe ich nämlich Durst.

»Stopp, Miss Daisy. Eigentlich sollst du den Schnee nicht fressen. Der ist nicht gut für deinen Magen«, protestierte Viola.

Lukas winkte ab. »Die paar Flocken werden ihr schon nicht schaden.« Erheitert beobachteten sie die Hündin noch eine Weile und spielten mit ihr Nachlaufen. Doch nach etwa zehn Minuten ging der dichte Schneefall in eisigen Regen über, der von kleinen, zu Eis gefrorenen Tropfen durchsetzt war.

»So ein Mist!« Kichernd zog Viola den Kopf zwischen die Schultern. »Was machen wir denn jetzt? Es wird immer schlimmer!«

»Na, was schon? Rennen!« Lukas ergriff ihre Hand, schnalzte, um Miss Daisys Aufmerksamkeit zu erregen, und lief mit ausholenden Schritten los.

Lachend folgte Viola ihm; Miss Daisy bellte erst empört über die Geschwindigkeit, mit der sie sich bewegten, dann über die eisige Dusche.

Bäh, das ist ja ekelhaft! Wohin ist der schöne Schnee verschwunden? Das hier ist einfach nur kalt und nass. Ich will sofort nach Hause! Schneller, schneller!

Außer Atem erreichten sie Lukas' Wagen. In Windeseile hob er die Hündin in ihre Box und versuchte, sie mit der Decke darin abzutrocknen, doch der Eisregen rauschte immer heftiger vom Himmel.

»Lass doch, das kannst du zu Hause machen.« Viola fasste ihn am Arm. »Lass uns einsteigen, wir werden klitschnass.«

Rasch schloss er Box und Kofferraumdeckel. »Wir sind schon klitschnass.« Eilig setzten sie sich ins Auto und zogen die Türen hinter sich zu.

»So ein Mist«, wiederholte Viola halb lachend, halb verzweifelt. »Los, beeil dich, sonst durchweichen wir deine Sitze!«

Lukas startete den Motor. »Zu dir oder zu mir?«

Viola stutzte, sah an sich hinab. »Meine Wohnung liegt näher, aber du hast momentan Miss Daisy und sie ist ganz nass. Also setz mich einfach bei mir ab und bring sie nach Hause. Es ist ja auch schon spät und so.«

Der Plan klang einleuchtend, doch er gefiel Lukas überhaupt nicht. So abrupt sollte der gemeinsame Tag eigentlich nicht enden. Zögernd ließ er den Motor an. »So spät ist es nun auch wieder nicht. Gerade mal Viertel nach acht. Wir könnten noch einen Film zusammen ansehen.«

»Aber ich bin ganz nass!« Violas Stimme schwankte zwischen Erheiterung und Unsicherheit, doch gänzlich abgeneigt klang sie nicht.

»Ich besitze einen Trockner.«

Sie warf ihm einen abschätzenden Blick zu. »Und was ziehe ich an, solange meine Sachen sich darin befinden?«

Entschlossen lenkte er den Wagen in Richtung seines Hauses. »Wir finden schon etwas.«

14. Kapitel

Viola schmunzelte, als sie den überquellenden Wäschebehälter in Lukas' Badezimmer erblickte. Auch über dem Rand der Badewanne hingen zwei getragene Arbeitshosen sowie ein wattiertes Holzfällerhemd. In ihrem eigenen Bad sah es kaum anders aus – bei ihr hingen zudem noch Gürtel und meistens auch ein BH am Griff eines der Schränke –, deshalb kam sie nicht auf die Idee, ihn für die Unordnung zu verurteilen. Da der Raum ansonsten durchaus sauber war, fühlte sie sich sofort wohl. Das Badezimmer war, das konnte man schnell erkennen, erst kürzlich von Grund auf renoviert und modernisiert worden. Weiße Keramik und ebensolche Wandfliesen, hier und da unterbrochen von dunkelroten Ornamenten, schicke Holzmöbel in Weiß und Dunkelrot, in der Decke LED-Spots, die einen Sternenhimmel nachahmten. So etwas Ähnliches hätte sie sich auch ausgesucht, wenn sie die Möglichkeit gehabt hätte.

Das Einfamilienhaus stammte vermutlich aus dem Ende der Neunzigerjahre, vielleicht etwas später, war geräumig und es gab einen nicht zu kleinen Garten, der jetzt im Dunkeln lag. Auch Treppenhaus, Flur, Eingangsbereich und die Wohnräume im Erdgeschoss waren frisch renoviert worden. Lukas hatte ihnen mit kräftigen Farben und einer Einrichtung mit schnörkellosen und doch heimelig wirkenden Möbeln eine ganz eigene Note verliehen. Natürlich hatte er diese Möbel alle selbst gebaut, was sie einzigartig machte. In keinem Möbelkatalog, außer vielleicht dem von Lukas' und Patricks Firma, würde man etwas Vergleichbares finden.

Eilig, weil sie allmählich zu frieren begann, schälte Viola sich aus ihren nassen Sachen und schlüpfte in das T-Shirt und die natürlich viel zu große Jogginghose, die Lukas ihr gegeben hatte. Letztere besaß ein Zugband, das sie so eng schnürte, wie es nur ging. Als sie an sich hinabblickte, schüttelte sie halb grinsend, halb resigniert den Kopf. Sie hätte sich doch einfach zu Hause absetzen lassen sollen. Das hier war irgendwie verrückt, und sie kam sich vor wie ein alberner Teenager.

Sie hatten beide nicht gewollt, dass der Abend so abrupt endete, nur deshalb war sie mit zu ihm gefahren. Was das für den Fortgang des Abends bedeuten könnte, war ihr vollkommen klar, und auch, dass es dafür eigentlich noch viel zu früh war. Umso neugieriger war sie …

Als sie die Badezimmertür öffnete, vernahm sie von unten eine ihr nur allzu bekannte Filmmusik und musste lachen. »Das ist jetzt nicht dein Ernst, oder?«, rief sie, während sie, ihre nassen Sachen über dem Arm, die geschwungene Holztreppe hinabeilte.

»Warum denn nicht?« Mit einem breiten, schalkhaften Grinsen stand Lukas in der Wohnzimmertür. Er hatte sich in dem kleinen Gästebad im Erdgeschoss umgezogen und trug nun ebenfalls eine Jogginghose und ein schwarzes T-Shirt, wobei er in beidem eine deutlich bessere Figur machte als Viola. »Das könnte unser Film werden.« Zwinkernd nahm er ihr die Klamotten ab. »Ich werfe die mal rasch in den Trockner. Mach es dir ruhig schon mal bequem. Du siehst übrigens zum Anbeißen aus.« Damit verschwand er in dem kleinen Hauswirtschaftsraum neben der Küche.

»Haha.« Viola verdrehte die Augen und wollte seiner Aufforderung schon folgen, trat dann aber neugierig durch die Verbindungstür zwischen Wohn-Esszimmer und Küche, denn von dort vernahm sie ein leises Summen. Lukas hatte zwei Tiefkühlpizzen in den Ofen geschoben. Als sie näher an das Gerät herantrat, stellte sie fest, dass er wohl vorher noch sehr üppig zusätzlichen Käse darauf verteilt hatte. Sogleich lief ihr das Wasser im Mund zusammen. Der Crêpe vorhin war zwar lecker gewesen, doch gegen Pizza hatte sie grundsätzlich nichts einzuwenden. Vor allem nicht mit extra Käse.

Hallo, Viola. Miss Daisy war ihr in die Küche gefolgt und krabbelte an ihrem Bein hoch. *Was riecht denn da aus dem brummenden Kasten so gut? Das ist doch bestimmt was zu essen, oder?*

»Hey, Süße, was ist denn?« Viola bedeutete der Hündin, sich zu setzen, und ging dann vor ihr in die Hocke. »Hast du Hunger?«

Grundsätzlich so gut wie immer, ja. Und wenn es so gut riecht wie jetzt gerade, dann sowieso. Kriege ich ein Leckerchen?

Viola erhob sich wieder und sah sich suchend in der Küche um. Auch hier hatte offenbar Lukas die Fronten der Möbel und der Kochinsel selbst entworfen. Sein Stil war genau zu erkennen. Auf dem erhöhten Frühstückstresen stand eine Schachtel mit den runden Hundekeksen, die sie selbst auch für Miss Daisy gekauft hatte. Da deren Futternapf leer war, nahm Viola einen der Kekse und gab ihn der Hündin. »Damit gehst du aber schnell ab in dein Körbchen, sonst kriege ich noch Ärger, wenn du hier alles vollkrümelst.«

Okay, gerne. Mjam, die Kekse mag ich besonders gerne. Miss Daisy trug den Keks, so wie Viola es ihr beigebracht hatte, zu ihrem Schlafkissen im Wohnzimmer.

»Wer krümelt alles voll?« Unbemerkt war Lukas wieder hereingekommen. »Ah, ich sehe, du hast die hungrige Bestie schon gefüttert.« Er nahm den Wassernapf, in dem nur noch eine kleine Wasserlache dümpelte, und füllte ihn fast bis zum Rand. »Ich dachte mir, dass uns ein bisschen mehr zu essen nicht schaden könnte. Ich hoffe, du magst entweder Pizza mit Thunfisch und Zwiebeln oder mit Pulled Pork und Barbecue-Soße. Ich habe extra viel Käse draufgetan.«

»Das habe ich gesehen.« Viola trat noch einmal an den Ofen, wenn auch nur, um ihre leichte Verlegenheit zu überspielen. »Wir könnten jeweils halbe-halbe machen.«

»Das könnten wir.« Nachdem er den Napf abgestellt hatte, trat Lukas dicht hinter Viola. »Magst du lieber alkoholfreies Bier oder einen leichten Rotwein zur Pizza?«

Da er ihr die Hände auf die Schultern gelegt hatte, brauchte sie sich nicht umzudrehen, was es ihr leichter machte, mit ihrem beschleunigten Puls umzugehen. »Wenn du Mineralwasser zum Verdünnen hast, würde ich den Wein nehmen.«

»Zwei Weinschorlen, alles klar.« Zu ihrer Überraschung ließ er sie gleich wieder los und trat an den Kühlschrank, um ihm eine Flasche Wasser zu entnehmen, die er ihr reichte. »Die Gläser sind im Esszimmer in der Vitrine. Ich hole den Wein mal eben aus dem Keller.«

Viola sah ihm ein wenig atemlos nach, als er in den Flur verschwand. Das konnte ja heiter werden. Wenn sie schon bei der kleinsten Berührung unter Strom stand, war nicht abzusehen, zu was sie sich im Laufe des Abends würde hinreißen lassen.

»Bleib vernünftig!«, murmelte sie vor sich hin. »Überstürz bloß nichts.«

Hm? Was? Neugierig kam Miss Daisy erneut näher. An ihrer Schnauze klebten noch ein paar Kekskrümel. *Hast du mit mir geredet?*

Beim Anblick des süßen Schnauzermädchens entspannte Viola sich wieder. »Na, da bist du ja schon wieder. Hast du schon alles verputzt?«

Klar. So groß war der Keks ja nicht. Ich könnte aber durchaus noch einen vertragen.

»Möchtest du noch einen? Auf einem Bein steht man nicht gut, oder?« Lächelnd reichte Viola Miss Daisy einen weiteren Hundekeks.

Stimmt, da hast du recht. Danke sehr. Miss Daisy trabte mit dem Keks hoch erhobenen Hauptes zu ihrem Kissen zurück. *Übrigens habe ich insgesamt vier Beine, nur mal so nebenbei bemerkt …*

Viola folgte der Hündin und sah sich im Essbereich des großen Wohnraumes um. Der rechteckige Tisch bot bis zu acht Personen Platz, und die hochlehnigen Stühle mit den bunt gemusterten Polstern wirkten elegant und bequem zugleich. Sie bewunderte Lukas' Talent, jedem einzelnen Möbelstück eine Seele einzuhauchen – ein Stückchen seiner Seele.

In einer der beiden indirekt beleuchteten Vitrinen fand sie die Weingläser und stellte zwei davon zusammen mit der Wasserflasche auf den Couchtisch. Die dunkelbraune Ledersitzlandschaft verriet, wie die übrige Einrichtung, dass der Hausherr über einen erlesenen Geschmack verfügte. Interessant fand sie die Tatsache, dass es zu den hellgelben Vorhängen an der breiten Fensterfront die farblich passenden Sofakissen gab. Als Lukas den Raum betrat, drehte Viola sich zu ihm um. »Welche Frau hat dich denn gezwungen, Sofakissen zu kaufen?«

Für einen Moment blieb Lukas verblüfft stehen, dann lachte er. »Das war Angelique. Sie hat mir bei der Ausstattung mit allem geholfen, was irgendwie aus Stoff besteht. Deshalb besitze ich auch passende Tischdecken und …« Er stellte die Weinflasche auf den Tisch neben die Gläser und öffnete eine rustikale Holztruhe neben der L-förmigen Couch. »Voilà!« Grinsend entnahm er der Truhe eine große, mehrfach gefaltete Wolldecke in Hellgelb.

Viola lachte. »Wirklich? Das hast du dir gefallen lassen? Ich dachte immer, Männer hassen solche Wohnaccessoires.«

»Hassen wäre übertrieben, aber ich halte sie meistens für überflüssig.« Er klappte die Truhe wieder zu und legte die Decke am Couchende ab. »Angelique hat mir jedoch unter Androhung höchster schwesterlicher Gewaltanwendung versichert, dass all diese Dinge lebensnotwendig seien.«

»Weil Frauen darauf stehen?«

Lukas hob nur die Schultern.

Viola setzte sich auf die Couch und strich mit der Hand über den glatten Stoff eines der Kissenbezüge. »Und wie viele Frauen hast du inzwischen damit erfreut?«

Lukas griff erneut nach der Weinflasche und öffnete sie schweigend. Dann setzte er sich neben Viola und goss ihnen ein. »Wenige.« Er räusperte sich. »Hör zu, ich weiß nicht, welchen Eindruck du von mir gewonnen hast. Nur weil ich mich nicht auf etwas Festes einlassen möchte, bin ich nicht gleich ein notorischer Schürzenjäger.«

»Das hatte ich auch nicht angenommen.« Viola ließ ihren Blick zu dem riesigen Flachbildschirm wandern, auf dem immer noch das Navigationsmenü des Films angezeigt wurde. Gleichzeitig lief die Titelmusik von *Robin Hood – König der Diebe* in Dauerschleife. »Zumindest ist mir bisher nicht aufgefallen, dass du überhaupt mal … na ja.«

»Dass ich Damenbesuch habe?« Er grinste wieder. »Stalkst du mich?«

Viola spürte, wie sie errötete. »Nein, natürlich nicht. Aber, na ja, wenn du eine Freundin oder Bekannte gehabt hättest … oder mehrere … dann wäre das Gespräch doch irgendwann mal darauf gekommen. Meine Familie ist in dieser Hinsicht nicht gerade diskret.«

Lukas nickte ihr zu, diesmal wieder mit ernster Miene. »Ich habe im vergangenen Jahr nicht vollkommen zölibatär gelebt, aber ich übertreibe es auch nicht. Der letzte Damenbesuch, den ich hier empfangen habe, liegt jetzt schon gut acht Monate zurück. Dann habe ich mit der Renovierung angefangen und hatte weder Zeit für noch Lust auf Damenbesuch.«

»So genau wollte ich es doch gar nicht wissen …«

Er stieß sie leicht mit dem Ellenbogen an. »Doch, wolltest du. Das ist auch okay. Du hast das Recht zu erfahren, ob ich zu der Sorte Männer gehöre, die sich einen Sport daraus machen, Kerben für jede Eroberung in ihren Bettpfosten zu schneiden. Also noch einmal: Das tue ich nicht, weil ich es unangemessen finde und weil mir meine Zeit dafür zu schade ist. Vor einigen Jahren habe ich das noch anders gesehen – nur falls mal das Gespräch darauf kommen sollte. Und ja, vielleicht habe ich es manchmal übertrieben. Aber das ist lange her und ich traue mich zu behaupten, dass ich inzwischen einigermaßen erwachsen geworden bin.«

Viola dachte kurz über seine Worte nach, dann schmunzelte sie. »Aber nicht so erwachsen, dass dir Flirtstunden als zu albern erscheinen.«

»Hey, ein bisschen Kind steckt in jedem Manne. Sagt man das nicht so?« Heiter griff er nach der Fernbedienung und richtete sie auf den Bildschirm. »Bereit für ein bisschen Neunzigerjahre-Feeling?«

»Klar.« Viola lehnte sich bequem zurück. »Aber ich warne dich, ich kann die Dialoge fast alle auswendig mitsprechen.«

Lukas schaltete den Film ein und lehnte sich ebenfalls zurück. »Warten wir ab, ob du überhaupt zum Quasseln kommst.«

***

Etwas mehr als eine Stunde später hatte Viola sich an Lukas' Schulter gekuschelt. Der Film lief nach wie vor, inzwischen hatten sie die Pizzen bis auf wenige Stücke verputzt, und Miss Daisy schnarchte ganz undamenhaft auf ihrem Kissen.

Schon lange nicht mehr hatte Lukas sich so wohlgefühlt. Zwar hatte ein Piepsen aus dem Hauswirtschaftsraum angekündigt, dass Violas Klamotten wieder trocken waren, doch er würde den Teufel tun und die entspannte Stimmung unterbrechen, indem er sie darauf hinwies. Außerdem gefiel sie ihm in den viel zu großen Sachen ausnehmend gut und er kämpfte schon seit einer Weile gegen den Impuls an, sie zu küssen. Keinesfalls wollte er sich ihr aufdrängen. Auch wenn sie längst nicht so schüchtern und zurückhaltend war, wie sie selbst behauptet hatte, war es ihm wichtig, dass sie sich zu nichts gedrängt fühlte. Tatsächlich war er schon überrascht gewesen, dass sie seinem Vorschlag so spontan zugestimmt hatte, den restlichen Abend bei ihm zu verbringen.

Mit dem Wein hatte er sich vorsichtshalber sehr zurückgehalten, weil er annahm, dass er Viola später noch nach Hause fahren musste. Zwar tummelten sich in seinem Kopf bereits unzählige Ideen, was sie stattdessen tun und wie sie die Nacht verbringen könnten, doch ihm war bewusst, dass dies viel zu früh wäre. Außerdem war er sich nicht sicher, wie sich die Dynamik ihrer Freundschaft danach entwickeln würde. Er benutzte vor sich selbst nach wie vor das Wort Freundschaft, auch wenn er, wäre er ehrlich zu sich gewesen, hätte zugeben müssen, dass die Bezeichnung Beziehung – oder zumindest beginnende Beziehung – viel zutreffender gewesen wäre, selbst nach der kurzen Zeit, die sie miteinander verbracht hatten. Doch dagegen sperrte er sich vehement. Einmal hatte er eine Beziehung geführt, eine innige, die er bereit gewesen war mit einem Trauring zu besiegeln. Und einmal war er damit so brachial gescheitert, dass er sich geschworen hatte, sich nie wieder mit ganzem Herzen auf eine Frau – und eine Beziehung – einzulassen.

Dummerweise machte Viola es ihm gerade unsagbar schwer, seinem Herzen Einhalt zu gebieten. Ihr Humor, der seinem geradezu erschreckend entsprach, ihre ganze Art und überdies noch ihre zierliche und doch zugleich von Energie und Kraft vibrierende Gestalt, all das zog ihn nach wie vor und von Minute zu Minute mehr in Bann.

»Was ist mit deinem Auge passiert, Bull?«, sprach er den Dialog mit, um sich selbst von seinen Gedanken abzulenken.

Prompt antwortete Viola: »Wir wurden überfallen von zehn, zwölf, fünfzehn riesengroßen Kerlen!«

Lukas lächelte. »Ach ja?«

Viola hob den Kopf, um ihn anzusehen. Auch sie lächelte erheitert. »Warum ist es euch Kerlen eigentlich immer so peinlich, von einer Frau überwältigt zu werden?«

Lukas lachte und begann, weil er sich einfach nicht zurückhalten konnte, mit einer der kurzen Haarsträhnen an Violas Hinterkopf zu spielen. »Diese Verallgemeinerung verbitte ich mir. Wenn du dich recht entsinnst, habe ich mich, ohne zu murren, von dir besiegen und sogar aufs Kreuz legen lassen.«

Er konnte spüren, wie Viola unter seinen Berührungen erschauerte. »Ich bin nach wie vor der Ansicht, dass du mich hast gewinnen lassen.«

»Weshalb hätte ich das wohl tun sollen?« Ohne sein Zutun senkte sich seine Stimme, sein Blick wurde wie magnetisch von ihren Lippen angezogen. Ein erwartungsvolles Ziehen breitete sich in seiner Magengrube aus.

»Um …« Sie schluckte hörbar. »Ich weiß nicht.«

Auch er musste schlucken, als er die wild pochende Ader an ihrem Hals bemerkte. Sachte strich er mit den Fingerspitzen darüber. »Gerade im Augenblick habe ich den Eindruck, dass du mich schon wieder mit Leichtigkeit besiegen könntest.«

»Bei was?« Ihre Stimme klang leicht gepresst.

»Bei … Ich weiß nicht.« Er näherte sich langsam ihrem Mund, verharrte nur einen Fingerbreit davon entfernt und wartete auf ihre Reaktion. Ihre Augen waren groß, ihr Blick erwartungsvoll auf die seinen gerichtet und ihr warmer Atem streifte seine Lippen. »Ich kann gerade nicht denken, um mir eine passende Antwort zu überlegen.«

»Und woran liegt das?«

Er lächelte leicht. »Du lenkst mich ab. Mal wieder.« Ehe sie darauf noch etwas erwidern konnte, küsste er sie – endlich. Er hätte es nicht eine Sekunde länger ausgehalten. Die Intensität des Wunsches, ihr nah zu sein, sie zu spüren, zu schmecken, überraschte ihn. Doch allzu lange dachte er darüber nicht nach, denn Viola erwiderte den Kuss, ohne zu zögern, kam ihm sogar ein wenig entgegen. Ihm wurde erst warm, dann heiß, aus dem Ziehen in seiner Magengrube wurde ein ernst zu nehmendes Brennen. Er zog sie fester an sich, umfasste mit einer Hand ihre Wange, strich darüber, ließ seine Finger in ihr weiches Haar gleiten und spürte, wie sie erneut erschauerte. Ihre Lippen öffneten sich ein wenig, und noch ehe er sich fragen konnte, ob er vielleicht doch zu forsch vorging, trafen ihre Zungenspitzen aufeinander.

Die erste Berührung war wie ein Stromstoß, die zweite noch einmal, nur heftiger. Seine bislang nur unterschwellige Erregung wandelte sich innerhalb von Sekunden in lustvolle Begierde, die sich noch steigerte, als Violas Hände über seine Schultern und Oberarme strichen und sich schließlich im Stoff seines T-Shirts verhakten.

Sein Verstand drohte seinen Dienst einzustellen. Stattdessen übernahm der Instinkt die Führung, obwohl Lukas sich zu bremsen versuchte. Schon hatte er begonnen, an dem übergroßen Shirt zu zupfen, in das Violas schlanke Gestalt gehüllt war. Er schob den Stoff beiseite, tastete nach warmer, glatter Haut.

Ein Seufzen drang aus ihrer Kehle, als seine Handflächen über ihre Seiten und ihren Rücken nach oben wanderten. Er wurde hart und war froh, dass er zumindest keine Jeans mehr trug, die ihn beengt hätten. Ob die Bewegung von ihr oder von ihm ausging, wusste er nicht recht, doch im nächsten Moment saß Viola rittlings auf seinem Schoß und half ihm, sein T-Shirt auszuziehen. Noch bevor es auf dem Fußboden landete, trafen ihre Lippen erneut aufeinander, dann ihre Zungen. Elektrisierende Erregung strömte durch seine Adern, erhitzte sein Blut. Seine Brustwarzen wurden hart, als Viola mit den Fingerspitzen darüberstrich, und fast verzweifelt zerrte er nun auch an ihrem Shirt, bis sie es ausgezogen und von sich geworfen hatte. Begierig fasste er sie an, schloss seine Hand über eine ihrer kleinen festen

Brüste. Schon zog er den schwarzen Spitzenstoff ihres BHs herunter; streichelte mit den Daumen über die Haut, die sich darunter zeigte. Auch ihre Brustwarze richtete sich auf, so verlockend, dass er seinen Mund von ihrem löste und seine Lippen um die empfindliche Spitze schloss.

***

Ein süßes Brennen schoss direkt bis hinab in ihre Körpermitte, als Viola Lukas' Lippen und Zunge an ihrer Brustwarze spürte. Sie sog scharf die Luft ein, legte für einen Moment den Kopf in den Nacken und schloss die Augen. Seine Hände glitten wieder und wieder über ihren Oberkörper, hinterließen kribbelnde Spuren auf ihrer Haut. Als sein Mund wieder nach oben wanderte, seine Zunge über die Haut in ihrer Halsbeuge strich, drängte sie sich instinktiv dichter an ihn, spürte unmissverständlich seine Erektion. Ihr Körper antwortete darauf mit einem aufregenden, gefährlichen Pochen.

Wieder küssten sie sich, gierig, leidenschaftlich. Seine Haut an ihrer, das Gefühl seiner harten Muskeln an ihren weichen Rundungen war süß und zugleich beinahe schmerzlich. Sie wusste, das ging viel zu schnell, doch es fiel ihr zunehmend schwer, einen klaren Gedanken zu fassen. Sie wollte ihm nah sein, wollte … wollte …

»Viola.« Seine Stimme war wie ein kratziger Hauch direkt an ihren Lippen. »Wenn wir so weitermachen, kann ich für nichts mehr garantieren.«

Aus unerfindlichen Gründen stieg ein Lachen in ihr auf, das sie nur unzureichend unterdrückte. »Ich weiß.«

Als sich ihre Blicke trafen, erkannte sie, dass er bereit war, auf ihren heiteren Stimmungsumschwung einzugehen. »Wo kam das jetzt plötzlich her?« Er hielt sie weiterhin dicht an sich gezogen, sodass sie seinen schnellen Herzschlag spüren konnte – und er ganz sicher auch den ihren.

»Ich habe keine Ahnung.« Sie bemühte sich, wieder ruhiger zu atmen. »Muss wohl in der Luft gelegen haben.« Sie dachte an die Worte von Ricarda, sie solle mit Lukas endlich die Luft zum Brennen bringen, und musste prompt erneut kichern.

Lukas runzelte die Stirn. »So witzig ist das nun auch wieder nicht.«

»Doch!« Sie japste regelrecht. »Rasend.«

»Würdest du mich vielleicht aufklären?«

Sachte ließ sie ihre Hände über seine kräftigen Schultern gleiten. »Ich glaube, das mit den Bienchen und Blümchen weißt du alles schon.«

»Haha.« Sanft, aber dennoch besitzergreifend legte er seine Hände auf ihr Gesäß, zog ihren Unterleib noch ein wenig fester gegen seinen. »An dieser Art von Ablenkung könnte ich großen Gefallen finden.«

Sie erschauerte vor wieder aufflammender Erregung, versuchte diesmal jedoch, sich im Zaum zu halten. »Ich auch. Aber jetzt …« Entschlossen drehte sie sich um und angelte nach der Fernbedienung.

»Was jetzt?«

Sie grinste breit. »Jetzt müssen wir den Film ein gutes Stück zurückspulen. Bevor du mich nämlich abgelenkt hast …«

»Ich habe dich abgelenkt?«

»Jawohl, und wie!«

»Und ich dachte, wir hätten festgelegt, dass du es bist, die mich ablenkt.«

»Egal.« Sie ließ den Film an die Stelle zurückfahren, an

der Bull aufzählte, wie viele Kerle ihn und seinen Kumpanen angeblich überfallen hatten. »Gleich kommt die Szene, in der Marian zum ersten Mal in Robins Lager ist und sie sich fast küssen.«

Lukas runzelte erneut die Stirn. »Also, wenn ich wählen dürfte, würde ich lieber dich küssen. Und nicht nur fast.«

»Darfst du aber nicht. Ich liebe diese Szene.« Auch wenn es ihr schwerfiel, glitt sie von seinem Schoß herunter und kuschelte sich wie zuvor an ihn, dann ließ sie den Film wieder anlaufen.

Lukas drückte seine Lippen auf ihr Haar und streichelte gleichzeitig ihre nackte Schulter und ihren Oberarm. »Aber wehe, du flennst.«

Viola strich mit den Fingerspitzen zärtlich über seinen Rippenbogen und verschränkte schließlich ihre Finger mit seinen. »Dafür kann ich dir leider keine Garantie geben.«

***

Pst, also ... pst! Das gibt es doch nicht. Viola und Lukas sind eingeschlafen. Alle beide. Und dieses laute Ding mit den Bildern oder Filmen oder wie die Menschen das nennen, ist jetzt von selbst ausgegangen. Aber es ist auch schon ziemlich spät, glaube ich. Zwei von diesen Filmen haben sie sich angeschaut und jetzt schlafen sie beide ganz eng aneinandergekuschelt auf der Couch. Wie die beiden da nebeneinanderliegen können, weiß ich zwar nicht, aber anscheinend ist genug Platz. Ob ich da auch noch mit dazu passe? Soll ich das mal ausprobieren? So oben auf den beiden drauf? Zwischen ihnen geht jedenfalls nicht, da werde ich platt gequetscht. Hm, mal versuchen ... Hopp und ... ja, oben bin ich schon mal. Ganz vorsichtig, ich will sie ja nicht aufwecken. Und jetzt ... Hier so auf den Beinen geht es, glaube ich, am besten. Ja, genau, hier bleibe ich, das gefällt mir.

Huch, das ist ja Lukas' Hand! Er krault mich hinter den Ohren. Also habe ich ihn doch aufgeweckt. Scheint ihn aber nicht zu stören. Habe ich ein Glück!

15. Kapitel

Viola erwachte, weil irgendwo ein Wecker penetrant piepste. Im ersten Moment war sie vollkommen orientierungslos, im zweiten erschrak sie, weil sie dicht an dicht mit einem warmen Männerkörper auf einer Couch lag. Erst nach einem Atemzug erinnerte sie sich, wo sie sich befand.

»Bleib noch ein bisschen liegen«, murmelte Lukas mit den Lippen dicht an ihrem Hals. Sein Arm hielt sie fest umfangen. »Der Wecker geht gleich von alleine aus.«

»Wie spät ist es?«

»Halb sieben.« Sein warmer Atem kitzelte sie. »Wenn du willst, mache ich uns gleich Frühstück.«

Erst nach und nach wurde ihr bewusst, was geschehen war. »Wir sind eingeschlafen.«

»Offensichtlich.« Aus seiner Stimme klang ein Lachen. »Bisher hatte *Ice Age* noch nie so eine Wirkung auf mich. Schon gar nicht in Gegenwart einer schönen Frau.« Seine Lippen streiften leicht über ihren Nacken. »Mit dir zu schlafen hatte ich mir zwar ein bisschen anders vorgestellt …«

»Wir haben nicht miteinander geschlafen.« Eine Gänsehaut breitete sich auf ihrem Nacken, Hals und den Schultern aus.

»Doch, im wörtlichen Sinne.« Seine Erheiterung war ihm deutlich anzuhören. »Ist das so schlimm?«

»Das habe ich nicht gesagt.« Erst jetzt bemerkte sie, dass etwas schwer auf ihr lastete. »Ich glaube, mein Bein ist eingeschlafen.«

»Kein Wunder. Miss Daisy hat die ganze Nacht auf uns gepennt. Und geschnarcht. Ich wundere mich, dass du davon nicht aufgewacht bist.«

Geschnarcht? Also bitte. Ich schnarche doch nicht. Oder etwa doch? Nein, ausgeschlossen. Ich habe vorzüglich geschlafen. Es war wunderbar warm und kuschelig und total schön, dass ihr beide hier mit mir zusammen wart. Können wir das jetzt bitte immer so machen? Ich muss auch nicht unbedingt immer auf euch drauf schlafen.

»Ich habe einen ziemlich tiefen Schlaf.« Vorsichtig bewegte Viola ihr taubes Bein. »Komm schon, Miss Daisy, steh mal auf. Ich weiß gar nicht, ob ich noch laufen kann.« Mit einem unterdrückten Kichern richtete sie sich vorsichtig auf, nachdem die Hündin einen Satz auf den Fußboden gemacht hatte.

»Soll ich dir helfen?« Auch Lukas erhob sich und reichte ihr eine Hand.

Viola ergriff sie und verzog den Mund, als sie endlich aufrecht stand und ihr Bein heftig zu brennen und zu kribbeln begann. »Autsch!«

»Ich kann dich gerne nach oben tragen.«

»Nach oben?« Etwas atemlos blickte sie zu ihm auf.

Lukas grinste. »Ins Bad. Was hast du denn gedacht?«

»Nichts!«

»Mhm.«

»Wirklich!« Vorsichtig machte sie einen hüpfenden Schritt, hielt sich aber gleich an seinem Arm fest. »Mist, das geht noch nicht.«

»Warte erst mal eine Minute, bis du wieder Gefühl im Bein hast.« Lukas zog sie dicht an sich. »Eigentlich gar nicht so schlecht, dass du gerade nicht weglaufen kannst.« Seine Lippen streiften ihre Schläfe und wanderten hinab zu ihrem Ohr.

Viola erschauerte. »Was wird das?«

»Ach, nichts.« Sachte knabberte er an ihrer Ohrmuschel und küsste sie danach in die Halsbeuge. »Ich mag nur gerne süße Sachen zum Frühstück.«

Violas Puls schoss in die Höhe. »Ich dachte, wir wären uns einig, dass ich nicht süß bin.«

»Nö.« Lachend ließ er von ihr ab. »Du bist dieser Ansicht, die ich aber nicht teile. Was macht dein Bein?«

Viola bewegte es vorsichtig, machte einen Schritt und atmete auf. »Geht wieder einigermaßen.«

»Gut, dann geh doch schon mal ins Bad. Du kannst gerne auch duschen, wenn du möchtest. Ich lasse Miss Daisy kurz in den Garten und koche uns Kaffee. Was möchtest du denn essen?«

Leicht verlegen hob Viola die Schultern. »Du musst nicht extra Frühstück machen.«

»Doch, weil ich sonst verhungere.« Lukas zwinkerte ihr zu. »Ich habe noch Aufbackbrötchen und Marmelade, kann aber auch Eier mit Speck zaubern.«

»Quatsch, ein einfaches Brötchen oder eine Scheibe Toast reichen mir völlig.«

Habe ich da etwas vom Garten gehört? Wuff? Also das wäre mir sehr recht, ich müsste nämlich dringend mal.

Lukas schnippte mit den Fingern und bedeutete der Hündin, ihm zu folgen. Viola nahm dies zum Anlass, erst einmal die Flucht zu ergreifen. Sie schnappte sich ihre Kleider, die Lukas zwischen den beiden Filmen gestern Abend aus dem Trockner geholt hatte, und ging rasch hinauf ins Badezimmer. Nach kurzem Zögern entschied sie sich, sein Angebot anzunehmen und eine schnelle Dusche zu nehmen.

***

Lukas setzte Kaffee auf, schob Brötchen in den Ofen und beschloss dann, eine Blitzdusche im Gästebad zu nehmen. Die Situation, wenn sie auch nicht geplant gewesen war, gefiel ihm überraschend gut. Er hatte es genossen, dicht an Viola gekuschelt zu schlafen, von Miss Daisys lustiger Schnarcheinlage nach Mitternacht ganz zu schweigen. Obwohl es ihn eigentlich beunruhigen müsste, dass Violas Anwesenheit ihm so gar nichts ausmachte, fühlte er sich beschwingt und optimistisch. Es hatte bisher keinerlei peinliche Momente zwischen ihnen gegeben, obwohl sie gestern recht kurz davor gewesen waren, die Kontrolle zu verlieren. Soweit er es beurteilen konnte, so überlegte er, während das heiße Wasser über ihn hinwegrauschte, hatte die kameradschaftliche Atmosphäre zwischen ihnen nicht darunter gelitten – eher im Gegenteil. Dann würde dies wohl auch so bleiben, falls es doch noch zum Sex kommen würde – und das würde es hoffentlich. Dieser Gedanke erleichterte ihn ungemein, denn er wollte unbedingt weiterhin Zeit mit Viola verbringen, sie aber unter keinen Umständen in Verlegenheit bringen oder gar verletzen.

Er hatte sich gerade abgetrocknet und in Ermangelung anderer Kleidungsstücke seine Jogginghose erneut übergestreift, als es an der Tür klingelte. Sofort raste Miss Daisy an die Tür und bellte wie verrückt. Irritiert, weil er so früh nicht mit Besuch gerechnet hatte, trat er in den Flur.

Zeitgleich erschien Viola in der Tür zur Küche. Anscheinend hatte sie bereits den Tisch gedeckt. Ihr Haar war noch feucht und ihre Wangen leuchteten rosig. »Wer besucht dich denn vor sieben?«

Er hob die Schultern. Durch das Milchglas der Haustür waren im Licht der Außenbeleuchtung zwei Gestalten zu erkennen. »Ich habe nicht die geringste Ahnung. Hoffentlich nicht die Zeugen Jehovas«, witzelte er und öffnete die Tür. Das Lachen blieb ihm allerdings im Hals stecken, als er die beiden Besucher erkannte. »Mama, Vater.« Kurz warf er einen Blick über die Schulter zu Viola, deren Gesicht verriet, dass sie verblüfft und erschrocken zugleich war. »Was macht ihr denn so früh schon hier?«

Hallo, hallo! Miss Daisy hüpfte aufgeregt hin und her und bellte immer wieder. *Wer seid ihr denn? Kann mich mal jemand aufklären?*

»Guten Morgen, Lukas.« Das strahlende Lächeln seiner Mutter bereitete ihm, wie immer, leichtes Unbehagen, weil sie es immer dann aufsetzte, wenn sie zu einem Generalangriff ausholte. Diesmal verblasste es allerdings, als Miss Daisys Gebell einfach nicht aufhören wollte. »Seit wann hast du denn einen Hund? Und warum ist er so schlecht erzogen?«

»Das ist Miss Daisy«, erklärte er und schnalzte, um die Aufmerksamkeit der Hündin auf sich zu ziehen. »Schluss jetzt, Miss Daisy. So ein Lärm wegen ein bisschen Besuchs.«

Ja, aber ich muss doch melden, wenn jemand kommt. Und ich weiß immer noch nicht, wer diese Leute sind. Miss Daisy hörte auf zu bellen, brummelte aber weiter vor sich hin.

Zufrieden nickte Lukas. »So ist es besser.« Dann wandte er sich wieder an seine Mutter: »Viola und ich haben Miss Daisy ausgesetzt an einer Landstraße gefunden und kümmern uns seitdem um sie.«

»Ach, dann bist du jetzt also auch auf den Hund gekommen, so wie Angelique. Nun ja, das müsst ihr ja selbst entscheiden. Mir wäre ein Haustier zu viel Aufwand. Vom Schmutz ganz zu schweigen.« Elisabeth beugte sich ein wenig vor und musterte Miss Daisy. »Na, ganz hübsch sieht das Tier ja aus. Ein Schnauzer, nicht wahr? Eine Bekannte von uns hat diese Rasse viele Jahre gezüchtet und viele Preise gewonnen.« Sie lächelte wieder. »Braves Hundchen. So ein Gebell ist vollkommen inakzeptabel. Ich hoffe, du wirst bald noch besser erzogen.«

Äh, danke. Verunsichert wedelte Miss Daisy mit der Rute. *War das jetzt ein Kompliment oder eine Beleidigung? Du bist aber eine seltsame Frau.*

Elisabeth richtete sich wieder auf. »Entschuldige, dass wir dich so früh stören, Lukas.« Ihr Blick fiel auf Viola. »Oder vielmehr euch.« Ihr Lächeln flackerte für einen kurzen Moment. »Wir hatten gar nicht damit gerechnet, dass du Besuch haben könntest. Das ist vielleicht ein Zufall, nicht wahr, Heinrich? Dabei dachten wir ...« Sie wandte sich wieder Lukas zu. »Hattest du nicht gesagt, ihr wärt nur befreundet, du und Viola, nicht mehr?«

Lukas zuckte mit den Achseln. »Hatte ich, ja. Was führt euch noch vor dem Frühstück hierher?«

»Also, Lukas, ich kann auch gerne nach Hause ...«

»Nichts da.« Er hielt Viola, die sich an ihm vorbeidrücken wollte, am Handgelenk fest und zog sie an sich. »Kein Grund zur Flucht. Meine Eltern werden sicherlich nicht lange bleiben.«

»Wir hatten vor, dich in deiner neuen Firma zu besuchen.« Heinrich trat einen Schritt vor und musterte erst Viola eingehend, dann Lukas. »Da wir später noch etwas anderes vorhaben, dachten wir, es wäre sinnvoll, dich gleich zu Beginn deines Arbeitstages zu behelligen.«

»Ja, genau, und wo wir schon mal so früh auf den Beinen sind, habe ich zu deinem Vater gesagt: Heinrich, lass uns unseren Sohn mit einer Einladung zum Frühstück überraschen.« Elisabeth strahlte nun wieder wie ein Tausend-Watt-Scheinwerfer. »Im Hotel gibt es ein ganz vorzügliches Frühstücksbüfett mit allem Komfort, und Gäste von auswärts sind ausdrücklich erlaubt. Da dachte ich, wir holen dich ab und können hernach gemeinsam zu deiner Firma fahren.«

»Tja, da hast du leider falsch gedacht, Mama.« Um zu verhindern, dass Viola erneut zu fliehen versuchte, legte er ihr einen Arm um die Hüfte. »Wir haben bereits Brötchen aufgebacken und Kaffee gekocht.«

»Nun ja, aber ein Frühstück im Hotel …«, setzte seine Mutter erneut an, doch er schüttelte entschieden den Kopf.

»Ich habe keine Zeit, um ausgiebig im Resort zu frühstücken. Das hättet ihr euch aber auch denken können. Warum habt ihr nicht vorher angerufen oder mir gestern schon gesagt, was ihr vorhabt?« Ehe seine Eltern antworten konnten, winkte er ab. »Wenn ihr kurz hereinkommen wollt, dann tut es. Ich kann auch gerne noch ein paar Brötchen mehr aufbacken. Leider habe ich aber nicht viel mehr als Butter, Marmelade und rohen Schinken da. Oder soll ich euch Rührei machen?«

Auf Heinrichs Stirn bildete sich eine steile Falte. »Mach dich nicht lächerlich, Junge. Wenn du nicht mit uns frühstücken möchtest, werden wir dich nicht lange aufhalten und fahren am besten schon mal vor zur Firma …«

»Aber nein, mein Guter, wir kommen selbstverständlich kurz herein.« Ohne weiter auf ihren Gatten zu achten, schob Elisabeth sich durch die Tür und sah sich neugierig um. »Jetzt sind wir schon mal hier, dann können wir euch auch Gesellschaft leisten. Aber mach dir bitte keine Umstände, Lukas. Unser Frühstück holen wir später im Hotel nach.«

***

»Ihr seid also beide eingeschlafen? Auf der Couch?« Ricarda beugte sich so weit über den Tisch in dem kleinen Pausenraum für das Hotelpersonal, dass ihre Bluse beinahe Bekanntschaft mit dem Salat auf dem Teller vor ihr gemacht hätte. »Ohne vorher … du weißt schon? Knick Knack?«

»Ricarda!« Fast hätte Viola in ihren Orangensaft geprustet. »Also wirklich, was für eine Ausdrucksweise ist das denn?«

»Lenk nicht vom Thema ab!« Sorgsam schob sie den Löwenanhänger, den sie an einer schmalen Kette um den Hals trug, in den Ausschnitt ihrer Bluse zurück und richtete sich auf, damit sie nicht doch noch Kontakt zu ihrem Salat aufnahm. »Ihr habt miteinander geschlafen, ohne miteinander zu schlafen. Das ist … Ich weiß gerade nicht, ob ich das toll oder irre finden soll.«

»Würdest du wenigstens nicht so laut reden, bitte?« Kopfschüttelnd biss Viola in ihr Käsebrot. »Es muss ja nicht gleich das gesamte Hotel von meinem Liebesleben erfahren.«

»Von deinem nicht vorhandenen Liebesleben, meinst du. Oder teilweise nicht vorhandenen.« Ricarda seufzte. »Ich glaube, ich bin stolz auf dich. Du hast nichts überstürzt. Das war im Eifer des Gefechts bestimmt nicht leicht.«

»Ich habe doch gar nichts davon erzählt, dass wir …« Viola brach ab und kniff die Augen zusammen. »Guter Trick.«

Ricarda setzte ein breites Grinsen auf. »Ich wusste doch, dass das nicht alles gewesen sein kann. Also habt ihr wenigstens ein bisschen rumgemacht. Und wer hat auf die Bremse getreten? Du oder er?«

»Ich.« Viola dachte kurz an den Abend zurück, der jetzt bereits anderthalb Tage zurücklag. »Aber ich glaube, er hätte auch nicht … Er hat mich sozusagen gewarnt.«

»Gewarnt?« Ricardas Augenbrauen wanderten in die Höhe. »Wie muss ich mir das vorstellen?«

»Na ja.« Allmählich wurde ihr das Gespräch doch ein wenig zu intim. »Sagen wir mal so: Wir haben gemeinsam beschlossen, dass wir, wenn wir so weitermachen, zu früh zu weit gehen würden.«

»Und dann seid ihr eingeschlafen.«

»Ja.« Viola kicherte. »Nein, das war fast drei Stunden später. Wir haben erst den Film zu Ende geschaut und danach noch *Ice Age*.«

»Aha.« Ricardas Kopf neigte sich leicht zur Seite. »Ihr habt also erst einen Schmachtfetzen angeschaut und geknutscht und danach einen Kinderfilm. Sehr aufschlussreich.«

»*Robin Hood* ist doch kein Schmachtfetzen!«

Ricarda kräuselte die Lippen. »Wie oft hast du geflennt?«

Viola blickte auf die Tischplatte. »Nur bei der Abschiedsszene am Fluss und am Ende. Aber bei *Ice Age* auch und das ist kein Schmachtfetzen.«

Lachend spießte Ricarda eine halbe Cocktailtomate auf und hob sie an die Lippen. »Schon gut. Für mich ist alles ein Schmachtfetzen, wo auch nur ansatzweise romantisches Gesäusel vorkommt. Also habt ihr den Kinderfilm geschaut, um euch abzukühlen, oder was?« Sie gluckste. »Im doppelten Sinne?«

»Nein, wir hatten Lust auf etwas Lustiges. Und wir mögen beide Scrat und seine Nuss.«

»Und wie war die Nacht so? Platonisch gesprochen?«

Viola lächelte unwillkürlich.

»Okay, okay, schon verstanden.« Ricarda wurde ernst. »Mal ganz ehrlich, kommst du damit klar? Ich meine, du sagtest doch, dass er nur ein bisschen … rummachen will.

Spaß haben und so. Für so was bist du nicht der Typ, Viola. Dachte ich zumindest immer.«

Ricardas Worte verursachten ein leichtes Zwicken in Violas Magengrube, doch sie lächelte tapfer weiter. »Ich bin vollkommen okay. Alles ist gut.«

»Alles ist gut?«, echote Ricarda mit erneut hochgezogenen Brauen.

»Zumindest hoffe ich es.« Viola musterte ihr angebissenes Käsebrot und legte es dann auf ihren Teller zurück. »Er hat darauf bestanden, dass ich dableibe, obwohl seine Eltern plötzlich vor der Tür standen.«

»Moment mal, seine Eltern waren an dem Abend auch noch da?« Entgeistert starrte Ricarda sie an.

»Nicht am Abend. Am Morgen danach.«

»Was?« Nun fiel Ricarda die Kinnlade herab. Ihre Gabel landete klappernd auf dem Salatteller.

»Wir kamen gerade aus der Dusche.« Viola hüstelte. »Also, ich war oben in der Dusche und Lukas unten im Gästebad, als es an der Tür geklingelt hat. Und da standen seine Eltern, noch vor sieben Uhr morgens, und wollten ihn besuchen. Oder vielmehr zum Frühstück entführen und dann seine Firma besichtigen.«

»Die beiden sind ein bisschen schräg drauf, oder?« Kopfschüttelnd griff Ricarda erneut nach ihrer Gabel. »Weshalb denn schon so früh am Morgen? Oder wollten sie euch mit Absicht erwischen?«

Über diese Möglichkeit hatte Viola noch gar nicht nachgedacht, doch sie kam ihr unwahrscheinlich vor. »Sie wirkten ziemlich überrascht, dass sie mich dort angetroffen haben. Der Vater zumindest, bei Elisabeth bin ich mir nicht so sicher. Sie hat zwar überrascht getan, aber ich glaube, sie hatte bereits einen Verdacht.«

»Und wie war ihre Reaktion – nach der ersten Überraschung?«

»Ich weiß nicht so recht. Lukas hat mich mehr oder weniger abgeschirmt, so als wollte er zwischen mir und seinen Eltern eine Art unsichtbaren Schutzwall errichten. Das Verhältnis der drei zueinander ist ziemlich unterkühlt, auch wenn seine Eltern noch so höflich und freundlich tun. Da muss irgendwann mal etwas richtig böse schiefgelaufen sein.«

Ricarda dachte einen Moment über ihre Worte nach. »Vielleicht solltest du ihn fragen, was da gewesen ist. Angelique hat mir gegenüber mal erwähnt, dass es etwas mit einer jungen Frau zu tun hatte, die seine Eltern nicht leiden konnten. Wenn dem so sein sollte und er jetzt versucht, dich vor ihnen abzuschirmen, kann das zweierlei bedeuten. Entweder will er nur seine Ruhe vor ihnen haben und seinen Spaß mit dir, so wie er gesagt hat. Dann brauchst du mit seinen Eltern auch nix zu tun zu haben. Oder aber …« Sie brach ab und musterte Viola eingehend. »Du hoffst auf dieses *Oder*, ist es nicht so?«

Viola senkte den Blick. »Ich hoffe im Moment auf gar nichts. Dazu ist es viel zu früh, und solange ich nicht mehr darüber weiß, kann ich die Situation überhaupt nicht einschätzen.«

»Um seine Eltern kommst du nicht herum, Viola. Jedenfalls nicht, wenn dir so viel an ihm liegt, wie ich glaube. Vielleicht solltest du den beiden auch mal auf den Zahn fühlen, nicht nur ihm.« Ricarda aß ein paar Bissen von ihrem Salat. »Wenn er ein gebranntes Kind ist, das das Feuer scheut, dann solltest du der Brandursache auf den Grund gehen. Nur so kannst du Präventionspolitik betreiben.«

Nun musste Viola doch wieder schmunzeln. »Hier geht es doch nicht um Politik.«

»Doch, gewissermaßen schon. So wie ich es sehe, solltest du dich gut rüsten. Angelique und Lukas haben sich nicht ohne Grund ein gutes Stück von ihren Eltern distanziert. Wer weiß, was da wirklich alles dahintersteckt.«

16. Kapitel

Ricardas Worte gingen Viola den ganzen Tag nicht aus dem Kopf. Dennoch versuchte sie, sich nicht verrückt zu machen. Heute würde sie zunächst einmal nach der Arbeit mit ihrer Schwester zusammen ihr neues Auto abholen und später Miss Daisy von Lukas übernehmen. Vielleicht, so hoffte sie, würden sie bei der Gelegenheit noch einmal etwas Zeit miteinander verbringen; etwas essen oder mit Miss Daisy spielen oder noch einmal auf den Weihnachtsmarkt gehen.

Nach Ende ihrer regulären Praxissprechstunde gab Viola noch eine Yogastunde und wollte sich danach mit Ricarda in deren Büro treffen. Auf dem Weg dorthin erblickte sie in der Hotellobby Heinrich Sahrmüller, der, in einen eleganten grauen Anzug mit Krawatte gekleidet, lässig auf einem der Hocker an der Bar saß und sofort aufstand, als er ihrer ansichtig wurde. Es schien, als habe er auf sie gewartet.

»Viola? Gut, dass ich dich hier treffe. Kann ich kurz mit dir sprechen?«

Zögernd blieb sie stehen. »Ja, natürlich. Worum geht es denn?«

»Setzen wir uns doch.« Heinrich deutete auf zwei Ledersessel in der Lounge und führte sie, ganz Gentleman, mit einer leichten Berührung am Ellenbogen dorthin. Erst nachdem sie beide Platz genommen hatten, ergriff er erneut das Wort. »Es geht um dich. Oder vielmehr um dein Auto. Wie ich gehört habe, benötigst du ein neues.«

Verblüfft hob Viola den Kopf. »Ja, das ist richtig. An meinem alten Fiat ist die Lichtmaschine kaputt und die Reparatur wäre zu teuer. Deshalb waren Lukas und ich kürzlich unterwegs und haben uns verschiedene Gebrauchtwagen angeschaut.«

»Er erwähnte es.« Mit einem knappen Nicken fuhr Heinrich fort: »Ich bin der Ansicht, dass du dir nicht den Ärger eines weiteren Gebrauchtwagens antun solltest. Damit hat man oft nur Probleme. Ein Neu- oder Jahreswagen wäre in meinen Augen deutlich sinnvoller.«

Perplex schüttelte Viola den Kopf. »Das mag sicher richtig sein, aber derzeit kann ich mir einen Neuwagen – oder Jahreswagen – nicht leisten. Ich habe gerade erst angefangen, meine physiotherapeutische Praxis zum Laufen zu bringen. Da sind solche hohen Ausgaben leider nicht drin. Irgendwann mal, hoffe ich, aber jetzt muss es ein Gebrauchtwagen tun. Wir haben sogar schon einen gefunden, einen schicken kleinen Japaner, und eigentlich wollte ich heute bereits den Kaufvertrag unterschreiben. Meine Schwester will mich begleiten, um mir bei den Verhandlungen zu helfen. Ich war gerade auf dem Weg zu ihr.«

»Eine kluge Entscheidung, für die Vertragsverhandlungen jemanden mitzunehmen, der dich unterstützt.« Anerkennend nickte Heinrich. »Versteh mich nicht falsch. Ich bin sicher, dass du das auch alleine könntest, aber meiner Erfahrung nach haben junge, noch dazu hübsche Frauen es schwer, sich bei Verhandlungen, gerade was den Autokauf angeht, durchzusetzen, auch wenn sie noch so klug sind. Ein höchst ärgerliches Problem unserer angeblich so modernen Gesellschaft.«

Viola nickte leicht beklommen. Sie war froh über den Beistand ihrer Schwester, dennoch stießen ihr Heinrichs Worte ungut auf. »Meine Schwester Ricarda ist auch sehr hübsch, hat aber einfach einen Kopf für Zahlen und kann sich … nun ja …«

»Durchsetzen?« Ein verhaltenes Lächeln erschien auf Heinrichs Lippen. »So schätze ich sie zumindest ein. Nach allem, was ich bisher gesehen habe, ist sie eine überaus energische Person. In vielerlei Hinsicht könntest du dir davon eine Scheibe abschneiden, wenn ich das mal so sagen darf, und deshalb ist es gut, wenn sie dich begleitet.« Ehe Viola etwas erwidern konnte, hob Heinrich beschwichtigend die Hand. »Ihr seid grundverschiedene Persönlichkeiten und das sage ich, ohne es zu bewerten, jedoch mit dem Hinweis, dass Durchsetzungsvermögen heutzutage das A und O ist, wenn man es im Leben zu etwas bringen will. Aber zurück zu meinem Anliegen.« Er machte eine kleine, aber bedeutungsvolle Pause. »Ich möchte dir gerne ein Auto aus dem Carpool meiner Firmengruppe anbieten.«

Verblüfft riss Viola die Augen auf. »Ein Auto?«

»Kostenfrei, versteht sich. Lediglich Versicherung und laufende Kosten lägen bei dir. Nachdem Lukas uns von deinem Problem mit dem Fiat erzählt hat, habe ich ihm auch schon angeboten, dir auszuhelfen. Anscheinend hat er dir das nicht mitgeteilt. Ich habe mich umgehört und könnte dir bis Montag kommender Woche einen Audi A4 Kombi anbieten. Ich weiß, das ist etwas größer als der Wagen, den du bisher gefahren hast, aber kleinere Wagen haben wir selten zur Auswahl. Es handelt sich um einen Jahreswagen mit Vollausstattung und allem Komfort, selbstverständlich in einwandfreiem Zustand und mit zwei Jahren TÜV.«

Ungläubig starrte Viola Heinrich an. »Ein Auto?«, wiederholte sie. »Das ist … Ich weiß gar nicht, was ich sagen soll.«

»Danke reicht vollkommen.« Heinrich lächelte jovial. »Wir sind ja nun eine Familie und es stört mich einfach, wenn ich mir vorstelle, dass du ein womöglich nicht ausreichend sicheres Auto fahren musst, nur weil deine finanziellen Mittel gerade nicht ausreichen.«

»Ich ...« Viola fühlte sich vollkommen überfahren. »Das ... geht doch nicht.«

»Selbstverständlich geht das. Du musst nur Ja sagen, dann leite ich die Überführung sofort in die Wege.«

»Aber ... kostenlos? Das kann ich doch nicht annehmen.«

»Ach was, für uns fällt das nicht weiter ins Gewicht, Viola. Wenn dir damit geholfen ist, wäre es mir eine Freude, dir den Wagen zur Verfügung zu stellen.« Abwartend blickte er sie an.

Viola versuchte, diesen Vorschlag in seiner Gänze zu erfassen. Heinrich Sahrmüller wollte ihr ein Auto schenken? So verlockend der Gedanke auf den ersten Blick sein mochte, so argwöhnisch machte er sie zugleich. »Wir kennen uns doch fast gar nicht. Warum tust du das?«

»Wie gesagt, wir sind jetzt eine Familie.«

Die Worte klangen zwar wohlwollend und aufrichtig, doch in Viola regte sich dennoch ein ungutes Gefühl, gepaart mit heftigem Widerstand. »Das kann ich nicht annehmen.«

Heinrich neigte den Kopf leicht zur Seite. »Du brauchst keine versteckte Hintersinnigkeit an meinem Angebot zu befürchten. Ich knüpfe keinerlei Bedingungen daran.«

»Bedingungen?« In Violas Kopf schrillte eine Alarmglocke. »Was meinst du damit?«

Das joviale Lächeln vertiefte sich noch eine Spur. »Das, was ich gesagt habe. Ich stelle keine Forderungen an dich.

Das Auto ist ein rein freundschaftliches oder vielmehr familiäres Angebot.«

»Danke.« Viola schluckte, weil sich ihr Puls unangenehm beschleunigt hatte und sie es einfach hasste, sich mit ihr fast fremden Personen auseinanderzusetzen – ob sie nun zur Familie gehörten oder nicht. Es fiel ihr entsetzlich schwer, sich in solchen Situationen zu behaupten, da hatte Heinrich recht. Was bezweckte er damit, ihr ein solches Angebot zu machen? Obwohl sich ihre Kehle zuzuschnüren begann – ein sicheres Zeichen dafür, dass sie gleich kein Wort mehr herausbringen würde, schüttelte sie entschieden den Kopf. »Das Angebot ist sehr großzügig, aber ich kann es nicht annehmen.« Noch einmal schluckte sie, was aber den Kloß in ihrem Hals nicht vertrieb. »Ich habe mir, wie ich schon sagte, bereits ein Auto ausgesucht und werde es heute kaufen. Es ist ein schönes Auto, erst drei Jahre alt und gut in Schuss.« Sie räusperte sich, weil ihre Stimme ein wenig schwankte. »Ich … danke dir sehr, aber das ist zu viel. Ich arbeite für meinen Lebensunterhalt und es käme mir … falsch vor, solch ein Geschenk anzunehmen. Auch wenn es noch so nett gemeint ist.« Erleichtert, dass sie alles einigermaßen zusammenhängend hervorgebracht hatte, sog sie tief die Luft ein. »Tut mir leid …«

»Schon gut, schon gut.« Heinrichs Miene war ernst geworden, aber er nickte ihr zu. »Du hast deinen Stolz, das akzeptiere ich. Ich hoffe nur, dass du nicht ablehnst, weil du glaubst, ich wolle dich mit irgendwelchen Fallstricken ködern. Vermutlich hat Lukas dir von Marina erzählt, und ja, ich gebe zu, meine Frau und ich waren nicht ganz unschuldig am Verlauf dieser … nun ja, Geschichte. Doch sie hat, das möchte ich ausdrücklich betonen, nicht das Geringste mit dir zu tun. Die Sachlage war eine vollkommen andere – zumindest schätze ich es so ein –, und mir geht es ganz bestimmt nicht darum, einen Keil zwischen euch zu treiben.«

Irritiert hob Viola den Kopf. »Einen Keil?«

Heinrich winkte ab. »Vergessen wir es einfach. Mein Angebot steht nach wie vor, falls du es dir noch einmal überlegen möchtest.« Sein Blick wanderte zu einem Punkt hinter ihr und mit einem erneuten Lächeln erhob er sich. »Da kommt gerade dein Vater. Ich vermute, er ist auf der Suche nach dir.«

Viola sprang auf und drehte sich um. »Mein Vater?«

»Guten Tag, Hans!« Mit einem leutseligen Lächeln war Heinrich bereits auf ihren Vater zugegangen und schüttelte nun dessen Hand. »Ich habe mir erlaubt, einen kleinen Plausch mit deiner entzückenden Tochter zu halten. Nun muss ich aber weiter, Elisabeth erwartet mich bereits, wir sind in Kürze zum Essen verabredet.« Er nickte Viola mit dem ihm eigenen wohlwollenden Gesichtsausdruck zu und eilte auch schon weiter.

»Nanu, was war das denn?« Verwundert blickte Hans ihm nach, wandte sich dann aber Viola zu. »Ich habe dich schon gesucht, mein Schatz. Ricarda kann leider doch nicht mit dir zu dem Autohändler fahren. Drüben im Stadthotel gibt es ein Problem mit der Heizung und ich muss mich dringend darum kümmern. Ausgerechnet heute ist Justus mit Laura drüben im Ferienpark, um die neue Marketingkampagne vorzubereiten. Deshalb muss Ricarda vorübergehend meine Aufgaben hier übernehmen.« Er ließ die Schultern hängen. »Das tut mir ehrlich leid. Vielleicht könntest du den Termin auf morgen verschieben?«

»Der Händler will den Wagen nicht so lange reservieren, weil es noch weitere Interessenten gibt.« Viola seufzte, als sie den Ausdruck in den Augen ihres Vaters sah. »Ja, ich weiß, er setzt mich damit unter Druck. Aber ich will dieses Auto unbedingt haben. Es ist einfach perfekt.« Sie atmete tief durch. »Dann gehe ich eben allein hin.«

Hans nickte ihr zu. »Na gut. Du kannst das Auto deiner Mutter nehmen, es steht hinten auf dem Parkplatz.« Prüfend blickte er ihr in die Augen. »Schaffst du das?«

Sie straffte die Schultern, obwohl ihr Puls schon jetzt anstieg. »Ich bin kein Kleinkind mehr.«

»Das weiß ich, mein Schatz.« Hans legte ihr eine Hand auf den Arm. »Aber Ricarda ist nun mal das Verhandlungsgenie in der Familie und ich weiß, wie sehr dich solche Situationen … anstrengen.«

Nachdenklich blickte sie auf seine Hand. »Das ist aber kein Grund, dass ich mir ständig irgendwelche Helfer engagieren muss.« Entschlossen atmete sie einmal tief durch. »Es wäre doch wohl gelacht, wenn ich das nicht allein hinkriegen würde.«

***

Als Viola den Wagen ihrer Mutter um kurz nach neunzehn Uhr vor Lukas' Haus parkte, fühlte sie sich merkwürdig. Wie in Watte gepackt. Gleichzeitig überwältigt und erschöpft, aufgedreht und seltsam ruhig. Ihre Hände zitterten ein wenig.

Bevor sie ausstieg, warf sie einen Blick in den Rückspiegel. Obwohl es draußen bereits dunkel war und die Beleuchtung im Wagen ihrer Mutter sie ein wenig blendete, konnte sie erkennen, dass sie ziemlich blass war. Doch daran ließ sich jetzt wenig ändern. Wenn Lukas keinen Anstoß an übergroßen T-Shirts und labberigen Jogginghosen nahm, würde ihn hoffentlich ein wenig Blässe auch nicht stören.

Miss Daisy kam bellend zur Tür gerast, als Viola die Klingel betätigte, und sprang wie ein Derwisch um sie herum, nachdem Lukas ihr geöffnet hatte.

Wau, hallo, Viola, wie schön, dass du da bist. Ich habe dich schon vermisst! Komm doch rein, komm doch rein und spiel, spiel, spiel mit mir!

»Hey, Miss Daisy, immer mit der Ruhe.« Lachend wich Viola der übermütigen Hündin aus, die sich einen Gummiball geschnappt hatte und diesen eifrig im Kreis um Viola herumtrug. »Das ist doch ein Spielzeug für draußen, nicht für drin.«

Mir egal, ich freue mich so und will spielen!

Lukas bückte sich und nahm Miss Daisy den Ball aus der Schnauze. »Wann hast du den denn schon wieder stibitzt? Hatte ich den nicht in den Korb mit dem Hundespielzeug gelegt?«

Na und? Ist doch kein Problem, da Sachen rauszuholen. Mit Unschuldsblick setzte die Hündin sich vor ihm hin und wedelte mit der Rute.

Konsterniert schüttelte Lukas den Kopf. »Du denkst wohl, du wärst ganz besonders schlau, was?«

Na klar, bin ich doch auch.

Viola lachte. »Vielleicht sollten wir ihr ein paar Kunststücke beibringen, wenn sie schon solchen Unfug treibt.«

»Ja, vielleicht sollten wir das.« Lukas trat auf Viola zu, zog sie an sich und gab ihr einen Kuss. »Hm, süß wie immer.«

Violas Herz pochte schneller und ihre Lippen kribbelten von der Berührung. »Hallo.« Sie lächelte leicht. »Ich habe das Auto gekauft.«

Lukas lächelte ebenfalls. »Sehr gut. Habt ihr den Händler noch ein bisschen runtergehandelt, du und Ricarda?«

»Ja.« Bei der Erinnerung verspürte sie eine merkwürdige Gänsehaut und ihre Augen begannen seltsamerweise zu brennen. »Aber nicht wir. Ich.«

»Du?« Überrascht musterte er sie.

»Ich war alleine dort.« Als ihr Tränen in die Augen stiegen, wandte sie rasch den Blick ab. »Shit.«

»Hey, was ist denn jetzt los?« Erschrocken nahm Lukas sie bei der Hand und zog sie mit sich ins Wohnzimmer. »Setz dich. Warum weinst du? Was ist passiert?«

»Nichts.« Kraftlos ließ sie sich auf die Couch sinken.

»Du weinst wegen nichts?« Schon saß er neben ihr und ergriff ihre Hände. »Viola, sieh mich an! Verdammt, du bist ja ganz blass. Ist dir dieser Autohändler zu nahe getreten, oder was?«

»Nein!« Ungehalten versuchte sie, die Tränen an ihrem Oberarm abzuwischen. »Es ist nichts, wirklich. Ich bin nur so … Keine Ahnung, was mit mir los ist.«

Lukas sog hörbar die Luft ein und atmete dann ebenso geräuschvoll wieder aus. »Also gut, von Anfang an. Warum warst du alleine dort? Ich dachte, Ricarda wollte dich unbedingt begleiten.«

»Ja, so war es verabredet, aber mein Vater musste dringend rüber ins Stadthotel und Ricarda deshalb im Resort die Stellung halten. Da bin ich dann halt alleine gefahren.«

»Du hättest mir Bescheid sagen können.«

»Ja, ich weiß.« Sie wich seinem Blick aus. »Ich wollte dich nicht bei der Arbeit stören.«

»So ein Quatsch!«, brauste er auf, doch sie drückte rasch seine Hände.

»Und außerdem dachte ich, es wäre vielleicht ganz gut, wenn ich das alleine erledige.«

Lukas, der schon zu einem weiteren Protest angesetzt hatte, blieb stumm.

Sie hob verlegen die Schultern. »Ich bin immer so verdammt ängstlich, aber ich kann doch nicht ewig jemand anderen vorschicken. Ich werde in anderthalb Jahren dreißig! Da sollte man doch meinen, ich wäre alt genug, um meine Angelegenheiten selbst – und ohne Hilfe – zu erledigen.« Sie schluckte, weil sich der Kloß in ihrer Kehle zurückmeldete. »Ich dachte, so eine Art Schocktherapie könnte nicht schaden.«

»Schocktherapie?« Auf Lukas' Stirn entstand eine Falte.

»Ja, genau. Ob sie gewirkt hat, weiß ich nicht genau.« Sie ließ eine seiner Hände los und wischte sich mit dem Handrücken weitere Tränen von der Wange. »Vermutlich nicht so toll, weil ich jetzt hier sitze wie eine dumme Kuh, die bloß rumheult. Aber ich habe es zumindest geschafft, diesen Kaufvertrag alleine auszuhandeln.« Sie hob den Kopf und ihr Blick traf auf den von Lukas.

Um seine Mundwinkel zuckte es fast unmerklich. »Wie weit hast du ihn runtergehandelt?«

Sie dachte mit einer Mischung aus Genugtuung und Nervosität an das Gespräch mit dem Händler zurück. »Um fünfhundert.« Ehe Lukas etwas sagen konnte, fuhr sie rasch fort. »Ja, ich weiß, du hast gesagt, er müsste eigentlich mindestens sieben- oder achthundert Euro runtergehen, weil der Wagen keine Winterreifen hat und schon in zehn Monaten zum TÜV muss und so.«

»Die Bremsbeläge sahen auch ziemlich dünn aus.«

»Ja, ich weiß. Verflixt noch mal!« Erbost, weil die Tränen einfach immer weiter flossen, kramte sie in ihrer Hosentasche nach einem Taschentuch, fand aber keines.

Lukas stand auf und brachte ihr ein Päckchen, das auf dem Esstisch gelegen hatte. »Hier.«

»Danke.« Schniefend rieb sie mit einem Taschentuch über ihre Augen und ihre Nase. »Ich habe gefragt, ob er nicht noch eine Inspektion machen lassen könnte.«

»Und?«

Sie ließ das Tuch sinken. »Er hat sogar versprochen, die Bremsbeläge zu erneuern, das Auto am Montag noch zum TÜV bringen zu lassen. Und …« Ein wenig von ihrer Anspannung fiel von ihr ab. »Einen Satz Winterreifen kriege ich jetzt auch dazu. Allerdings nicht mit den passenden Alufelgen, sondern auf einfachen Stahlfelgen, weil er keine anderen mehr …« Sie brach ab, als Lukas sie abrupt in seine Arme zog und küsste.

***

Lukas konnte sich den Aufruhr in seinem Inneren nicht erklären. Eine Mischung aus Stolz und überbordender Zärtlichkeit vereinnahmte ihn, sodass er nicht anders konnte, als Viola zu küssen, wieder und wieder. Sie in den Armen zu halten, ganz dicht an seinem Körper. Ihre Lippen schmeckten ein bisschen salzig und zugleich warm und süß. Sie schlang nach einem kurzen Moment ihre Arme um seinen Hals und kam ihm entgegen, öffnete die Lippen ein wenig, ließ seine Zunge ein.

Er stand unter Strom, nicht heftig, aber auf eine merkwürdige, aufrüttelnde Art und Weise, die ihn zugleich erschreckte und nach mehr hungern ließ.

Sachte umfasste er Violas Wangen, spürte die feuchte Spur, die ihre Tränen darauf hinterlassen hatten. Dann löste er seine Lippen von ihren und suchte ihren Blick. »Ich bin stolz auf dich«, sprach er aus, was er fühlte. »Und das solltest du auch sein. Das ist kein Grund zum Weinen, sondern zum Feiern!«

»Ich weiß.« Sie lächelte kläglich. »Keine Ahnung, was mit mir nicht stimmt.«

Er ahnte es. Sie hatte sich selbst unter erheblichen Druck gesetzt. Vermutlich nicht zum ersten Mal, denn sonst hätte sie ihre Schüchternheit in ihrem Berufsleben nicht in den Griff bekommen. Aber heute war sie eindeutig mit einem riesigen Satz über ihren Schatten gesprungen.

Seit er sie näher kannte, hatte er sich ein wenig über Schüchternheit schlaugelesen und begriff nun einiges, was sie ihm erzählt hatte, noch besser.

Noch einmal küsste er sie zärtlich. »Das hätte wohl nicht mal Ricarda besser verhandelt.« Liebevoll zog er sie in seine Arme. »Kann es sein, dass da tief in dir drin ein kleines Verhandlungstalent schlummert?«

Viola gluckste unterdrückt. »Nun übertreib mal nicht. Ich wäre fast gestorben vor Angst, plötzlich kein Wort mehr herauszubekommen. Ich glaube, der Händler hält mich für eine Psychopathin oder so etwas, weil ich ständig Atemübungen machen musste und wahrscheinlich lauter unzusammenhängendes Zeug geplappert habe. Zumindest am Anfang.« Sie schlang ihre Arme fest um seinen Körper und drückte ihr Gesicht gegen seine Brust. »Zum Glück muss ich nicht so oft ein Auto kaufen. So etwas will ich nicht täglich erleben müssen.«

»Du hast dich geradezu perfekt geschlagen, Viola.« Er drückte seine Lippen gegen ihre Schläfe. »Winterreifen plus Inspektion plus TÜV ist schon enorm, wenn man bedenkt, dass der Typ neulich noch so getan hat, als wäre das Auto, so wie es dasteht, das Schnäppchen schlechthin und jedweder zusätzliche Service unnötig.«

»Und er ist noch fünfhundert Euro runtergegangen«, ergänzte Viola und zum ersten Mal hörte er so etwas wie Triumph aus ihrer Stimme heraus. »Das war eigentlich am einfachsten. Wahrscheinlich hatte er das eh schon einkalkuliert.«

»Und dann hast du ihm die Daumenschrauben angelegt?« Er grinste in ihr Haar.

»Ich kam mir eher wie eine Bittstellerin in einer schlechten Komödie vor.« Sie seufzte und entspannte sich noch mehr. »Wenn ich bedenke, dass ich das alles hätte vermeiden können, wenn ich auf das Angebot deines Vaters eingegangen wäre ...«

Lukas stutzte ... und erstarrte. »Was für ein Angebot meines Vaters?«

Viola hob den Kopf. »Wegen des Autos. Ich dachte, du wüsstest davon.«

Ein ungutes Gefühl stieg in ihm auf. »Ich weiß gar nichts. Was für ein Auto?« Seine Stimme hatte ohne sein bewusstes Zutun an Schärfe gewonnen und Viola reagierte darauf, indem sie sich etwas von ihm zurückzog. Sogleich ärgerte er sich darüber, doch was sie da andeutete, versetzte ihn in einen Zustand höchster Alarmbereitschaft.

»Vorhin im Resort habe ich deinen Vater in der Lobby getroffen. Ich glaube, er hat dort auf mich gewartet.«

»Gewartet.« Lukas wurde von einem beklemmenden Gefühl befallen, das sich fast wie ein Déjà-vu anfühlte.

»Ja, er saß an der Bar neben der Lobby und sprach mich sofort an, als ich vorbeiging.« Viola blickte ihn verunsichert an. »Es tut mir leid, ich weiß nicht ... Bist du sauer?«

Das war gar kein Ausdruck! »Nein.« Er bemühte sich, ruhig zu bleiben. »Was hat er zu dir gesagt?«

»Er hat mir angeboten, mir ein Auto aus dem Carpool seines Unternehmens zu geben.«

»Zu geben?«

»Zu schenken.« Sie faltete ihre Hände im Schoß. »Ich war total perplex. Er meinte, wir wären jetzt eine Familie und dass er es unverantwortlich fände, wenn ich kein gutes, sicheres Auto hätte.«

»Er wollte dir das Auto schenken?« Zorn stieg in ihm hoch. »Und was wollte er im Gegenzug dafür von dir?«

Viola hob die Schultern. »Nichts.«

»Nichts?« Ungläubig starrte er sie an. »Mein Vater tut nie etwas, ohne eine Gegenleistung zu erwarten.«

Viola begann, an ihrem Shirt zu nesteln, was ihm zeigte, wie unwohl sie sich fühlte. »Ich war auch skeptisch, aber er hat darauf bestanden, dass es einfach nur ein Angebot unter Freunden – oder vielmehr in der Familie – sei.« Sie zögerte, schien noch etwas sagen zu wollen, schwieg dann aber.

Misstrauisch musterte er sie. »Was?« Als sie nicht antwortete, fasste er sie am Arm. »Viola! Was hat er noch gesagt? Was hat er von dir gefordert?«

»Wirklich nichts.« Erschrocken ob seines barschen Tones starrte sie ihn an. »Er hat gar nichts gefordert. Nur …« Sie biss sich auf die Lippen.

Seine Geduld war dahin, am liebsten hätte er sie geschüttelt, doch als er sah, wie sie sich in ihr Schneckenhaus zurückzuziehen drohte, beherrschte er sich. »Viola.« Er zog seine Hand zurück. »Sag mir, was vorgefallen ist. Mein Vater ist ein Genie in psychologischer Kriegsführung. Wenn er dich irgendwie unter Druck gesetzt haben sollte …«

»Nein, hat er nicht. Es ist …« Sie sog hörbar die Luft ein. »Wer ist Marina?«

Verdutzt hielt Lukas inne. Ein Knoten bildete sich in seinem Magen. Er konnte kaum glauben, dass sein Vater Marina ins Spiel gebracht hatte. Was wollte er damit bezwecken? Aufgewühlt erhob Lukas sich, ging im Zimmer auf und ab. »Er hat nichts von dir gefordert? Rein gar nichts?«

»Nein, das sagte ich doch. Als ich abgelehnt habe, meinte er nur, dass du mir wohl von Marina erzählt hättest und ich deshalb sein Angebot nicht annehmen würde. Aber er hat akzeptiert, dass ich nicht einfach so ein fast neues Auto als Geschenk annehmen kann. Ich bin vielleicht schüchtern und ein bisschen verkorkst, aber ich kann für mich selbst sorgen. Ich weiß überhaupt nicht, wie er darauf kommt, dass ich auf so ein Angebot eingehen würde. Wer tut so etwas?«

Lukas schloss für einen Moment die Augen. Die Antwort auf diese Frage hätte er ihr geben können, doch er unterließ es. Als er die Augen wieder öffnete, fand er ihren Blick aufmerksam auf sich gerichtet, also riss er sich zusammen. »Hör zu, Viola, ich werde dir erzählen, wer Marina ist, aber jetzt muss ich dich bitten zu gehen.« Er hasste sich selbst für seine Worte, als er den verletzten Ausdruck auf ihrem Gesicht sah. Rasch trat er zu ihr und zog sie auf die Füße, legte ihr eine Hand an die Wange. »Sieh mich bitte nicht so an. Ich muss einfach … Meine Eltern haben sich für heute Abend zum Essen angemeldet.« Er blickte auf seine Armbanduhr. »Sie werden in einer halben Stunde hier sein.« Und er hatte noch nichts vorbereitet. »Ich muss etwas mit ihnen klären, deshalb … Es wäre besser, wenn du nicht dabei bist.« Immer noch blickte sie ihn mit diesem erschrockenen Blick an, sodass er sie in seine Arme zog. »Es tut mir leid. Ich … Es ist wirklich wichtig. Aber vielleicht … können wir uns morgen sehen? Ich rufe dich an und dann machen wir etwas aus.«

Es dauerte einen langen Moment, bis er spürte, dass sie nickte. »Okay.« Sie hob den Kopf, um ihn anzusehen. »Es tut mir leid, wenn ich … dich verärgert habe.«

Lukas seufzte unterdrückt. »Ich bin nicht verärgert.« Er lächelte matt. »Zumindest nicht deinetwegen.«

»Nein, du bist wütend, das sehe ich dir an.«

»Nicht auf dich, Viola«, wiederholte er. »Bitte geh jetzt. Ich brauche einen Moment für mich.«

Mit beklommener Miene rief Viola Miss Daisy zu sich, die die ganze Zeit in der Nähe gesessen und ihnen aufmerksam zugeschaut hatte. »Komm, Süße, wir machen uns jetzt auf den Weg.«

Auf den Weg? Wohin denn? Etwa zu dir? Ich wollte mich gerade an euch rankuscheln und plötzlich seht ihr beide so seltsam bedrückt aus und redet in so einem unheimlichen Tonfall. Da stimmt doch etwas nicht. Aber was nur? Dabei sah alles so wunderbar aus. Die Elfen haben mir gesagt, ich soll immer darauf achten, dass Lukas und Viola ganz viel Zeit zusammen verbringen – und mit mir natürlich. Und dass sie fröhlich und glücklich sein sollen. Aber so sehen sie jetzt überhaupt nicht aus, und nun soll ich mit Viola weggehen? Wo wir hier doch wieder so schön alle zusammen waren? Das ist bestimmt nicht gut. Hoffentlich habe ich jetzt nicht irgendwas falsch gemacht.

»Na, komm schon, Miss Daisy. Wir fahren zum Park, gehen eine Runde spazieren und danach kriegst du noch was zu fressen.«

Klingt an sich gut, aber warum gehen wir nicht alle zusammen in den Park?

»Ich melde mich morgen, okay?« Lukas brachte Viola zur Tür und gab ihr einen flüchtigen Kuss. Mehr konnte er im Augenblick nicht ertragen. Er musste erst nachdenken –

und seine Eltern zur Rede stellen. Sein Vater hatte ihr ein Auto angeboten! Als Geschenk! Die wieder aufflammende Wut veranlasste Lukas, die Haustür zu schließen, noch bevor Viola losgefahren war. Einen zornigen Laut ausstoßend, schlug er mit der flachen Hand gegen das Türblatt.

17. Kapitel

»Santa Claus! Komm schnell!« Elfe-Sieben war in die Küche gestürmt, wo der Weihnachtsmann mit seiner Frau an der großen Kücheninsel stand und ihr half, Butterplätzchen auszustechen. »Was machst du denn überhaupt hier? Warum bist du nicht in deinem Büro? Jetzt haben wir den Salat und du warst nicht da und hast aufgepasst.« Auf den Wangen der Elfe hatten sich hektische rote Flecke gebildet.

»Na, na, na, immer mit der Ruhe.« Die Frau des Weihnachtsmannes hob beschwichtigend die Hände. »Auch der Weihnachtsmann braucht zwischendurch mal eine kurze Pause. Außerdem hatte ich ihn gebeten, mir zu helfen.«

»Ja, aber, aber ...« Die Elfe zupfte verlegen an ihrer Mütze herum. »Es ist etwas Schlimmes passiert und jetzt weiß ich nicht, was wir als Nächstes tun sollen, und Santa Claus war nicht da. Wenn er da gewesen wäre, hätte er vielleicht ... Ich weiß auch nicht.« Sie ergriff Santas Hand. »Komm bitte mit, bevor noch ein Unglück passiert.«

»Ein Unglück?« Besorgt ließ der Weihnachtsmann sich mit in sein Büro ziehen. Über die Schulter warf er seiner Frau einen entschuldigenden Blick zu. »Ich bin gleich wieder da.«

»Schon gut.« Seufzend folgte seine Frau ihm. »Wenn es so dringend ist, sehen wir lieber alle zusammen nach.«

Im Büro blinkte die Anzeige am Gefühlsradar wie wild, der Ton war jedoch so weit heruntergedreht, dass nur ein leises Piepen zu vernehmen war. Santa Claus wollte schon dorthin streben, doch Elfe-Sieben hielt ihn zurück und deutete auf die Videowand. »Warte, hier, sieh dir das an.« Sie betätigte ein paar Tasten an dem Bildschirm, der Lukas und Viola zeigte, und fuhr die Live-Aufnahme um ein gutes Stück zurück. »Ich war gerade dabei, die To-do-Liste für die kommende Woche zusammenzustellen, als das Radar anging, und gleich darauf habe ich auch schon gesehen, was los war. Schau nur.« Ungeduldig zappelnd deutete die Elfe auf das, was sich auf dem Bildschirm tat.

»Warte mal.« Santa Claus drehte die Lautstärke ein wenig höher. »Aha. Hm.« Er sah sich alles eine geraume Weile an, dann schaltete er zurück auf die Live-Aufnahme, die gerade zeigte, wie Lukas' Eltern vor seinem Haus vorfuhren. »Das ist interessant.«

»Was sagst du da?« Entgeistert starrte Elfe-Sieben ihn an. »Interessant? Das ist doch eine Katastrophe! Überleg doch nur mal. Gerade waren die beiden so weit, dass sie sich näherkommen, und jetzt schickt Lukas Viola so brüsk weg. Was machen wir denn, wenn diese Sache die beiden endgültig auseinandertreibt? Warum hast du denn nichts unternommen, als Lukas' Vater Viola dieses Angebot gemacht hat? Es ist doch offensichtlich, dass er bei ihr das Gleiche versucht wie damals bei Marina. Wie muss Lukas sich denn jetzt fühlen? Wahrscheinlich überwirft er sich nun ganz mit seinen Eltern, und wer weiß, was er wegen Viola tut. Er hatte für so lange Zeit das Vertrauen in die Frauen und in seine Gefühle verloren. Was, wenn es jetzt endgültig zerstört ist?«

Santa Claus rieb sich nachdenklich das Kinn und begann, in seinem Büro auf und ab zu wandern. »Hm. Tja.« Abrupt blieb er stehen und lächelte plötzlich. »Dass es so gut laufen würde, hätte ich im Leben nicht gedacht.«

»Gut?« Verblüfft sah seine Frau ihn von der Seite an.

Elfe-Sieben klappte geradezu die Kinnlade herab. »Was sagst du da?«

Santa Claus räusperte sich umständlich. »Vielleicht sollte ich erwähnen, dass ich nicht ganz unschuldig an dieser Entwicklung bin. Ich habe Elf-Dreiundvierzig und Elfe-Fünfzig losgeschickt, schon vor einer Weile, um ein paar Rädchen in Bewegung zu setzen. Nun ja, daraufhin ist das Ehepaar Sahrmüller angereist, um die Vorweihnachtszeit mit Angelique und Lukas zu verbringen.«

»Du warst das?« Ungläubig starrte die Elfe ihn an. »Die beiden Traum-Elfen hast du losgeschickt? Aber … warum denn? Wir wissen doch alle, dass Lukas und seine Eltern kein gutes Verhältnis zueinander haben, seit sie … du weißt schon. Sie waren gemein zu ihm. Wie soll es denn nun helfen, wenn ihnen im Traum oder unter anderen Umständen der Wunsch eingeflüstert wird, ihren Sohn zu besuchen? Du siehst doch, wie sie sich verhalten. Das kann kein gutes Ende nehmen.«

Bedächtig nickte der Weihnachtsmann. »Ich sage nicht, dass ich gutheiße, was sie damals getan haben, aber das ist lange her, und ich bin davon ausgegangen, dass, was auch immer passieren wird, die Zeit für Lukas reif ist, sich den Dingen zu stellen. Auch seinen Eltern – und vielmehr noch Viola.«

»Aber er ist so schrecklich aufgebracht. Das kann nicht gut gehen.« Besorgt deutete Elfe-Sieben auf den Bildschirm. »Wenn er jetzt sein Vertrauen erneut verliert, ist alles aus.«

»Nun warte doch erst einmal ab.« Auf den Lippen des Weihnachtsmannes erschien ein vieldeutiges Lächeln. »Noch ist nicht aller Tage Abend und wir sollten weder Lukas noch Viola unterschätzen.«

Seine Frau musterte ihn mit einer Mischung aus Bewunderung und Skepsis. »Hast du etwa noch mehr heimlich in die Wege geleitet, dass du so zuversichtlich grinst?«

»Nein, habe ich nicht. Abgesehen von einem Deal mit Petrus, dass er ständig auf Abruf für mich steht, falls ich ihn brauchen sollte.« Santa Claus nickte bedächtig vor sich hin. »Ich denke, wir sollten ein wenig abwarten und Vertrauen haben.«

»Vertrauen?« Elfe-Sieben schüttelte den Kopf. »Aber was, wenn es schiefgeht? Was, wenn die beiden nun nicht zueinanderfinden? Was …«

»Pst!« Mit bedeutungsvoller Miene legte der Weihnachtsmann seinen Zeigefinger an die Lippen, mit dem anderen deutete er auf den Bildschirm. »Schau!«

18. Kapitel

Lukas tigerte in seiner Küche auf und ab und warf immer wieder zornige Blicke auf den Topf mit dem kochenden Reis und die Pfanne mit den brutzelnden Entenbrüsten. Dass er überhaupt noch etwas fürs Abendessen kochte, war lediglich der Tatsache geschuldet, dass er das Fleisch bereits aufgetaut hatte und nicht wegwerfen wollte. Am liebsten hätte er seinen Eltern alles vor die Füße geworfen, doch das löste sein Problem mit ihnen nicht. Sie hatten sich wieder einmal in sein Leben eingemischt, ungefragt und in einer Art und Weise, die er nicht mehr akzeptieren konnte und wollte. Und genau das würde er heute ein für alle Mal klarstellen.

Das Motorengeräusch vor dem Haus riss ihn aus seinen brütenden Gedanken, als er gerade dabei war, gebutterte Erbsen und Mais unter den körnigen Basmatireis zu mischen. Er schaltete den Herd aus und öffnete die Haustür, noch bevor seine Eltern klingeln konnten. Ohne Gruß kehrte er in die Küche zurück und legte die Entenbrüste auf eine Porzellanplatte, die er zusammen mit dem Gemüsereis hinüber ins Esszimmer trug.

»Lukas?« Seine Mutter war in der Tür zum Wohnbereich stehen geblieben und ließ sich von ihrem Mann aus dem Mantel helfen. »Wo bleibt denn bloß deine Erziehung? Es ist ausgesprochen unhöflich, Gäste nicht persönlich an der Tür zu empfangen. Um ein bisschen Anstand möchten wir dann doch bitten.«

Er warf ihr nur einen vielsagenden Blick zu und stellte Platte und Schüssel auf den bereits gedeckten Tisch. »Nach Höflichkeit ist mir gerade nicht besonders, Mama. Und was den Anstand angeht: Wo war denn bitte der eure, als ihr wieder mal versucht habt, euch in mein Leben einzumischen?« Stur ging er in die Küche zurück und bereitete aus dem Bratensud eine einfache Soße zu.

Elisabeth folgte ihm stirnrunzelnd. »Ich weiß nicht, was du meinst, Lukas. Wo haben wir uns eingemischt?«

Lukas drehte sich abrupt zu ihr herum. »Nun tu nicht so unschuldig, Mama. Du weißt genau, was Vater heute versucht hat. So wie du auch damals bei Marina Bescheid wusstest. Aber eines lasst euch gesagt sein.« Er warf seinem Vater, der in der Tür zum Esszimmer aufgetaucht war, einen finsteren Blick zu. »Noch einmal dulde ich das nicht. Wenn ihr nicht auf der Stelle damit aufhört, könnt ihr mich von der Liste der sahrmüllerschen Familienmitglieder streichen, ein für alle Mal.«

»Ich weiß wirklich nicht …« Sichtlich ratlos wandte Elisabeth sich an Heinrich. »Wovon redet Lukas denn?«

Heinrich Sahrmüller verschränkte die Arme vor der Brust und betrachtete interessiert den Esstisch. »Ich habe mir erlaubt, Viola ein Auto aus unserem Carpool anzubieten.«

»Ach.« Überrascht hob Elisabeth den Kopf. »Das ist aber …« Sie hielt inne. »Oje.«

»Du wusstest nichts davon?« Stirnrunzelnd musterte Lukas seine Mutter.

»Nein.« Sie warf ihrem Mann einen kurzen ungehaltenen Blick zu, lächelte dann jedoch in Lukas' Richtung. »Aber es ist ein Angebot, das ich sehr befürworte, denn immerhin ist Violas alter Wagen ja kaputt, nicht wahr?«

»Sie hat sich bereits einen neuen Wagen ausgesucht«, konterte Lukas und verschränkte nun ebenfalls die Arme. »Ganz ohne eure … Hilfe.«

»Einen drei Jahre alten Gebrauchtwagen.« Sein Vater verzog ungehalten die Lippen. »Das ist mitnichten ein Neuwagen.«

»Aber ein Wagen, den sie sich leisten kann.« Lukas wandte sich wieder der Pfanne zu, rührte die Soße noch einmal um und gab sie in eine Sauciere, die er gleich darauf ebenfalls zum Tisch trug.

»Was hat sie gesagt?« Elisabeth folgte Lukas ein paar Schritte, als dieser wieder in die Küche eilte, um Wein und Mineralwasser zu holen.

Heinrich zuckte mit den Achseln. »Sie hat abgelehnt.«

»Hast du nicht versucht, sie zu überreden?« Mit hochgezogenen Brauen sah Elisabeth ihren Mann an und ließ sich von ihm einen Stuhl zurechtrücken. »Sie muss doch einsehen, dass ein Wagen aus unserem Carpool viel sicherer ist als irgend so ein Gebrauchtwagen.«

»Sie hat abgelehnt« Heinrich setzte sich ebenfalls und deutete auf den verbliebenen freien Stuhl. »Setz dich endlich, Junge. Ich dachte, dies sei eine Einladung zum Essen und nicht zum In-der-Gegend-Herumrennen. Wenn du schon gekocht hast, will ich wenigstens in Erfahrung bringen, ob man das Ergebnis auch essen kann.«

Resignation und Wut vermischten sich in Lukas' Magen zu einem drückenden Knoten, als er beobachtete, wie seine Eltern sich seelenruhig an der Entenbrust und dem Reis bedienten. »Warum?« Er ignorierte seine Mutter, als diese ihm die Schüssel mit dem Gemüsereis reichen wollte. »Was in aller Welt passt dir an Viola nicht, Vater? Warum willst du sie aus meinem Leben vertreiben?«

Heinrich schnitt ein Stückchen Fleisch ab und kostete es, dann nickte er. »Tatsächlich essbar.« Dann hob er den Kopf und erwiderte Lukas' Blick ruhig. »Ich habe nicht das Geringste gegen Viola Sternbach. Sie ist eine sympathische junge Frau – und sie hat Charakter. Wäre dem nicht so, hätte ich ihr wohl kaum eines unserer Autos zur Verfügung stellen wollen.«

»Halt mich nicht zum Narren, Vater.« Lukas schoss einen zornigen Blick auf seinen Erzeuger ab. »Du hast bei ihr dasselbe versucht wie damals bei Marina. Nur mit dem Unterschied, dass Viola nicht angebissen hat.«

Heinrich kräuselte leicht die Lippen. »Wenn dem so wäre, würde es meine eben abgegebene Einschätzung ihres Charakters nur unterstreichen.«

»Warum tust du das?« Lukas kämpfte gegen ein Ohnmachtsgefühl an, das ihn in Gegenwart seines Vaters häufig überkam. »Warum mischst du dich in meine Angelegenheiten ein? In mein Leben, meine Beziehungen …«

»Ich dachte, du hättest keine Beziehung mit Viola.«

»Natürlich hat er die, Heinrich.« Elisabeth hatte ihr gefährliches Strahlelächeln aufgesetzt. »Das war doch wohl nicht zu übersehen. Immerhin hat sie schon mindestens einmal bei Lukas übernachtet.«

»Wir haben keine Beziehung, verdammt noch mal.« Lukas biss die Zähne so fest zusammen, dass es knirschte, denn jetzt fühlte er sich aus einem unerfindlichen Grund auch noch mies. Doch er versuchte, ruhig zu bleiben. »Das geht euch nichts an. Ich bin erwachsen.«

»Du bist unser Sohn«, widersprach sein Vater. »Und als solcher hast du gewisse Pflichten und es werden Erwartungen an dich gestellt, ob es dir nun passt oder nicht. Eine dieser Erwartungen lautet, dass du dich nicht mit einer Frau zusammentust, die den Ansprüchen, die wir stellen, nicht gerecht wird. Wir haben einen Ruf zu wahren, und auch wenn du und Angelique es vorzieht, eure eigenen Wege zu gehen, seid und bleibt ihr dennoch unserer Familie zugehörig, und das beinhaltet nun einmal ein gewisses Fingerspitzengefühl, was die Wahl eurer Lebenspartner angeht. Angelique hat glücklicherweise ein einigermaßen gutes Händchen bewiesen.«

»Ach. Das ist ja was ganz Neues.« Verblüfft hob Lukas den Kopf. »Ich dachte, Patrick sei als Schwiegersohn unter eurer Würde.«

Es klirrte, als seine Mutter ihr Besteck am Tellerrand ablegte. »Davon war niemals die Rede, Lukas. Wir waren anfangs skeptisch, das gebe ich zu, denn Patricks Vergangenheit ist nicht gerade als mustergültig zu bezeichnen. Doch nach eingehender Prüfung der Gegebenheiten sind wir zu dem Schluss gekommen, dass Angelique eine gute Wahl getroffen hat. Eine ungewöhnliche, das gebe ich zu, aber nachdem wir Patrick kennenlernen durften, gehen wir durchaus mit ihrer Entscheidung konform.« Sie schwieg kurz. »Marina hingegen …« Sie warf ihrem Mann einen Seitenblick zu, woraufhin dieser den Faden aufnahm.

»Ich habe es dir damals erklärt und wiederhole es heute noch einmal und gerne, sooft es notwendig sein sollte: Sie war in keiner Weise akzeptabel. Wärst du nicht so verblendet gewesen, hättest du das ebenfalls gesehen.«

»Ich habe sie geliebt!«

»Dumme Kindereien.« Unbeeindruckt aß Heinrich weiter. »Selbst wenn oder gerade weil es so war, hätte sie dich früher oder später enttäuscht.«

»Und unglücklich gemacht«, fügte Elisabeth hinzu und nahm ihr Besteck ebenfalls wieder auf.

Heinrich griff nach der Weinflasche und schenkte erst seiner Frau, dann sich ein. »Dieses Mädchen war einzig auf das eigene Wohl und ihren Vorteil bedacht und dabei vollkommen niveaulos, wie ihre gesamte Familie. Natürlich hat sie dir die große Liebe vorgespielt. Es war uns unerträglich, das mit anzusehen.«

»Deshalb habt ihr sie bestochen.« Die Worte schmeckten bitter wie Galle auf Lukas' Zunge.

»Wir haben sie vor die Wahl gestellt und sie hat sich entschieden.« Immer noch vollkommen ungerührt schöpfte Heinrich sich noch etwas Reis und Soße auf den Teller. »Darüber solltest du allmählich hinweg sein, Junge. Dass du es nicht bist, verstellt dir nur auf ärgerliche Weise die Sicht auf die wesentlichen Dinge.«

»Die da wären?« Nicht weil er Appetit hatte, sondern nur, um seine Hände zu beschäftigen, nahm Lukas sich nun ebenfalls etwas Fleisch und Reis.

Seine Eltern tauschten einen kurzen Blick miteinander.

»Wenn dir das bis jetzt noch nicht aufgegangen ist, bist du begriffsstutziger, als ich dachte.« Nachdem Heinrich an seinem Glas geschnuppert hatte, nippte er daran und nickte anerkennend. »Guter Jahrgang.«

Argwöhnisch musterte Lukas seine Eltern. »Ich sage ein letztes Mal: Haltet euch aus meinem Leben heraus. Und wenn ich mitbekomme, dass ihr Viola noch einmal solch ein Angebot macht oder ihr auch nur einen Hauch zu nahe tretet, war es das. Dann seid ihr mich als Sohn los. Ich weiß nicht, wer ihr euch einbildet zu sein, aber nur weil ich euer Sohn bin, habt ihr nicht das Recht, euch in mein Leben einzumischen.« Er hielt inne. »Ich bin nicht auf euch angewiesen und nicht auf den Namen Sahrmüller und das damit verbundene Familienvermögen. Ich denke, das habe ich inzwischen hinreichend unter Beweis gestellt. Viola ist eine gute Freundin …«

»Was denn nun?« Sarkastisch kräuselte Heinrich die Lippen. »*Eine* Freundin oder *deine* Freundin? Vielleicht solltest du dir erst einmal klar werden, wo du stehst, bevor du uns drohst, mein Sohn. Ich habe mir jedenfalls nichts vorzuwerfen. Dass du das anders siehst, liegt wohl in deiner Natur.« Da er seinen Teller nun geleert hatte, legte er sein Besteck ab und faltete die Hände auf dem Tisch. »Ich möchte nur noch eines zu bedenken geben: Damals hast du mich verflucht, mag sein, weil ich dir die Augen geöffnet habe. Aber hast du auch nur einmal versucht, Marina umzustimmen? Nein«, gab er sich selbst die Antwort, »weil du wusstest, dass es nichts bringen würde. Würdest du, wenn es um Viola ginge, ebenso tatenlos zusehen?«

Neuer Ärger stieg in Lukas hoch. »Viola würde niemals auf eins deiner Angebote eingehen.«

Heinrich lächelte triumphierend. »Ich habe diesem Thema nichts mehr hinzuzufügen.«

***

Seufzend blickte Viola durch ihr Schlafzimmerfenster hinaus in den trüben Samstagnachmittag. Lukas hatte sich seit gestern Abend nicht gemeldet, obwohl er es doch versprochen hatte. Es sah ihm nicht ähnlich, sie zu versetzen. Zumindest hatte er das bisher noch nie getan. Die Aussicht auf den Besuch seiner Eltern schien ihn sehr aufgebracht zu haben, ganz zu schweigen von der Sache mit dem Auto. Sie war davon ausgegangen, dass er davon gewusst hatte, doch anscheinend war dem nicht so gewesen. Sie hatte sich überhaupt nichts dabei gedacht, ihm davon zu erzählen. Dass er so seltsam darauf reagiert hatte, wunderte sie. Anscheinend glaubte er, sein Vater habe irgendwelche Hintergedanken damit verfolgt. Ihr selbst war dieser Gedanke auch schon gekommen, und sie fürchtete, dass es womöglich zwischen Eltern und Sohn zu einem handfesten Zerwürfnis kommen würde – ihretwegen!

Im Nachhinein betrachtet kam ihr das Zusammentreffen mit Heinrich Sahrmüller fast schon unwirklich vor. Welcher Mann, und sei er noch so reich, verschenkte einfach so ein teures Auto an eine Frau, die er kaum kannte, auch wenn sie irgendwie zur Rockzipfelverwandtschaft gehörte? Sie war sich fast sicher, dass er etwas im Schilde geführt hatte, auch wenn er, wie er betont hatte, keinerlei Gegenleistung erwartet hätte.

Angenommen hätte sie dieses Angebot um keinen Preis der Welt. Nicht nur, weil sie wusste, dass Lukas seinen Eltern nicht traute, sondern weil sie von ihren eigenen Eltern zur Eigenständigkeit erzogen worden war. Sie konnte für sich selbst sorgen. Vielleicht war sie nicht besonders gut darin, sich unter Fremden zu behaupten, doch wenn es sein musste, konnte sie ihre Frau stehen – oder doch zumindest in die Rolle schlüpfen, die sie sich für das Berufsleben zugelegt hatte, und so tun, als ob.

Da sie es kaum aushielt, untätig herumzustehen, ging sie in ihr kleines Wohnzimmer zurück und öffnete den sperrigen Karton, den sie auf dem Couchtisch abgestellt hatte. Er enthielt jede Menge Weihnachtsschmuck, den sie Jahr für Jahr von dem, was in den Hotels übrig blieb, abzweigte. Lichterketten, bunte Weihnachtskugeln, Holzsterne zum Aufstellen, ein grinsendes Rentier mit Geschenkesack, beleuchtete Pyramiden und eine Spieluhr in Form eines Karussells, die sie an den Besuch auf dem Weihnachtsmarkt denken ließ.

Sie war dieses Jahr etwas spät dran, doch heute wollte sie ihrer Wohnung endlich ein bisschen Weihnachtsstimmung einhauchen. Sie schaltete ihre umfangreiche Spotify-Playlist mit Weihnachtsmusik ein und überlegte sich bei *Silver Bells* vom Glenn Miller Orchestra, wo das Karussell sich wohl am besten machen würde.

Eine gute Stunde später war der Karton so gut wie leer und ihre Wohnung erstrahlte in kitschig angehauchtem, weihnachtlichem Glanz. Sie knipste gerade die letzte Lichterkette im Küchenfenster an, als ihr bewusst wurde, dass sie Miss Daisy schon seit einer Weile weder gehört noch gesehen hatte.

Angestrengt lauschte sie, und als sie ein leises Schnaufen vernahm, strebte sie ahnungsvoll ihrem Schlafzimmer zu. »Miss Daisy? Was machst du denn da?«

Mpf, was? Wie, ich? Mit Unschuldsblick hob Miss Daisy den Kopf und leckte sich mehrmals über die Schnauze, aus der bunte Wollfäden herauslugten. *Pft, bäh, also wuff. Ich, äh, mache gerade überhaupt gar nichts. Pft. Also wirklich ganz und gar nichts.* Sie wedelte leicht mit der Rute und versuchte mit der Pfote, einen besonders hartnäckigen Faden loszuwerden, der sich zwischen ihren Zähnen verfangen hatte.

»Miss Daisy!« Erschrocken und gleichzeitig mit einem Lachanfall kämpfend, stürzte Viola auf die kleine schwarze Hündin zu und ging vor ihr in die Knie. »Du liebe Zeit, was ist das denn?« Vorsichtig entwand sie Miss Daisy einen gehäkelten Weihnachtsengel, den sie im vergangenen Jahr auf dem Weihnachtsmarkt erstanden hatte. Der Kopf und ein Flügel waren vollständig aufgeribbelt, die Wollfäden von Hundespeichel durchweicht. »Pfui, Miss Daisy, das ist aber nicht nett! Du hast den Engel ermordet. Woher hast du den überhaupt? Ich dachte, den hätte ich auf die Kommode gelegt.«

Nein, aufs Bett. Und da komme ich ganz leicht hoch. Mir war halt so langweilig, was sollte ich denn machen? Ich kann doch nicht den ganzen Tag schlafen und du warst so abgelenkt und in Gedanken. Immer noch wedelte Miss Daisy beschwichtigend mit der Rute und leckte sich über die Nase. *Igitt, da hängt mir immer noch was zwischen den Zähnen!*

»Lass mal sehen.« Viola umfasste vorsichtig die Schnauze der Hündin und öffnete sie. »Da hat sich ein Faden verfangen. Warte mal.« Mit einiger Mühe befreite sie das Gebiss des Hundemädchens von dem ungesunden Snack. »Hoffentlich hast du davon nichts verschluckt!« Besorgt musterte sie Miss Daisy. »Nicht, dass du noch krank davon wirst oder eine Darmverschlingung bekommst.«

Nö, runtergeschluckt habe ich nichts davon. So gut schmeckt Wolle nun auch wieder nicht.

»Dir war bestimmt langweilig, was? Dass du solch einen Unfug anstellst.« Immer noch kämpfte Viola gegen ein Lachen an, denn der Gesichtsausdruck der Hündin war einfach nur zum Piepen, und der Engel sah aus, als sei er in einen Angriff der Killeraliens geraten. »Was meinst du, sollen wir noch ein bisschen spazieren gehen? Noch ist es hell und trocken. Später ist Schnee gemeldet und es könnte auch stürmisch werden.«

Bei dem Wort spazieren spitzte Miss Daisy die Ohren. *Du meinst rausgehen und Spaß haben? Da bin ich sofort dabei. Worauf wartest du noch? Gehen wir vielleicht Lukas besuchen? Neulich mit euch beiden im Park, das war so lustig.*

Ächzend erhob Viola sich wieder und legte den gemeuchelten Engel auf die Kommode. »Na, dann komm mal mit.

Ich muss mich aber warm einpacken. Die Temperaturen sind wieder tief im Keller.«

Während sie sich in Schal, Mantel, Mütze und Handschuhe hüllte, warf sie immer wieder Blicke auf ihr Smartphone, das sie auf dem Küchentisch abgelegt hatte. Nach wie vor hatte Lukas sich nicht gemeldet. Ob sie ihm eine Nachricht schreiben sollte? Aber was, wenn er immer noch mit seinen Eltern beschäftigt war oder sich so seltsam verhielt wie gestern? Von jetzt auf gleich hatte er dichtgemacht und sie fortgeschickt – und behauptet, er würde sich melden. Was aber nicht geschehen war. Sie würde den Teufel tun und auf dem Stühlchen hocken und auf ihn warten. Ricarda würde ihr zustimmen, dass das ein inakzeptables Verhalten für eine moderne, selbstbewusste Frau war.

Nur dass Viola sich absolut nicht selbstbewusst fühlte. Wäre sie es, würde sie einfach eine Textnachricht schreiben. Ein *Wie geht es dir?* oder *Alles klar?*

Doch vielleicht würde ihn das ärgern oder nerven. Bestimmt war er genervt, wenn sie ihm nachlief. Das würde sie auf keinen Fall tun.

Andererseits waren sie gute Freunde und sie sorgte sich um ihn. Da war es doch nur natürlich, wenn sie nachfragte, ob mit ihm alles in Ordnung war. Schon griff sie nach dem Handy, öffnete die Textnachrichten-App … und zögerte. Ihr Herzschlag beschleunigte sich, ihre Kehle begann sich zuzuschnüren. Sie traute sich einfach nicht. Vielleicht später. Von unterwegs.

»Komm, Miss Daisy, wir machen uns auf den Weg!« Rasch streifte sie der kleinen Schnauzerdame ihr Geschirr über, hakte die Leine ein und schnappte sich ihren Hausschlüssel. An der Haustür blieb sie abrupt stehen und schlug sich mit der flachen Hand gegen die Stirn. »Der Beutel mit deinen Leckerchen!« Eilig huschte sie in die Küche zurück, schnappte sich den Futterbeutel, den sie mit einem Clip an ihrer Manteltasche befestigen konnte, und war wenig später zur Tür hinaus.

***

Stöhnend reckte Lukas sich und rieb sich den Nacken. Er hatte den gesamten Vormittag und noch ein gutes Stück vom Nachmittag an einem kniffligen, kleinteiligen Wandregal gearbeitet, das zu einer Wohnzimmereinrichtung gehörte, die in zwei Wochen ausgeliefert werden sollte. Von der Anstrengung, stundenlang in halb gebückter Haltung zu arbeiten, schmerzten seine Hals- und Rückenmuskeln wie die Hölle. Doch er hatte diese Arbeit dringend gebraucht, um seine Gedanken zur Ruhe zu bringen.

So ganz wusste er immer noch nicht, was er von seinem Vater – oder vielmehr dessen Worten und Andeutungen – halten sollte. Zuverlässig und gezielt hatten seine Eltern die wunden Punkte auf Lukas' Seele getroffen. Er wusste, sie konnten nicht anders und handelten durchaus aus Liebe zu ihm. Dennoch konnte er es nur schwer ertragen, wenn sie glaubten, sich einmischen zu müssen. Sie taten es ungefragt und auf eine überlegene Art und Weise, die ihm immer wieder übel aufstieß. Er fühlte sich bei ihnen oftmals wie ein Fremdkörper – das schwarze Schaf, das aus dem strahlenden Weiß der übrigen Familienmitglieder hart hervorstach.

Ganz anders verhielt es sich bei den Sternbachs. Sie waren auch nicht als diskret und zurückhaltend zu bezeichnen, doch merkwürdigerweise nahm er ihnen nicht übel, dass sie sich gerne mal in Angelegenheiten einmischten, die sie eigentlich nichts angingen. Vielleicht, weil sie es mit so viel

Herzlichkeit und Güte taten, wohingegen seine Eltern stets das Ansehen und den Ruf der Familie in den Vordergrund stellten.

Leise fluchend, weil er, kaum dass er seine Arbeit beendet hatte, schon wieder zu grübeln anfing, räumte er seinen Arbeitsplatz auf und kehrte den Werkstattboden. Danach erst griff er nach seinem Handy und stellte fest, dass es schon fast vier Uhr war, viel später, als er gedacht hatte. Er hatte sich noch nicht bei Viola gemeldet, deshalb wählte er jetzt unverzüglich ihre Nummer, um sich dafür zu entschuldigen und in der Hoffnung, sie zu einem Date überreden zu können.

Es klingelte eine geraume Weile, dann sprang die Mailbox an. Stirnrunzelnd unterbrach Lukas die Leitung. Ob sie ihr Handy nicht gehört hatte? Vielleicht war sie mit Miss Daisy rausgegangen. Ein Blick durch das große Fenster, das auf die weitläufige gepflasterte Baufläche zwischen den Werkshallen hinausging, auf der Patrick die Einzelteile seiner Blockhäuser zusammenfügte, bevor sie zu den jeweiligen Baustellen transportiert wurden, verriet ihm, dass der angekündigte Schneesturm bereits begonnen hatte. Im Licht der Außenbeleuchtung sah er, dass die Büsche und Bäume am Rand des Werksgrundstücks vom Wind durchgeschüttelt wurden und dicke Schneeflocken dicht an dicht zu Boden fielen und sich auf die Paletten mit Holz und anderen Baustoffen legten wie ein Teppich. Kein Wetter, um sich allzu lange draußen aufzuhalten, also würde Viola bestimmt gleich wieder an ihr Handy gehen.

Nach einem Blick auf seine von Sägespänen und Holzstaub bedeckte Kleidung und einem prüfenden Griff in sein Haar, der bewies, dass sich auch dort eine feine Staubschicht abgesetzt hatte, beschloss er, eine schnelle Dusche zu nehmen und sich umzuziehen, bevor er sich auf den Heimweg machte.

Kaum eine Viertelstunde später trat er mit noch feuchtem Haar wieder in die Werkstatt, schnappte sich sein Handy und versuchte erneut, Viola zu erreichen. Hoffentlich war sie nicht sauer, dass er sich erst jetzt meldete.

Als erneut nur ihre Mailbox ansprang, kräuselte er die Lippen. »Viola … Hi. Es ist leider etwas später geworden, aber … hast du Lust, noch ein bisschen Zeit mit mir zu verbringen? Wir könnten Miss Daisy einen Trick beibringen oder so was. Ruf mich doch kurz zurück. Bis später.«

Unschlüssig blickte er durchs Fenster. Der Schneefall hatte von dicken Flocken zu kleineren gewechselt, war aber nach wie vor so dicht, dass man kaum bis zu Patricks Werkshalle sehen konnte. Rasch hüllte Lukas sich in seinen Mantel, schlang sich einen Schal um den Hals und schloss die Werkstatt ab. Sein Wagen war ebenfalls eingeschneit, sodass er erst einmal ein Weilchen damit beschäftigt war, ihn freizulegen. Dann fuhr er langsam in Richtung Stadtmitte.

Er fand es ein wenig seltsam, dass Viola sich so gar nicht meldete. Vielleicht war sie anderweitig beschäftigt. Gab es heute noch irgendwelche Kurse im Resort? Nein, sie hatte samstags frei, da war er sich ganz sicher. Ein ungutes Gefühl breitete sich in ihm aus. Hoffentlich ignorierte sie seinen Anruf nicht, weil er sie gestern praktisch vor die Tür gesetzt hatte.

Spontan fuhr er rechts ran, rief sie erneut an und wartete, bis die Mailbox ansprang. »Hey, Viola, hör mal, ich habe heute noch nichts gegessen. Was hältst du davon, wenn ich uns etwas vom Weihnachtsmarkt hole und bei dir vorbeibringe? Wenn du einen besonderen Wunsch hast, gib mir kurz Bescheid. Textnachricht tut es auch«, fügte er hinzu, weil er sich plötzlich daran erinnerte, dass sie sich vielleicht nicht trauen könnte, ihn zurückzurufen. Obgleich das absurd war. Sie hatten sich inzwischen so gut kennengelernt, dass Viola in seiner Gegenwart ganz entspannt blieb.

Er wartete eine Minute, doch sein Handy rührte sich nicht. Kein Rückruf, keine Nachricht, nichts. Da sein Magen laut und fordernd knurrte, fuhr er auf den Parkplatz in der Nähe des Weihnachtsmarktes und machte sich auf den Weg zu den Imbissständen. Hunger war kein guter Ratgeber, deshalb kaufte er eine bunte Auswahl an Speisen – und selbstverständlich von allem viel zu viel. Auch bei Thea Müller wurde er vorstellig und kaufte zwei doppelte Crêpes, einen mit Zucker und Zimt und den anderen mit Schokosoße. Nachtisch musste schließlich sein, nicht wahr?

Am Ende schleppte er zwei große Papiertüten zu seinem Auto zurück, wobei ihm bereits das Wasser im Mund zusammenlief. Als er wieder im Trockenen saß – auf dem Wagen hatte sich erneut eine ordentliche Schneeschicht gebildet –, zog er noch einmal sein Handy hervor. Vielleicht hatte er in dem Gewusel und der Dauerbeschallung mit Weihnachtsmusik Violas Anruf überhört? Aber nein, noch immer hatte sie sich nicht gemeldet. Allmählich fand Lukas das beunruhigend. Weder glaubte er, dass sie ihn absichtlich ignorierte, noch konnte er sich vorstellen, was sie sonst derart lange von einer Rückmeldung abhielt. Bisher hatte sie immer innerhalb einer Viertelstunde auf seine Nachrichten reagiert. Die irrationale Sorge, sie könnte ihn ignorieren, ließ ihn eine Textnachricht verfassen: *Ich hoffe, du bist nicht sauer auf mich oder so. Ich hab uns was zu essen besorgt und komme jetzt vorbei. Bis gleich.*

Zwar konnte er bei dem Wetter nur langsam fahren, doch der Weg bis zu Violas Wohnung war nicht weit, sodass er schon wenige Minuten später vor ihrem Haus hielt. Der Wagen ihrer Mutter parkte auf ihrem Stellplatz, also musste sie wohl zu Hause sein, doch oben in ihrer Wohnung brannte kein Licht. Hoffentlich war sie nicht krank!

Rasch schnappte sich Lukas die beiden Tüten vom Beifahrersitz und begab sich zur Haustür, die glücklicherweise nicht verschlossen war, sondern sich leicht aufdrücken ließ. Anscheinend wurde hier nur nach achtzehn Uhr abgeschlossen, genau wie in dem Haus, in dem er hier anfangs gewohnt hatte. Die Gebäude gehörten der gleichen Vermietergenossenschaft, sodass wohl ähnliche Hausordnungen galten.

Vor Violas Wohnungstür angekommen, drückte er mit dem Ellenbogen den Klingelknopf, doch in Violas Wohnung blieb alles still. Keine Miss Daisy bellte, niemand öffnete ihm. Also war sie doch nicht zu Hause? Aber wo war sie denn um diese Zeit – es war inzwischen schon fast dunkel – und bei diesem Wetter?

Wie um seinen Gedankengang zu bekräftigen, heulte eine heftige Windbö ums Haus. Mit wachsender Besorgnis stellte Lukas die Tüten auf dem Boden ab und warf einen erneuten Blick auf sein Handy. Viola hatte nicht auf die Textnachricht reagiert und sie anscheinend nicht einmal gelesen. Also wählte er erneut ihre Nummer. Irgendwo musste sie ja sein. Vielleicht war sie mit ihrer Schwester unterwegs oder …

Irritiert lauschte er, als er ein Klingeln aus Violas Wohnung vernahm. Hatte sie ihr Handy dort liegen lassen? Absichtlich oder aus Versehen? Als er den Anruf unterbrach, verstummte das Klingeln. Als er erneut wählte, fing es wieder an. »Mist.« Ein wenig ratlos blickte er sich um, dann suchte er Ricardas Nummer aus seiner Kontaktliste und rief sie an.

»Lukas?« Ricardas Stimme klang ein wenig angestrengt. »Hallo. Moment mal … autsch!« Lukas runzelte die Stirn.

»Stimmt etwas nicht? Was machst du denn gerade?«

»Mich entknoten.« Ricarda schnaufte, dann lachte sie. »Entschuldige, ich habe auf YouTube ein neues Yogavideo entdeckt und ein bisschen mitgemacht. Gut, dass du angerufen hast, andernfalls wäre ich vielleicht aus dem Knoten nicht mehr herausgekommen.«

»Vielleicht solltest du so was nicht machen, wenn du ganz allein bist.«

Wieder lachte sie. »Das ist mir erst aufgegangen, als es schon fast zu spät war. Aber egal, ich hab's ja noch mal geschafft. Alle Gliedmaßen sind wieder da, wo sie hingehören. Weshalb rufst du an?«

»Wegen Viola. Sie ist also offenbar nicht bei dir.«

»Nein, warum? Sollte sie?«

»Wir hatten abgemacht, dass ich mich heute bei ihr melde, aber sie ist verschwunden.«

»Verschwunden?« Ricarda klang alarmiert.

»Ja, zusammen mit Miss Daisy. Sie hat leider ihr Handy in ihrer Wohnung liegen lassen und …« Er dachte kurz nach. Auf dem Weg zum Haus waren keine Fußabdrücke im Schnee gewesen. »Sie muss schon eine ganze Weile unterwegs sein.«

»Bei dem Mistwetter? Hast du es mal bei unseren Eltern versucht? Vielleicht ist sie dort zu Besuch.«

»Zu Fuß?« Zweifelnd blickte Lukas aus dem Flurfenster nach unten auf die Stellplätze. »Margits Auto steht noch hier.«

»Versuch es trotzdem mal. Ich rufe inzwischen bei Angelique an und frage dort. Wenn ich etwas weiß, melde ich mich bei dir.« Schon hatte Ricarda die Verbindung unterbrochen.

Lukas versuchte es unter der Festnetznummer von Violas Eltern, doch dort hob niemand ab. Wahrscheinlich waren alle noch im Stadthotel oder im Resort. Auch wenn es ihm unangenehm war, die gesamte Familie Sternbach aufzuscheuchen, rief er Hans an, doch dieser konnte ihm ebenfalls nicht sagen, wo Viola sich aufhielt. Im Resort war sie jedenfalls nicht.

Kurz nachdem das Gespräch beendet war, erhielt er eine Textnachricht von Ricarda: *Sie ist weder bei Angelique und Patrick noch bei Mariella oder Kati. Soll ich dir suchen helfen?*

Zögernd blickte Lukas auf sein Handy, dann antwortete er: *Nein, ich fahre erst mal zum Park. Vielleicht hat sie sich irgendwo untergestellt oder sitzt in einem Café.*

Ricardas Antwort kam umgehend: *Okay, aber sag mir sofort Bescheid, wenn du sie gefunden hast.*

Er sendete ein Daumen-hoch-Emoji, schnappte sich die Tüten mit dem Essen und machte sich auf den Weg zurück zum Auto.

***

»So ein Mist, so ein Mist, so ein Mist!« Vorsichtig humpelte Viola durch den nach wie vor dicht fallenden Schnee. Inzwischen war die Schneedecke mindestens sieben Zentimeter dick und das Vorankommen wurde schwieriger. Ihr linker Knöchel schmerzte heftig, weil sie vor etwas mehr als einer halben Stunde über eine Wurzel, die den Waldweg durchzogen hatte, gestolpert und umgeknickt war. Beim Sturz hatte sie sich glücklicherweise abfangen und abrollen können, der langen Übung durch das Judotraining sei Dank. Andernfalls wäre sie womöglich auch noch die Böschung hinabgerutscht und hätte sich schwerer verletzt. Sie war mit Miss Daisy erst in Richtung Park gegangen, hatte sich dann aber anders entschieden und den Weg zum Wald eingeschlagen. Anfangs waren ihr noch viele Spaziergänger begegnet, doch inzwischen war sie vollkommen allein unterwegs. Es war längst dunkel geworden und sie fror, weil sie nur so langsam gehen konnte.

»Tut mir leid, Miss Daisy. Dir ist bestimmt auch kalt.«

Das kann man wohl sagen. Dieses weiße nasse Zeug ist ja ganz lustig, aber nur, so lange man darin herumtoben kann. Jetzt hängt es mir überall in Klümpchen im Fell und von oben kommt immer mehr nach und wir gehen so schrecklich langsam. Ich will nach Hause, aber Viola scheint sich ziemlich wehgetan zu haben. Jetzt humpelt sie nur noch und es dauert bestimmt noch eine Ewigkeit, bis wir wieder zu Hause sind. Außerdem ist es ganz finster hier im Wald. Das ist echt unheimlich.

Auf Miss Daisys leises Winseln hin seufzte Viola in einem Anflug von Verzweiflung. »Ich würde gerne schneller gehen, aber das klappt leider nicht. So ein Mist«, wiederholte sie. »Ausgerechnet heute muss ich natürlich auch noch mein Handy zu Hause vergessen.« Entschlossen biss sie die Zähne zusammen und bemühte sich, etwas schneller voranzukommen. »Los, Miss Daisy, wir schaffen das.«

Na klar schaffen wir das. Nur viel zu langsam. Aber besser als nichts.

Etwa zehn Minuten später hatte Viola endlich den Waldrand erreicht und überlegte, bei wem sie am besten klingeln und um Hilfe bitten könnte. Im Grunde war es egal, denn die meisten Leute, die in ihrer Heimatstadt lebten, waren nett und hilfsbereit. Allerdings fiel ihr ein, dass es von hier aus nicht allzu weit bis zum Haus der Familie Kilian war. Steffen war ein guter Freund ihres Bruders Justus und würde sie ganz bestimmt nach Hause fahren. Oder seine Frau Elena, falls sie nicht gerade auf dem wöchentlichen Planungstreffen des Festkomitees war, das den alljährlichen Weihnachtsball der Sozialstation plante. Dieser sollte in einer Woche stattfinden, und Violas Mutter, die dieses Jahr den stellvertretenden Vorsitz des Komitees innehatte, war garantiert auch gerade auf der Versammlung. Hoffentlich war Steffen da; irgendjemand musste sich ja um die zweijährige Finja-Marie kümmern. Aber selbst wenn nur die beiden älteren Kinder, Sabrina und Jan, zu Hause waren, würde das ja ausreichen. Sie brauchte lediglich eine Gelegenheit zum Telefonieren.

Hallo? Wuff? Wohin gehen wir denn? Das ist aber nicht der Weg, auf dem wir hergekommen sind. Miss Daisy gab einen ungehaltenen Laut von sich, als Viola nach links abbiegen wollte, um in die Straße einzubiegen, die zum Haus der Kilians führte.

»Was ist denn?« Für einen Moment blieb Viola stehen, um zu verschnaufen. »Nein, Miss Daisy, wir gehen hier entlang. Ich muss unbedingt zu einem Telefon.«

Ich dachte, wir wollten nach Hause. Mir ist ungemütlich und kalt! Nur widerstrebend folgte die Hündin Viola, als sie sich wieder in Bewegung setzte. Eine kräftige Windbö erfasste sie und trieb ihnen einen Schwall dicker Schneeflocken ins Gesicht.

Viola spuckte. »Na danke, das hat mir jetzt noch gefehlt!« Schaudernd rieb sie sich übers Gesicht und den Hals. Ihr Schal war schon ganz durchnässt und von einer Schneeschicht überzogen, sodass ihr langsam, aber sicher das Wasser in den Kragen sickerte. Als ihr nun auch noch ein Auto entgegenkam, wurde sie von den Scheinwerfern geblendet und blieb erneut stehen.

Hey, was ist denn? Gehen wir doch nicht weiter? Ich habe echt keine Lust mehr. Wenn wir … Moment mal, was ist das denn? Den Geruch kenne ich doch! Und das Auto auch. Das ist doch …

»Viola! Du meine Güte, hier bist du!«

Lukas, Lukas, Herrchen! Wau, wie schön, dass du da bist! Und mit dem Auto. Da drinnen ist es warm und weich und kuschelig. Bitte, bitte, nimm uns mit nach Hause!

Violas Herz machte einen riesigen Satz, als sie Lukas' erleichterte Stimme vernahm. »Was machst du denn hier draußen mitten im Schneesturm? Ich habe dich schon überall gesucht.«

»Gesucht?« Sie wollte einen großen Schritt auf ihn zu machen, zuckte aber heftig zusammen, als ihr Knöchel sie daran erinnerte, dass das gerade nicht möglich war. »Aua.«

»Was ist los?« Aus der Erleichterung wurde umgehend Besorgnis. Lukas fasste sie am Arm. »Bist du verletzt?«

»Ich bin im Wald mit dem Fuß umgeknickt.« Sie biss die Zähne zusammen, bis der Schmerz wieder etwas nachließ. »Es geht schon, halb so wild.«

»So siehst du aus.« Fürsorglich stützte Lukas sie. »Wie weit bist du denn damit schon gelaufen?«

»Keine Ahnung.« Dankbar ließ sie sich zur Beifahrertür seines Wagens führen. »Vielleicht einen Kilometer. Eher etwas weniger. Wir haben einen schönen Spaziergang gemacht, aber auf dem Rückweg war da diese blöde Wurzel auf dem Weg, die ich übersehen habe.«

»Ich fahre dich ins Krankenhaus.«

»Was?« Entgeistert starrte sie ihn an. »Nein!«

»Dein Fuß sollte geröntgt werden.«

Sie schüttelte energisch den Kopf, riss die Wagentür auf und krabbelte etwas umständlich auf den Sitz. »Das kannst du vergessen. Sobald ich den Stiefel ausziehe, schwillt mein Fuß derart an, dass kein Röntgenstrahl dieser Welt hindurchkommt. Außerdem ist nichts gebrochen. Nur die Sehnen überdehnt. Das hatte ich schon mal. Ich brauche nur einen kalten Umschlag, nichts weiter.«

Skeptisch blickte Lukas auf sie herab. »Bist du dir sicher?«

»Absolut. Außerdem muss Miss Daisy ins Trockene. Sie friert bestimmt ganz schrecklich, die Arme.«

Da hast du so was von recht. Bitte, bitte, lass mich auch ins Auto!

Miss Daisys wiederholtes Winseln brachte Lukas dazu, vor ihr in die Hocke zu gehen. »Du Ärmste bist ja ganz nass und kalt. Da war Viola aber unvernünftig.« Er hob den Kopf. »Das Mistwetter war doch gemeldet. Warum bist du trotzdem so weit gelaufen?«

»Gerade mal zwanzig Minuten hin und genauso viele wieder zurück. So war es zumindest geplant.« Sie zuckte mit den Achseln. »Ich wollte eigentlich schon längst wieder zu Hause sein.«

»Du hast dein Handy nicht dabei. Ich habe versucht, dich zu erreichen. Mehrmals.« Er räusperte sich und verfrachtete Miss Daisy in ihre Box im Kofferraum. »Meine Nachrichten kannst du gerne alle löschen.«

Ah, endlich, danke! Schön trocken und weich hier drinnen.

»Alle Nachrichten?« Als er sich schließlich hinters Steuer setzte, musterte Viola ihn von der Seite.

»Es sind mehrere.« Er ließ den Motor an, und die Scheibenwischer fegten erst einmal den Schnee von der Windschutzscheibe. »Ich wusste ja nicht, dass dein Handy bei dir zu Hause liegt. Das habe ich erst gemerkt, als ich vor deiner Tür stand und es drinnen klingelte, du aber nicht dort warst.«

»Du warst bei mir zu Hause?« Sie schnupperte. »Hier riecht es nach Essen.«

»Ich hatte uns was vom Weihnachtsmarkt geholt.« Er deutete vage hinter sich auf die Rückbank. »Das Essen dürfte inzwischen kalt sein.«

»Ich dachte, du würdest dich heute nicht mehr melden.« Verlegen kaute sie an ihrer Unterlippe. »Da dachte ich, ich gehe lieber mit Miss Daisy raus, als …«

»Als rumzuhocken und auf meinen Anruf zu warten.« Er nickte, ohne sie anzusehen. »Ich hätte früher anrufen sollen, aber ich habe gearbeitet. Ich brauchte etwas Zeit, um wieder … na ja, zu mir zu kommen.«

»War der Besuch deiner Eltern gestern so schlimm?«

»Schlimm nicht.« Langsam lenkte er das Auto durch das Schneetreiben. »Anstrengend ist wohl die treffendere Bezeichnung.«

»Hör zu …« Sie schluckte gegen die beginnende Enge in ihrer Kehle an. »Ich … Es tut mir leid. Das mit dem Auto. Also, dass ich davon angefangen habe.«

»Da gibt es nichts, was dir leidtun müsste.« Seine Antwort klang schroff, doch sogleich stieß er hörbar die Luft aus. »Du hast nichts falsch gemacht. Vielmehr müsste ich mich für meinen Vater entschuldigen. Weiß der Himmel, was er damit bezweckt hat, dir den Wagen anzubieten.«

»Vielleicht wollte er einfach nur nett sein.«

»Mein Vater tut nichts ohne Grund.« In einer frustrierten Geste fuhr er sich über die Stirn, dann über den Mund. »Ich dachte, er würde wieder dieselbe Nummer abziehen wie damals bei …«

»Marina?« Aufmerksam sah sie ihn an. Sein kantiges Profil wirkte in der Dunkelheit des Wagens hart und angespannt.

»Sie war meine Verlobte.« Auch seine Stimme klang hart

und eine Spur bitter. »Fastverlobte«, korrigierte er sich. »Das ist jetzt mehr als zehn Jahre her. Wir waren zwei Jahre zusammen und ich hatte vor, sie zu fragen ... Aber dazu kam es dann nicht mehr.«

»Hat er ihr ...« Sie zögerte. »Sollte sie auch ein Auto bekommen?«

»Nein.« Lukas stieß ein sarkastisches Lachen aus. »Kein Auto. Geld.«

Sie stutzte. »Geld?«

»Viel Geld. Genug, um die teure Konditorenschule zu besuchen, von der sie immer geträumt hat. Und um hinterher auch noch einen eigenen Laden zu eröffnen. Na ja, ganz hätte es dafür vielleicht nicht gereicht, aber ein ordentliches Startkapital wäre es gewesen.«

»Deine Eltern haben ihr Geld angeboten? Aber ...« Sie begann zu ahnen, worauf die Sache hinauslief, konnte es aber kaum glauben. Und noch etwas wurde ihr klar. »Flockentorte. Sie ist also Konditorin?«

»Sie wollte es werden. Marinas Vater war Bäcker, und sie hatte großes Talent in der Backstube. Meine Eltern haben Marina vor die Wahl gestellt. Ich oder das Geld für die Konditorenschule. Wenn sie das Geld nähme, müsse, sie aus meinem Leben verschwinden.« Die Bitterkeit klirrte nun geradezu aus seiner Stimme. »Das war der Deal.«

»Und sie ist darauf eingegangen?«

Lukas bog in die Straße zu seinem Haus ein. »Sie hat mir nicht mal mehr Lebewohl gesagt, sondern war zwei Tage später weg. Seitdem habe ich sie nicht mehr gesehen.«

»Oh.« Viola schluckte, doch diesmal vor Entsetzen. »Scheiße. Warum?«

»Das Geld, die Schule, der Laden, das alles war ihr offensichtlich wichtiger als ich.«

»Nein.« Bevor sie wusste, was sie tat, hatte sie seine Hand ergriffen, die das Lenkrad umklammerte. »Warum haben deine Eltern das getan?«

»Weil sie Marina inakzeptabel fanden. Sie wollten nicht, dass ich sie heirate. Wollten mir wohl beweisen, dass sie es nur auf unser Geld abgesehen hatte.«

»Und das hatte sie tatsächlich.« Viola senkte den Blick. »Das tut mir sehr leid, Lukas. So etwas ist schrecklich. Ich kann mir gar nicht vorstellen, wie du dich gefühlt haben musst.«

»Das ist lange her.« Er war inzwischen in seine Auffahrt eingebogen, betätigte eine winzige Fernbedienung und wartete, bis das Garagentor sich öffnete, dann lenkte er den Wagen hindurch. »Warte, ich helfe dir beim Aussteigen.«

***

Während Viola sich in seinem Gästebad umzog – wieder hatte er ihr ein paar Sachen von sich herausgelegt, damit sie aus den durchnässten Kleidern herauskam –, trocknete er die sichtlich erschöpfte Miss Daisy ab, füllte ihren Futter- und Wassernapf und legte noch einen großen Kauknochen dazu. Danach packte er das Essen aus, das er für sich und Viola besorgt hatte, sortierte es und stellte einiges davon in den Ofen, um es aufzuwärmen. Den Rest gab er in Schüsseln und trug diese zusammen mit zwei Tellern und Besteck hinüber zum Esstisch. Nach kurzem Zögern entschied er sich jedoch um und lud alles auf dem Couchtisch ab. Viola würde ihren Fuß hochlegen müssen und das ging auf der Couch deutlich besser. Auch die gelbe Decke holte er erneut hervor, für den Fall, dass sie frieren würde. Er hoffte, dass sie sich nicht erkältet hatte.

Als er das Wasser in der Dusche rauschen hörte, biss er die Zähne zusammen. Ausgerechnet jetzt musste seine Fantasie Purzelbäume schlagen und sich Viola nackt vorstellen. War er eigentlich noch zu retten?

Er hörte sie mehrmals leise fluchen und vor sich hinmurmeln, bis sie schließlich, in sein T-Shirt und Shorts gehüllt, mehr ins Wohnzimmer gehüpft als gehumpelt kam. Sie lächelte verlegen. »Ich habe kurz geduscht. Das ist hoffentlich in Ordnung für dich. Mir war so kalt.«

Sie sah immer noch verfroren aus.

»Setz dich.« Er stützte sie und führte sie zur Couch. »Leg den Fuß hoch … Ach du Scheiße, der sieht ja übel aus.« Entsetzt ging er vor ihr in die Hocke und betrachtete den angeschwollenen, rot und blau verfärbten Fuß näher. »Wir hätten doch ins Krankenhaus fahren sollen.«

»Ich kann am Montag immer noch zum Arzt gehen, wenn es bis dahin nicht besser geworden ist.« Sehr vorsichtig bewegte sie den Fuß und verzog dabei das Gesicht. »Aua. Er ist nicht gebrochen. Nur übel überdehnt und ein Bluterguss hat sich natürlich auch gebildet. Hast du einen Kühlakku oder so was?«

»Na klar, Moment.« Er beeilte sich, einen flexiblen Kühlakku in ein Küchenhandtuch zu wickeln, und brachte ihr beides, dann kehrte er zum Ofen zurück und bestückte ein Tablett mit den aufgewärmten Speisen vom Weihnachtsmarkt.

»Riecht ja verlockend«, rief Viola ihm zu. »Was hast du denn gekauft?« Ihre Augen wurden groß, als er mit dem hoch beladenen Tablett zurückkehrte. »Du lieber Himmel, willst du eine ganze Armee verköstigen?«

»Hey, ich hatte Hunger.« Er grinste schief. »Habe ich immer noch. Seit dem Kaffee heute früh habe ich nichts zwischen die Kiemen bekommen.«

Viola lachte. »Aber das alles!« Neugierig inspizierte sie alle Schüsseln und Platten und nahm sich dann von den aufgewärmten Fritten. »Hm, schön labberig.«

»Da fällt mir ein …« Rasch zückte er sein Handy und schrieb Ricarda eine Nachricht, damit sie sich keine Sorgen mehr machte, und bat sie bei der Gelegenheit, auch ihre Eltern und Angelique zu informieren, dass Viola bei ihm auf der Couch gestrandet sei.

Ricardas Antwort ließ nicht lange auf sich warten.

Ricarda: *Gestrandet? Na, dann bin ich mal gespannt, wo sie heute sonst noch so landet. Sei lieb zu ihr.*

Lukas: *Hatte ich vor. Sehr ausgiebig.*

Ricarda: *So genau wollte ich es gar nicht wissen.*

Ein Emoji mit großen Augen und roten Wangen folgte. Schmunzelnd legte er das Handy wieder beiseite. »Entschuldige, ich musste deiner Schwester schnell Entwarnung geben.«

»Ricarda?« Viola hatte inzwischen einen Reibekuchen und ein Stück Spießbraten auf ihren Teller gehievt und goss gerade etwas von der Schaschliksoße dazu. »Warum das denn?«

»Ich habe sie alarmiert, weil ich dich nicht erreichen konnte.« Im Nachhinein kam er sich ein bisschen überbesorgt vor. Andererseits hätte Viola sich noch übler verletzen können. Der malträtierte Knöchel war schon schlimm genug. »Sie hat mir übrigens aufgetragen, lieb zu dir zu sein.«

»Wie bitte?« Viola schüttelte kichernd den Kopf. »Nie im Leben. Das ist doch gar nicht Ricardas Art.«

»Ich kann es beweisen.« Noch einmal griff er nach seinem Smartphone und rief den Chat mit Ricarda auf. Dann hielt er ihr das Display unter die Nase. »Bitte sehr.«

Viola las die Nachrichten, die zuletzt hin- und hergegangen waren, und biss sich auf die Unterlippe. »Oh.«

Lukas beugte sich ein wenig zu ihr hinüber, bis sein Mund nah an ihrem Ohr war. »Oh, gut, oder oh, lieber nicht?«

»Nein, ich, äh …« Viola hielt ganz still und schluckte, als sein Atem ihr Ohr streifte. »Das … Erstere?«

»Das hatte ich gehofft.« Er strich mit den Lippen sachte über ihre Ohrmuschel und sog dabei ihren Duft ein, der sich mit dem seines Duschgels vermischt hatte. Leider zwickte bei der Haltung, die er einnahm, sein Nacken wieder gehörig. »Autsch.«

Verblüfft wandte Viola ihm das Gesicht zu. »Autsch? Stimmt etwas mit meinem Ohr nicht?«

Er lachte rau und rieb sich über die schmerzende Stelle. »Mit deinem Ohr ist alles mehr als bestens. Mit meinem Nacken und meiner Schultermuskulatur leider nicht ganz so. Ich fürchte, ich habe es heute ein bisschen übertrieben in der Werkstatt. Das Regal, an dem ich gerade arbeite, ist wie ein Puzzle mit fünfhundert Teilen, zum Teil winzigen Einzelteilen«, ergänzte er. »Eine Maßanfertigung für eine langjährige Kundin, die ihrem Mann zu Weihnachten eine neue Wohnzimmereinrichtung schenken will.«

Viola senkte ihren Blick auf den Teller auf ihrem Schoß und schob mit den Fingern ein paar Fritten in Richtung der Soße. »Ich könnte … na ja. Man behauptet, ich wäre ganz gut im Massieren.«

Lukas lächelte, als er sah, dass sie errötete. Dass sie nach wie vor so leicht verlegen wurde, wenn er ihr nahekam, fand er unglaublich bezaubernd. »Davon wurde mir bereits berichtet. Die Frau mit den magischen Händen, so hat meine Schwester dich mal bezeichnet. Ich würde jedenfalls nicht Nein sagen.« Dummerweise stellte er sich augenblicklich vor, wie es sich anfühlen würde, ihre Hände auf seiner Haut zu spüren, deshalb griff er rasch nach seinem Teller und häufte eine ordentliche Portion Fritten, Spießbraten und zwei Pizzaecken darauf. »Wir können übrigens gerne noch mal einen Film anschauen«, schlug er vor, um sich noch weiter abzulenken und nicht auf dumme Gedanken zu kommen.

»Klar, warum nicht.« Viola entspannte sich sichtlich. »Vielleicht diesmal etwas Weihnachtliches?«

»Hast du schon einen Vorschlag?« Er angelte nach der Fernbedienung und schaltete sein Smart-TV ein.

»Auf Netflix gibt es einen süßen Animationsfilm. Er heißt *Klaus* und ist richtig schön gemacht. Weihnachtlich, aber nicht kitschig.«

»Ich glaube, das ist der Film, der mir derzeit dauernd als Werbung eingeblendet wird.« Skeptisch klickte er die Vorschau an. »Bist du dir sicher, dass er nicht kitschig ist?«

»Sogar Ricarda mochte ihn, als wir ihn uns letztes Jahr angesehen haben.«

Das war eindeutig ein Indiz für fehlenden Kitsch, also ließ er den Film anlaufen. Zu seiner Freude rückte Viola näher an ihn heran. Lächelnd lehnte er sich zurück und ein wenig zur Seite, sodass ihre Schultern aneinanderstießen, und ließ sich das aufgewärmte Essen schmecken.

19. Kapitel

»Das war ein ziemlich cooler Weihnachtsfilm.« Lächelnd schaltete Lukas den Fernseher aus. »Wie geht es deinem Fuß?«

Zwischendurch hatten sie noch zweimal den Kühlakku ausgetauscht und nun bewegte Viola den Fuß vorsichtig. »Ein bisschen besser. Morgen wird er in allen Regenbogenfarben schillern und Schuhe werde ich wohl ein paar Tage lang nicht tragen können.« Sie hob die Schultern. »Ist nicht zu ändern. Was macht dein Nacken?«

»Könnte jetzt dringend eine Massage vertragen.« Aufmerksam musterte er Viola. »Es sei denn, du möchtest nicht.«

»Was, dich massieren? Warum nicht?« Sie richtete sich ächzend auf. »Bloß hier auf der Couch wird das schwierig werden. Eine Massagebank habe ich auch nicht ... Am besten wäre es, wenn du dich entweder auf dem Boden oder auf deinem Bett ausstrecken würdest.«

»Auf dem Boden?« Er musterte seinen dunklen Fliesenboden in Holzoptik. »Entschuldige, aber da muss ich passen. Mein Bett steht allerdings oben.«

Zweifelnd blickte sie auf ihren Fuß. »Die Treppe schaffe ich heute ganz bestimmt nicht.«

»Musst du auch nicht.« So flink, dass sie ein wenig erschrak, stand er auf und beugte sich über sie. Im nächsten Moment fühlte sie sich mit Schwung hochgehoben.

»Hey, was soll das denn?« Hilflos und mit wild pochendem Herzen klammerte sie sich an seinem Hals fest.

»Ich trage dich nach oben.« Schon hatte er die Treppe erreicht.

Moment mal, was macht ihr denn? Geht ihr nach oben? Da komme ich mit. Ich will doch immer in eurer Nähe sein. Wie der Blitz war Miss Daisy von ihrem Kissen aufgesprungen und wischte zwischen Lukas' Beinen die Treppe hinauf, sodass er fast gestolpert wäre.

Lachend blickte er ihr nach. »Macht sie das bei dir auch immer? Jedes Mal, wenn ich die Treppe rauf- oder runtergehen will, rennt sie mir in den Weg und dann voraus.«

»Ja, manchmal.« Viola wurde es unnatürlich warm, so dicht an Lukas' muskulösem Körper. »Du musst mich nicht tragen.«

»Wie soll ich dich sonst nach oben in mein Schlafzimmer bringen?« Er räusperte sich. »Das klang jetzt nicht ganz so, wie es gemeint war.«

»Ach nein?« Sie schmunzelte. »Ich komme mir aber schon irgendwie vor wie bei einer archaischen Entführung durch einen Höhlenmenschen.«

»Uga, uga.« Er lachte rau. »Du wirst doch nicht glauben, dass ich irgendwelche Hintergedanken hätte.«

»Haben Männer die nicht immer?«

»Autsch. Das tut weh!«

Sie kicherte. »Wir sind längst oben angekommen. Willst du mich nicht mal wieder runterlassen?«

»Ungern.«

»Und du behauptest, du hättest keine Hintergedanken.«

Seufzend ließ er sie wieder auf die Füße kommen. »Im Moment ist mein einziger Gedanke der, dass ich es kaum erwarten kann, von der Frau mit den magischen Händen massiert zu werden.« Seine Stimme hatte sich gesenkt und klang ein wenig kratzig, sodass Viola davon ausging, dass er nicht ganz ehrlich war. Diese Einsicht rief ein heftiges Kribbeln in ihrer Magengrube hervor. Sie war jetzt schon zum zweiten Mal innerhalb kürzester Zeit bei ihm gelandet, diesmal sogar in seinem Schlafzimmer, denn diesen Raum betraten sie nun. Er drängte sie zu nichts, aber das, was hier alles passieren könnte, stand unausgesprochen zwischen ihnen und verursachte ihr eine Gänsehaut.

Um sich davon abzulenken und nicht wieder nervös zu werden, sah sie sich betont neugierig um. Der Raum war in verschiedenen ruhigen Blau- und Grautönen gestaltet, eine Wand wurde von einem riesigen Einbaukleiderschrank mit Schiebetüren eingenommen, von der die mittlere Tür verspiegelt war. Eine doppelflügelige Glastür führte auf einen Balkon hinaus, der sich über die gesamte Hausbreite erstreckte. Die Wände waren frisch gestrichen, der Fußboden bestand aus cremeweißem Laminat. In einer Zimmerecke stand ein plüschig-flauschiges Hundebett, in das Miss Daisy sich mittlerweile dekorativ hineingekuschelt hatte. Aufmerksam beobachtete die Hündin sie einen Moment, dann legte sie den Kopf auf den Pfoten ab und schloss die Augen.

Das Zentrum des Raumes war das große Boxspring-Doppelbett mit hohem anthrazitfarbenem gepolstertem Kopfteil. Die rechte Bettseite war nicht gemacht, die rot-schwarz gemusterte Bettwäsche zerwühlt, das Kissen lag zerknautscht am Fußende.

Viola deutete grinsend darauf. »Unruhiger Schläfer?«

»Nicht wirklich. Ich habe es heute Morgen bloß in der Eile runtergeworfen und danach einfach wieder aufs Bett geschmissen.« Eilig schüttelte er das Kissen auf und zog die Decke glatt. »Ich hatte heute nicht mit Besuch hier oben gerechnet.« Unauffällig kickte er ein Paar Socken hinter den Wäschebehälter neben der Tür.

Viola hatte die Bewegung mitbekommen und lächelte leicht. »Das ist ein Pluspunkt.«

Überrascht hob er den Kopf. »Ach ja?«

Sie nickte und sah sich weiter um. »Es beweist, dass du das hier nicht geplant hattest.«

»Was, dass du mir anbietest, mich zu massieren?«

Sie trat an die Balkontür und blickte hinaus in die Dunkelheit. Es schneite noch immer. »Wenn es so weiterschneit, kommt morgen nicht mal mehr der Schneepflug durch.«

Lukas trat dicht hinter sie und berührte sie sachte an der Schulter. »Ich hatte nichts geplant. Und wir müssen auch nicht … mehr tun als …« Er stockte. »Ich habe ein Gästezimmer hier oben. Schräg gegenüber. Es ist noch nicht renoviert und es gibt auch nur eins von diesen Luftbetten, aber du kannst gerne mein Bett hier nehmen und ich schlafe drüben. Ich würde dich auch noch nach Hause bringen, aber bei dem Wetter …«

»Nein.« Vorsichtig lehnte sie sich mit dem Rücken gegen ihn und prompt legte er seine Arme um sie. Locker nur, aber doch fühlte sie sich gefangen, geborgen und alarmiert zugleich. »Ich bin nicht gegen meinen Willen hier, Lukas.«

»Okay.« Er klang immer noch besorgt. »Ich will nur nicht, dass du glaubst, ich wolle die Situation ausnutzen. Also mal abgesehen davon, dass ich sie schon insofern ausnutze, dass ich gedenke, eine Massage abzustauben, für die ich in deiner Praxis garantiert einen Batzen Geld bezahlen müsste.«

Sie lachte leise. »Ich mache auch manchmal Hausbesuche, wenn auch normalerweise nur für ältere, immobile Patienten. Wenn du willst, kann ich dir eine Rechnung stellen.«

Er grinste breit. »Erst mal will ich die Leistung sehen, dann entscheide ich, ob ich dafür bezahle – und in welcher Form.«

Sie erschauerte bei seiner Andeutung. »Dann schlage ich vor, Sie machen jetzt mal Ihren Oberkörper frei, Herr Sahrmüller, und legen sich auf das Bett.« Sie humpelte ein wenig zur Seite, um ihm nicht im Weg zu sein. »Zum Glück ist das Bett etwas höher, dann muss ich mich nicht bücken.«

»Falls du es im Kreuz kriegen solltest, könnte ich mich mit einer Gegenmassage revanchieren.« Lukas' Stimme klang etwas gedämpft, weil er seinen Pullover samt T-Shirt, das er darunter trug, über den Kopf zog. Achtlos legte er beides auf dem Deckel der Wäschetonne ab.

Beim Anblick seines wohlgeformten Oberkörpers und der kräftigen Arme wurde es Viola erneut heiß. Rasch blickte sie zur Seite. »Und nun legen Sie sich bitte auf den Bauch, den Kopf nach rechts gedreht.«

Er gehorchte. »Seit wann siezen wir uns?«

Sie gluckste. »Entspann dich.« Sie setzte sich vorsichtig seitlich auf die Bettkante und tastete fachkundig über seine verspannte Nacken- und Schultermuskulatur. »Ganz locker.«

»Ich bin locker.« Er räusperte sich. »Na ja, vielleicht nicht ganz. Deine … Au! Willst du mich umbringen?«

Viola lachte auf. »Das war nur der Anfang.« Mit geübten Griffen und nicht unbedingt sanft begann sie, Lukas' Schulterpartie durchzuwalken.

Lukas ächzte und keuchte mehrmals auf.

»Nicht die Luft anhalten. Ruhig weiteratmen«, mahnte sie.

»Du hast gut reden.« Seine Stimme klang gepresst. »Ich wusste nicht, dass ich mich in die Hände einer Foltermeisterin begeben habe!«

»Hatte Angelique das nicht erwähnt?«

»Sie sprach nur von magischen Händen und wie genial sie sich immer nach einer Massage von dir fühlt.« Er ächzte erneut, als sie eine besonders verhärtete Stelle bearbeitete. »Das ist ja Tierquälerei!«

Unbeeindruckt von seinem Protest massierte sie weiter. Die professionellen, oft ausgeführten Handgriffe halfen ihr dabei, sich nur auf die verspannten Muskeln zu konzentrieren und nicht auf das erregende Gefühl seiner warmen glatten Haut unter ihren Händen oder die breiten Schultern, die schmalen Hüften, die wohldefinierten Muskeln an seinen Armen … Ihre Gedanken drohten in Gefilde abzuwandern, die gefährlich werden konnten.

»Jetzt dreh bitte den Kopf auf die andere Seite.« Nachdem er ihre Anweisung ausgeführt hatte, begann sie noch einmal von vorn, strich hier, knetete dort, übte Druck aus, strich energisch an Muskelsträngen entlang, bis sie wahrnahm, dass Lukas sich mehr und mehr entspannte und seine Muskulatur sich spürbar lockerte.

Allmählich begann ihr Knöchel unangenehm zu pochen. »Ich fürchte, ich muss meinen Fuß hochlegen.« Sie verzog etwas kläglich die Lippen, als er ihr das Gesicht wieder zuwandte.

Sogleich rückte er ein Stück zur Seite. »Verdammt, warum sagst du denn nichts? Setz dich hier neben mich, dann kannst du das Bein ausstrecken!«

»Vielleicht sollte ich einfach … Huch!« Er hatte sie mit einem sanften Ruck zu sich herangezogen und half ihr, sich zu drehen, bis sie schließlich neben ihm lag.

Er rollte sich auf die Seite, stützte den Kopf in die Hand und betrachtete sie ernst und aufmerksam. »Zauberfoltermeisterin.«

»Was?« Sie lachte verunsichert.

»Das ist von jetzt an mein Spitzname für dich. Ich hätte nie gedacht, dass ein Persönchen wie du derart viel Kraft in den Händen haben könnte. Aber ich gebe zu, mein Nacken und meine Schultern haben sich noch nie so gut gefühlt wie jetzt.«

»Das freut mich.« Sie war mit einem Mal wieder schrecklich gehemmt und verschüchtert. Warum bloß? Es war doch nicht so, dass sie sich zuvor noch nicht nähergekommen waren. Doch ihre Wangen erwärmten sich unter seinem intensiven Blick, und während ihr Herz Purzelbäume in ihrer Brust schlug, schnürte ihre Kehle sich ganz langsam zu, sodass sie wahrscheinlich gleich keinen Ton mehr herausbringen würde.

»Ich mache dich noch immer nervös, oder?« Lukas ergriff ihre linke Hand und verflocht seine Finger mit ihren.

Da es keinen Sinn hatte zu lügen, nickte sie, den Blick auf ihre Beine gerichtet. »Bescheuert, ich weiß.«

Er drückte ihre Hand leicht. »Auf die Gefahr hin, dass ich mich wiederhole und dich damit verärgere: Du bist nicht bescheuert, sondern unglaublich süß.«

Sie biss sich auf die Unterlippe. »Nicht, dass ich noch einen Zuckerschock verursache.«

Erheitert lachte er auf. »Das Risiko gehe ich ein.« Ehe sie reagieren konnte, hatte er sich vorgebeugt und berührte mit seinen Lippen die ihren. Ein wildes Flattern machte sich in ihrer Magengrube breit, das immer stärker wurde, je länger er seinen Mund zärtlich über ihren wandern ließ. Sie fühlte sich wie elektrisiert und sog heftig die Luft ein. Dabei öffnete sie unwillkürlich die Lippen.

Sogleich spürte sie seine Zungenspitze neugierig vortasten, nach der ihren suchen. Als sie sich berührten, wurde aus dem Flattern ein heftiges Ziehen. Ihr wurde heiß. Instinktiv fasste sie nach seiner Schulter, hielt sich daran fest, zog ihn näher zu sich heran.

***

Lukas verlagerte sein Gewicht, sodass er halb über, halb neben ihr war. Dabei achtete er darauf, dass er nicht versehentlich gegen ihren verletzten Knöchel stieß. Violas Massage hatte nicht nur seine Muskeln gelockert, sondern ihn auch in ganz und gar ungehöriger Weise erregt. Zumindest nachdem die ersten Folterqualen nachgelassen hatten. Sie war eine erstaunliche Frau. Schüchtern und unsicher auf der einen Seite, offenbar auch stets in Angst, etwas falsch zu machen. Auf der anderen Seite eine so energische Person mit Bärenkräften, die man niemals an ihr vermuten würde. Außerdem klug, humorvoll, liebenswürdig. Sie war auf dem besten Weg, sich zu seiner besten Freundin zu entwickeln. Einer süßen, sexy und unglaublich heiß küssenden besten Freundin. Während ihre Zungen einander sachte, forschend umtanzten, konnte er der Versuchung nicht widerstehen und schob seine Hand unter das weite T-Shirt, das ihre sanften Rundungen verbarg.

Bei seiner Berührung begann ihre Bauchdecke leicht zu flattern. Ihr Atem ging etwas schneller und flacher. So weit waren sie schon einmal gekommen und er konnte sich noch gut an jene Reaktion erinnern. Ihre Hand war indessen an seinem Arm hochgewandert, über seine Schulter bis zu seinem Nacken. Als sich ihre Finger in seinem Haar verfingen, durchrieselte ihn ein erregender Schauer. »Darf ich?« Auf ihr Nicken hin schob er das T-Shirt weiter nach oben und half ihr, es auszuziehen. Gleich darauf landete es auf dem

Boden. Im nächsten Moment ertönte ein ungehaltener Laut. Miss Daisy schüttelte sich heftig.

Also wirklich, was soll das denn? Werde ich jetzt etwa mit Kleidungsstücken beworfen? So was! Es gibt auch freundlichere Wege, mir mitzuteilen, dass ihr beide allein sein wollt.

Viola stieß ein amüsiertes Glucksen aus. »Entschuldige bitte, Miss Daisy. Das war keine Absicht von Herrchen.«

Das will ich aber auch hoffen. Mit T-Shirts zu werfen ist nicht die feine Art. Aber wisst ihr was? Wo es jetzt schon mal am Boden liegt, werde ich es einfach mitnehmen. Entschuldigt mich, ich ziehe mich ins Wohnzimmer zurück. Hier drinnen ist es mir zu unruhig zum Schlafen.

»Hey, was machst du denn da? Lass das Shirt liegen!« Lukas sah der jungen Hündin indigniert nach. »Und was jetzt?«

Sie vernahmen das Geräusch der sich über die Treppe entfernenden Hundepfoten. Viola zuckte mit den Achseln. »Lass sie doch. Sie wird das T-Shirt schon nicht fressen. Hoffe ich zumindest.«

»Apropos fressen.« Lukas wandte sich wieder ganz ihr zu. »Du siehst zum Anbeißen aus.«

»In deinen Shorts meinst du?« Zweifelnd sah sie an sich hinab.

»Nein, das meinte ich nicht.« Um seinen Worten Bedeutung zu verleihen, strich er mit den Fingerspitzen am spitzenbesetzten Rand ihres heute schneeweißen BHs entlang, schob den zarten Stoff dann einfach nach unten und legte damit ihre kleine, doch perfekt gerundete Brust frei. Die Brustwarze hatte sich bereits aufgerichtet und verhärtete sich, als er sanft mit dem Daumen darüberstrich. Der Anblick erregte ihn mehr, als er vermutet hätte. Seine Jeans wurden ihm bereits zu eng, doch noch störte ihn dies nicht.

Im Gegenteil, er konnte nicht länger widerstehen und nahm die rosige Knospe vorsichtig zwischen die Lippen, strich mit der Zunge darüber, spürte, schmeckte.

Viola sog scharf die Luft ein und ihre Finger gruben sich erneut in sein Haar.

Ermutigt liebkoste er sie weiter auf diese Weise und tastete sich dabei zu ihrem Rücken vor, um den Verschluss des BHs zu öffnen. Gleich darauf flog dieses Kleidungsstück ebenfalls zu Boden und er wandte sich ihrer anderen Brust zu, um auch sie zu verwöhnen.

»Das mit dem Anbeißen scheint dir ernst zu sein.« Ihre Stimme hatte einen rauchigen, belegten Ton angenommen, der ihm durch und durch ging. Widerstrebend ließ er von ihr ab und suchte ihren Blick. »Hatte ich nicht gesagt, dass ich auf süße Sachen stehe?«

»Du hast es mal erwähnt.« Ihr Atem ging unregelmäßig. »Das ist allerdings … gefährlich.«

»Ich weiß.« Er wurde wieder ernst. Da er sich einfach nicht beherrschen konnte, strich er mit den Fingerspitzen über diese wunderschönen, perfekten kleinen Brüste. »Soll ich aufhören?«

Wieder atmete sie hörbar ein – und wieder aus. »Nein.«

Er umfasste ihre linke Brust, die sich passgenau in seine Handfläche schmiegte. Die aufgerichtete Brustwarze reizte die Haut an seiner Handfläche und erregte ihn noch mehr. Am liebsten würde er einfach seinen Instinkten folgen, doch zuvor musste noch etwas geklärt werden – irgendwie. »Bist du dir sicher?« Forschend tastete sein Blick über ihr Gesicht mit den leicht geröteten Wangen. »Wenn wir … weitermachen, wird das einiges ändern.«

»Ich weiß.«

»Aber einiges auch nicht.«

Sie hielt inne, dann nickte sie. »Ich weiß.«

Er schluckte gegen das plötzliche harte Pochen seines Herzens an. »Ich will dir nicht wehtun, Viola.«

»Ich weiß«, wiederholte sie zum dritten Mal, dann lächelte sie so zuversichtlich, dass es ihm einen Schrecken einjagte: »Das wirst du nicht.« Ihr Blick wanderte von seinen Augen zu seinem Mund und blieb dort kurz haften, bevor er sich wieder zu seinen Augen hob. Eine schüchterne und doch eindeutige Bitte – nein, eine Aufforderung, der er umgehend nachkam, indem er ihren Mund mit seinem verschloss. Noch einmal verlagerte er sein Gewicht, bis er auf ihr lag, immer noch darauf bedacht, ihren Fuß zu schonen. Ein wenig fing er auch sein Gewicht ab, jedoch nur so weit, dass er trotzdem ihre Haut an seiner spüren konnte. Sie bewegte sich unter ihm und schlang schließlich ihr unverletztes Bein um seines, zog ihn näher zu sich heran. Seine Erektion drückte gegen den Stoff seiner Jeans und zugleich gegen ihr Schambein. Viola drängte sich ihm unwillkürlich entgegen, rieb sich leicht an ihm, sodass Sternchen vor seinen Augen zu tanzen begannen.

Rasch löste er seine Lippen von ihren und rückte ein wenig von ihr ab, jedoch nur, um ihr zu helfen, die unförmigen Shorts auszuziehen, sodass sie nur noch ihren knappen weißen Slip trug. Gott, sie war schön! Schlank, fast schon drahtig, doch zugleich mit sanften Rundungen. Helle, glatte Haut, auf der sich eine Gänsehaut bildete, wo auch immer er sachte mit seiner Hand entlangstrich und seine Lippen folgen ließ.

Aufmerksam hob er den Blick und suchte ihren. »Ist dir kalt?«

Ihr Blick flackerte leicht, so als müsse sie erst ins Hier und Jetzt zurückfinden. »Nicht, dass ich wüsste.«

Fasziniert streichelte er sie weiter, erforschte ihren Rippenbogen, ihren Bauch, ihre Seiten, die Hüften, bis er an die winzige Stoffbarriere stieß. Seine Fingerspitzen fuhren am Rand vorbei, suchten sich ihren Weg über ihre Oberschenkel nach unten bis zu den Knien, dann über die zarte Haut auf den Innenseiten ihrer Schenkel wieder hinauf. Und wieder folgte seinen Händen eine leichte Gänsehaut, ein Erschauern, Violas unterdrücktes Seufzen.

Als er erneut den Kopf hob, fand er ihren Blick unverwandt auf sich gerichtet; ihr Gesichtsausdruck war unergründlich. Sein Herz zuckte nervös. »Alles okay bei dir?«

Um ihre Lippen herum erschien ein kaum merkliches Lächeln; sie nickte, schluckte, schluckte noch einmal. Dann atmete sie tief ein. »Ja, alles okay.« Ihre Stimme klang belegt und so, als kämpfe sie mit sich. »Ich ... kann es nur gerade nicht ganz fassen.«

Rasch schob er sich wieder an ihr hoch, umfasste ihr Gesicht mit der Hand, küsste sie zärtlich. »Was kannst du nicht fassen?«

»Das ... hier.« Sie machte eine vage Handbewegung, deutete auf ihn, dann auf sich. »Du und ich.«

In gewissem Sinne musste er ihr recht geben. Das mit ihnen beiden war auch für ihn überraschend. Nicht, weil sie ihm nicht schon immer gefallen hätte, sondern weil er über sich selbst staunte. Er warf gerade eine ganze Wagenladung an lange gehegten und gepflegten Prinzipien über Bord, weil er unbedingt mit ihr zusammen sein wollte. Doch das war sein Problem, und um auf sie einzugehen, fragte er trotzdem: »Was ist daran so unfassbar?«

»Weil ...« Sie schien immer noch Probleme zu haben, geradeheraus zu sprechen, ganz so, wie sie es ihm beschrieben hatte. »Ich hätte nie gedacht, dass du ... dass wir mal ...«

Sie stockte kurz. »Ich werde nicht allzu oft bemerkt. Also … auf diese Weise.« Ihre Wangen nahmen einen sanften Rotton an. »Weil ich mich meistens nicht traue …« Sie zögerte, schien nach den passenden Worten zu suchen.

»Ins Rampenlicht zu treten.« Mit dem Daumen zeichnete er die weichen Linien ihres Gesichts nach, ihrer Lippen. Dann küsste er sie wieder. »Ich würde sagen, das ist jetzt mein Glück. Obwohl ich mir ehrlich gesagt nicht vorstellen kann, dass hier in der Gegend alle Männer mit Blindheit geschlagen sind. Oder mit so viel Dummheit, dass sie nicht bemerken, wie süß – und wundervoll – du bist.«

Auf ihren Lippen zeigte sich ein überraschtes Lächeln, das ihre Augen zum Leuchten brachte. »Vielleicht …« Wieder ein kurzes Zögern. »Vielleicht bin ich auch ziemlich wählerisch.«

Ihre Worte rührten etwas in ihm, riefen ein feines, nicht unangenehmes, jedoch trotzdem beunruhigendes Ziehen in ihm hervor. »Dann habe ich ja gleich doppeltes Glück.« Als solches empfand er es tatsächlich. Sie waren in dieser kurzen Zeit so gute Freunde geworden, dass er bereits nicht mehr wusste, wie es vorher ohne sie gewesen war. Er wollte es auch gar nicht mehr wissen. Nun standen sie kurz davor, eine weitere Schwelle – eine gefährliche Schwelle – zu übertreten. Das war ein unkalkulierbares Risiko, trotzdem scheute er nicht davor zurück. Irgendwie hoffte er, dass ihre Freundschaft das unbeschadet überstehen würde. Dass sich alles und doch nichts ändern würde.

Wieder küsste er sie, diesmal mit etwas mehr Nachdruck, mehr Verlangen. Sie kam ihm bereits entgegen, öffnete sich ihm, zog ihn zu sich heran, bis nicht einmal mehr ein Quäntchen Luft zwischen sie passte. Haut auf Haut, Herzschlag an Herzschlag. Erneut flammte seine Erregung auf, als sie ihr Bein wieder um seines schlang, sich wie zuvor an ihm rieb.

Hitze und Lust tosten durch sein Blut und machten ihn schwindelig – und gierig nach mehr.

***

Es mussten ihre Hormone sein, die in ihrer Blutbahn einen Freudentanz aufführten, anders konnte Viola sich das heiße Kribbeln in ihren Adern nicht erklären, das sie durchrieselte, als Lukas sie wieder und wieder, tiefer und tiefer küsste. Die feinen Härchen auf seiner Brust reizten ihre Brüste auf herrlichste Weise. Seine Hände waren plötzlich überall, dann auch wieder seine Lippen. Wie schon zuvor erforschte er jeden Zentimeter ihres Körpers, zog mit der Zunge verschlungene Spuren auf ihrer Haut, bis er ihr Höschen erreichte. Seine Finger fuhren diesmal nicht nur am Rand entlang, sondern schoben sich darunter, tasteten, liebkosten.

Sie half ihm, dieses letzte Kleidungsstück auszuziehen, vorsichtig, damit sie nicht versehentlich ihren verletzten Fuß irgendwo stieß. Kaum hatte sie sich wieder ins Kissen sinken lassen, als er auch schon sanft, achtsam ihre Schenkel auseinanderschob, sie betrachtete, streichelte. Jede einzelne seiner Berührungen erzeugte Hitze und zugleich eine Gänsehaut. So etwas hatte sie noch nie erlebt. Fast fühlte es sich so an, als ob seine Hände winzige Stromstöße auf sie übertrugen. Als sie im nächsten Moment seine Zunge spürte, die ihre geheimsten und empfindlichsten Stellen zu erforschen begann, schoss ein süßer Stich durch sie hindurch und verwandelte sich in ein sehnsüchtiges Ziehen und Pulsieren in ihrer Körpermitte. Und wieder konnte sie sich nicht erinnern, so etwas schon einmal empfunden zu haben. Sie hatte schon Sex gehabt. Nicht mit vielen verschiedenen Partnern, doch in ihrer Erinnerung war er immer schön gewesen. Aber nicht so. Nicht … *so*! Intensiv, von brennendem Verlangen getrieben, irgendwie ursprünglich.

Lustvoll vergrub sie ihre Finger in Lukas' dichten, weichen Haarsträhnen, kratzte leicht mit ihren kurzen Fingernägeln über seine Kopfhaut und spürte, wie er erschauerte und sich anzuspannen begann. Sein Atem ging schneller. Mutig zog sie ihn an den Schultern zu sich herauf, küsste diesmal ihn, drückte ihn rücklings auf die Matratze, um endlich ebenfalls ihre Neugier zu befriedigen.

Er besaß einen herrlichen Körper, männlich, muskulös, jedoch nicht künstlich oder übertrieben, sondern einfach genau richtig. Vorsichtig verlagerte sie ihr Gewicht, bettete ihren geschundenen Fuß etwas seitlich und begann nun ihrerseits, ihn zu streicheln, küsste seine Schultern und seine Brust. Ähnlich den ihren richteten sich seine Brustwarzen auf und wurden hart, als sie mit der Zungenspitze zärtlich darüberstrich. Seine Bauchdecke flatterte leicht, als er stockend einatmete.

Ermutigt schickte sie ihre Lippen weiter auf Wanderschaft, bis sie seinen Bauchnabel erreichte. Am Bund seiner Jeans entlang hauchte sie unzählige Küsse auf seine Haut und beobachtete fasziniert, wie seine Atmung flacher wurde. Er ließ seine Hand in ihr kurzes Haar wandern, mit der anderen half er ihr, die Knöpfe seiner Jeans zu öffnen. Der Stoff spannte bereits über seiner Erektion, und als er schließlich Hose, Shorts, Schuhe und Socken einfach auf einmal auszog und zu Boden warf, erschauerte sie wohlig und auch ein wenig nervös. Früher hatte sie in solchen Situationen meist gezögert und dem Mann die Führung überlassen, doch jetzt gerade war sie viel zu fasziniert, viel zu erregt von seinem

Anblick, um sich zurückzuhalten. Vorsichtig umfasste sie seinen Schaft, fühlte die zarte Haut, die hervortretende Äderung und spürte gleichzeitig dem stärker werdenden Pochen in ihrer Körpermitte nach.

Lukas sog scharf die Luft zwischen die Zähne, als sie begann, ihn zu streicheln. Seine Finger vergruben sich erneut in ihrem Haar. Als sie neugierig ihre Zunge einsetzte, krallte er sich mit der anderen Hand in die Bettdecke und stöhnte auf.

Seine Reaktion gefiel ihr und machte sie noch mutiger. Also begann sie, ihn mit Lippen und Zunge zu verwöhnen, achtete auf jede seiner Reaktionen, sein leises Keuchen und lustvolles Stöhnen, bis er sich abrupt aufsetzte, den Blick dunkel und begehrlich auf sie gerichtet. »Zauberfoltermeisterin«, raunte er und drängte sie sanft zurück in eine liegende Position. Er stützte sich über ihr ab und öffnete die Nachttischschublade, in der eine nagelneue Packung Kondome lag. Es dauerte nur wenige Augenblicke, bis er sich eines davon übergestreift hatte, dann war er sofort wieder bei ihr. Sein Mund senkte sich auf ihren, seine Zunge teilte ihre Lippen und suchte nach der ihren.

Wieder schlang sie ihr Bein um seines, kam ihm entgegen. Ihr Herz pochte wild, alles in ihr spannte sich erwartungsvoll an und drängte gleichzeitig vor, begierig darauf, ihn endlich in sich zu spüren.

Sie hatte die Augen geschlossen, doch als er seinen Mund von ihrem löste, öffnete sie sie fragend.

Sein Blick blieb an ihrem hängen, das silbrige Violett wirkte dunkel, intensiv, und ihr wurde bewusst, dass er in diesem Augenblick nichts anderes wahrnahm als sie – und sie ihn. »Zauberfoltermeisterin«, flüsterte er erneut mit einem fast unmerklichen Lächeln und drang langsam, behutsam in sie ein.

All ihre Nervenenden von den Zehenspitzen bis zum Haaransatz, innen wie außen, erschauerten gleichzeitig und begannen zu vibrieren. Weiter und weiter drang er vor, füllte sie aus. Herrlichste Empfindungen durchrieselten ihren Körper und setzten ihn zugleich in Brand. Wärme wurde zu Hitze, Erregung zu ungezügelter Lust.

Einen langen quälenden Moment hielt er inne, atmete keuchend und dicht an ihren Lippen mehrmals ein und wieder aus, sichtlich bemüht, die Kontrolle nicht zu verlieren. In seinem Blick schien sich etwas zu verändern. Das Violett wurde von den sich weitenden Pupillen beinahe verdrängt. Staunen, Verwunderung und Begehren bildeten eine seltsame, alarmierende, erotische Mischung. Viola konnte sich diesem Blick nicht entziehen, versank immer tiefer darin. Ihr Herz zerbarst beinahe vor neuen und dennoch altbekannten Gefühlen, die von ihm auf sie übergingen. Oder war es umgekehrt? Sie wusste es nicht, denn alles an und in ihr war nur auf Fühlen, Spüren, Empfinden ausgerichtet.

Sie stöhnte unwillkürlich auf, als er begann, sich in ihr zu bewegen. Erst träge, fast vorsichtig. Ihr Körper hatte nur darauf gewartet, und all die Nervenenden schrien geradezu nach mehr. Sie kam ihm entgegen, erst zögernd, dann fordernder, bis sie einen Rhythmus gefunden hatten, der sich allmählich, dann immer schneller steigerte. Sein Mund glitt von ihren Lippen über ihre Kinnlinie bis zu ihrem Hals, seine Zunge strich dort über ihre pulsierende Schlagader, dann bis in ihre Halsbeuge und von dort zu ihrem Ohr. Auf dem Rückweg fand er eine Stelle an ihrem Unterkiefer, die extrem empfindsam war. Sie atmete keuchend, fast wimmernd ein und wieder aus, was ihn dazu veranlasste, sich dieser Stelle noch ausgiebiger zu widmen. Sie spürte abwechselnd ein leichtes Saugen, dann wieder seine Zunge, die über diese Stelle strich.

Aus dem Wimmern, das sie nicht kontrollieren konnte, wurde ein Stöhnen, als er gleichzeitig fester in sie stieß. Alles um sie herum verschwamm zu einem unwichtigen Hintergrundrauschen. Sie fühlte nur noch ihn – und eine sich ungebremst steigernde Lust, die er mit ihr teilte.

Einen Moment lang hielt er inne, verlagerte sein Gewicht, zog ihren Oberschenkel ein wenig weiter hoch, änderte den Winkel. Dabei rieb sein Becken gegen ihre empfindlichste Stelle, bis sie es kaum noch aushielt. Wieder saugte er an diesem zarten Punkt an ihrem Kiefer.

Alles in ihr spannte sich an, raste ungebremst auf den Höhepunkt zu. Sie hatte keine Chance mehr, auch nur einen Gedankenfetzen festzuhalten, denn schon im nächsten Moment riss ein Sturm von Lust sie über die Klippe. Sie stieß einen kleinen Schrei aus, unfähig, noch irgendwo Halt zu finden, und ergab sich den wilden Wogen, die sie erfassten.

Lukas verschloss ihren Mund mit seinem, so als wolle er sie ganz und gar in sich aufsaugen. Dabei stieß er weiter und immer weiter in sie, schneller, unkontrollierter, bis auch ihn der Höhepunkt hinfortriss. Das tiefe grollende Stöhnen, das er ausstieß, übertrug sich von seinem Mund direkt auf ihren, in sie hinein, und ließ sie erbeben.

***

Heilige Scheiße! war alles, was Lukas im ersten Moment denken konnte, nachdem seine Atmung sich wieder halbwegs normalisiert hatte. Sein Herz raste allerdings immer noch, und da er nach wie vor auf Viola lag, spürte er das ihre ebenfalls heftig pochen. Er hatte in seinem Leben nicht wenig Sex gehabt, wenn auch zuletzt nur noch sporadisch. Guten Sex und weniger guten, wilden und auch geruhsamen. Doch mit dem, was gerade zwischen ihm und Viola passiert war, konnte er nicht eines dieser Erlebnisse auch nur ansatzweise vergleichen. Und er wusste auch, warum: Er hatte sich emotional verstrickt. War seinen Prinzipien untreu geworden, weil er sich gegen die Anziehungskraft, die Viola auf ihn ausübte, nicht hatte wehren wollen. Jetzt hatte er den Salat. Wenn er nicht umgehend die Reißleine zog, würde er irreparablen Schaden bei Viola anrichten – und bei sich selbst.

Doch da gab es ein nicht zu unterschätzendes Problem: Der Reflex, sofort Distanz aufzubauen, den diese Einsicht in ihm auslöste, wurde von Violas zärtlichem Streicheln über seinen Rücken und seine Schultern gelähmt; von ihrem glücklichen Lächeln, mit dem sie ihm nun, als er es schaffte, den Kopf zu heben, in die Augen sah. Er verlor sich für einen Moment darin. Verdammt, er *war* verloren! Wenn er nicht augenblicklich handelte, würde er ihr wehtun. Vielleicht nicht jetzt gleich, aber doch in allzu naher Zukunft. Doch er brachte es nicht fertig, ihr dieses Lächeln zu nehmen, das ihn bis ins Mark rührte und erschütterte.

»Wo kam das denn auf einmal her?«, versuchte er die gefühlsschwangere Luft im Raum durch ein wenig Heiterkeit zu klären. »Hat da gerade die Erde gebebt?«

Violas Lächeln vertiefte sich. »Kann sein, aber genau weiß ich es nicht. Ich war abgelenkt.«

»Tatsächlich?«

»Mhm.« In ihren Augen blitzte es amüsiert. »Ziemlich. Wenn das Haus um uns herum eingestürzt wäre, hätte ich es vermutlich erst bemerkt, wenn der Schnee auf uns geriesel wäre.«

Ein Lachen stieg in ihm auf und ließ sich nicht unterdrücken. Diese süße, wundervolle, sexy Frau war einfach unglaublich. Und offenbar hatte sie im Augenblick auch zu ihrer fröhlichen, offenen Art zurückgefunden. Keine Spur von Verlegenheit oder Schüchternheit mehr.

Vorsichtig glitt er von ihr herunter, streifte das Kondom ab und entsorgte es im Badezimmer. Als er zurückkehrte, hatte sich Viola unter die Bettdecke gekuschelt, den malträtierten Fuß jedoch außerhalb der Decke gebettet.

Prüfend beäugte er den geschwollenen Knöchel. »Tut es immer noch sehr weh? Ich kann dir gerne ein Schmerzmittel holen. Mehr als Aspirin oder Paracetamol habe ich zwar nicht da, aber falls du etwas brauchst …«

»Nein, schon gut. Es geht schon.« Sie rutschte ein Stück nach links, um ihm Platz zu machen.

Sein Verstand brüllte in diesem Moment los, dass er umgehend das Gästezimmer aufzusuchen hatte, um die Fronten zu klären. Dass er nicht darauf hörte, war, so argumentierte er vor sich selbst, der Tatsache geschuldet, dass er hoffte, Viola später noch zu einer zweiten Runde überreden zu können. Nicht allzu viel später. Bald. Sehr bald.

Grinsend schob er sich zu ihr unter die Decke und verspürte eine eigentümliche Mischung aus Beschützerinstinkt, noch nicht ganz wiederaufflammender Erregung und Zärtlichkeit, als Viola sich in seine Armbeuge schmiegte und den Kopf an seiner Schulter bettete. »Siehst du«, murmelte sie und streifte mit den Lippen über seine Haut. »Du tust mir nicht weh.«

20. Kapitel

»Grins nicht so triumphierend!« Die Ehefrau von Santa Claus stand mitten in seinem Büro und stemmte die Hände in die Seiten. »Wenn du nicht Petrus mit meinen Lebkuchen bestochen hättest, wäre dir dieser Geniestreich niemals geglückt!«

Santa Claus grinste von einem Ohr zum anderen, sodass sich sein Rauschebart in alle Richtungen sträubte. »Du gibst aber zu, dass es ein Geniestreich war.«

Seine Frau bemühte sich sichtlich, ernst zu bleiben. »Noch ist nicht aller Tage Abend, mein Lieber. Und schon gar nicht Heiligabend. Wenn auch nur ein winziges Detail deines Planes nicht funktioniert, hast du ein ganz scheußliches Problem.« Streng fixierte sie ihn. »Fast kommt es mir so vor, als würdest du jedes Jahr mehr Risiken eingehen, um den Menschen ihre Herzenswünsche zu erfüllen. Das kann auch mal böse ins Auge gehen, ist dir das klar?«

»Ich gehe nur kalkulierbare Risiken ein.« Der Weihnachtsmann wurde wieder ernst. »Nun ja, zumindest weitgehend kalkulierbar. Ich lerne die Menschen ja auch von Jahr zu Jahr besser kennen und einzuschätzen. Dadurch wird mein Spektrum an Handlungsmöglichkeiten umso größer.«

»Dann hoffe ich sehr, dass in diesem Spektrum an Handlungsmöglichkeiten auch ein Notfallprogramm enthalten ist.« Santas Frau deutete auf den Bildschirm an der Wand, auf dem Lukas und Viola zu sehen waren. »Denn so, wie ich die Lage einschätze, ist noch längst nicht alles in trockenen

Tüchern. Viola mag allmählich ihre Schüchternheit ablegen – zumindest Lukas gegenüber, aber er ist nach wie vor auf dem Sprung und nicht bereit, sich auf etwas Festes einzulassen.«

»Bist du dir sicher?« Das Grinsen kehrte auf die Lippen des Weihnachtsmannes zurück. »Vielleicht solltest du mal ein wenig genauer hinsehen.«

»Was meinst du damit?« Stirnrunzelnd trat seine Frau näher an den Bildschirm heran, räusperte sich erschrocken und schaltete das Bild aus. »Liebe Zeit, da geschehen aber gerade Dinge, die uns überhaupt nichts angehen!«

Der Weihnachtsmann lachte. »Na gut, dann sieh bitte in den kommenden Tagen ein bisschen genauer hin. Ich bin mir sicher, dass mein Plan noch Früchte tragen wird. Auch wenn das Gefühlsradar«, er warf dem gerade wieder laut piependen Gerät einen strengen Blick zu, »das im Moment noch anders zu bewerten scheint.«

»Früher hast du die Ausschläge des Radars immer sehr ernst genommen.«

Er nickte seiner Frau zu. »Das tue ich auch heute noch. Aber in diesem speziellen Fall bin ich der Ansicht, dass wir es mit viel Lärm um nichts zu tun haben. Oder sagen wir lieber um Dinge, die sich möglicherweise ganz schnell in ein großes Nichts auflösen werden.«

Er wandte sich der Sprechanlage auf seinem Schreibtisch zu und drückte eine Kurzwahltaste. »Elf-Siebzehn? Hast du kurz Zeit? Ich hätte einen Auftrag für dich.«

»Bin schon auf dem Weg zu dir«, schnarrte es aus der Anlage. Kaum eine Minute später stand der Elf in der Tür zum Büro. »Was kann ich für dich tun, Santa Claus?«

Der Weihnachtsmann winkte den Elf freundlich näher. »Ich möchte, dass du noch einmal mit Miss Daisy sprichst und ihr ein paar neue Anweisungen gibst. Nur für alle Fälle.«

21. Kapitel

Vor sich hin summend räumte Viola den tragbaren CD-Player zurück in den Geräteschrank in der Sporthalle und schloss danach die Tür ab. Sie war heute spät dran, weil der Pilateskurs etwas länger als sonst gedauert hatte. Nun musste sie sich beeilen, wenn sie Lukas noch in der Firma erwischen wollte. Sie hatten sich zum fliegenden Betreuungswechsel für Miss Daisy, wie sie es inzwischen scherzhaft nannten, dort verabredet. Da er angedeutet hatte, dass er wegen der guten Auftragslage vor Weihnachten diese Woche jeden Tag anderthalb bis zwei Stunden länger arbeiten würde, hoffte sie, dass sie noch rechtzeitig dort sein würde.

Sie hatten in den beiden vergangenen Wochen viel Zeit miteinander verbracht, nach Feierabend, aber auch nachts. Meistens hatten sie die Nächte in seinem Haus verbracht, hin und wieder aber auch bei ihr. Sie hatten lange Spaziergänge mit Miss Daisy gemacht, im Schnee gespielt, ja, der Hündin sogar ein paar kleine Tricks beigebracht. Die Zeit war wie im Flug vergangen und noch nie hatte sich Viola mit einem Mann so gut verstanden. Sie lachten viel, redeten über Gott und die Welt und hin und wieder taten sie auch so, als müsse er ihr immer noch das Flirten beibringen.

Ihr Herz hüpfte vor Freude beim Gedanken daran, dass sie ihn gleich wiedersehen würde. Dennoch war das melodische Summen des Songs *Last Christmas* kein Ausdruck von überbordender guter Laune. Vielmehr versuchte Viola damit ihre Nerven zu beruhigen. Sie wollte heute mit Lukas noch einmal einen Ausflug auf den Weihnachtsmarkt machen. Obwohl sie zuletzt viel gemeinsam unternommen hatten, war der Weihnachtsmarkt nie Ziel ihrer Ausflüge gewesen. Da sie jedoch noch auf der Suche nach einigen wenigen Weihnachtsgeschenken war, hoffte sie, dass er einverstanden sein würde, sie dorthin zu begleiten.

Außerdem wollte sie ihn um etwas bitten. Eigentlich nur eine Kleinigkeit, doch für ihn war es vermutlich eine ziemlich große Sache, deshalb schob sie es schon seit ein paar Tagen vor sich her. Er hatte sie gewarnt, dass sich, sobald sie miteinander geschlafen hätten, vieles ändern würde, und das hatte es. Ihre Beziehung – oder Freundschaft, wie er nach wie vor beharrte – war enger geworden, die gemeinsamen Nächte waren einfach fantastisch. Nie wurden sie müde, einander Zärtlichkeit und Lust zu schenken. Doch er hatte auch vorausgesagt, dass einige Dinge sich nicht ändern würden. Zwar hatte sie gewusst, was er damit meinte, doch erst jetzt, da sie es erlebte, begriff sie, was es bedeutete.

Wenn jemand ihn fragen würde, würde er wohl ohne Umschweife zugeben, dass sie miteinander ins Bett gingen, doch ein richtiges Bekenntnis zu ihr oder vielmehr zu einer romantischen Beziehung, wollte er nicht abgeben. Er sprach nicht einmal ansatzweise darüber. Zwar würde er sich, solange die Sache mit ihnen lief, nicht mit einer anderen Frau treffen, dessen war Viola sich ziemlich sicher, doch zugeben, dass sie ein Paar waren, wollte er auch nicht. Noch nicht, so hoffte sie nach wie vor, doch wenn derzeit auch nur ansatzweise ein Gespräch in diese Richtung ging, blockte oder lenkte er geschickt ab und wechselte das Thema. Manchmal kam es ihr so vor, als weiche er ihr in dieser Hinsicht regelrecht verzweifelt aus.

Sie wusste, dass er sie gernhatte, sehr gern sogar. Es konnte gar nicht anders sein, denn allein seine Blicke sprachen eine eindeutige Sprache, ebenso wie jede Berührung, jeder Kuss, die ganze Art, wie er sie behandelte.

Sie war schon mehrmals von ihren Freundinnen darauf angesprochen worden, einer konkreten Antwort jedoch immer ausgewichen. Was sollte sie auch sagen? Dass sie einen Mann liebte, der eine tief verwurzelte Bindungsaversion hatte? Sie verstand inzwischen sehr gut, woher sie rührte, doch mehr, als für ihn da zu sein, ihm zu zeigen, dass er ihr vertrauen konnte, war ihr nicht möglich. Alles Weitere musste von seiner Seite kommen.

Während sie eine schnelle Dusche nahm und hinterher in schlichte Jeans und einen flauschigen rosafarbenen Rollkragenpullover schlüpfte, überlegte sie zum gefühlt hundertsten Mal, ob es sinnvoll war, ihn ein wenig zu drängen. Entweder wich er ihr erneut aus oder … ja, oder. Was, wenn er sich so eingeengt fühlte, dass er sich vor ihr zurückzog?

Wenn sie ehrlich zu sich war, befürchtete sie das schon seit einer geraumen Weile. Vielleicht sogar schon seit ihrer ersten gemeinsamen Nacht, an die inzwischen lediglich ein noch leicht gelbgrün verfärbter Knöchel erinnerte. Die Verletzung war längst verheilt, ganz wie sie es vorausgesagt hatte. Die Überreste des Blutergusses hielten sich zwar hartnäckig, würden aber in absehbarer Zeit sicher ebenfalls verschwunden sein.

Sie stopfte ihre Sportsachen in eine große Tasche, um sie später zu Hause zu waschen, und begab sich zu ihrem neuen Auto, das sie seit knapp zwei Wochen mit großem Stolz fuhr. Ihre Gedanken drehten sich weiterhin um Lukas. Er war ein unglaublich aufmerksamer Mann. Zwar notorisch unordentlich, wie sie mittlerweile festgestellt hatte, doch selbst darin ähnelten sie einander.

Als sie auf den Kundenparkplatz der Firma *Wohnen in Holz* einbog, schob sie ihre düsteren Gedanken rigoros beiseite. Erst einmal ging es nur darum, den Abend gemeinsam zu verbringen und sich ein bisschen zu amüsieren. Vielleicht war das aber auch das Problem. Ernsteren Themen wichen sie gekonnt aus, alle beide. Lukas, weil es seine Art war, und Viola, weil sie sich nicht traute, am Status quo etwas zu ändern. Sie wollte ihn nicht verlieren, also gab sie ihm Zeit. Denn Zeit, so hoffte sie, war in dieser Angelegenheit ihre einzige Verbündete.

***

Lukas schloss gerade die Werkstatttür ab, als er das Brummen eines Automotors vernahm. Miss Daisy begann augenblicklich winselnd um ihn herumzuhüpfen, weil sie das Motorengeräusch natürlich erkannt hatte.

Da kommt Viola, mein Frauchen, juhu! Wie toll, dass sie uns abholen kommt. Ich freu mich so. Los, Herrchen, beeil dich mal ein bisschen. Ich will Viola unbedingt begrüßen. Jetzt sofort! Wau!

»Nun warte doch einen Moment.« Halb lachend, halb genervt, weil er sich gerade über sich selbst ärgerte, hielt Lukas die Hündin an ihrer Leine zurück. Er sah Viola auf sich zukommen, und prompt zuckte sein Herz freudig in seiner Brust. Gleichzeitig schaffte er es nicht, die Alarmglocke in seinem Kopf zum Schweigen zu bringen, die ihn gemahnte, dass es nicht gut war, sich so oft – im Grunde beinahe täglich – mit Viola zu treffen. All seine verdammten Prinzipien sprachen laut und deutlich dagegen. Jeden Tag schwor er sich, ein wenig Abstand zwischen ihnen zu schaffen. Nicht um sie fallenzulassen, sondern um ihr klarzumachen, dass er Raum für sich brauchte, um atmen und existieren zu können. So war es schon immer gewesen. Doch jeden Tag schob er es wieder auf, denn sobald er sie sah, wollte er nichts lieber, als Zeit mit ihr zu verbringen.

»Guten Abend, ihr beiden.« Ihre Wangen waren leicht gerötet, doch heute eher von den fast zehn Grad unter null denn vor Verlegenheit. Ihr Mund war zu einem fröhlichen Lächeln verzogen, ihre Augen strahlten.

Lukas' Magen verknotete sich.

Wuff, jau, endlich bist du da. Nun lass schon die Leine los, Herrchen! Ich will Viola ganz dringend begrüßen! Miss Daisy zappelte und gebärdete sich wie wild, bis Lukas schließlich mit einem resignierten Seufzen die Leine fallen ließ und zusah, wie die kleine Hündin mit Freudengebell auf Viola zuschoss und sie wie wild umkreiste.

Viola kicherte und ging in die Hocke, um die Begrüßung zu erwidern, hatte jedoch nicht mit der Vehemenz gerechnet, mit der Miss Daisy dieser Tage ihre Zuneigung bekundete. Die kleine Schnauzerdame sprang begeistert an ihr hoch, um ihr übers Gesicht zu lecken, und warf Viola prompt um. Mit einem erschreckten Schrei landete sie auf ihrem Hinterteil.

Huch, Frauchen, was machst du denn jetzt? Spielen wir etwa auf dem Boden? Auch gut, so komme ich besser an dich heran.

»Hey, du kleine Hexe, was machst du denn?« Lachend wehrte Viola die nasse Hundezunge ab und blickte zu Lukas hoch. »Was ist, willst du mir nicht mal helfen?«

Er grinste breit und reichte ihr die Hand. Mit einem Ruck zog er sie auf die Füße, sodass sie gegen ihn prallte, und instinktiv zog er sie an sich und gab ihr einen Kuss. »An deiner

Standfestigkeit musst du noch arbeiten, mein Schatz, sonst wirst du den nächsten Level im Judo wohl nie erreichen. Wenn ich ab Januar das Judotraining im Sportverein übernehme, werde ich wohl ein besonderes Augenmerk darauf richten müssen.«

Ihre Augen hatten sich bei dem Kosenamen geweitet, und er bereute sofort, ihn, ohne nachzudenken, benutzt zu haben, doch dann lachte sie. »Nicht, dass unser Training so endet wie der Kampf neulich. Das würde wohl deine Autorität als Lehrer ziemlich ankratzen.«

Er runzelte gespielt empört die Stirn. »Du willst mich verpetzen?«

Viola hob nur grinsend die Schultern. »Mal sehen. Was Miss Daisy angeht – die Kleine hat inzwischen ganz schön viel Kraft. Zugenommen hat sie auch. Vielleicht sollten wir allmählich darüber nachdenken, mit ihr in die Hundeschule zu gehen, um ihr ein paar Manieren beizubringen.«

Hundeschule? Was ist das? Klingt spannend. Wuff. Ich bin dabei, wenn ihr es seid. Das wäre eine tolle gemeinsame Unternehmung. Elf-Siebzehn hat mir gesagt, ich soll Aktivitäten zu dritt unbedingt fördern, wo es nur geht.

»Das wäre vermutlich sinnvoll«, stimmte er ihr zu. Dann fiel ihm ein, dass in weniger als zwei Wochen ihr gemeinsames Arrangement mit Miss Daisy endete. Unsicher, ob er diese Tatsache ansprechen sollte, blickte er von Viola zu der Hündin und wieder zurück.

»Sag mal, hast du für heute Abend schon Pläne gemacht?« Mit ihrer Frage lenkte Viola ihn vom Thema ab. »Ich dachte nämlich, wir könnten noch mal zusammen zum Weihnachtsmarkt gehen. Aber wenn du schon etwas anderes vorhast … Eigentlich bin ich nur hier, um Miss Daisy fürs Wochenende zu übernehmen …« Sie stockte. »Wir müssen also nichts zusammen machen, wenn du schon andere Pläne hast. Wir müssen überhaupt nicht dauernd aufeinanderhocken, nur weil wir ... na ja.«

»Miteinander schlafen?«, half er nach. Jetzt wäre die beste Gelegenheit, ein wenig Abstand zu gewinnen. Er musste ihr nur sagen, dass er bereits etwas vorhatte. Doch seine Zunge hatte bereits etwas anderes im Sinn. »Weihnachtsmarkt klingt gut.« Er war ein Feigling. Oder etwa nicht? Wenn er sich auch nicht sicher war, ob er den Grund für sein Zögern so genau beleuchten wollte. Weihnachtsmarkt mit Viola klang nun einmal verlockender als alles, was er sich heute spontan allein hätte vornehmen können.

Sie einigten sich darauf, mit Violas Auto zu fahren, und betraten nur wenige Minuten später, Miss Daisy an ihrer Flexileine, durch den festlich geschmückten und mit Lichterketten beleuchteten Torbogen den Weihnachtsmarkt. Als sie hindurchschritten, hakte Viola sich spontan bei ihm unter. Eine Geste, die ihn gleichzeitig alarmierte und freute. Doch anscheinend missinterpretierte sie seinen überraschten Blick, denn sie ließ ihn gleich wieder los und tat, als sei nichts gewesen. »Schau mal, der Gospelchor stellt sich gerade auf.« Sie deutete auf die Bühne im Zentrum des Marktplatzes. »Sollen wir ein bisschen zuhören, so zur Einstimmung? Oder möchtest du lieber zuerst etwas essen oder trinken?« Schon ging sie ein paar Schritte auf den nächsten Glühweinstand zu. »Ein warmer Apfelpunsch wäre jetzt genau richtig, oder?«

Er folgte ihr, wütend auf sich selbst. Anscheinend erreichte er den Idiotenpegel gleich mehrfach. Als er sie eingeholt hatte, war die junge Verkäuferin bereits dabei, zwei Becher Punsch abzufüllen.

»Ich lade dich ein«, verkündete Viola und reichte der Frau

das Geld und Lukas einen der beiden Becher. »Auf dein Wohl!«

Er lächelte schwach. »Auf deins auch.«

Während sie den Punsch tranken, beobachteten sie das bunte Treiben auf dem Markt, scherzten über so manche kitschige Dekoration und versuchten, Miss Daisy dazu zu bringen, die Tricks, die sie ihr beigebracht hatten, auch hier unter vielen Menschen vorzuführen. So ganz klappte das noch nicht, doch Spaß machte es ihnen allen dreien allemal.

Nachdem sie die Becher wieder zurückgegeben hatten, beschlossen sie, eine Runde über den Platz zu drehen und die einzelnen Stände etwas genauer in Augenschein zu nehmen. Viola wollte wie zuvor vorausgehen, doch diesmal beschloss Lukas, kein gefühlloser Trottel zu sein, und nahm schweigend ihre Hand. Ihre Finger verschränkten sich ineinander und er spürte Violas Blick für einen Moment auf sich ruhen. Er erwiderte ihn jedoch nicht. Er wusste nicht genau, was er von sich halten sollte, fühlte sich nun aber bedeutend besser.

Der Gospelchor intonierte gerade eine mehrstimmige Version von Leonard Cohens *Hallelujah*, etwas weiter entfernt quäkte *Jingle Bells* aus einem Lautsprecher und ein paar Meter weiter lockte der Losverkäufer mit einem Mikrofon die vorbeiflanierenden Leute an, um sie zu animieren, ihr Glück zu versuchen.

Aufmerksam sah Lukas sich um. »Und was machen wir jetzt?« Sein Blick fiel auf ein größeres Zelt schräg gegenüber, über dessen Eingang ein Schild angebracht war, auf dem *Jana Weißmüller – Art in Glass* stand. »Warst du da schon mal drin?«

»Ja.« Viola seufzte. »Da gehe ich jedes Jahr rein – und kriege jedes Mal die Krise.«

»Warum das?«

Sie zuckte mit den Achseln. »Weil ich am liebsten alles, was Jana anbietet, kaufen würde. Leisten kann ich mir aber immer nur eine winzige Kleinigkeit, wenn überhaupt. Jana ist eine sehr talentierte Künstlerin. Ich frage mich, warum sie nicht schon längst in großen Galerien ausstellt. Aber sie sagt immer, dass es ihr lieber ist, wenn sie sich selbst vermarktet und nah an den Menschen bleibt.«

»Kennst du sie gut?« Seine Neugier war geweckt, deshalb strebte er auf das Zelt zu.

»Jana und ich waren im selben Abiturjahrgang. Sie war schon immer eine Künstlerin durch und durch. Ein bisschen esoterisch angehaucht und irgendwie ganz besonders. Du wirst schon sehen.« Viola übernahm die Führung und zog ihn an der Hand durch den Zelteingang.

Sogleich hatte Lukas das Gefühl, sich in einer anderen Welt zu befinden. Aus einem versteckten Lautsprecher erklang die Musik von Loreena McKennitt. Lukas erkannte ihren Song *The Holly and the Ivy*, weil er die Sängerin vor einigen Jahren mal live gesehen hatte. Die Beleuchtung war gedämpft, mit einigen Spots, die die Vitrinen an den Wänden gekonnt in Szene setzten. In der Zeltmitte befanden sich Schautische, auf denen Schmuck und Weihnachtsdekoration unter einer schützenden Glasabdeckung ausgestellt waren. In den unterschiedlich großen Vitrinen fanden sich Schalen, Gläser und Skulpturen unterschiedlicher Größe – alles in durchsichtigem oder zum Teil auch sehr buntem Glas. Fantasievolle Formen reizten das Auge und ließen das Gefühl aufkommen, sich in einem Glaswunderland zu befinden.

»Hab ich es nicht gesagt?« Verzückt lächelnd drehte Viola sich einmal im Kreis. »Der absolute Wahnsinn. Pass bloß auf mich auf, sonst gebe ich hier ein Vermögen aus.« Wie ein

Kind, das durch das Fenster eines Süßwarengeschäfts schaut, betrachtete sie die Auslagen.

Huch, was ist denn das jetzt? Wo sind wir denn hier? Das ist aber ein seltsamer Ort. Vorsichtig schnüffelte Miss Daisy an einem Tischbein.

»In dem Fall sollte ich deinen Freund vielleicht für ein Weilchen entführen, damit du dich austoben kannst. Meine Kasse wird sich über den Geldsegen freuen.« Die Künstlerin selbst trat auf sie zu und lächelte liebenswürdig. Sie war mittelgroß, mit schulterlangem dunkelbraunem Haar und schokoladenbraunen Augen. Vielleicht wäre sie, obgleich durchaus hübsch, vor dem Hintergrund ihrer Kunst kaum aufgefallen, wenn sie nicht in ein knöchellanges, vielfarbiges Wollkleid gehüllt gewesen wäre, das vorne große auffällige Perlmuttknöpfe zierten. Um den Hals trug sie gleich mehrere silberne Ketten, die sich knapp oberhalb ihrer Taille zu einem Knoten zusammenfügten, an dem ein dunkelrotes gläsernes Ornament hing, das mystisch anmutete, vielleicht keltisch. An ihren Ohren baumelten ebenfalls silberne Kettchen mit passenden Ornamenten, die so filigran gearbeitet waren, dass Lukas sich unwillkürlich fragte, wie die Künstlerin das wohl hinbekommen hatte. Alles in allem war sie eine hochinteressante Erscheinung. Ruhig, mit einem sanften, seltsam wissenden Lächeln – eindeutig esoterisch angehaucht, da hatte Viola recht – und gleichzeitig dem klugen Blick einer Geschäftsfrau.

»Jana!« Ohne zu zögern, umarmte Viola die ehemalige Schulfreundin und erhielt im Gegenzug auf beide Wangen einen Kuss. »Wir haben uns ja schon lange nicht mehr gesehen. Wolltest du nicht mal in meinen Pilateskurs kommen?«

»Das wollte ich.« Jana lächelte und erhellte damit das Zelt. »Aber du weißt ja, wie das ist. Man arbeitet und arbeitet …

Ich war ziemlich kreativ in den letzten Monaten. Außerdem habe ich noch einen Kurs in Betriebswirtschaft absolviert, der bis Ende November ging, da blieb nicht mehr viel Zeit für etwas anderes. Aber im Januar darfst du mich noch mal daran erinnern. Dann habe ich den Sport vermutlich auch nötig.« Sie wiegte vielsagend ihre Hüften, obwohl sich aus Lukas' Sicht kein Gramm Fett zu viel daran befand.

Hey, hallo, wer bist du denn? Du siehst nett aus und riechst ein bisschen seltsam. Ich würde dich gerne begrüßen.

Neugierig beugte Jana sich über Miss Daisy, die fröhlich auf und ab hüpfte, dabei aber mehrmals laut schnaubte. »Wer bist du denn? So ein süßer Fratz. Musst du niesen? Du riechst bestimmt die Chemikalien, mit denen ich immer arbeite. Den Geruch kriege ich nie ganz weg. Zumindest Hunde bemerken ihn immer, wenn sie in meine Nähe kommen.« Sie lachte herzlich. »Wie heißt die Kleine denn? Darf ich sie streicheln?«

»Das ist Miss Daisy.« Viola versuchte, die Hündin mit Handzeichen zu beruhigen, was allerdings nur mäßigen Erfolg zeigte. »Na klar darfst du sie streicheln, wenn du nichts gegen Hundegesabber hast. Sie will immer alle Menschen abschlecken.«

»Ach was, so ein bisschen Hundespucke ist doch nicht schlimm.« Jana ging in die Hocke. »Na, du Süße, lass dich mal kraulen.«

O ja, sehr gerne. Hach, was für ein netter Mensch du bist. Miss Daisy rekelte sich begeistert und leckte eifrig über Janas Hände.

»Sie ist ja wirklich bezaubernd.« Jana erhob sich wieder und wandte sich an Viola. »Für dich habe ich, glaube ich, genau das Richtige. Vergangenes Jahr hast du doch diese silbergraue Weihnachtselfe gekauft, nicht wahr? Hier, sieh mal, würde der nicht perfekt dazu passen?« Sie führte Viola zu einer der Vitrinen, in denen etwa handgroße Skulpturen ausgestellt waren.

Viola stieß einen entzückten Laut aus. »Der ist ja perfekt! O mein Gott, Lukas, schau mal!«

Neugierig gesellte er sich zu ihr und betrachtete den lächelnden Weihnachtself – wie schaffte man es, dass Glas lächelte? –, der ganz in einem silbrigen Violett gehalten war.

Janas Blick hatte sich wieder auf Lukas gerichtet. »Die Elfe vom vergangenen Jahr hat die Farbe von Violas Augen.« Mehr sagte sie nicht. Lukas brauchte einen Moment, bis er den Zusammenhang herstellte. Dieses silbrige Violett des Elfs erinnerte frappierend an seine Augenfarbe. Irritiert hob er die Brauen, doch da redete Jana bereits wieder auf Viola ein. »Ich weiß, du kriegst immer die Krise bei meinen Preisen, deshalb möchte ich dir diesen Elf gerne mit Freundschaftsrabatt anbieten. Bisher wollte ihn niemand haben, weil er nicht in den typischen weihnachtlichen Farben gehalten ist. Aber jetzt …« Sie schwieg einen langen Moment bedeutsam, »weiß ich, dass ich ihn für dich gemacht habe.«

Viola strahlte über das ganze Gesicht. »Der ist so wunderschön. Was nennst du denn Freundschaftsrabatt?«

Jana flüsterte ihr etwas ins Ohr.

Viola riss die Augen auf. »Ist das dein Ernst?« Sie deutete auf das dezente Preisschild an der Figur. »Das ist ja nicht mal die Hälfte. Das kann ich nicht annehmen.«

»Doch, doch, das ist schon in Ordnung. Ich würde ihn dir sogar schenken, aber so wie ich dich kenne, würdest du das nicht annehmen.«

»Nein, auf keinen Fall.« Auf Violas Wangen zeigte sich eine feine Röte. Ihre Augen funkelten. »Ich nehme ihn.«

»Er ist ganz dein.« Jana schloss die Vitrine auf und warf Lukas dabei noch einen kurzen Blick zu. »Erstaunlich«, murmelte sie und lächelte ihm warm zu. Dann kümmerte sie sich darum, die Glasfigur sorgfältig in Packpapier zu wickeln und in eine Schachtel zu verpacken, die sie in eine Papiertüte schob, während Viola mit ihrer EC-Karte bezahlte.

»Ist sie nicht fantastisch?« Viola blickte, während sie das Zelt verließen, ganz verliebt in die Tüte mit der Pappschachtel. »Ich mochte Jana schon immer gut leiden. Sie hat so etwas Besonderes an sich und scheint irgendwie alles und jeden mit dem Herzen zu sehen.«

»So wie *Der kleine Prinz* es empfiehlt.« Lukas schmunzelte über ihre geröteten Wangen und ihre fast kindliche Freude über die Beute, die sie gemacht hatte.

»Ja, genau so.« Überrascht hob Viola den Kopf. »Sie liebt ihre Kunst nicht nur, sie lebt sie. Ich finde das beeindruckend.«

»Das ist es.« Nachdenklich blickte er sich um. »Wohin jetzt?«

Viola drehte sich einmal im Kreis. »Lass uns einfach noch ein bisschen herumgehen und gucken. Ich liebe es, die Leute zu beobachten.«

Also schlenderten sie los. Lukas ergriff erneut Violas Hand, ganz spontan und ohne weiter darüber nachzudenken. Erst die Berührung ihrer Finger machte ihm seine eigene Bewegung bewusst. Von Stand zu Stand gingen sie, amüsierten sich über so manche seltsamen Angebote und fanden schließlich auch noch ein paar kleine Geschenke, nach denen Viola Ausschau gehalten hatte. Als sie schließlich nach dem Rundgang beim Karussell angelangt waren, blieb sie stehen. Da sie schon seit einigen Minuten schweigsam gewesen war, nahm er an, dass sie etwas zu sagen hatte, jedoch nicht genau wusste, wie sie anfangen sollte. Schließlich sprach sie ihn aber doch an: »Lukas?«

»Ja?« Aufmerksam musterte er sie. Sie wirkte ein wenig blass, aber entschlossen.

»Würdest du … Also, am Sonntag ist bei meinen Eltern der traditionelle Adventsnachmittag für die ganze Familie.«

»Ich weiß. Ich habe die E-Mail deiner Mutter erhalten.« Er ahnte, was sie ihn fragen wollte, und geriet in einen Zwiespalt.

»Ich weiß, dass du eingeladen bist.« Sie nestelte an der Papiertüte herum. »Meine Eltern wissen ja auch, dass wir, na ja … befreundet sind. Mama wollte jetzt von mir wissen, ob wir zusammen kommen. Also … Du weißt schon. Dann würde sie es so arrangieren, dass wir nebeneinandersitzen und so … Wäre … das in Ordnung für dich? Ich meine, ich weiß, meine Familie kann ziemlich neugierig sein und so, und bestimmt kommen irgendwelche Bemerkungen über uns. Ich schätze, die meisten wissen sowieso, dass wir, also …« Sie stockte und senkte verlegen den Blick. »Das würde es irgendwie offiziell machen. Also nicht, dass wir zusammen sind, als Paar, meine ich, aber … du weißt schon.«

Lukas' Kehle schnürte sich zu und in seinem Magen bildete sich ein Knoten. Er erkannte die Anzeichen von Panik, ließ sich jedoch nichts anmerken. Vielleicht war jetzt die Gelegenheit, die Dinge in die rechte Perspektive zu rücken. »Ich kann am Sonntag nicht kommen.« Der Knoten wuchs und wurde schwer wie ein Ziegelstein. »Ich habe schon etwas anderes vor.«

»Oh.« Viola biss sich auf die Unterlippe und Lukas glaubte, einen Anflug von Enttäuschung in ihrer Miene wahrzunehmen. Oder doch nicht? Sie lächelte. »Na gut, da kann man nichts machen.«

Irritiert musterte er sie. Wollte sie nicht einmal wissen, was er vorhatte? Es schien nicht so, als wolle sie ihn danach fragen. Nicht, dass er ihr eine Antwort hätte geben können. Plötzlich fühlte er sich mies. Mieser als mies.

»Soll ich dann Miss Daisy am Sonntagabend zu dir bringen oder erst am Montag? Wenn du am Sonntag unterwegs bist, wird es vielleicht zu spät, oder?«

»Äh …« Darauf fiel ihm nichts ein. »Ich kann sie am Montagmorgen bei dir abholen.« Der Ziegelstein begann unangenehm zu brennen.

»Okay, gut.« Wie zufällig blickte Viola auf ihre Armbanduhr. »Es ist schon ziemlich spät geworden.« In ihrer Aussage lag eine Frage, die er sich auch gerade gestellt hatte. Doch ehe er darauf eingehen konnte, sprach sie weiter: »Soll ich dich zu Hause absetzen oder bei deinem Auto?«

Der Ziegelstein sank zusammen mit seinem Magen bis zu seinen Füßen. »Vielleicht besser … bei meinem Auto.«

Viola hatte sich dem Karussell zugewandt, auf dem, passend zur Uhrzeit, mehrere erwachsene Paare ihre Runden drehten. »Dann sollten wir jetzt aufbrechen, oder?«

Nein! Nein, nein, nein! Das geht jetzt nicht. Elf-Siebzehn hat mir gesagt, ich soll euch hier ein bisschen festhalten. Leider hat er nicht gesagt, wie ich das machen soll. Da drüben sitzt Elfe-Acht unter dem Schaltpult und winkt mir. Was mache ich denn jetzt? Leise winselnd drängte Miss Daisy sich an Violas Beine.

»Nanu, was hast du denn?« Verwundert blickte Viola auf das Schnauzermädchen hinab.

Ich will, dass ihr hierbleibt – warum auch immer. Das scheint wichtig zu sein.

»Hat sie irgendwas?« Besorgt ging Lukas in die Hocke und streichelte Miss Daisy. »Hey, nicht winseln. Was ist denn los?«

Keine Ahnung. Ihr seid plötzlich so seltsam und ich soll

dafür sorgen, dass ihr hierbleibt. Das ist für mich ganz verwirrend. Schnüff.

»Sie ist doch hoffentlich nicht krank oder so?« Auch Viola ging in die Hocke und tastete die Hündin vorsichtig ab.

Oh, das gefällt mir aber jetzt. Von euch beiden gestreichelt zu werden ist schön!

»Ich glaube nicht.« Lukas nahm Miss Daisy noch einmal in Augenschein. »Vielleicht ist sie auch nur müde oder genervt von der lauten Musik und den vielen Menschen.«

Nö, das macht mir beides nichts aus. Na ja, die Musik könnte schon ein bisschen leiser sein, aber eigentlich gefällt sie mir ganz gut.

Viola drehte den Kopf der Hündin sanft zu sich herum und blickte ihr in die Augen. »Sie scheint okay zu sein. Vielleicht ... Oh.«

Er hatte es ebenfalls bemerkt. Vom Karussell her erklang wieder das Lied *Everything I Do, I Do It For You* von Bryan Adams. Langsam erhoben sie sich beide wieder. Violas Blick wanderte erneut zum Karussell. »Wir sollten jetzt gehen.«

Er war und blieb ein dämlicher Trottel. Wollte er wirklich, dass der Abend so endete? Rasch trat er hinter Viola und legte die Arme um sie.

Sie hob überrascht den Kopf, zögerte einen Moment, dann lehnte sie sich gegen seine Brust.

Eine Welle unterschiedlichster Gefühle rollte über ihn hinweg und verkettete sich mit dem Anflug von Panik von zuvor. Was schließlich übrig blieb, war der Wunsch, Viola nah zu sein. Je länger er dem sich drehenden Karussell zusah und die Musik über sie hinwegwehte, desto dringender wurde das Bedürfnis, sie nah bei sich zu haben, zu spüren, nicht loszulassen. Die Liedzeile *I can't help it, there's nothing I want more* setzte sich in seinem Kopf fest. Und wieder warf er ein paar seiner wohlgehüteten Prinzipien über Bord. »Du könntest mich auch morgen früh zu meinem Auto fahren.«

Anstelle einer Antwort drehte Viola sich in seinen Armen um und blickte mit einem fragenden Ausdruck zu ihm auf. Dann lächelte sie plötzlich wieder, stellte sich auf die Zehenspitzen und küsste ihn.

Wärme durchrieselte ihn bis in die Fingerspitzen. Freude breitete sich in ihm aus, weil sie ihm offenbar nicht böse war. Aber warum sollte sie auch? Hatte sie nicht selbst gesagt, dass sie mit den Regeln, die er für ihre Beziehung – Freundschaft! – aufgestellt hatte, voll und ganz einverstanden war? Hatte er sich vielleicht zu viele Gedanken gemacht?

»Lass uns zu dir fahren, das ist näher«, raunte er an ihren Lippen.

»Okay.« Sie strich ihm sanft über die Wange, dann ergriff sie seine Hand und schnalzte gleichzeitig, um Miss Daisys Aufmerksamkeit zu erlangen. »Los, auf geht's!«

Was? Oh, gehen wir doch schon? Na gut, ich glaube, was ich gemacht habe, war richtig. Elfe-Acht hat mir gerade ein »Daumen hoch« gezeigt. Puh, das war wohl knapp. Fast wären die beiden zu schnell weg gewesen. Diese Elfen haben immer so seltsame Ideen. Vielleicht muss ich die ja gar nicht alle verstehen. Hauptsache, meine Menschen sind zusammen und glücklich. Dann bin ich es auch.

***

Sie waren kaum in Violas Wohnung angekommen und hatten Miss Daisy von der Leine gelassen, als Lukas Viola auch schon umarmte und küsste. Nicht so zärtlich wie vorhin auf dem Weihnachtsmarkt, sondern heiß, tief und leidenschaftlich. Fast wäre Viola vor Überraschung gestolpert. »Lukas!«

Sie keuchte unterdrückt, als er von ihren Lippen abließ und seinen Mund stattdessen in ihre Halsbeuge presste, die Haut dort leicht einsaugte und dann eine Spur bis zu jenem empfindsamen Punkt an ihrem Unterkiefer zog.

Ihr wurde heiß. »Sollen wir nicht erst mal die Mäntel ausziehen?«

»Ja.« Seine Stimme klang rau, und schon zerrte er an ihrem Reißverschluss, schob ihr den Mantel über die Schultern, ließ ihn einfach zu Boden gleiten. Sein eigener Mantel folgte nur Sekunden später und gleich darauf schob er auch schon Violas Pullover hoch und half ihr, ihn auszuziehen. »Ich will dich, Viola. Jetzt.« Seine Stimme vibrierte geradezu. Wieder trafen ihre Münder aufeinander. Lukas schob sie zielstrebig hinüber in ihr kleines Schlafzimmer und knöpfte dabei bereits ihre Jeans auf.

Eilig kickte sie ihre Stiefel von den Füßen. Die drängende Leidenschaft, mit der er sie überfiel, übertrug sich ungebremst auf ihren eigenen Körper. Woher sie so plötzlich kam, wusste sie nicht, doch es war ihr auch gleich. Für einen kurzen Moment hatte sie vorhin geglaubt, er würde sich von ihr zurückziehen. Doch jetzt … Sie stöhnte unwillkürlich auf, als er erneut mit der Zunge über ihren Kiefer strich und gleichzeitig ihren BH öffnete und zu Boden warf. Er packte ihren Hintern und zog sie dicht an sich, sodass sie seine Erregung und das fiebrige Verlangen spürte, das von ihm ausging.

So rasch es ging, knöpfte sie seine Hose auf, während er noch mit seinem Hemd und dem Shirt darunter kämpfte. Auch sie entledigte sich eilig ihrer restlichen Kleider und ließ sich von ihm zum Bett ziehen. Ehe sie sich versah, hatte er sie schon auf die Matratze gedrängt. Sie wollte sich zu ihm umdrehen, doch da hatte er sie bereits auf die Knie gezogen.

Ihr Herz klopfte wild in ihrer Brust und zwischen ihren

Schenkeln pochte es erwartungsvoll. Schon war er hinter ihr, umfasste ihre Hüften und drang mit einem kraftvollen Stoß so tief in sie ein, wie es nur ging. Sie stieß einen überraschten Schrei aus und war gleichzeitig dankbar dafür, dass sie sich kürzlich darauf geeinigt hatten, dass sie keine Kondome brauchten, weil sie die Pille nahm. Jede auch noch so winzige Verzögerung hätte sie dieser unglaublich intensiven, berauschenden, ursprünglichen Erfahrung beraubt.

Lukas beugte sich tief über ihren Rücken, stützte sich mit dem linken Arm neben ihrer Schulter ab und umfasste mit der rechten Hand ihre Brust. »Ich will dich, Viola.« Das Vibrieren in seiner Stimme war zu einem Grollen geworden. »So sehr.« Im nächsten Moment grub er seine Zähne in ihre Schulter, strich rau mit der Zunge über ihre Haut.

»O Gott, Lukas …« Heiße Schauer durchrieselten sie, das Pochen in ihrer Körpermitte verstärkte sich bei jedem seiner Stöße. Sie konnte kaum noch denken. Sein Atem ging hart und schnell, immer wieder durchmischt von tiefem gierigem Stöhnen. Sie krallte sich in die Tagesdecke, versuchte, das Gleichgewicht zu behalten, während gleichzeitig ihr Innerstes völlig durchgerüttelt wurde. Ihr Herz raste, ihr Körper brannte, Lust überschwemmte sie. Schon spürte sie, wie sich die Muskeln in ihrem Inneren zusammenzogen. Im nächsten Moment wurde sie von einem heftigen Orgasmus erfasst. Blitze zuckten vor ihren Augen, und Wellen gleich floss ein Sternenregen durch ihren Körper. »Lukas!« Ihre Stimme war kaum mehr als das hilflose Keuchen, das sie ausstieß. »Halt mich …« Sie konnte nicht fassen, was hier geschah.

»Ich halte dich, Viola.« Seine Stimme klang dunkel, rau. »Mehr, ich will mehr.« Er schien ihren Höhepunkt genau zu spüren, ließ jedoch nicht nach, in sie zu stoßen, sie anzutreiben. Kaum waren die Wogen des ersten Höhepunktes abgeebbt, als er sie auch schon auf eine neue Welle der Erregung zutrieb. Wild, fast schon unbarmherzig. »Mehr, Viola. Ich brauche mehr ...« Seine Hand strich von ihrer Brust über ihre Seite bis zu ihrer Hüfte, hielt sie dort fest, stieß weiter. Sie hatte das Gefühl, in einen Rausch geraten zu sein, in dem es nur sie beide gab – und Lust.

Schon spürte sie seine Hand nicht mehr an ihrer Hüfte, sondern nach vorne wandern, zwischen ihre Beine. Fest umschloss er ihren Venushügel, begann, ihr Lustzentrum kreisend zu liebkosen, bis ihr fast schwarz vor Augen wurde. Immer und immer wieder murmelte er ihren Namen, forderte mehr, gab mehr, bis alle Kraft aus ihren Gliedmaßen wich und sie sich auf den Bauch sinken ließ. Sogleich folgte er ihr, war über ihr, auf ihr. Bevor er jedoch ihren Körper erneut erobern konnte, drehte sie sich auf den Rücken, schlang die Beine um ihn und zerrte ihn zu sich herab. Ihre Lippen trafen aufeinander, gleich darauf ihre Zungen, und rangen miteinander. Lukas brachte sich erneut in Position und drang in sie ein, stieß begierig zu. Sie verschränkte ihre Beine fest um seine Hüften, passte sich seinem Rhythmus an. Sein Keuchen mischte sich mit ihrem Stöhnen; Flammen schienen zwischen ihnen zu züngeln. Schon trieb sie auf einen weiteren Höhepunkt zu, ungebremst, unkontrolliert.

»Ich will dich, Viola. Ich kann nicht aufhören ... dich ... zu wollen.« Einmal mehr vergrub Lukas sein Gesicht an ihrem Hals, saugte sich dort fest, verstärkte die süße Qual, die er damit auslöste, indem er mit Zähnen und Zunge über ihre Halsschlagader strich – bis hinauf zu dem einen, gefährlichen Punkt, der sie beinahe blind vor Lust machte.

»Ich bin da, Lukas. Ich bin hier.« Ihre Stimme versagte

fast und sie spürte, wie er sich anspannte, die Kontrolle verlor und nur zwei, drei Stöße später zum Höhepunkt kam. Sie drängte sich ihm entgegen, umschloss ihn mit ihren Muskeln – und stieß erneut einen erstickten Laut aus, als auch sie überwältigt wurde.

»Viola.« Schwer atmend hob Lukas den Kopf und lehnte seine Stirn gegen ihre. Seine Augen waren geschlossen, seine Miene seltsam angespannt. »Viola, ich …« Er öffnete die Augen und sah auf sie herab, mit diesen rätselhaften silbervioletten Augen. Sein Herz schlug wild und hart in seiner Brust. »Ich kann nicht …«

Sie spürte geradezu, wie er mit sich kämpfte. Sah, dass etwas in ihm tobte und er sich zugleich zurückzuziehen versuchte. Sie erkannte die Panik in seinen Augen, kurz nur, aber eindeutig. Er schluckte die Worte, die er hatte sagen wollen, sprichwörtlich hinunter. So hart, dass sein Adamsapfel auf und ab hüfte. »Viola …«

»Schsch.« Zärtlich streichelte sie über seine Schultern, seinen Rücken, hielt ihn weiterhin mit ihren Beinen umfangen, in und an ihrem Körper geborgen. »Ich weiß.«

Er stieß einen unartikulierten Laut aus und sank kraftlos auf ihr zusammen. Sein Gesicht drückte er in ihre Halsbeuge. Dann rückte er eine Winzigkeit zur Seite, umschlang sie mit seinem Arm und schloss die Augen.

Sie hielt ihn fest, lauschte seinem unsteten Atem und fragte sich nicht zum ersten Mal, wo das alles wohl hinführen mochte. Sie hatte genau gespürt, dass er etwas hatte sagen wollen, dass die Angst vor dem, was zwischen ihnen entstanden war, ihn zutiefst erschütterte und dass sein Verstand ihm zuzubrüllen schien, dass er von ihr fortmusste. Doch er war immer noch hier.

22. Kapitel

Genervt blätterte Lukas in der Sonntagszeitung und überlegte, ob er, um etwas Sinnvolles zu tun, hinüber in seine Werkstatt fahren sollte. Es war früher Sonntagnachmittag und er fühlte sich rastlos. Am gestrigen Morgen hatte er heimlich, still und leise Violas Wohnung verlassen, während sie noch schlief. Das war derart feige, dass er sich am liebsten selbst einen Kinnhaken verpasst hätte. Doch das, was am Abend zuvor zwischen ihnen geschehen war, hatte ihn aufgerüttelt, umgeworfen – im wahrsten Sinne des Wortes – und in ein nie gekanntes Stadium der Panik versetzt.

Alle Vorsätze, nach denen er schon seit so vielen Jahren lebte, hatten sich in dieser gemeinsamen Nacht mit Viola vollständig verflüchtigt. Er hatte seinen Schutzschild nicht nur sinken lassen – er war zerbrochen. Wann genau, wusste er nicht, aber es musste ungefähr in dem Moment geschehen sein, als sie nicht gefragt hatte, was zur Hölle er am heutigen Sonntag vorhatte. Sie hatte nicht nur nicht danach gefragt, sondern war über seine fadenscheinige Ausrede so leicht und unerschüttert hinweggegangen, dass er sich einen Moment lang gefragt hatte, ob er sich alle Gefühle, von denen er sich eingeredet hatte, dass sie sie ihm entgegenbrachte, womöglich nur eingebildet hatte. Im Grunde hatte sie genau das getan, was er von ihr erwartet hatte. Sich an die Regeln gehalten, die er ihr vorgegeben hatte. Damit hatte sie ihm einen derartigen Schrecken eingejagt, dass er vollständig die Beherrschung verloren hatte. Herrgott noch mal, er hätte beinahe Dinge zu ihr gesagt … Worte, die er für immer in seinem tiefsten Inneren hatte einsperren wollen. Weil er sie nicht ertrug. Weil sie ihn an Verrat und Schmerz erinnerten.

Schon mindestens fünfzigmal hatte er seit seinem Fortgang aus ihrer Wohnung sein Smartphone in der Hand gehabt, um ihr eine kurze Nachricht zu schicken. Doch was in aller Welt sollte er schreiben? Dass es ihm leidtat? Tat es das? Und wenn ja, was genau? Er war sehenden Auges in diese … Sache mit Viola hineingegangen. Sie ebenfalls. Und jetzt fand er den Ausweg nicht mehr.

Das Klingeln seines Handys riss ihn aus seiner düsteren Grübelei. Nach einem Blick aufs Display verdrehte er die Augen. Nicht das jetzt auch noch! »Hallo, Mama. Was kann ich für dich tun?«

»Zunächst einmal diesen passiv-aggressiven Ton abstellen.« Elisabeth Sahrmüller klang ruhig und liebenswürdig. Ihr war das gefährliche Haifischlächeln direkt anzuhören. »Und dann darfst du deinen Hintern in Bewegung setzen und am Sonntagskaffee von Violas Eltern teilnehmen. Ich fasse es nicht, dass du abgesagt hast. Dabei haben wir nun wirklich alles getan, um dir ein Mindestmaß an Anstand beizubringen. Also ganz gleich, wo du dich gerade herumtreibst: Zieh dir was Ordentliches an und komm her.«

Verblüfft starrte er für einen Moment sein Handy an, dann an sich hinab. Er trug nur löchrige, ausgefranste Jeans und ein ausgeleiertes graues T-Shirt. Das fast schon hellseherische Talent seiner Mutter hatte er früher schon bewundert und gefürchtet. Derart offen befahl sie ihm jedoch normalerweise nicht, was er zu tun hatte – zumindest nicht mehr seit seiner Teenagerzeit. Trotzdem – oder gerade deswegen – regte sich sofort der altbekannte Widerstand. »Ich habe keine Zeit.«

»Weil du was gerade tust? Dich in Selbstmitleid suhlen? Wir haben dein Auto gesehen, Lukas, als wir vorhin an deinem Haus vorbeigefahren sind. Es steht in der offenen Garage. Also erzähl mir nicht, dass du nicht zu Hause bist.«

Verdammt.

»Mama, ich habe gute Gründe, nicht an diesem Familientreffen teilzunehmen.«

Nun wurde seine Mutter giftig, was ebenfalls selten vorkam – wenn überhaupt. »Würdest du mir diese Gründe wohl einmal darlegen? Willst du uns mit aller Gewalt blamieren?«

»Euch blamieren?« Nun konnte er ihr nicht mehr folgen.

»Indem du erst etwas mit Viola anfängst und sie dann sitzenlässt? Das ist nicht nur eine Blamage für unsere Familie, sondern obendrein überaus hinterhältig und hartherzig. Wenn du das mit deinem Verhalten im Sinn hast, schäme ich mich für dich, mein Sohn.«

Aufgebracht sprang er von seinem Stuhl auf. »Ich habe nichts mit Viola angefangen …«

»Ach nein?«

Er fluchte unterdrückt. »… jedenfalls nicht, um sie dann sitzenzulassen. Wofür hältst du mich eigentlich?«

»Warum dann?«

»Weil …« Die Frage aller Fragen, und er war sich ganz und gar nicht sicher, ob er bereit war, sie zu beantworten.

»Du bringst sie mit deiner Abwesenheit in eine unerträglich peinliche Lage, ist dir das überhaupt klar? Was soll denn ihre Familie bitte von dir denken? Was soll Viola von uns halten? Dass wir einen Sohn großgezogen haben, der nicht bereit ist, zu seinen Entscheidungen zu stehen? Du bist ein erwachsener Mann, Lukas. Du bist ein Sahrmüller, ob dir das nun passt oder nicht. Wir haben dich weder zu einem

Schuft noch zu einem Feigling erzogen. Also halte dich nur ein einziges Mal an das Gebot der Stunde und tu, was von dir erwartet wird. Wenn dir auch nur ein bisschen was an Viola liegt, und den Eindruck hatte ich bisher, dann stehst du in spätestens einer halben Stunde bei ihren Eltern auf der Matte. Du wirst dich höflich und zuvorkommend verhalten und ihr genau der Freund sein, von dem du behauptet hast, es zu sein. Hast du mich verstanden, Lukas?«

Ihre Stimme war lauter geworden – noch ein Novum – und duldete nicht den Hauch eines Widerspruchs. Lukas griff sich an den Kragen seines T-Shirts. Obwohl er so ausgeleiert war, dass das Shirt eigentlich in die Altkleidersammlung gehörte, hatte Lukas das Gefühl, als bekäme er nicht genügend Luft. Er wollte zu einer Erwiderung ansetzen, irgendeiner, doch da hatte seine Mutter bereits aufgelegt.

***

»Habe ich zu dick aufgetragen?« Elisabeth reichte ihrem Mann das Handy, sah dabei aber Margit an, die gerade dabei war, Gebäck auf mehrere flache Glasschalen zu verteilen.

Margit hielt inne und lächelte ihr zu. »Du wirst schon wissen, wie du mit deinem Sohn umgehen musst.«

»Es tut mir außerordentlich leid, dass er sich so schofelig verhält. Man sollte meinen, dass er inzwischen über diese Kindereien hinweg wäre.«

»Ich glaube nicht, dass er sein Verhalten als Kinderei ansieht.« Margit wurde wieder ernst. »Ich kann ihn sogar verstehen – und dass sein Verhältnis zu euch stark gelitten hat. Ehrlich gesagt wundert es mich, dass er euch nicht gänzlich den Rücken gekehrt hat.«

»Weil er weiß, dass wir im Recht sind«, brummte Heinrich. »Er will es nur nicht zugeben.«

»Ganz so einfach ist es, glaube ich, nicht.« Margit verschloss die Keksdosen und stapelte sie ordentlich aufeinander. »Ihr habt euch ungefragt in sein Leben eingemischt. Ganz gleich, wie gut ihr es gemeint haben mögt, aber es war ein Unrecht ihm gegenüber. Ihr habt sein Vertrauen missbraucht und ihn hintergangen.«

»Wir haben dafür gesorgt, dass ihm die Augen aufgehen«, widersprach Heinrich. »Das war bitter nötig.«

»Vielleicht war es das, vielleicht auch nicht.« Nachdem sie sich die Hände gewaschen hatte, drehte Margit sich wieder zum Ehepaar Sahrmüller um. »Er war erwachsen und hatte das Recht, seine eigenen Erfahrungen zu machen.«

»Er hätte unserer Familie und unserem guten Namen einen großen Schaden zugefügt, wenn er darauf beharrt hätte, dieses Mädchen zu heiraten.« Heinrich verschränkte die Arme vor der Brust. »Das konnten wir nicht zulassen.«

»Stattdessen habt ihr dafür gesorgt, dass ihm das Herz gebrochen wird.« Auch Margit verschränkte kurz die Arme, lockerte sie jedoch gleich wieder. »Ihr habt ihm wehgetan.«

»Ihm wäre das Herz so oder so gebrochen worden, wenn man es denn so nennen will. Wer weiß, welche Folgen uns allen erspart geblieben sind, weil wir so beherzt gehandelt haben.« Heinrich beharrte weiter unnachgiebig auf seinem Standpunkt.

»Aber ihr habt darüber beinahe euren Sohn verloren«, gab Margit zu bedenken. »Wie gesagt, es wundert mich, dass er überhaupt noch mit euch redet. Ich kann mir nicht einmal vorstellen, wie eines unserer Kinder auf solch einen Verrat reagieren würde.« Sie seufzte. »Aber wir würden so etwas auch niemals tun.«

»Würdet ihr lieber zusehen, wie eines eurer Kinder ins Verderben rennt?« Elisabeth schüttelte den Kopf. »Das könnte ich nicht.«

»Ob es das Verderben gewesen wäre, könnt ihr ja nicht wissen. Vielleicht wäre es gut gegangen, vielleicht nicht. Garantien gibt es nicht. Schon gar nicht in Herzensdingen.« Margit lächelte liebevoll. »Wir müssen einfach darauf vertrauen, dass unsere Kinder ihre eigenen Entscheidungen treffen und mit den Konsequenzen umgehen können.«

Heinrich neigte den Kopf ein wenig zur Seite. »Korrigiere mich, aber habt ihr euch nicht ebenfalls in das Leben eurer Tochter und unseres Sohnes eingemischt?«

Wieder mit ernster Miene nickte Margit. »Ein wenig Anstoß gegeben. Nachgeholfen, wenn man so will. Aber die Entscheidung, was sie daraus machen – oder ob –, bleibt den beiden überlassen. Ich würde Viola niemals zu etwas drängen, und das solltet ihr bei Lukas auch nicht tun. Er ist erwachsen, hat ein gutes Herz und eine ordentliche Portion Verstand.«

»Aber er ist entsetzlich blind und stur«, wandte Elisabeth ein. »Wenn du nicht wie wir der Ansicht wärst, dass er und Viola ein standesgemäßes Paar sind, hättest du mich nicht gebeten, ihn anzurufen.«

Margit stutzte, dann lachte sie hell auf. »Ein standesgemäßes Paar? Du liebe Zeit, nein, wie drollig! Wir sind doch nicht im neunzehnten Jahrhundert! Standesgemäß, ich bitte euch.« Als weder Heinrich noch Elisabeth eine Miene verzogen, schüttelte Margit den Kopf. »Welchen Standes meine Tochter ist – oder euer Sohn, ist doch vollkommen egal. Ich habe gesehen, wie Lukas meine Tochter ansieht und sie ihn. Mehr muss ich nicht wissen. Deshalb – und nur deshalb – versuche ich, ein wenig nachzuhelfen. Ob es überhaupt nötig ist, wird sich herausstellen. Wir alle haben Lukas sehr gern und ihn mit Freuden in unserer Familie aufgenommen.« Sie lächelte den beiden noch einmal zu. »Genau wie Angelique ist er ein sehr besonderer Mensch. Was ich nicht ganz begreife, ist, warum euch das nicht auszureichen scheint.«

Elisabeth und Heinrich sahen einander für einen langen Moment schweigend an, dann hob Elisabeth die Schultern. »Wir sind in anderen Kreisen großgeworden als ihr. Uns wurde von klein auf beigebracht, das Augenmerk stets auf das Wohl der Familie und auf unseren guten Namen zu legen. Das bedeutet nicht, dass wir unsere Kinder nicht lieben.«

»Das habe ich auch nicht angenommen.« Margit berührte Elisabeth an der Schulter. »Andernfalls wäret ihr wohl kaum hier. Ihr wollt genau wie wir, dass Lukas glücklich ist.«

»Selbstverständlich.« Elisabeths Stimme klang ein wenig spröde, aber sie lächelte. »Deshalb haben wir deinem Plan ja zugestimmt.«

»Nun denn.« Margits Augen funkelten unternehmungslustig, als es an der Tür klingelte. »Da kommt die Bagage. Dann lasst uns mal loslegen.«

***

»Setzt euch, Kinder, setzt euch. Angelique, du und Patrick bitte hier.« Margit wies auf zwei Stühle am langen Familienesstisch. »Justus und Laura, ihr sitzt gleich daneben«, wandte sie sich an ihre Schwiegertochter. »Hoffentlich ist Justus bald mit den Hunden zurück.« Sie nickte Elisabeth knapp zu, woraufhin diese sich ebenfalls setzte. »Viola, bleib mal heute schön bei mir, hier vorne.« Sie deutete auf den Platz gleich neben ihrem eigenen Stuhl. »Und dann … Ah, es klingelt. Hans, machst du mal bitte auf? Das müssten Elke und Otto sein. Oder Lukas, der fehlt auch noch.«

Viola zuckte zusammen. »Aber Mama, ich hatte dir doch gesagt, dass Lukas heute nicht kommt. Er hat schon etwas anderes vor.«

»Nein, hat er nicht.« Margit strahlte Viola an. »Elisabeth hat vorhin mit ihm telefoniert und nun kommt er doch.« Sie wandte sich der Wohnzimmertür zu, in der gerade Elke und ihr Lebensgefährte Otto erschienen waren. »Ah, ihr beiden, wie schön, dass ihr da seid. Lasst euch drücken.« Erst erhielt Elke eine feste Umarmung und einen Kuss auf die Wange, dann Otto.

Viola starrte die Ankömmlinge für einen Moment perplex an. Lukas würde doch herkommen? Seit gestern früh hatte er sich nicht mehr bei ihr gemeldet. Sie war erschrocken und traurig gewesen, als sie aufgewacht war und hatte feststellen müssen, dass er sich heimlich aus der Wohnung gestohlen hatte. Ohne Abschied, ohne eine Notiz. Sie hatte ihm eine Textnachricht schicken wollen, es dann aber unterlassen. Wenn er sich so verhielt, hatte er gute Gründe dafür. Was sie in der Nacht zuvor erlebt hatten, war einer Explosion gleichgekommen. Emotionen waren hochgekocht, hatten ihn zutiefst erschüttert, das hatte sie gespürt. Ihr war es nicht anders ergangen, nur mit dem Unterschied, dass sie ihre Gefühle für Lukas hinnahm, wenn sie auch versuchte, sie nicht offen zu zeigen. Sie hatte ihm versprochen, dass sie seine Regeln akzeptierte und damit einverstanden war, dass das zwischen ihnen nicht weitergehen würde, als er es zuließ.

Doch das, was er in dieser Nacht zugelassen hatte, war weit über alles hinausgegangen, was sie ausgemacht hatten –

und vermutlich auch weit darüber hinaus, was er verkraften konnte oder wollte. Für einen kurzen Moment hatte er seinen Schutzschild sinken lassen, ihr einen Blick dahinter gewährt. Jetzt hatte er sich offenbar gänzlich vor ihr – und sich selbst – verschlossen, und ihr Herz hielt den Schmerz darüber kaum aus.

Erneut klingelte es und kurz darauf erschien ihr Vater mit Lukas im Schlepptau. Violas Herzschlag beschleunigte sich unwillkürlich.

Lukas lächelte angespannt, als er ihre Eltern begrüßte. Die Hände in die Taschen seiner Jeans geschoben, wippte er leicht auf den Fußballen und nickte den anderen Anwesenden zu. Als sein Blick auf Viola fiel, wich sein Lächeln einem Stirnrunzeln.

»Wie schön, dass du es doch noch einrichten konntest.« Immer noch freudestrahlend hakte ihre Mutter sich bei ihm unter. »Na komm, setz dich mal. Hier neben Viola ist noch ein Platz frei.«

Viola verdrehte die Augen. Sehr subtil, Mama! dachte sie. »Hallo, Lukas.« Sie schluckte und hoffte, dass man ihr nicht ansah, wie nervös sie plötzlich war.

»Hallo.« Er sah sie nur kurz von der Seite an. »War das deine Idee?«

»Was?« Verwundert hob sie den Kopf. »Wovon sprichst du?«

»Schon gut, vergiss es.« Er warf seiner Mutter einen finsteren Blick zu, die jedoch nur dieses stoische Lächeln zeigte, das Viola schon häufiger an ihr gesehen hatte. Es bescherte ihr immer eine Gänsehaut.

»Langsam braucht ihr einen längeren Tisch«, bemerkte Theo Sternbach, der mit seiner Frau am unteren Ende des Tisches saß und sich das Durcheinander der Begrüßungen schweigend und mit durchaus zufriedenem Gesichtsausdruck angesehen hatte. »Sonst habt ihr ein Problem, wenn die Familie noch weiter wächst.« Er beugte sich in Lukas' Richtung. »Kannst froh sein, dass du noch einen Stuhl erwischt hast, junger Mann. Noch dazu an der Seite meiner jüngsten Enkelin. Dabei hätte ich gedacht, dass erst mal Ricarda an der Reihe wäre, sich ein Deckelchen für ihren Topf zu suchen.«

»Opa!« Ricarda, die direkt neben ihren Großeltern saß, stieß ihren Großvater grinsend in die Seite. »Ich brauche keinen Deckel. In meinem Topf kocht es sich auch ohne ziemlich gut. Vielleicht bin ich auch eher so was wie eine Pfanne.«

»Für ein gutes altmodisches Schmorgericht braucht es auch bei einer Pfanne einen Deckel.« Theo setzte eine strenge Miene auf. »Merk dir das, mein Mädchen. Der Mensch ist nicht dazu geschaffen, allein zu sein.«

»Na gut, wie du meinst.« Ricarda zuckte mit den Achseln. »Vielleicht begegnet mir ja irgendwann mein Traumprinz.« In ihre Augen trat der Schalk. »Blöd nur, dass ich auf Prinzen allergisch reagiere.«

»Ach, Ricarda, Kindchen, du wirst dich eines Tages auch verlieben.« Iris beugte sich vor und tätschelte Ricardas Arm. »Du wirst schon sehen. Dann wirst auch du die Welt zur Abwechslung mal durch eine rosarote Brille betrachten.«

»Um Himmels willen, bloß nicht!« Ricarda schüttelte sich übertrieben. »Ich hasse die Farbe Rosa.«

»Als Mädchen hattest du mal so einen rosa Stift, den durfte niemand auch nur ansehen, geschweige denn anfassen.« Patrick grinste seine Zwillingsschwester feixend an. »Der war so was wie dein Heiliger Gral.«

Ringsum wurde gelacht.

Böse runzelte Ricarda die Stirn. »Der Stift war nicht rosa. Und er hat dunkelblau geschrieben.«

»Er war quietschrosa!«, beharrte Patrick.

»Hellburgunderrot.« Ricarda funkelte ihn an.

»Rosa.« Er grinste breit.

»Er hat einfach gut geschrieben. Kann ich was dafür, wenn das Ding eine blöde Farbe hatte?«

»Du hast ihn verteidigt wie deinen Augapfel.« Wieder feixte Patrick. »Einmal hat Frank ihn sich geliehen, weil er sein Federmäppchen zu Hause vergessen hat. Wenn ich mich recht entsinne, hast du ihn dafür fast k. o. geschlagen.«

»Nur fast.« Ricardas Mundwinkel zuckten und sie spielte an der Kette mit dem Löwe-Sternzeichen-Anhänger herum.

»Also gibst du es zu. Dabei war Frank dein bester Freund. Wenn du ihn schon fast gemeuchelt hättest, nur weil er sich den Stift geliehen hat, muss das Ding dir schon ziemlich am Herzen gelegen haben. Was war noch mal draufgedruckt? Ein Einhorn?«

»Ein Delfin.« Ricarda zuckte zusammen. »Glaube ich.«

»Zu spät, du hast dich längst verraten.« Patrick zwinkerte ihr zu. »Von wegen du hasst Rosa.«

»Ich sprach ja auch von rosa Brillen. Die brauche ich nun wirklich nicht.« Ricarda setzte eine stoische Miene auf, dann wandte sie sich an Viola. »Angelique hat erzählt, dass sie dich und Lukas vorgestern auf dem Weihnachtsmarkt gesehen hat.« Ihre Augen funkelten vielsagend. »Ihr habt geknutscht, sagte sie. Vor dem Karussell.«

»Ricarda!« Erschrocken hob Angelique den Kopf. »Das hatte ich dir im Vertrauen erzählt, nicht, damit du es hier herausposaunst.«

»Na und? Ist doch nicht so, als wüssten wir nicht alle, was zwischen den beiden läuft.«

»Da läuft etwas zwischen Lukas und Viola?« Otto beugte sich neugierig vor. »Jetzt also auf einmal doch? Ich dachte, du hättest gesagt, dass sich das erst mal nur langsam entwickeln würde.« Er warf Elke einen fragenden Blick zu.

Viola seufzte. »Tut mir leid«, murmelte sie in Lukas' Richtung. »Ich fürchte, da müssen wir jetzt durch.«

Lukas warf ihr nur einen beredten Blick zu, sagte aber nichts.

Viola biss sich auf die Unterlippe. Irgendetwas stimmte mit Lukas ganz und gar nicht. Es sah ihm überhaupt nicht ähnlich, in einer solchen Situation schweigsam zu bleiben. Da alle sie inzwischen neugierig musterten, erklärte sie schließlich: »Wir waren zusammen auf dem Weihnachtsmarkt, ja. Ich habe noch ein paar Geschenke gesucht und Lukas hat mir beim Aussuchen geholfen.«

»Und zum Dank dafür knutschst du ihn?« Patrick lachte und stieß, da er neben ihm saß, Lukas mit dem Ellenbogen in die Seite. »Nicht schlecht, der Lohn, was?«

Wieder antwortete Lukas nicht.

Viola wurde nervös. »Wir haben nicht geknutscht.« Etwas hilflos blickte sie von Angelique zu Ricarda, die inzwischen offenbar bemerkt hatte, dass sie ins Fettnäpfchen getreten war, und entschuldigend die Schultern hob. »Wir sind gute Freunde, nichts weiter.« Viola spürte, wie Lukas neben ihr sich anspannte. Entschlossen schluckte sie ihre aufkeimende Sorge hinunter. »Also hört mit dem Quatsch auf.«

»Das finde ich allerdings auch«, kam ihre Mutter ihr zu Hilfe und ergriff gleichzeitig ihre Hand. »Ob die beiden nun gute Freunde sind oder nicht oder mehr und ob sie sich küssen oder nicht, geht uns überhaupt nichts an. Sie werden schon wissen, was für sie richtig ist und was nicht.« Sie lächelte Lukas warm an. »Nicht wahr?«

Er nickte nur vage, sprach aber immer noch kein Wort.

»Genau.« Margit nickte bekräftigend und drückte gleichzeitig Violas Hand. »Ich freue mich jedenfalls, dass ihr heute alle hier seid ... Oh, da kommt ja Justus endlich mit den Hunden zurück«, unterbrach sie sich, als die Haustür ging und ein mehrstimmiges Hecheln laut wurde. »Dann können wir die Kaffeetafel ja für eröffnet erklären.«

***

Eine knappe Stunde später hatte die Tischgesellschaft sich in zwei Gruppen aufgeteilt. Die eine, bestehend aus Patrick, Justus, Laura, Angelique, Ricarda und Hans, hatte sich um den Couchtisch versammelt und spielte Monopoly, wobei wieder einmal Laura die unangefochtene Siegerin zu werden schien.

Die übrigen Familienmitglieder saßen nach wie vor am Esstisch. Margit lächelte gerade über das wüste Geschrei und Gelächter, das von den Spielenden zu ihnen herüberdrang. »Schade, dass die Zwillinge heute nicht mit dabei sind. Sie hätten ihre helle Freude daran gehabt.« An Elisabeth und Heinrich gewandt erklärte sie: »Die Großeltern mütterlicherseits der Zwillinge haben sie heute zu einem Ausflug zum Kölner Weihnachtsmarkt eingeladen. Ich habe noch versucht, sie zu überreden, sich stattdessen uns anzuschließen, aber das Ehepaar Meininger ist, nun ja, ein bisschen eigen.«

»Sie werden wohl am ersten Weihnachtsfeiertag mit uns essen«, warf Angelique ein, die mit einem Ohr das Gespräch am Esstisch mitverfolgte. »Heute wollten sie die Zwillinge ganz für sich. Na ja, sie sehen sie ja auch recht selten.«

Lukas, der sich schon seit seiner Ankunft unwohl fühlte, beschloss, dass es ihm jetzt reichte, und erhob sich. »Ich denke, ich mache mich auf den Heimweg.« Mit einem unangenehmen Druck im Magen wandte er sich an Viola, die seit einiger Zeit Miss Daisy hinter den Ohren kraulte, die sich zu ihren Füßen zusammengerollt hatte. »Kann ich dich noch kurz sprechen?«

»Ja, klar.«

»Was, du gehst schon?« Elisabeth hob ruckartig den Kopf. »Willst du nicht später noch Viola nach Hause begleiten? Das gehört sich so.«

Verärgert kräuselte er die Lippen. »Viola ist mit ihrem eigenen Auto hier.«

»Stimmt.« Viola nickte bekräftigend. »Ich fahre nachher alleine nach Hause. Oder vielmehr habe ich noch etwas vor.«

Überrascht sah er sie von der Seite an. »Heute Abend?«

»Ja.« Sie lächelte so nichtssagend, als hätten sie nicht die letzten beiden Wochen so gut wie jede freie Minute miteinander verbracht. Bis er sich gestern weggeschlichen hatte. »Ich treffe mich mit Kati und Mariella. Wir gehen zusammen ins Kino. Ein rührseliger Frauenfilm«, fügte sie mit einem vielsagenden Zwinkern hinzu. »Für Männer streng verboten.«

Davon hatte sie am Freitag noch nicht gesprochen. Nicht, dass er ihr einen Mädelsabend übel nahm, ganz im Gegenteil. »Na dann, viel Spaß.«

»Werden wir haben.« Sie lächelte fast schon arglos zurück. »Worüber wolltest du mit mir reden?«

Stirnrunzelnd blickte er sich um. Die Familie war in verschiedene Gespräche verstrickt, aber er wurde das Gefühl nicht los, dass sie aus vielen Augenwinkeln beobachtet wurden. Seine Mutter sah ihn sogar ganz offen abwartend an.

»Nicht hier«, murmelte er und gab Viola zu verstehen, dass sie ihm hinaus in den Flur folgen sollte.

Hey, wohin geht ihr denn? Frauchen hat mich gerade so schön gekrault! Wartet, ich komme mit.

Kaum hatten sie die Wohnzimmertür hinter sich zugezogen, als es schon aus ihm herausbrach. »Kann es sein, dass meine Mutter sich mit deiner verbündet hat?«

»Verbündet?« Viola zog die Stirn kraus. »Wie meinst du das?«

Er warf ihr einen beredten Blick zu. »Ich hatte nicht vor, heute herzukommen.«

»Ich weiß. Meinetwegen hättest du es nicht tun müssen. Wenn du etwas anderes vorhattest, ist das doch okay. Ich meine, wir sind ja nicht richtig zusammen und du kannst tun, was du willst. Genau wie ich«, fügte sie hinzu.

»Triffst du dich deshalb heute mit deinen Freundinnen?«

Sie hob den Kopf und sah ihm einen langen Moment in die Augen. »Nein. Ich treffe mich mit ihnen, weil ich ihnen schon lange einen Kinoabend versprochen hatte.« Sie stockte einen Moment, dann blickte sie ihm fest in die Augen. »Die Welt dreht sich nicht ausschließlich um dich, Lukas. Auch die meine nicht. Wir sind Freunde, nicht wahr? Zumindest hast du das behauptet. Du hast gesagt, dass wir Freunde sind, und ich bin davon ausgegangen, dass wir es bleiben, ganz gleich, wie es sonst mit uns weitergeht.«

Irritiert musterte er sie. So ganz begriff er noch nicht, in welche Richtung sich das Gespräch entwickelte.

Viola ging in die Hocke, um die leise winselnde Miss Daisy zu streicheln. »Schon gut, Süße. Alles okay. Herrchen nimmt dich gleich mit nach Hause. Nicht wahr?« Sie sah ruhig zu ihm auf. »Dann brauchst du sie nicht morgen früh bei mir abzuholen.«

»Ja … klar.« Als sie sich wieder erhob, streckte er kurz die Hand nach ihr aus, zog sie aber gleich wieder zurück. »Viola, hör mal, ich will nicht, dass du da was in den falschen Hals bekommst …«

»Das habe ich nicht, keine Sorge.« Ihre Stimme klang spröde. »Du hast dich entschieden und das ist okay. Du hast mir ja nichts versprochen, was du nicht halten kannst.«

»Ich habe … was?« Er konnte ihr nicht folgen.

»Du hast von Anfang an klargestellt, dass das mit uns nur eine begrenzte Zeit gut gehen wird und dass du nicht für mehr zur Verfügung stehst.« Sie hob die Schultern. »Das ist okay. Du hättest dich aber nicht wegzuschleichen brauchen. Ich bin kein kleines Kind mehr. Wenn du das mit uns nicht mehr weiterführen willst, kannst du mir das auch ins Gesicht sagen. Du brauchst dich weder heimlich aus meiner Wohnung zu schleichen noch mich bei Familienfeiern zu meiden oder gar nicht erst daran teilzunehmen.« Sie schob ihr Kinn ein wenig vor. »Eins muss ich aber noch loswerden: Freunde lassen einander nicht einfach so in der Luft hängen. Du hast, seit du hier bist, keine drei zusammenhängenden Sätze mit mir gesprochen. Ich kann nichts dafür, dass deine Mutter dich überredet hat hierherzukommen. Oder dass meine Mutter sie vielleicht dazu angestiftet hat. Was zwischen uns ist oder war, geht niemanden etwas an. Waren wir nicht so verblieben?«

»Ja.« Er schluckte unbehaglich. Die Richtung des Gesprächs gefiel ihm nicht, und noch weniger, dass er gerade nicht fähig war, einen Kurswechsel vorzunehmen. »Hör zu, ich bin gestern nicht gegangen, um das mit uns zu beenden. Ich war nur …«

»Doch, das bist du.« Sie schluckte und für einen kurzen Moment hatte er den Eindruck, dass sie doch nicht so gelassen war, wie sie vorgab. Sie atmete etwas unstet ein und wieder aus. »Das mit uns, das war …« Sie stockte. »Schön. Es war so viel mehr, als ich je erwartet hätte. Aber ich wusste immer, dass es nicht von Dauer ist. Mach dir deshalb keinen Kopf. Aber ignorier mich jetzt bitte nicht einfach, okay? Das ist nicht fair. Ich habe mich an deine Regeln gehalten, dann tu du es bitte auch.«

Was geschah hier gerade? Lukas wurde das ungute Gefühl nicht los, dass Viola gerade mit ihm Schluss machte. »Viola, warte mal.« Er hielt sie fest, als sie sich abwenden und ins Wohnzimmer zurückkehren wollte. »Du hast da etwas falsch verstanden. Ich wollte nicht … Ich hatte nicht vor, die Sache mit uns zu beenden.«

»Du warst immer auf dem Sprung, Lukas. Glaubst du, das wüsste ich nicht?« In ihren Augen stand ein seltsamer Ausdruck, den er nicht einordnen konnte.

»Ich war nicht … bin nicht auf dem Sprung. Ich bin nur …« Er wusste es selbst nicht mehr. »Ich weiß nicht mehr, was das mit uns ist, Viola. Ich weiß nicht, was ich tun soll.«

»Sei einfach mein Freund, Lukas.« Ihr Blick durchdrang den seinen, so intensiv, dass er bis ins Mark erschüttert wurde. »Mehr habe ich nie von dir verlangt. Du bist nicht der Typ für eine feste Beziehung, für Versprechen und Kirchenglocken und all das. Du kannst oder willst nicht mehr geben, das weiß ich und das akzeptiere ich. Aber du hattest auch recht mit dem, was du über mich gesagt hast. Ich bin der Typ für all das. Ich wünsche mir nichts mehr als das große Für-immer-und-ewig. Und bevor ich den Fehler mache und anfange davon zu träumen, du könntest deine Meinung ändern, beenden wir die Sache lieber hier und jetzt. Okay? Das ist in unser beider Interesse. Aber ich möchte, dass wir weiterhin Freunde bleiben. Wir sind eine Familie, wir werden uns oft sehen. Ich will nicht, dass es irgendwie seltsam zwischen uns wird.« Sie drehte sich zur Garderobe um, nahm Miss Daisys Geschirr und Leine und legte der Hündin beides an. »Dazu hatten wir zu viel Spaß miteinander.« Ihr Lächeln fühlte sich an wie das sprichwörtliche Messer ins Herz. »Danke noch mal für das Flirttraining. Bestimmt werde ich meine neuen Fähigkeiten irgendwann mal einsetzen können.« Sie ging zur Haustür und öffnete sie. »Also ... Bis dann. Schreib mir bei Gelegenheit mal.«

So aus dem Haus hinauskomplimentiert, blieb ihm nichts anderes übrig, als sich seinen Mantel und Schal anzuziehen und die Hundeleine von ihr entgegenzunehmen. Und dann drehte sie das Messer auch noch grausam um. Sie stellte sich auf die Zehenspitzen und gab ihm einen Kuss auf die Wange. »Mach's gut, okay? Wir sehen uns.« Damit trat sie von der Tür zurück und verschwand in die Küche.

Wie vom Donner gerührt stand Lukas für einen langen Moment in der Tür und versuchte zu begreifen, an welchem Punkt ihm das Gespräch – und Viola – entglitten war. Sie hatte ihn nicht einmal zu Wort kommen lassen. Sie hatte getan, was eigentlich er hätte tun sollen, bevor die Sache mit ihnen aus dem Ruder gelaufen war. Bevor er sich in sie verliebt hatte.

Herrchen? Was ist denn nun? Miss Daisy wedelte unsicher mit der Rute und winselte leise. *Gehen wir oder bleiben wir hier? Ich würde lieber bleiben, aber das musst du ja entscheiden.*

Lukas schluckte hart gegen das schmerzhafte Ziehen in seinen Eingeweiden an. Er war ein Idiot. Ein riesiger, elender Idiot. Rasch warf er noch einen letzten Blick auf die Küchentür, durch die Viola verschwunden war. Seine Viola, gottverdammt. Aus dem Wohnzimmer drang vielstimmiges

Gelächter, durchmischt von lauten Stimmen. Es klang nach einer Diskussion über etwas, das sich wie ein kollektiver Monopoly-Bankrott anhörte. Die typische Geräuschkulisse im Hause Sternbach. In Violas Familie – und in seiner. Wenn er nicht so ein Vollidiot wäre. »Komm, Miss Daisy.« Er schnalzte leise. »Wir gehen.«

23. Kapitel

Mit einem breiten Grinsen rieb Santa Claus sich die Hände. »Das läuft ja besser, als ich erwartet hatte!«

Elfe-Sieben, die neben ihm vor der Videowand stand, starrte ihn entgeistert an. »Was sagst du da? Santa Claus, das ist doch eine Katastrophe! Wie kannst du dich darüber nur freuen? In vier Tagen ist Heiligabend und Viola hat mit Lukas Schluss gemacht. Wie willst du das denn jetzt noch retten? Violas Weihnachtswunsch kann sich so doch gar nicht erfüllen.«

»Ach, das.« Der Weihnachtsmann winkte ab. »Dabei handelt es sich doch nur um einen kleinen vorübergehenden Rückschlag. Viel wichtiger ist doch, was zuvor zwischen den beiden geschehen ist. Na ja, soweit ich das beurteilen kann, wenn ich mir die Ausschläge des Gefühlsradars ansehe, denn zugeschaut habe ich selbstverständlich nicht.« Seine Wangen färbten sich leicht rosig. »Das wäre dann doch zu indiskret.«

»Dass du Lukas' und Violas Gefühle auf dem Weihnachtsmarkt hervorgelockt hast, fand ich ja auch noch richtig gut.« Elfe-Sieben ließ sich auf den Rand ihres Schreibtischs sinken. »Da hat sogar Miss Daisy ein bisschen mitgeholfen, indem sie dafür gesorgt hat, dass die beiden nicht zu schnell auseinandergehen.«

»Die Kleine gibt sich wirklich Mühe«, bestätigte Santa Claus lächelnd. »Auch wenn es dieses Mal kaum etwas für sie zu tun gibt. Ich hatte schon vierbeinige Helfer, die weit mehr in Aktion getreten sind. Aber jeder Weihnachtswunsch, den ich erfülle, ist nun mal anders, und die Menschen sind sehr verschieden. Letztlich ist es aber gerade Miss Daisy, die die beiden zusammengebracht hat und wegen der die beiden sich erst so richtig kennengelernt haben. Mehr erwarte ich gar nicht.« Wieder rieb sich der Weihnachtsmann die Hände. »Dass aber jetzt auch Violas Familie und Lukas' Eltern sich verbündet haben, ist ein genialer Zufall. Ich hätte nicht gedacht, dass die Traumelfen mit ihrer kleinen Mission so viel Erfolg haben würden.«

»Ja, aber was soll das denn bringen?« Ratlos zog die Elfe ihre Stirn in tiefe Falten. »Schön und gut, dass sie die beiden beim Sonntagskaffee zusammenbringen wollten, aber das ist ja wohl gründlich schiefgegangen, weil Lukas sich komplett verschlossen hat. Damit war doch zu rechnen, wenn man bedenkt, wie er zu seinen Eltern steht. Sie haben sich schon mal in sein Leben eingemischt, und schau, mit welchem Effekt. Einsichtig scheinen sie nicht gerade zu sein, wenn man sie so reden hört.«

Der Weihnachtsmann wiegte den Kopf leicht hin und her. »Weshalb glaubst du, sind sie auf Margits Bitte eingegangen?«

Elfe-Sieben zuckte mit den Achseln. »Weil sie Lukas kontrollieren wollen, wie immer.«

»Und was, wenn sie ein bisschen was von dem Herzeleid, das sie ihm zugefügt haben, wiedergutmachen möchten?«

Sprachlos starrte die Elfe ihn an. »Wiedergutmachen?«

»Sie lieben ihren Sohn, auch wenn sie es manchmal nicht auf die rechte Weise zeigen.«

»Aber …« Elfe-Sieben schüttelte den Kopf. »Selbst wenn du recht haben solltest, haben sie es doch mit diesem Sonntagskaffee ganz eindeutig vermasselt, und zwar auf ganzer Linie.«

»Ach, Elfe-Sieben.« Ein feines Lächeln umspielte die Lippen des Weihnachtsmannes. »Du schaust nicht richtig hin.«

24. Kapitel

Lukas war über zwei Stunden in der Gegend herumgefahren, über Bundes- und Landstraßen, durch kleinere oder größere Ortschaften, die im Weihnachtsglanz erstrahlten, und hatte versucht nachzudenken. Gelungen war es ihm nicht. Lediglich Violas Abschiedsworte drehten sich wieder und wieder in seinem Kopf, überschnitten sich, wühlten ihn auf. Schließlich hielt er in seiner Auffahrt und starrte für lange Zeit auf sein Haus. Er hatte keine Weihnachtsbeleuchtung in den Fenstern, auch nicht im Vorgarten. Wozu auch? Er wohnte ja alleine hier und war, wenn auch kein Grinch, so auch kein ausgemachter Weihnachtsfan. Dieses Fest gehörte für ihn zum Jahreskreis wie Ostern, Pfingsten, der Beginn der Grillsaison, die Handballbundesliga, die Judomeisterschaften. Er mochte es, aber das Haus schmücken? So wie seine Eltern, die jedes Jahr einen Dekorateur kommen ließen? Wohl kaum. So wie die Sternbachs, die ihre Hotels wie auch ihr Heim unter Weihnachtsschmuck und in einem Lichtermeer fast erstickten? Er besaß nicht einmal eine einzige Lichterkette. Doch jetzt, während er sein dunkles Haus betrachtete, fehlte ihm plötzlich das weihnachtliche Flair. Wahrscheinlich, weil er gerade von den Sternbachs kam, bei denen Weihnachten nicht nur groß gefeiert, sondern gelebt wurde. Viele kleine und große Familientreffen wie das heutige, der gemeinsame Backtag, das gemeinsame Schmücken des Baumes am Heiligen Abend. Angelique hatte ihm bis ins kleinste Detail von den sternbachschen Traditionen vorgeschwärmt.

Seine Eltern hatten ganz eigene Vorstellungen vom Weihnachtsfest. In der Regel luden sie die Familie eine Woche vorher zu einem gemeinsamen Weihnachtsessen ein, um dann nach St. Moritz zu reisen und dort die Feiertage und den Jahreswechsel standesgemäß im Kreise ihrer Freunde zu begehen. Wozu sie trotzdem ihr Haus vorher innen wie außen professionell dekorieren ließen, hatte sich ihm nie erschlossen.

Die stumme Dunkelheit, die in seinem Haus herrschte, grinste ihn geradezu hämisch an. Er war wütend, erschrocken, ein wenig panisch und vollkommen fertig. Entweder ließ er sich heute Abend ordentlich volllaufen oder …

»Oder«, murmelte er verdrießlich vor sich hin. Nichts zog ihn in sein Heim. Deshalb legte er den Rückwärtsgang ein und lenkte seinen Wagen zurück auf die Straße.

Nanu, wohin fahren wir denn jetzt noch? Ich dachte, wir sind jetzt zu Hause. Hallo? Herrchen? Was machen wir denn jetzt?

»Schon gut, Miss Daisy, kein Grund zum Bellen. Wir machen noch einen kleinen Abstecher.«

Abstecher? Wohin? Zu Viola? Das wäre schön.

Das Rumoren aus Miss Daisys Transportbox konnte ihm heute nicht, wie sonst üblich, ein Lächeln entlocken. »Ich brauche frische Luft.« Denn ihm schnürte sich gerade die Kehle zu. Und der Magen. Vom Aufruhr in seinem Herzen ganz zu schweigen. Dem Herzen, das er seit Jahren so gründlich verschlossen gehalten hatte.

Frische Luft klingt eigentlich auch ganz gut. Ich bin zwar vorhin schon mit Justus und Oskar und Lizzy lange draußen gewesen, aber ein bisschen mehr kann bestimmt nicht schaden. Gehen wir in den Park? Mit Viola?

Er fuhr zum Park, überlegte es sich dort jedoch noch einmal anders und stellte seinen Wagen schließlich auf dem Parkplatz beim Weihnachtsmarkt ab. Miss Daisy hüpfte aufgeregt um ihn herum, nachdem er sie aus der Box gelassen hatte.

Na, das ist aber jetzt eine Überraschung. Schon wieder dieser große, grelle, laute Weihnachtsmarkt? Was machen wir denn hier? Holen wir was zu essen? Ich hätte ein bisschen Hunger. Auf Bratwurst. Oder einen Hotdog. Auch wenn dieser Name nicht gerade schmeichelhaft ist.

»Nicht so wild, Kleine.« Er stellte die Flexileine auf kurz ein, damit die Hündin sich nicht zwischen den Beinen der vielen Weihnachtsmarktbesucher verhedderte. Was genau er hier wollte, wusste er selbst nicht. Vielleicht etwas essen. Er hatte bei den Sternbachs nur zwei, drei Weihnachtsplätzchen gegessen, um nicht gänzlich unhöflich zu sein. Doch ob er mit dem brennenden Knoten in seinem Magen irgendetwas herunterbekommen würde, konnte er nicht einschätzen.

Als er den Torbogen durchschritt, wurde er sofort an seinen Besuch hier mit Viola vor zwei Tagen erinnert. Linker Hand bimmelte das Karussell gerade eine neue Runde ein, die von *Oh, Come, All Ye Faithful* begleitet wurde. Gleich nebenan am Stand einer Korbmanufaktur dudelte der *Jingle Bell Rock* aus den Lautsprechern.

Ziellos schlenderte Lukas zwischen den Marktbuden hindurch, blieb manchmal stehen, betrachtete die Auslagen, die er sich auch mit Viola schon angesehen hatte. Auf der Bühne hatte sich heute der ökumenische Kirchenchor versammelt und begann sein Konzert mit *Maria durch ein Dornwald ging*.

Dieses Lied hatte er immer schon gemocht, deshalb blieb er stehen und lauschte der Melodie, während seine Gedanken schon bald abzuwandern begannen. Dass Viola die Sache zwischen ihnen so plötzlich beendet hatte, war ein

Schock gewesen, weil sie genau das getan hatte, was er von Anfang an von ihr gefordert hatte. Sie hatte ihre Beziehung auf die Ebene der Freundschaft zurückgeholt. Im Grunde hätte er es sein müssen, der die Reißleine zog, nicht sie. So hatte er es von sich selbst erwartet. Erst jetzt, als sie ihm zuvorgekommen war, begriff er, dass er gar nicht darauf eingerichtet war, sich wieder von ihr zu trennen. Möglicherweise hatte er sogar insgeheim gehofft, dass sie trotz seiner proklamierten Regeln mehr von ihm fordern würde. Dass sie es nicht tat, versetzte ihn in weit größere Panik, als es sein Gefühlsausbruch während ihrer letzten gemeinsamen Nacht getan hatte. Sie hatte ihm sprichwörtlich den Boden unter den Füßen weggezogen. Jetzt befand er sich im freien Fall.

Die Erkenntnis, dass er sich in Viola verliebt hatte, tief und unwiderruflich, hatte sich schon seit Längerem in seine Gedanken geschlichen, doch er hatte versucht, sie zu ignorieren. Seit mehr als zehn Jahren war sein fester, unumstößlicher Vorsatz gewesen, keine tieferen Gefühle mehr zuzulassen. Marinas Verhalten hatte ihm schmerzhafte Wunden zugefügt. Er hatte sie geliebt und war sich absolut sicher gewesen, dass auch sie ihn liebte. Er hatte sein Leben mit ihr verbringen wollen. Den Ring hatte er bereits gekauft und nur noch auf die richtige Gelegenheit gewartet, um ihr die Frage aller Fragen zu stellen. Doch ehe es so weit kommen konnte, war sie eines Tages einfach gegangen. Ohne Abschiedsworte, gänzlich ohne Vorwarnung. Tagelang hatte er überhaupt nicht gewusst, was passiert war. Erst seine Eltern hatten ihn über ihr Angebot an Marina informiert und dass diese es, ohne zu zögern, angenommen hatte.

Für ihn war wortwörtlich eine Welt zusammengebrochen. Die Welt, die er gehofft hatte mit Marina aufzubauen, das

Leben, das er sich mit ihr erträumt hatte. Bis heute konnte er nicht fassen, dass er sich so sehr in ihr getäuscht hatte. Was ihre Beweggründe gewesen waren, hatte er nie erfahren. Mit einem hatte sein Vater nämlich leider allzu recht – Lukas hatte nicht versucht, Marina zurückzuholen oder eine Erklärung von ihr zu fordern. Er hatte sie einfach gehen lassen.

»Weil du wusstest, dass es nichts bringen würde«, hallte die Stimme seines Vaters in seinem Kopf wider. *»Würdest du, wenn es um Viola ginge, ebenso tatenlos zusehen?«*

Die Erkenntnis, die ihn traf, war umso brutaler, weil ausgerechnet sein Vater ihn darauf gestoßen hatte: Lukas würde niemals in die Lage geraten, Viola aufhalten zu müssen. Aus dem einfachen Grund, weil sie ihn niemals derart verraten würde. Das wusste er einfach, hatte es vielleicht schon von Anfang an gespürt. Schon als sie einander zum ersten Mal begegnet waren. Spätestens aber, seit er es gewagt hatte, sie in sein Leben zu lassen. Möglicherweise war das überhaupt erst der Grund gewesen, dass er dies gewagt hatte. Er konnte ihr vertrauen; sie waren Freunde. Beste Freunde. Und, verdammt noch mal, er liebte sie.

Was ist denn bloß los mit Herrchen? Er schaut so grimmig drein und sieht gleichzeitig so verlassen aus. Ich würde ihm so gerne helfen und ihn zum Lachen bringen. Aber wie soll ich das machen?

Auf Miss Daisys Winseln hin ging Lukas in die Hocke und streichelte ihr über den Kopf. »Na, Kleine, was ist los? Gefällt es dir hier nicht?«

Doch, schon. Hier riecht es so lecker, und an die ganze Musik und die vielen Stimmen habe ich mich inzwischen gewöhnt.

»Tut mir leid, dass ich heute keine besonders angenehme Gesellschaft bin.«

Doch, das bist du immer. Ich hab dich doch lieb. Aber wenn du traurig bist, finde ich das nicht schön. Komm, lach bitte wieder! Mit einem kleinen Quietschlaut sprang Miss Daisy an Lukas hoch und stieß ihre kalte Nase gegen sein Kinn.

Lachend wich er ihr aus und wäre fast hintenübergekippt. »Hey, pass auf! Oder willst du, dass ich auf meinem Hintern lande?« Prompt fiel ihm ein, wie genau das kürzlich Viola passiert war. Seiner Viola. »Verdammt noch mal!«

»Na, na, die Kleine kann doch nun wirklich nichts dafür, dass du dich von ihr umwerfen lässt.«

Erschrocken hob Lukas den Kopf und richtete sich hastig auf, als er Patrick erkannte, der feixend vor ihm stand.

Hatte er das? Sich umwerfen lassen? Von dieser unglaublich süßen, kleinen, starken Frau? Erst mit etwas Verspätung begriff Lukas, dass Patrick von der kleinen Schnauzerdame sprach, die sich gerade vor Wiedersehensfreude fast umbrachte.

Aufmerksam musterte Patrick ihn. »Du siehst aus, als hättest du eine Zitrone gekaut.« Seine Miene wurde ernst. »Wenn Viola es mir nicht ausdrücklich verboten hätte, würde ich dir jetzt ein paar dafür reinhauen, dass du ihr wehgetan hast. Und mir ist vollkommen egal, wie viele schwarze Gürtel du hast. Wer eine meiner Schwestern verletzt, überlebt das im Allgemeinen nicht.«

»Ich habe sie nicht …« Lukas stockte. »Was ist mir ihr?«

Patrick verschränkte die Arme vor der Brust. »Wenn du dir das nicht denken kannst, bist du ein größerer Volltrottel, als ich dachte.« Sein Blick bohrte sich in den von Lukas. »Sie hat nichts über dich gesagt, nicht, dass du das glaubst. Nichts Schlechtes zumindest. Nur dass du gegangen bist und dass ihr weiterhin gute Freunde seid. Sag mal, hast du den

Verstand verloren? Was soll dieser Wir-sind-bloß-Freunde-Mist? Du warst doch eindeutig von Anfang an scharf auf sie. Und dann lässt du sie ausgerechnet vor der ganzen Familie fallen? Das ist an Arschigkeit kaum zu überbieten.«

Lukas runzelte verärgert die Stirn. »Ich war nicht scharf auf sie.«

»Nee, klar, deshalb bist du ja auch mit ihr ins Bett gegangen. Weil du nicht scharf auf sie warst.« Patricks Stimme troff vor Sarkasmus.

»Das meinte ich nicht.« Der Ärger drängte ihn in die Defensive. »Ich war nur nicht ... Scheiße.« Frustriert fuhr er sich durchs Haar und über den Nacken. »Ich habe sie nicht fallengelassen. Sie hat die ... Sache beendet und mich rausgeworfen.«

»Ach.« Verblüfft kräuselte Patrick die Lippen.

»Ich hatte nicht vor, mich von ihr zu trennen.«

»Noch nicht?«

»Nein ...« Er zögerte, holte tief Luft. »Gar nicht. Bloß, dass ich das vorhin noch nicht wusste, bis sie mich vor die Tür gesetzt hat.«

Patricks Haltung entspannte sich sichtlich. »Und jetzt latschst du mit eurem Hund über den Weihnachtsmarkt, anstatt die Sache geradezubiegen?« Er machte eine ausholende Geste. »Ich muss die kulinarischen Gelüste meiner schwangeren Frau befriedigen. Deshalb bin ich überhaupt hier. Welche Ausrede hast du?«

»Ich muss nachdenken.«

»Darüber, was für ein Vollidiot du bist?« Patrick grinste, wurde aber gleich wieder ernst. »Ein Ratschlag von jemandem, der ebenfalls lange Zeit ein Idiot war: Lass das mit dem Grübeln sein. Überleg dir lieber, wie du den Karren wieder aus dem Dreck ziehst.« In diesem Moment klingelte Patricks Handy und nach einem Blick aufs Display verdrehte er schmunzelnd die Augen. »Ja, Liebe meines Lebens, was kann ich für dich tun?« – »Nein, ich mache mich nicht über dich lustig, Schatz.« – »Okay, also Reibekuchen und Zuckerwatte, keine Currywurst. Kannst du mir verraten, wie ich die Zuckerwatte bis nach Hause transportieren soll?« Er lauschte geduldig. »Okay, okay, immer mit der Ruhe. Du wirst keinen Anfall und keine Krise kriegen. Die Zuckerwatte ist schon so gut wie unterwegs. Um genau zu sein, teile ich gerade dem Zuckerwatteverkäufer in Gebärdensprache mit, dass er dir eine extragroße Portion …« – »Schon gut, Angelique. Ich bin ganz brav.« Sein Grinsen reichte von Ohr zu Ohr. »Bist du dir sicher wegen der Currywurst?« – »Gut, wenn dir allein beim Gedanken schlecht wird, riskieren wir natürlich nichts. Sonst vielleicht noch etwas? Maronen oder einen Döner …?« – »Waffeln. Alles klar. Und Cola. Haben wir die nicht zu Hause?« – »Ja, sicher ist sicher. Ich eile, mein Liebling. Ich bin schon so gut wie zurück bei dir.« – »Nein, ich rase natürlich nicht. Ich eile mit Weile. Mach es dir einfach gemütlich, ja? Dauert nicht lange.« Patrick unterbrach die Verbindung und seufzte. »Ihre Gelüste wechseln inzwischen öfter als halbstündlich. Wenn das noch lange so weitergeht, engagiere ich einen Lieferservice.« Er warf Lukas noch einen eindringlichen Blick zu. »Schieb es nicht auf die lange Bank. Was in deinem Kopf vorgeht, kommt gegen das, was da drin passiert«, er tippte gegen Lukas' Brust, »sowieso nicht an. Auch meine Erfahrung. Und nun entschuldige mich. Ich muss Reibekuchen, Waffeln, Currywurst mit Fritten und eine doppelte Portion Zuckerwatte besorgen.«

Lukas runzelte die Stirn. »Ich dachte, sie hätte dir gerade gesagt, sie will keine Currywurst.«

Patrick lächelte erheitert. »Glaub mir, wenn ich deiner Schwester keine Currywurst mitbringe, werde ich dafür ewig büßen. Und falls sie sie wider Erwarten doch nicht will, kann immer noch ich sie essen.«

Lukas wollte etwas erwidern, doch Patrick hatte ihn bereits stehen lassen und strebte einem der vielen Imbisswagen zu.

Achselzuckend drehte Lukas sich zum Chor um, fühlte sich nun jedoch noch unwohler als zuvor. Hatte er Viola wehgetan? Ja, verdammt, das hatte er, indem er gestern früh einfach gegangen war. Gedankenlos. Herzlos, wie seine Mutter es genannt hatte. Und nun hatte Viola den Spieß umgedreht. Sie hatte sich geschützt, indem sie ihm seine bescheuerten Regeln um die Ohren gehauen hatte.

Mit einem leisen Schnalzen forderte er Miss Daisy auf, ihm zu folgen, und ging zurück in Richtung Ausgang. Beim Karussell blieb die Hündin plötzlich stehen und wollte nicht weiter. Verwundert blickte er zu ihr hinab. »Was ist denn? Lass uns doch weitergehen.«

Nein, geht nicht. Da vorne sitzen Elfe-Acht und Elf-Zwei und winken wie wild. Ich glaube, sie wollen, dass wir hierbleiben. Lass uns mal näher rangehen, vielleicht verstehe ich dann, was sie mir zuflüstern wollen.

Irritiert folgte Lukas der Hündin, als diese mit Vehemenz in Richtung des Kassenhäuschens strebte. »Warte doch mal, Miss Daisy. Wo willst du denn hin?«

Nun komm doch einfach mit. Wuff!

»Die Kleine hat ihren eigenen Kopf, was?« Schmunzelnd trat der Besitzer des Karussells aus dem Kassenhäuschen. »Wie heißt sie noch mal? Daisy, nicht wahr?«

Miss Daisy, bitte! So viel Zeit muss sein.

»Miss Daisy.« Lukas lächelte dem grauhaarigen Mann

freundlich zu. »Keine Ahnung, was sie so dringend hier will.«

»Mich begrüßen, was sonst? Ich heiße übrigens Klaus.« Lachend hielt Klaus ihm seine Rechte hin.

Lukas ergriff sie und schüttelte sie kurz. »Ich erinnere mich. Lukas Sahrmüller.«

»Der neue Freund von Viola, nicht wahr?«

Lukas schluckte unbehaglich.

Klaus hob die Augenbrauen. »Doch nicht? Sah aber verdammt danach aus, als ihr neulich hier wart.«

»Es ist kompliziert.«

Lachend klopfte Klaus ihm auf die Schulter. »Herrje, junger Mann, wenn ich jedes Mal, wenn ich diesen Satz höre, einen Euro kriegen würde, wäre ich reicher als Dagobert Duck.« Er wurde wieder etwas ernster. »Was ist denn passiert? Habt ihr euch gestritten?«

Lukas wusste selbst nicht, warum er darauf antwortete. »Sie hat Schluss gemacht.«

»Oha.« Klaus musterte ihn neugierig. »Deine Schuld, ihre oder eure?«

Darüber musste er nicht lange nachdenken. »Meine.«

Klaus nickte anerkennend. »Selbsterkenntnis ist der erste Schritt zur Versöhnung, mein Junge.« Noch während er sprach, hob er ruckartig den Kopf. »Was ist das denn schon wieder? Das Schaltpult hat wirklich einen Hau! Ich hatte doch die amerikanischen Weihnachtsklassiker eingestellt. Warum hat es denn schon wieder die Playlist zerschossen? Ich schwöre, dieses Ding hat ein Eigenleben! Entschuldige mich bitte, ich muss die Musik neu einstellen.« Schon war er wieder im Kassenhäuschen verschwunden.

Lukas verspürte einen eigentümlichen Schauder, als er das Lied vernahm, das Klaus so verärgert hatte. *Everything I Do,*

I Do It For You. Dieses Lied schien ihn zu verfolgen. Bryan Adams' rauchige Stimme verkündete gerade *I can't help it, there's nothing I want more* und sprach damit aus, was Lukas' Herz ihm schon seit Langem zu Gehör hatte bringen wollen. Er hatte es aber ignoriert, weil das Chaos in seinem Kopf alles übertönte. *There's nothing I want more.*

Lukas starrte auf das sich drehende Karussell, auf die Paare, die darin ihre romantische Runde drehten. Sah plötzlich sich selbst mit Viola darin sitzen. *There's nothing I want more.*

Weitere Bilder zogen vor seinem inneren Auge vorbei. Von ihrem Judokampf, bei dem sie ihn aufs Kreuz gelegt hatte. Und nein, er hatte sie nicht absichtlich gewinnen lassen. Oder höchstens ein klitzekleines bisschen. Von ihrem ersten Kuss, ihrer ersten gemeinsamen Nacht. Von Miss Daisy, auf der Landstraße. Da hatte es angefangen. Richtig angefangen. Aber er erinnerte sich auch noch ganz genau an jenen Tag vor einem Jahr, als sie einander zum ersten Mal begegnet waren, einander die Hand geschüttelt hatten. Er hörte ihre Stimme in seinem Kopf widerhallen: *»Sei einfach mein Freund, Lukas. Mehr habe ich nie von dir verlangt. Du bist nicht der Typ für eine feste Beziehung, für Versprechen und Kirchenglocken und all das. Du kannst oder willst nicht mehr geben, das weiß ich und das akzeptiere ich. Aber du hattest auch recht mit dem, was du über mich gesagt hast. Ich bin der Typ für all das. Ich wünsche mir nichts mehr als das große Für-immer-und-ewig. Und bevor ich den Fehler mache und anfange davon zu träumen, du könntest deine Meinung ändern, beenden wir die Sache lieber hier und jetzt. Okay? Das ist in unser beider Interesse.*

»War wohl doch mein Fehler.« Unbemerkt war Klaus wieder neben Lukas getreten. »Ich hatte dieses Lied wohl versehentlich in die Weihnachtsliste verschoben. Danach geht es wieder normal mit *Jingle Bells* weiter.«

There's nothing I want more.

Lukas rieb sich über den Nacken und sah sich suchend um. »Entschuldigen Sie bitte, ich muss los.«

»Aber sicher doch.« Gutmütig nickte Klaus ihm zu. »Richten Sie Viola einen schönen Gruß von mir aus.«

Lukas nickte nur vage und schnalzte, um Miss Daisy darauf aufmerksam zu machen, dass er gehen wollte.

***

Zum gefühlt hunderttausendsten Mal warf Viola einen Blick auf ihr Smartphone, nur um festzustellen, dass immer noch keine Textnachricht von Lukas bei ihr eingegangen war. Dabei war das vollkommen überflüssig, denn wenn er sich gemeldet hätte, hätte das Gerät sowohl vibriert als auch einen ganz speziellen, nur für Lukas reservierten Klingelton von sich gegeben.

»Hey, mach ein anderes Gesicht.« Ricarda stieß sie leicht in die Seite. »Er wird sich schon noch melden. Und wenn nicht, wird seine Leiche niemals gefunden werden, versprochen.«

Gegen ihren Willen musste Viola lachen.

»So ist es besser.« Zufrieden grinste Ricarda. »Du hattest vollkommen recht damit, ihm mal ordentlich den Kopf zu waschen. Wenn er jetzt nicht zu sich kommt, ist er keine Träne wert.«

»Ich habe nicht geweint.« Das war die reine Wahrheit. Sie fühlte sich leer und wie ausgetrocknet. Wenn sie hätte weinen können, wäre vielleicht alles viel leichter. Aber sie konnte es einfach nicht. Allmählich begann sie sich zu fragen, ob ihre harsche Zurückweisung vielleicht doch keine so gute Idee gewesen war. Doch in jenem Moment hatte sie nicht anders gekonnt. Und jetzt hatte sie Angst, dass alles vorbei war. Um sich abzulenken, hatte sie sich die vergangenen Tage in ihre Arbeit vergraben, hatte bereits ihre Steuervoranmeldung fürs Quartal vorbereitet, was sie sonst immer erst auf den letzten Drücker erledigte, hatte ihre Praxis aufgeräumt und grundgereinigt, obwohl das Reinigungspersonal des Hotels auch für ihre Räumlichkeiten zuständig war. Sie hatte ihre Büchersammlung sortiert, dann ihre DVD-Sammlung. Hatte versucht, sich mit irgendwelchen Filmen auf andere Gedanken zu bringen. *Robin Hood* hatte sie natürlich weit von sich geschoben, doch dass ihre Wahl schließlich auf *Pearl Harbour* gefallen war, hatte auch nicht zu ihrem Wohlbefinden beigetragen. Doch selbst bei den traurigsten und rührendsten Szenen dieses Films hatte sie nicht eine Träne vergossen, und das machte ihr allmählich Sorgen. Sie weinte immer bei rührseligen Filmen. Doch im Augenblick konnte sie so gut wie gar nichts fühlen. Es kam ihr so vor, als hätte jemand in ihrem Leben auf die Pause-Taste gedrückt.

»So, meine Lieben, die Lichterketten sind installiert«, verkündete ihr Vater mit zufriedener Miene und trat zwei Schritte von der riesigen Nordmanntanne weg, die das sternbachsche Wohnzimmer seit dem Vormittag zierte.

»Dürfen wir jetzt die Kugeln und den ganzen Schmuck dranhängen?«, wollte Joel wissen.

»Ich hab die Strohsterne schon nach Größe sortiert«, fügte seine Zwillingsschwester Jessica eifrig hinzu. »Die kleineren für oben und die größeren für unten. Stimmt doch so, oder, Papa?«

Patrick nickte lächelnd. Er lag der Länge nach auf der Couch und hatte die Füße überkreuzt. »So ist es gedacht.«

»Nimmst du wohl deine Quadratlatschen vom Sofa!« Margit hatte den Raum durch die Verbindungstür zur Küche betreten und warf ihrem Sohn einen strengen mütterlichen Blick zu. Dann wandte sie sich an Angelique. »Dass du ihm diese Unart noch nicht abgewöhnt hast!«

Angelique hob lachend beide Hände. »Ich hab ihn von euch so bekommen, Margit. Und ich habe mich über das Mängelexemplar nicht beschwert.«

»Ich gebe dir gleich ein Mängelexemplar.« Lachend legte Margit ihrer Schwiegertochter einen Arm um die Schultern. »Hilfst du mir mal bitte mit dem Geschirr? Laura hat heiße Schokolade für alle gemacht.«

»Okay, aber nur, wenn du ein Stück Fleischwurst oder Salami für mich dazu hast.«

Jessica kicherte. »Igitt! Fleischwurst mit Kakao. Wenn ich mal schwanger bin, esse ich so was nicht.«

Patrick hustete entsetzt. »Wenn du mal ... was? Sag so was Schreckliches bitte niemals wieder.«

Hans winkte die Zwillinge zu sich. »Na, kommt mal und fangt mit den Christbaumkugeln an. Und kann mal bitte jemand dafür sorgen, dass Oskar und Lizzy nach draußen kommen? Die zwei versuchen gerade, die Kiste mit dem Krippenzubehör zu zerlegen.«

»Ach herrje!« Elke stürzte sich auf besagte Kiste. »Pfui, nicht doch! Oskar, hast du da etwa einen der Heiligen Drei Könige in der Schnauze? Otto, schnell, halt ihn mal fest. Nicht, dass er Melchior den Kopf abbeißt.«

»Ich hab ihn schon.« Viola hatte sich dem wuscheligen Oskar in den Weg gestellt und nahm ihm die Krippenfigur ab. »Hier.« Sie reichte sie an Elke weiter. »Ist zum Glück nur ein bisschen angesabbert.« Sie wandte sich Patrick zu. »Warum schnappst du dir nicht mal die Hunde und gehst mit ihnen raus, anstatt nur auf der Couch rumzuhängen?«

Patrick setzte sich auf. »Ich kann nicht weg, weil ich hier die Oberaufsicht über die Dekoration führe.«

»Pfff.« Sie stemmte die Hände in die Seiten. »Oberaufsicht?«

»Einer muss es ja tun. Vorzugsweise einer mit Geschmack.«

Justus, der den Esstisch von verschiedenen Behältern mit Weihnachtsdeko befreit hatte, damit die Kakaotassen darauf Platz fanden, klatschte in die Hände. »Lizzy, Oskar, kommt mal her. Anscheinend muss ich mich mal wieder erbarmen. Also ab die Post, wir gehen eine Runde …« Er blickte durchs Fenster. »Ins Schneegestöber. Wie passend. Kann mal jemand Musik einschalten. *White Christmas* würde jetzt passen.«

»Es schneit wieder!« Joel hüpfte jubelnd auf und ab. »Dabei war schon alles weggetaut.«

Kaum hatte Justus die Hunde in den Flur gescheucht, als es an der Tür klingelte. Viola zuckte unwillkürlich zusammen, ihr Herz schlug einen wilden Haken in ihrer Brust, beruhigte sich aber gleich wieder, als sie die Stimmen von Heinrich und Elisabeth vernahm. Die beiden erschienen auch schon gleich darauf im Wohnzimmer. »Guten Tag …« Elisabeth blickte sich verwundert um. »Entschuldigt bitte, aber sind wir vielleicht zu früh?« Ihr Blick wanderte über das Chaos aus Menschen und Baumschmuck rund um die teilweise geschmückte Nordmanntanne.

»Da seid ihr ja, wie schön!« Iris trat durch die Küchentür, dicht gefolgt von Theo, und begrüßte die Ankömmlinge herzlich. »Und genau richtig, um Kakao zu trinken.« Sie drehte sich zu Theo um. »Sag bitte Laura Bescheid, dass wir noch zwei weitere Portionen benötigen.«

»Wir wussten nicht, dass ihr hier so …« Elisabeths Blick schweifte erneut durch den Raum. »… beschäftigt seid.«

»Wir helfen alle beim Baumschmücken«, erklärte Joel. »Das machen wir immer so. Außer Papa, der liegt auf der Couch und sagt uns, was wir machen sollen.«

Jessica grinste. »Machen wir aber nicht.«

»Ja, leider. Deshalb hängen hier auf dieser Seite jetzt auch fünf rote Kugeln auf einem Haufen, aber keine goldenen und silbernen.« Patrick setzte sich ein wenig auf und schnappte sich Jessica, die gerade an ihm vorbeiging. »Liegt das vielleicht an meiner Tochter, die einen Knick in der Optik hat?« Er kitzelte Jessica, bis sie haltlos kicherte und quietschte.

»Jetzt machen wir erst mal alle eine kleine Pause und genießen Lauras heiße Schokolade.« Margit hielt Laura und Angelique die Küchentür auf, sodass beide Frauen jeweils ein Tablett mit Tassen hereintragen konnten. Sofort scharten sich alle Anwesenden um den Esstisch.

Viola hielt sich ein wenig zurück. Sie bemühte sich sehr, sich nicht anmerken zu lassen, wie nervös und traurig sie war. Als sie den Kopf hob, bemerkte sie, dass Heinrichs Blick auf sie gerichtet war. Mit ernster Miene nickte er ihr kurz zu, wandte sich dann aber gleich wieder dem Gespräch zu, das er mit Theo führte.

»Hat Lukas sich bei dir gemeldet?« Elisabeths Stimme ließ Viola ein wenig zusammenfahren. Lukas' Mutter war dicht neben sie getreten.

»Nein. Seit Sonntag nicht.« Sie presste die Lippen kurz zusammen. »Ich musste ihn fortschicken. Es ging nicht anders.«

»Ich weiß.« In einer überraschend mütterlichen Geste legte Elisabeth ihr eine Hand auf den Arm und drückte ihn. »Er war schon immer stur, schon als Kind. Sosehr es mich auch ärgert, aber du hast richtig gehandelt.« Ehe Viola darauf etwas erwidern konnte, hatte auch Elisabeth sich wieder anderen Gesprächen zugewandt.

Nachdem sich alle an der heißen Schokolade gestärkt hatten, wurde erneut in den Kisten mit dem Baumschmuck gewühlt, bunte Kugeln, Sterne aus Stroh, kleine Holzfigürchen und silberne Tannenzapfen fanden nach und nach ihren Weg in die Äste der Tanne.

Hier und da reichte auch Viola den Schmückenden eines der Ornamente und lauschte dem typischen Durcheinander an Frotzeleien und alten Familiengeschichten. Was auch immer geschah, das wusste sie, hier in ihrer Familie fand sie Liebe, Sicherheit und Halt. Letzteren verlor sie allerdings innerlich, als Justus mit den Hunden zurückkehrte und den Kopf zur Tür hereinstreckte. »Seht mal, wen ich auf dem Weg herein aufgelesen habe.«

Alle Köpfe drehten sich zur Tür, durch die Miss Daisy gesaust kam. Fröhlich bellend schoss sie auf Viola zu. *Wuff, wau, hallo, Frauchen. So schön, dich endlich wiederzusehen. Ich dachte schon, wir fahren nie wieder zu dir.* Wie ein Derwisch sprang die kleine Schnauzerdame um Viola herum und stupste sie immer wieder mit der Nase an.

»Das wurde ja auch langsam Zeit«, hörte Viola jemanden murmeln, während sie sich hinhockte, um Miss Daisy zu begrüßen. Von wem die Worte kamen, konnte sie nicht ganz zuordnen. Als sie aufblickte, sah sie Lukas ein paar Schritte von sich entfernt stehen, die Hände in den Taschen seiner Jeans vergraben, neben sich zwei überdimensionale Papiertüten mit bunten Päckchen.

»Wunderbar!« Margit und Elke schossen gleichzeitig auf ihn zu. Margit umarmte ihn herzlich. »Dann sind wir ja endlich alle vollzählig. Du kommst gerade rechtzeitig, um mitzuentscheiden, welche Baumspitze wir dieses Jahr anbringen sollen.«

»Und wie ich sehe, hast du auf dem Weg hierher das Christkindchen getroffen.« Strahlend warf Elke einen Blick in die Tüten. »Die bringe ich gleich mal nach nebenan, damit niemand vorwitzig wird.« Ihr Blick traf auf Jessica, die sich bereits neugierig herangeschoben hatte.

Das Mädchen tat unschuldig. »Ich wollte gar nicht gucken. Außerdem ist da eh nichts für mich drin. Joel schreibt nämlich immer bloß an den Weihnachtsmann, nicht an das Christkind, und ich schreibe überhaupt nicht. Aber er behauptet, er schreibt immer für mich mit.«

»Mache ich ja auch«, bestätigte Joel. »Sonst würdest du ja nie Geschenke kriegen.«

»Quatsch. Geschenke bringt überhaupt nicht der Weihnachtsmann, sondern …«

»Weihnachtsmann und Christkind teilen sich die Arbeit«, unterbrach Lukas sie überraschend. »Auf dem Weg hierher bin ich zufällig beiden über den Weg gelaufen und sie haben mir schon mal ein paar Sachen mitgegeben.«

»Was du nicht sagst.« Elke strahlte über das ganze Gesicht. »Wie aufregend.«

»Sollten Kinder in dem Alter nicht allmählich wissen, dass es weder einen Weihnachtsmann noch das Christkind gibt?«, fragte Heinrich leicht pikiert.

Theo warf ihm einen strengen Blick zu. »Was die Kinder wissen und was sie glauben, sind zweierlei Dinge. In unserer Familie sind beide weihnachtlichen Glücksboten gleichermaßen willkommen, ganz gleich wie alt diejenigen sind, die an sie glauben.«

»Allmählich sollten wir mal eine neue Playlist einstellen«, befand Hans und machte sich an der Stereoanlage zu schaffen. Augenblicke später erklang Mariah Careys *All I Want For Christmas Is You* und Laura und Angelique klatschten begeistert Beifall.

Viola musste unwillkürlich an die Karussellfahrt mit Lukas denken und sah ihn mit klopfendem Herzen und zugeschnürter Kehle an. Er stand noch immer in der Nähe der Tür, die Hände in den Hosentaschen. Als sich ihre Blicke trafen, wurde seine Miene noch ernster, als sie ohnehin schon gewesen war. Langsam kam er auf sie zu.

***

Ein warmes Brennen breitete sich in Lukas' Herz aus, als er auf Viola zuging. Er sah ihr an, dass sie nervös wurde – und sich nichts anmerken lassen wollte. Wie viel sonst hatte sie sich wohl die ganze Zeit ihm zuliebe nicht anmerken lassen? Nur weil er auf seinen idiotischen Regeln bestanden hatte. Dicht vor ihr blieb er stehen. »Kann ich mit dir reden?«

Sie wich seinem Blick aus. »Sicher.«

Oha, jetzt muss ich aufpassen. Da am Fenster sitzt nämlich Elf-Siebzehn und gibt mir Zeichen. Er hat mir genau erklärt, was der Plan ist, aber ich darf auf keinen Fall meinen Einsatz verpassen. Ich bin gespannt, ob das so klappt, wie Santa Claus und die Elfen sich das vorstellen.

»Wirst du mich auch ausreden lassen?«

Violas Augen weiteten sich ein wenig und am Rande bemerkte Lukas, dass rings um sie herum die Gespräche nach und nach verstummten. Na wunderbar, nun saßen sie auf dem Präsentierteller. Auch Viola schien die plötzliche Stille um sich herum zu bemerken, in der Mariah Careys Stimme umso eindringlicher klang. »Sollen wir, ähm …« Sie schluckte. »Rausgehen oder so?«

Beinahe hätte er zugestimmt, doch dann schüttelte er den Kopf. Was er zu sagen hatte, war kein Geheimnis. Abgesehen davon sah er bereits eine cartoonhafte Szene vor seinem inneren Auge, in der die gesamte Familie mit riesigen Ohren an der Wohnzimmertür klebte. Fast hätte er gelacht. »Lass mich nur diesmal auch zu Wort kommen, okay? Du hast am Sonntag deine Sicht auf die Dinge …« Er stockte. »Deine Sicht auf uns dargelegt und mich dann rausgeworfen.«

Irgendwo hüstelte jemand.

Violas Wangen färbten sich rosig. »Was ich gesagt habe, ist und bleibt eine Tatsache, Lukas.«

»Nein, eben nicht.«

Ihre Augen weiteten sich.

Lukas versuchte, ihren Blick einzufangen, was gar nicht so einfach war. »Du hast zu mir gesagt, dass wir nur Freunde bleiben sollten.«

»Das … war es doch, was du selbst wolltest. Zumindest hast du das immer betont.«

»Ich weiß, was ich gesagt habe.« Unter den vielen Blicken der Familienmitglieder wurde ihm unnatürlich warm, doch er würde einen Teufel tun und jetzt kneifen. Er mochte ein Trottel gewesen sein, aber bleiben wollte er es auf keinen Fall. Also ergriff er ihre Hände – und hörte irgendwo im Hintergrund jemanden einen erstickten Laut ausstoßen. »Erinnerst du dich an den Tag, an dem wir im Café Lotte waren und ich die Flockentorte bestellt habe?«

Violas Blick war auf ihre Hände gerichtet, doch nun hob sie verblüfft den Kopf. »Ja. Warum?«

Er spürte, wie ihre Finger leicht zuckten – und zitterten. Wie gerne hätte er sie einfach geküsst, doch erst musste er sagen, was er zu sagen hatte. »Ich habe dir erzählt, dass unsere Köchin diese Torte früher oft gebacken hat und dass

Angelique und ich sie geliebt haben. Die Torte.« Er lächelte leicht. »Die Köchin auch. Sie ist inzwischen in Rente.« Erstmals zuckte es fast unmerklich um Violas Mundwinkel und das ermutigte ihn. »Sie hat Marina das Rezept irgendwann verraten – und Marina hat die Torte bald darauf für die Bäckerei ihres Vaters hergestellt.« Damals war er stolz auf sie gewesen. Später hatte er auf Umwegen erfahren, dass es genau diese Torte gewesen war, mit der sie sich an der Konditorenschule beworben hatte – und aufgenommen worden war, obwohl die Voraussetzung für die Aufnahme eigentlich ein vollkommen selbst kreiertes Tortenrezept hätte sein müssen. Nicht eines, das man von jemandem übernommen hatte. Oder vielmehr erbettelt, denn Marina hatte keine Ruhe gegeben, bis die gute Nele, die Köchin, es ihr verraten hatte.

»Nachdem Marina fort war, hätte ich anfangen können, Flockentorte zu hassen, weil sie mich stets an sie erinnert hat. Tatsächlich habe ich diese Sorte seitdem gemieden.« Er hob die Schultern. »Ebenso wie ich tiefere Gefühle und Beziehungen gemieden habe. Aber als ich neulich mit dir im Café saß und mir die Flockentorte bestellt habe, hätte ich es bereits erkennen müssen.«

»Was erkennen?« Offenbar unsicher, was sie von seinem kleinen Vortrag zu halten hatte, runzelte Viola die Stirn.

Lukas holte tief Luft. Ein bisschen nervös wurde er jetzt auch, vor allem, weil es inzwischen rings um sie herum mucksmäuschenstill geworden war. Jemand hatte sogar die Musik so leise gestellt, dass sie nur noch zu erahnen war. Lukas glaubte, *Santa Claus Is Coming to Town* zu erkennen. »Als ich zum ersten Mal nach all den Jahren Flockentorte gegessen habe, fiel mir auf, dass ich überhaupt keine negativen Gedanken oder Gefühle ihr gegenüber hatte. Im Gegenteil, ich hatte meine Lieblingstorte vermisst. Inzwischen glaube ich, dass ich mich viel zu lange von der Flockentorte ferngehalten habe.« Irgendwo gluckste jemand und brachte ihn für eine Sekunde aus dem Konzept. »Genau so, wie ich mich vielleicht zu lange von Beziehungen ferngehalten habe – und allem, was damit einhergeht.«

Viola atmete zitternd ein und aus. »Vergleichst du mich jetzt mit einer Torte?« Ihre Stimme klang empört, was ihn zum Lachen reizte. Nur mit Mühe blieb er ernst.

»Gewissermaßen, ja. Was ich damit sagen will: Ich habe mich selbst belogen. Ich habe dir – aber zuvor auch schon mir selbst jahrelang – weisgemacht, dass ich nicht der Typ für feste Bindungen bin und dass wir deshalb bestenfalls Freunde sein können – mit gewissen Vorzügen.« Dieser letzte Teil fühlte sich in Gegenwart der gesamten Sternbach-Familie inklusive seiner Eltern nun doch etwas befremdlich an. Trotzdem sprach er tapfer weiter: »In Wahrheit bin ich aber genau das: der Typ für Happy Ends und Kirchenglocken und all das Gewese um die ewige Liebe und ›Bis dass der Tod uns scheidet‹ und was sonst noch dazugehört. Ich war nur so tief verletzt, dass ich so nicht mehr sein und denken oder fühlen wollte.« Sanft zog er sie an den Händen ein wenig näher zu sich heran. »Im Nachhinein lässt sich schwer sagen, ob der Umweg, den ich gegangen bin, gut oder schlecht war. Ich tendiere zu gut, denn andernfalls hätte ich dich vielleicht nicht kennengelernt – oder unter vollkommen anderen Vorzeichen … oder zu spät.« Er konnte sehen, wie sie mehrmals hart schluckte. In ihre Augen trat ein erwartungsvoller und zugleich ängstlicher Glanz, so als traue sie ihren Ohren gerade nicht recht. Entschlossen legte er seine Arme um sie, genoss das Gefühl ihres Körpers an seinem. »In den vergangenen gut zehn Jahren waren Frauen für mich bestenfalls eine kurzfristige Ablenkung von meinem Alltag. Aber der Sheriff von Nottingham hat mich kürzlich ziemlich nachdrücklich darauf aufmerksam gemacht, dass es jetzt nur noch eine Frau gibt, von der ich mich ablenken lassen will.« Er holte noch einmal tief Luft. »Für immer.«

Eine oder zwei weibliche Stimmen im Raum seufzten, eine weitere – gehörte sie etwa seiner Mutter? – murmelte ziemlich laut: »Endlich!« Und mitten hinein fragte Patrick: »Was war das mit dem Sheriff von Nottingham?«

Lukas achtete nicht darauf, sondern sah Viola mit einer Mischung aus erleichtertem und angstvollem Herzklopfen an. Als sie seinen Blick mit großen Augen erwiderte und dabei eine Träne über ihre Wange rollte, breitete sich das schmerzlich-schöne Ziehen in seinem Herzen bis in seine Zehen- und Fingerspitzen aus. Lächelnd brachte er seine Lippen ganz nah an ihr linkes Ohr. »Falls ich mich noch nicht deutlich genug ausgedrückt haben sollte: Ich liebe dich, Viola.«

»Nun lass ihn doch nicht so lange zappeln!«, rief Ricarda. Ringsum kam Gelächter auf.

Viola stellte sich auf die Zehenspitzen, schlang ihre Arme um seinen Hals und sah ihm in die Augen. Weitere Tränen rannen über ihre Wangen. »Ich liebe dich auch. Schon … ziemlich lange. Und … übrigens … will ich auch mit niemand anderem mehr flirten, ganz gleich, wie gut ich es jetzt kann.«

Was, Elf-Siebzehn? Jetzt? Bist du dir sicher? Oje. Also gut, auf deine Verantwortung. Da brauche ich aber eine Menge Anlauf.

»Das trifft sich gut. Ich bin nämlich ziemlich egoistisch und möchte deine Fähigkeiten gerne exklusiv nutzen.« Lukas' Herz pochte langsam und hart gegen seine Rippen, als er Violas Wangen mit den Händen umfing und ihre Lippen mit seinen verschloss. Um sie herum wurde applaudiert und sogar gepfiffen. Es war ihm vollkommen egal. Er zog Viola so fest an sich, wie er nur konnte, und wollte sie am liebsten nie wieder loslassen.

Aufgeregtes Gebell durchschnitt das Stimmengewirr, das um sie herum aufgekommen war. Gleich darauf kam eine schwarze Fellkugel auf sie zugeschossen und prallte mit voller Wucht gegen Violas Hüfte.

Viola stieß einen verblüfften Laut aus und schwankte kurz. Lukas hielt sie fest, musste dazu aber einen Schritt zur Seite machen, woraufhin er beinahe auf Miss Daisy getreten wäre. Erschrocken wich er aus und strauchelte.

Mit einem erschreckten Schrei packte Viola seinen Arm und versuchte gleichzeitig, wohl vom jahrelangen Judotraining her, sein Bein mit ihrem abzufangen. Das hatte allerdings zur Folge, dass sie mit dem Fuß gegen eine leere Plastikbox stieß, die dadurch wiederum gegen den Ständer des Weihnachtsbaumes prallte. Durch den Baum ging ein gefährliches Zittern.

Lukas und Viola griffen gleichzeitig in die Äste, um zu verhindern, dass der Baum umkippte, prallten gegeneinander … und stürzten zu Boden. Lukas konnte sie beide gerade noch abfedern, doch seine Füße knallten gegen den Weihnachtsbaumständer und rissen ihn um, sodass der riesige Baum auf ihnen landete. Es raschelte, ein paar Christbaumkugeln klirrten beim Kontakt mit den Bodenfliesen, ein Strohstern landete in Lukas' Mund.

»Heilige Scheiße!« Ricarda prustete los.

»Wirst du wohl nicht fluchen!«, schalt Margit und lachte gleichzeitig ebenfalls haltlos.

»Entschuldige.« Viola kicherte ebenfalls. »Ich hätte nicht versuchen dürfen, dich abzufangen.« Umständlich versuchte sie, sich aufzurappeln, doch er hielt sie an Ort und Stelle fest – an seine Brust gepresst, während er platt auf dem Boden lag und in eine Traube von grinsenden Gesichtern blickte. »Damit hast du mich definitiv schon wieder aufs Kreuz gelegt, mein Schatz.«

»Du liebe Güte, was für ein Durcheinander. Der schöne Baum!«, klagte seine Mutter.

»Ach was, der Baum kann was ab.« Theo beugte sich über Lukas und Viola. »Geht's euch gut?«

Lukas gab Viola einen Kuss auf die Schläfe. »Mir ging es nie besser.«

Wau, das hat ja wirklich toll geklappt! Was für ein witziges Chaos. Und Herrchen und Frauchen lächeln so glücklich. Wie schön! Freudig winselnd kletterte Miss Daisy auf Lukas' Bauch, trampelte auf ihm und Viola herum und versuchte, ihnen die Gesichter abzulecken.

»Schon gut, Kleine.« Mit einiger Anstrengung richtete Lukas sich nun doch auf, während die Familie bereits dabei war, den Baum wieder aufzustellen und die Scherben der zerbrochenen Christbaumkugeln zusammenzukehren.

Viola zog Miss Daisy in ihre Arme und knuddelte sie. »Was war das denn für ein Torpedoangriff?«

Alles im Auftrag von Santa Claus. Hach ja, bitte kraul mich genau da weiter hinter den Ohren.

Lachend wuschelte Viola der Schnauzerdame durchs Fell. »Du bist mir schon eine. Wirfst uns einfach unter den … Moment mal.« Sie hielt inne, ihre Augen wurden groß. Dann kicherte sie erneut los. »Nein, also … Nein, das kann unmöglich Zufall sein!«

»Wollt ihr nicht mal langsam wieder vom Boden aufstehen?« Ricarda hielt ihr die Hand hin und zog Viola auf die

Füße, dann half sie auch Lukas. »Was gibt es denn zu lachen?« Neugierig musterte sie ihre Schwester.

Viola wischte sich eine letzte Träne von der Wange. »Erinnerst du dich noch an unseren *Christmas in July*-Filmabend?«

Ricarda hielt inne. »Klar. Ihr habt mich gezwungen, zig Weihnachtsschnulzen mit euch anzusehen. Zum Glück hatten wir genügend Alkohol, damit ich das verkraften konnte.«

Viola lächelte bei der Erinnerung und ergriff Lukas' Hand. »Weißt du auch noch, was ich mir damals gewünscht habe?«

»Du hast dir was gewünscht?« Ratlos schüttelte Ricarda den Kopf. »Bei wem?«

»Beim Weihnachtsmann.«

»Ich erinnere mich.« Angelique kam näher und fasste Lukas an der freien Hand. »Übrigens: gut gemacht, großer Bruder.«

Viola richtete ihren Blick auf die nun wieder senkrecht stehende Tanne. »Es war zwar nur im Scherz – oder vielmehr im Suff –, aber mein Wunsch hat sich gerade eben erfüllt. Wortwörtlich sogar.«

***

»Also wirklich, mein Lieber, war das nötig?« Halb empört, halb lachend stemmte die Ehefrau des Weihnachtsmannes ihre Hände in die Hüften. »Der wunderschöne Christbaum. Was, wenn er größeren Schaden genommen hätte oder wenn die beiden sich verletzt hätten? So wörtlich hätte deine Wunscherfüllung doch wohl nicht sein müssen.«

Santa Claus grinste verschmitzt. »Doch, doch, manchmal muss man konsequent sein.«

Seine Frau entschied sich fürs Lachen. »Wohl deshalb heißt es, dass man vorsichtig sein soll mit dem, was man sich wünscht.«

»Nun lass mir doch meinen Spaß.« Der Weihnachtsmann warf sich seinen roten Mantel über und knöpfte ihn zu. »Es war alles genau geplant und choreografiert.«

»Was du nicht sagst.«

»Elf-Siebzehn hat Miss Daisy genaue Anweisungen gegeben.«

»Du musst es ja wissen.« Liebevoll strich seine Frau ihm den Kragen glatt und reichte ihm seine Mütze. »Jetzt wird es aber Zeit für dich. Du bist ganz schön spät dran dieses Jahr.«

»Aber nur, weil ich unbedingt sehen musste, ob alles so klappt, wie ich es mir vorgestellt hatte.« Santa Claus gab seiner Frau einen herzhaften Kuss auf die Wange, dann bestieg er seinen hoch mit Geschenken beladenen Schlitten, vor dem die Rentiere, allen voran Rudolph mit der roten Nase, schon ungeduldig mit den Hufen scharrten.

»Eine gute Reise wünsche ich dir!«, rief seine Frau ihm zu und winkte fröhlich.

Santa Claus hob zum Gruß noch einmal die Hand, dann schnalzte er, und die Rentiere setzten sich zügig in Bewegung. Er fuhr einen großen Halbkreis am Firmament und rief sein altbekanntes Ho Ho Ho!, dann war er verschwunden.

***

Einige Stunden später saß die gesamte Familie dicht an dicht gedrängt um den Couchtisch. Sie hatten gerade den traditionellen Kartoffelsalat mit Würstchen verputzt, auf dem Tisch vor ihnen stand eine große Schale mit Weihnachtsplätzchen und Lebkuchen, unter und um den Weihnachtsbaum herum stapelten sich ganze Berge von Geschenken. Gerade waren die Zwillinge mit einem Glöckchen aus der Küche hereingerufen worden.

Hans erhob sich und räusperte sich, um sich im allgemeinen Stimmengewirr Gehör zu verschaffen. »Also gut, soweit ich es beurteilen kann, seid ihr alle satt und zufrieden. Demnach können wir in unserem Heiligabend-Programm nun voranschreiten. Für diejenigen, die es noch nicht wissen, weil sie heute zum ersten Mal mit von der Partie sind …« Er nickte Elisabeth und Heinrich zu und lächelte dann in Lukas' Richtung. »Bei uns gibt es eine wichtige Regel: Wir werden jetzt gemeinsam Weihnachtslieder singen. Wer nicht mitsingt, kriegt keine Geschenke.« Er ließ seine Worte einen Moment wirken, dann fuhr er fort: »Wie es aussieht, werde ich mir wohl spätestens nächstes Jahr zu Weihnachten einen neuen Esstisch mit mehr Stühlen wünschen müssen, denn da nun Lukas nicht nur zur Familie gehört«, er warf Viola einen warmen Blick zu, »sondern tatsächlich *zur Familie gehört* …« Er betonte die Worte besonders und ringsum wurde gelacht. »… wird es Zeit, dass wir uns auf die neuen Verhältnisse einrichten.« Er machte eine weitere Pause und lächelte erneut in die Runde. »Übrigens hat Elke mir vorhin anvertraut, dass wir noch einen weiteren Platz an unserer Familientafel dauerhaft vergeben dürfen.«

Aller Blicke richteten sich auf Elke, die neben Otto saß, dessen Hand hielt und über alle Maßen strahlte.

Laura kreischte, Margit klatschte und Sekunden später brach ein wildes Geschrei und Gratulieren aus.

Hans blieb einfach stehen und wartete. Als es ihm zu bunt wurde, gab er Ricarda ein kurzes Zeichen, woraufhin sie einen scharfen Pfiff durch die Finger ausstieß. Sogleich herrschte wieder Ruhe.

»Danke sehr.« Zufrieden blickte Hans in die Gesichter seiner Lieben. »Wie Elke mir weiterhin verraten hat, liegt der Hochzeitstermin Anfang April kommenden Jahres.« Er warf Lukas und Viola einen kurzen Blick zu, der besagte, dass er gegen einen zweiten Hochzeitstermin nichts einzuwenden hätte. Mit gesenkter Stimme raunte er Viola zu. »Nur bitte möglichst nicht während der Hauptsaison.«

Viola wurde warm ums Herz. Fragend sah sie Lukas von der Seite an, der daraufhin grinsend die Schulter hob. »Lass uns darüber später reden. Nicht gerade jetzt, wo ich mich mental darauf einstelle, singen zu müssen.« Er küsste sie auf den Mundwinkel. »Außerdem habe ich noch keinen Ring für dich.«

»Fangen wir also mit dem Pflichtprogramm an«, unterbrach Hans ihn. »Wer kann ein Gedicht aufsagen? – Niemand, wie immer.«

Über den traditionellen Scherz wurde herzlich gelacht.

Diesmal jedoch sprangen Joel und Jessica auf. »Doch, wir können eins!«

Verblüfft hielten alle inne.

Hans musterte die Zwillinge interessiert. »Ihr könnt ein Gedicht aufsagen?«

»Wir haben extra eins zu zweit einstudiert«, bestätigte Jessica und errötete leicht.

Anerkennend nickte Hans ihnen zu und warf dann einen beredten Blick in die Runde. »Nehmt euch mal ein Beispiel an den beiden. Sie sind die Ersten in dieser Familie seit über dreißig Jahren, die ein Gedicht können. Also bitte, ihr beiden.« Er ließ die Zwillinge vortreten. Die zwei sahen einander an, tuschelten kurz und begannen dann mit dem altbekannten

Von drauß vom Walde komm ich her, wobei sie sich bei jeder Zeile abwechselten, hier und da kurz ins Stocken gerieten, aber am Ende das gesamte Gedicht mit Bravour meisterten.

Jubel und Applaus waren ihre Belohnung, während sie sich mehrmals tief verbeugten.

Hans strich beiden liebevoll über die dunkelbraunen Haarschöpfe. »Das habt ihr ausgezeichnet gemacht. Und jetzt …« Er nickte Theo zu, woraufhin dieser seine Mundharmonika zückte.

Margit verteilte derweil Weihnachtsliederhefte und verkündete: »Wir beginnen, passend zu unserem kleinen Weihnachtsbaumunfall von vorhin mit *Am Weihnachtsbaum die Lichter brennen.*«

Viola liebte diesen Teil des Heiligen Abends, der für sie, seit sie denken konnte, unverbrüchlich mit den Traditionen ihrer Familie verbunden war. Während sie sangen, kuschelte sie sich in Lukas' Arme, die er locker um ihre Mitte gelegt hatte, und genoss das unbändige Glücksgefühl, das seine Nähe in ihr auslöste. Lukas und sie, das war noch vor kurzer Zeit unvorstellbar für sie gewesen. Ein Traum. Doch manche Träume – oder Wünsche an den Weihnachtsmann – gingen tatsächlich in Erfüllung. Und am Ende, so stellte sie für sich fest, hatte es gar nicht so viel Mut gebraucht, um der Liebe den Weg zu ebnen. Oder war ihrer beider Mut einfach mit ihrer Liebe gewachsen?

»Weißt du, was das Beste ist?«, raunte Lukas ihr ins Ohr, als die Gesangsrunde nach etwas mehr als einer halben Stunde beendet war und sich alle auf die Geschenke stürzten. »Wir brauchen uns jetzt gar nicht mehr einig zu werden, wer von uns Miss Daisy bekommt.«

Sie lächelte leicht. »Eigentlich hätte ja Miss Daisy sich zwischen uns entscheiden sollen.«

»Für wen hätte sie sich wohl entschieden, was meinst du?«

Für euch beide natürlich, was denn sonst? Miss Daisy hatte sich aufrecht vor sie hingesetzt und blickte sie mit klugem Hundeblick an.

Viola griff nach Lukas' Hand und drückte sie. »Vielleicht wurde sie uns ja geschickt, damit wir herausfinden, dass wir zusammengehören.«

Lukas warf der Hündin einen nachdenklichen Blick zu. »Meinst du?«

»Könnte doch sein.«

Er lächelte. »Ja, könnte sein. Möglich ist alles.« Dann küsste er sie.

25. Kapitel – Nachspiel

Als Lukas erwachte, war es bereits hell geworden. Ein Blick auf die Uhr zeigte an, dass es bereits halb zehn war. Sein Magen knurrte, doch aufstehen wollte er noch nicht. Viola lag eng an ihn gekuschelt in seinen Armen, warm, weich, weiblich. Erst nach einigen Augenblicken wurde ihm bewusst, dass sie gar nicht mehr schlief. Sachte küsste er sie auf die Schläfe, dann auf die nackte Schulter. »Ich war ein ziemlicher Arsch, oder?«

Viola kicherte, dann küsste sie ihn zärtlich. »Du warst kein Arsch. Nur ein bisschen verkorkst. So wie ich … nur anders.«

Sanft strich er ihr eine der kurzen Haarsträhnen hinters Ohr. »Meine Eltern scheinen dich gut leiden zu können. Ich weiß noch nicht, wie ich das finden soll.«

»Weil sie versucht haben, ein bisschen nachzuhelfen?«

Ratlos hob Lukas die Schultern. »Einmischen werden sie sich auch zukünftig, darauf kannst du dich schon mal einstellen.«

»Das kenne ich doch von meiner Familie zur Genüge«, versuchte sie ihn zu beruhigen.

Doch Lukas schüttelte vehement den Kopf. »Nein, das kennst du noch nicht. Meine Eltern haben ganz bestimmte Vorstellungen, wie die Welt sein muss.«

»So wild wird es schon nicht werden.«

Halb seufzend, halb lachend küsste er sie. »Du wirst schon sehen, dass ich nicht übertreibe. Sie waren zum Beispiel fuchsteufelswild, dass ich deinen Eltern diesen großen, mehrfach ausziehbaren Esstisch mit zwanzig Stühlen geschenkt habe.«

Violas Augen begannen zu glänzen und sie blinzelte ein paarmal. »Das ist so ein unglaubliches Geschenk, Lukas! Ich dachte, ich sehe nicht richtig, als du die Bilder davon herumgezeigt hat. Hast du seit Sonntag daran gearbeitet?«

»Tag und Nacht.« Nach seinem einsamen Besuch auf dem Weihnachtsmarkt war ihm klar geworden, wie er Viola und ihrer Familie am besten zeigen konnte, wie ernst es ihm war. »Die Stühle brauchen noch ein Weilchen, bis sie alle fertig sind, aber ich denke, zu Silvester kann ich den Tisch schon ausliefern. Es sei denn, deine Eltern wollen warten, bis das ganze Set fertig ist.«

»So wie ich die beiden kenne, wollen sie jetzt bestimmt noch das Esszimmer renovieren, damit der Tisch richtig zur Geltung kommt, und ihn dann erst aufstellen.« Sie zögerte. »Warum glaubst du, dass deine Eltern wütend sind?«

»Weil ich sie kenne.« Er zuckte mit den Achseln. »Ich hatte dir gerade vor allen Anwesenden meine Liebe gestanden. Sie hatten erwartet, dass ich mit einem teuren Diamantring vor dir auf die Knie sinke und nicht nur mit einem Tisch für deine Eltern daherkomme. Was das angeht, haben sie sehr klare Vorstellungen.«

»Ich brauche keinen teuren Diamantring.«

Er grinste schief. »Wie gesagt, ich habe auch keinen für dich. Zumindest noch nicht.«

Viola schlang ihre Arme um seinen Hals. »Außerdem würde ich einen Verlobungsring ja doch nicht allzu lange tragen, oder? Nur bis wir … na ja.«

»Ihn gegen goldene Ringe eintauschen?« Er schmunzelte. »Wie eilig hast du es denn damit?«

»Keine Ahnung. Du hast Papa gehört. Jeder Termin ist recht, nur nicht in der Hochsaison.« Sie legte ihren Kopf auf seiner Brust ab. »Und nicht im Frühjahr, weil ich Elke und Otto ihr großes Fest nicht streitig machen will.«

»Okay, vielleicht …« Er hielt inne, als es an der Haustür klingelte. »Erwarten wir Besuch?«

»Nicht, dass ich wüsste.«

Miss Daisy, die einen Teil der Nacht unten im Wohnzimmer verbracht hatte, bellte unten aufgeregt, sodass Lukas sich rasch erhob und in ein paar Boxershorts schlüpfte. »Nicht weglaufen«, mahnte er mit einem Zwinkern und beeilte sich, ins Erdgeschoss zu kommen. Als er die Haustür öffnete, hüstelte er überrascht. »Mama. Guten Morgen. Mit euch …« Er warf einen Blick über ihre Schulter auf den schwarzen Audi A8 seiner Eltern, hinter dessen Steuer sein Vater saß und wartete. »… hatten wir gar nicht gerechnet.«

»Wir sind auch auf dem Sprung.« Elisabeth ließ ihren Blick mit einer Spur Missbilligung über seinen fast nackten Körper wandern. »Über deinen Aufzug muss ich wohl kein Wort verlieren, oder?«

»Wir waren nicht auf Besuch eingerichtet.«

»Das ist nicht zu übersehen.« Auf Elisabeths Lippen erschien ihr Haifischlächeln. »Wie gesagt, wir sind nur auf einen Sprung vorbeigekommen, weil wir mit Bekannten in Köln verabredet sind.« Sie hielt ihm eine kleine, silberne Geschenkschachtel hin. »Ich wollte dir nur das hier geben.«

»Was ist das?« Ahnungsvoll lüftete er den Deckel der Schachtel und hielt den funkelnden Diamantring ins Licht. »Was soll das sein?«

»Es ist mein Verlobungsring. Vor mir gehörte er deiner Großmutter und davor deiner Urgroßmutter väterlicherseits. Der Ring wird traditionell in unserer Familie an den ältesten Sohn weitergegeben, sobald er sich standesgemäß verloben will.«

»Standesgemäß?«

»Du hast erwähnt, dass du keinen Ring für Viola hast.«

Er zog die Stirn in Falten. »Das hast du mitbekommen?«

Mit einem beredten Blick reichte sie ihm einen Umschlag. »Hier, das werdet ihr für die Terminplanung benötigen.« Sie trat vor, reckte sich ein wenig und hauchte einen Kuss neben seine Wange. »Sie ist die Richtige, Lukas.«

»Dessen bin ich mir bewusst.« Etwas konsterniert drehte er den Umschlag in der Hand.

Immer noch lächelnd nickte seine Mutter ihm zu. »Wie schön, dass wir uns ausnahmsweise einmal einig sind.« Sie deutete auf Miss Daisy, die hinter Lukas versuchte, durch die Tür nach draußen zu schlüpfen, um sie zu begrüßen, und dabei aufgeregt winselte und bellte. »Der Hund ist nach wie vor schlecht erzogen.«

Da seine Mutter sich bereits umgedreht hatte und zum Auto zurückkehrte, schloss Lukas schweigend die Haustür, riss den Umschlag auf und starrte auf den dicht bedruckten Kalender, auf dem drei Termine im Spätherbst rot umrandet waren.

Kopfschüttelnd ging er in die Küche, wo er sein Handy am Abend zuvor in eine Ladestation gestellt hatte, und machte ein Foto von dem Ring und ein weiteres von dem Plan. Beides schickte er per Textnachrichten-App an Viola.

Lukas: *Wo wir gerade von kontrollsüchtigen Eltern sprachen … Meine Mutter war gerade hier. Auf dem Foto siehst du, was ich vorhin gemeint habe.*

Während er auf Violas Antwort wartete, füllte er Miss Daisys Futter- und Wassernapf neu. Es dauerte nicht lange, bis sein Handy piepste.

Viola: *Der Ring ist ja wunderschön!*

Lukas: *Anscheinend ein Erbstück. Wenn wir ihn nicht annehmen, wird uns vermutlich ein Familienfluch treffen.*

Viola: *Also ich habe nichts gegen diesen Ring. Auch wenn ich ihn nur kurze Zeit tragen werde. Und ganz sicher nicht bei der Arbeit. Oder beim Sport. Oder … Mist, der ist viel zu wertvoll!*

Viola: *Was sind das für rot eingekreiste Termine?*

Lukas: *Aus den drei Terminen darfst du dir unseren Hochzeitstag aussuchen.*

Er wartete gespannt, doch es kam keine weitere Textnachricht. Stattdessen stürmte Viola, nur in eines seiner T-Shirts gehüllt, in die Küche. »Das ist nicht dein Ernst, oder? Im November? Da ist das Wetter doch meistens grauenhaft.«

Lukas seufzte vielsagend. »Willkommen in meiner Welt. Meine Eltern haben fein säuberlich alle ihre sozialen Verpflichtungen zusammengestellt und berücksichtigt, dass die Hochzeit nicht in der Sommersaison stattfinden soll.«

»Woher wissen sie das denn überhaupt? Das hat Papa doch nur uns zugeflüstert.«

Grimmig verzog er die Lippen. »Frag lieber nicht. Und ehe du dich zu sehr an dein neues Auto gewöhnst: Ich wette um den Ring, dass sie uns einen Neuwagen zur Hochzeit schenken werden.«

Viola starrte ihn verblüfft an. »Nein, das werden sie doch wohl nicht tun.«

»Und wie sie das werden. Wenn es ein Hochzeitsgeschenk ist, kannst du es nämlich nicht ablehnen.«

Seufzend verdrehte sie die Augen. »Das kann ja heiter werden. Aber ehrlich … November?« Plötzlich lachte sie. »Doch, das ist geradezu perfekt!«

Verblüfft hob er die Brauen. »Was ist perfekt?«

»Der Tag hier.« Sie hatte sich inzwischen den Ausdruck des Kalenders geschnappt und deutete auf einen der drei eingekreisten Termine. »Den nehmen wir.«

»Warum ausgerechnet den?« Stirnrunzelnd blickte er auf das Blatt Papier.

»Na, der 13. November.« Sie grinste breit. »Das ist unser erster Jahrestag.«

»Jahrestag?« Er konnte ihr immer noch nicht ganz folgen.

»Na klar.« Sie trat auf ihn zu und umschlang seine Hüften mit den Armen. »Der Tag, an dem wir Miss Daisy gefunden haben.«

Dagegen hatte er nichts einzuwenden.

***

Tja, damit sind wir wohl jetzt am Ende einer ziemlich aufregenden Geschichte angelangt. Obwohl … für mich fängt die Geschichte eigentlich jetzt erst an – und für mein Frauchen und mein Herrchen ebenfalls. Denn anscheinend ist Violas Weihnachtswunsch in Erfüllung gegangen – und meiner auch. Also, wenn ich einen Weihnachtswunsch gehabt hätte. Eigentlich ist es ja ein ganz allgemeiner Wunsch gewesen:

mit Herrchen und Frauchen zusammenleben. Stellt euch bloß mal vor, ich hätte mich für einen von beiden entscheiden müssen! Wie hätte ich das denn tun sollen? Ich habe doch beide so unheimlich lieb.

Ganz verstanden habe ich sowieso nicht, warum sie es sich so schwer gemacht haben. Für mich war von Anfang an klar, dass wir drei ein tolles Team sind.

Bei ihren Menschenproblemen konnte ich ihnen zwar nur ganz wenig helfen, wenn überhaupt, aber beim wörtlichen Umsetzen von Santas Plan war ich doch wohl einsame Spitze, oder etwa nicht? Ich meine: punktgenau! Das muss mir erst mal jemand nachmachen. Und jetzt sind alle glücklich.

Moment mal, was passiert denn nun eigentlich mit dem Schlafkissen, das Viola mir gekauft hat, wenn sie hier bei Lukas einzieht? Kriege ich dann noch mehr Schlafplätze im Haus? Das wäre aber ein toller Komfort, sage ich euch. So gut haben es nicht mal Oskar und Lizzy!

Im Moment steht im Wohnzimmer so ein geschmückter Baum, ähnlich wie der bei Violas Eltern, nur viel kleiner. Deshalb hat Herrchen mein Körbchen direkt vor den offenen Kamin geschoben. Da ist es ziemlich warm, wenn ein Feuer brennt, aber übel ist der Platz nicht, weil ich von dort einen guten Überblick über Wohnzimmer und Küche habe. Allerdings musste ich mich erst mal daran gewöhnen, dass da so was komisches Grünes mit einer dunkelroten Schleife über dem Kamin hängt. Lukas hat neulich, als wir vom Weihnachtsmarkt kamen, ein paar Dekosachen aufgestellt und aufgehängt, damit es hier weihnachtlicher aussieht. Mir ist so was ja egal, aber ich glaube, Viola findet das total schön. Na, jedenfalls war dieses grüne Ding, das jetzt über meinem Körbchen baumelt, auch dabei. Herrchen hat gesagt, das ist ein Mistelzweig und der bringt Glück. Also ist es vielleicht gar nicht so schlecht, wenn mein Körbchen unterm Mistelzweig steht, oder? Denn Glück kann man ja immer brauchen. In diesem Sinne wünsche ich euch frohe Weihnachten. Seid mutig und habt einander lieb! Wuff!